Sabine Städing

Magnolia Steel – Hexenflüstern

Boje

Weitere Titel der Autorin:

Magnolia Steel – Hexendämmerung
Magnolia Steel – Hexennebel
Anna und die flüsternden Stimmen

Titel auch als E-Book erhältlich

Sabine Städing

Magnolia Steel

Hexenflüstern

Boje

MIX
Papier aus verantwortungsvollen Quellen
FSC® C014496

Dieser Titel ist auch als E-Book erschienen

Originalausgabe in neuer Ausstattung

Umschlaggestaltung: Dorothee Mahnkopf
Innenillustrationen: Gisela Kullowatz
Satz: Helmut Schaffer, Hofheim a. Ts.
Gesetzt aus der Warnock-Pro und der Panhandler
Druck und Einband: GGP Media GmbH, Pößneck

Printed in Germany
ISBN 978-3-414-82465-3

5 4 3 2 1

Sie finden uns im Internet unter: www.boje-verlag.de
Bitte beachten Sie auch: www.luebbe.de

Für meine Mutter,
die sich ihre Liebe zu allem Märchenhaften
bis heute bewahrt hat

Prolog

Ein eisiger Wind fuhr schneidend durch die engen, dunklen Gassen von Salem. Er kam über das Meer und brachte den salzigen Geruch von Tang und Fisch mit.

Eine Kogge, gebaut in längst vergangener Zeit, legte lautlos an der Kaimauer an. Sechs hochgewachsene, schwarzgekleidete Frauen stiegen aus und setzten ihre Füße auf den Pier. Sofort lösten sich die Konturen des Schiffes auf und verschmolzen mit dem unruhigen Spiegelbild des Wassers, so als hätte es dieses Schiff nie gegeben.

Die Frauen sahen sich kurz nach allen Seiten um und tauschten ein paar gezischte Worte. Dann verschmolzen auch ihre Umrisse mit der Dunkelheit. In Zweierreihen streiften sie suchend durch die leeren Gassen. Vor jedem Fenster blieben sie stehen und schickten gierige, rotglühende Blicke tief in das Innere des Hauses. Sie hatten keine Eile, denn sie wussten, sie würden ihn finden – den Schlüssel zu dem gefährlichen Schatz.

Erstes Kapitel
Reisefieber

Magnolia blieb in der Schultür stehen und hielt ihr Gesicht in die warme Mittagssonne.

Ja, genauso musste sich ein letzter Schultag anfühlen. Warm und weich, voller Versprechungen. Sie atmete tief ein und hielt ganz plötzlich die Luft an. Ja, und genauso musste er aussehen. Groß, schlank und absolut umwerfend.

Ein Knuff in den Rücken vertrieb diesen wundervollen Gedanken.

»Was soll das werden? Der kleine Sonnengruß?« Lachend drängte sich Birte an ihrer Freundin vorbei.

»Eher die Ode an Leander«, kicherte Merle. »Zu dumm, dass er seine Freundin dabeihat.«

Magnolia seufzte. Leider hatte Merle recht. Leander war der Schwarm von ungefähr einer Million Mädchen und konnte sich die Herzen aussuchen, die er zerbrochen auf dem Schulklo zurücklassen wollte.

Schnell schloss sie sich ihren Freundinnen an. »Endlich Ferien! Die letzten Wochen waren echt hart.« Magnolia warf sich ihren Rucksack über die Schulter.

»Das kannst du laut sagen! Sechs himmlische Wochen ohne binomische Formeln oder eine Lehrernase, die Past Perfect krächzt«, grinste Merle, während sie zu den Fahrradständern gingen.

»Macht ihr in den Ferien etwas Besonderes?«

Birte schüttelte den Kopf. »Ich soll meinem Vater im Garten helfen. Die Kräutersaison ist in vollem Gange und er stellt für die Apotheke viele Salben und Tees selbst her.«

»Wie uncool.« Mitleidig sah Magnolia sie an.

»Ich wäre auch lieber mit dir und deiner Tante unterwegs«, versicherte Birte.

»Wieso, wo fahrt ihr denn hin?« Neugierig sah Merle Magnolia an.

»Wir fliegen zu meiner Mutter, nach Connecticut«, antwortete diese, und noch während sie das sagte, merkte sie, wie ein breites Lächeln über ihr Gesicht huschte.

»Nach Connecticut. Ist das nicht irgendwo in Amerika?«

Magnolia nickte.

»Wow, dafür würde ich auch eine verrückte Tante in Kauf nehmen«, sagte Merle und stellte ihren Rucksack in den Fahrradkorb auf ihrem Gepäckträger.

»Wer fliegt nach Amerika?«

Magnolia verdrehte die Augen. Sie musste sich nicht einmal umdrehen, um genau zu wissen, wer da hinter ihr stand. Schon der Klang von Samanthas glockenheller Stimme verursachte ihr einen leichten Brechreiz. Die blonde, hübsche, immer top gestylte Mrs Perfect.

Magnolia fragte sich noch immer, warum ausgerechnet *sie* dazu hatte beitragen müssen, Samantha aus den Fängen des unheimlichen Graf Raptus zu befreien. Das Schicksal konnte wirklich grausam sein. Nicht einmal dankbar war die blöde Ziege. Immer wieder gerieten sie aneinander.

Fairerweise musste gesagt werden, dass Samantha ganz einfach deshalb nicht dankbar war, weil sie bis heute überhaupt nicht wusste, dass sie jemals in Gefahr geschwebt hatte. Dafür hatte seinerzeit Tante Linettes Erinnere-dich-nicht-Zauber gesorgt.

»Also, wer fliegt nach Amerika?«, wiederholte Samantha ungeduldig. Sie war es nicht gewohnt, dass man ihre Fragen so einfach überhörte.

»Magnolia«, antwortete Birte knapp.

Samantha zog die Augenbrauen hoch. »Und wohin fliegst du genau?«

»Nach Connecticut zu meiner Mutter«, sagte Magnolia und hob ihr Rad mit Schwung aus dem Ständer. Sie hatte keine Lust, sich mit der blöden Nuss weiter zu unterhalten.

Samantha sah die Sache anders, schließlich bestimmte sie, wann eine Unterhaltung zu Ende war.

»Connecticut! Zu den Hillbillies?«, rief sie ungläubig. »Du Ärmste! Da möchte ich nicht eine Stunde lang tot überm Zaun hängen. Ich war letztes Jahr mit meiner Mutter zur ›Fashion Week‹ in New York. Da war was los, sage ich euch …!«

Magnolia konzentrierte sich ganz auf das kleine Dreirad, das etwas abseits der Fahrradständer stand, während Samantha munter weiterplapperte. Wozu hatte sie sich all die trostlosen langen Winterabende mit dem Thema »Magnetismus« herumgeplagt? Zu irgendetwas musste dieses langweilige Kapitel in ihrer Hexenausbildung schließlich gut sein.

Sie dankte dem kleinen Geschwisterkind, das eben dieses Dreirad dort abgestellt hatte, und fixierte es mit zusammengekniffenen Augen. Langsam setzte es sich in Bewegung, dann kam es in Schwung. Magnolia lächelte böse.

»Und war es schön in Miami?«, fragte sie abwesend und ließ das Dreirad nicht aus den Augen.

Irritiert sah Samantha sie an. »Wieso Miami, wir waren in … Aua!!!« Scheppernd fuhr ihr das Ding in die Hacken. Samantha ruderte wild mit den Armen, verlor aber nicht das Gleichgewicht, was Magnolia sehr enttäuschte. Am Schwung musste sie also noch üben.

»Wo kommt denn dieses blöde Teil plötzlich her?«, empörte sich Samantha. Wütend untersuchte sie ihre Beine. »Ich schwöre euch, wenn ich hier irgendwo einen Kratzer habe, dann zeig ich den Typen an, dem das Dreirad gehört!«

Birte und Merle kicherten.

»Das solltest du unbedingt tun«, sagte Magnolia ebenfalls lachend und schwang sich auf ihr Rad. »Ich schicke euch eine Postkarte! Auch wenn ich vielleicht schon wieder zurück bin, ehe sie ankommt.« Sie winkte Birte und Merle zu und radelte davon. Insgeheim hoffte sie, noch einen Blick auf Leander werfen zu können, aber der war leider längst verschwunden.

Ihr Heimweg führte sie über mittelalterliches Kopfsteinpflaster, vorbei an hübschen Fachwerkhäusern, mitten über den Marktplatz von Rauschwald. Seit knapp einem Jahr lebte sie nun schon bei ihrer Tante und manchmal staunte Magnolia selbst, wie vertraut ihr hier alles in so kurzer Zeit geworden war. Der elend lange Schulweg, ihre neuen Freundinnen, die Zwerge aus Hackpüffel, Jeppe, der Kobold, und natürlich das Regenfass, denn so hieß das Haus, in dem ihre Tante lebte. Überhaupt war Tante Linette ein einziger Glücksgriff. In Magnolias Bauch machte sich ein warmes, sonniges Gefühl breit. Kaum hatte sie den Stadtkern hinter sich gelassen, da wanderten ihre Gedanken auch schon zu der bevorstehenden Reise.

Bereits in ein paar Tagen würde sie mit ihrer Hexenfreundin Jörna und Tante Linette nach Amerika fliegen.

Tante Linette nahm in Salem am WWC teil, dem weltgrößten Hexenkongress, und Magnolia und Jörna wollten im Nachbarstaat Connecticut für ein paar Tage Magnolias Mutter besuchen. Anschließend, so war es geplant, würden die beiden Mädchen ebenfalls weiter nach Salem reisen, um am Jugendprojekt des Kongresses teilzunehmen. Das spannende Thema in diesem Jahr lautete: »Wo die Liebe hinfällt«. Und beschäftigte sich mit allen möglichen und unmöglichen Verbindungen zwischen magischen und nicht magischen Wesen. Magnolia und Jörna freuten sich schon sehr darauf.

Die gemeinsame Zeit mit Magnolias Mutter würde sich dadurch zwar ein wenig verkürzen, doch das nahm Magnolia gerne in Kauf. Denn ehrlich gesagt war allein die Vorstellung, dass sie sich die ganze Zeit unablässig auf der Pelle hockten, mehr als anstrengend.

Schwungvoll bog Magnolia von der Landstraße in den schlaglochgepflasterten Weg, der zum Haus ihrer Tante führte.

»Ich bin wieder da!«, rief sie fröhlich, während sie ihr Rad in der Brombeerhecke parkte.

Bilder ihres ersten Besuchs kamen ihr in den Sinn. Sie war entsetzt gewesen über das schiefe, reetgedeckte Haus mit dem kleinen Turm, in dem sie jetzt so gerne wohnte. Und sie hatte beim Anblick ihrer Tante schockiert nach Luft geschnappt. Von Anfang an war Magnolia klar gewesen, dass Linette keine gewöhnliche Tante war, und sie hatte sich nicht geirrt, denn Tante Linette war eine Hexe. Magnolia grinste, als sie die Haustür mit einem kräftigen Schwung aufstieß und beinahe über Serpentina stolperte, Linettes einäugige schwarze Katze.

»Hallo, meine Süße«, sagte sie und strich der Katze über das weiche Fell. Serpentina maunzte und rieb ihren Kopf an Magnolias Bein, dann schlüpfte sie durch die offene Tür hinaus in den Garten.

Magnolia warf ihren Rucksack mit den Schulbüchern hinter die Treppe und machte sich auf die Suche nach ihrer Tante. »Tante Linette!«, rief sie. »Tante Linette, wo steckst du denn?«

»Ich bin hier, verflixt und zugenäht, dieses blöde Ding ...!«

Magnolia horchte auf. Glücklich und entspannt klang anders. Beim besten Willen konnte sie nicht ausmachen, woher die Stimme ihrer Tante kam. Sie klang irgendwie dumpf.

»Wo bist du?«

»Ich bin hier im roten Zimmer ...«

Das rote Zimmer war ein magischer Raum. Hier bewahrte Tante Linette ihre Zauberbücher und die Kristallkugel auf, hier mischte sie Liebespulver und Zaubertränke. Und hier empfing sie ihre Kundschaft.

Jetzt stand sie vor einer prallgefüllten Reisetasche und versuchte verbissen, auch noch eine handballgroße Kristallkugel darin unterzubringen. Ein hoffnungsloses Unterfangen. Linette richtete sich schnaubend auf. Die grauen Haare standen ihr in allen Himmelsrichtungen vom Kopf ab. Sie sah aus, als hätte sie gerade den Kampf mit einem Troll verloren.

»Die Tasche platzt ja aus allen Nähten«, stellte Magnolia statt einer Begrüßung fest. »Wozu um Himmels willen nimmst du eine ... Ist das eine Bratpfanne?«

»Allerdings!« Grimmig klopfte Tante Linette gegen den gusseisernen Stiel.

Magnolia seufzte. »Wozu brauchst du die denn? Kein Mensch nimmt auf so eine Reise seine Küchengeräte mit. Wir besuchen meine Mutter!«

Ihre Tante Linette machte eine wegwerfende Handbewegung.

»Du besuchst deine Mutter. Ich besuche den WWC und das ist wahrhaftig kein Zuckerlecken. Mich schüttelt es jetzt noch, wenn ich an die schmuddelige Zeltstadt vor drei Jahren denke!«

»Aber diesmal wohnst du in einem Hotel!«

»Na und, wer weiß, was uns da erwartet. Runa meint auch, es könnte nicht schaden, wenn wir unser eigenes Geschirr, Bettzeug und ...«

»Runa kommt auch mit?!« Entsetzt sah Magnolia ihre Tante an.

»Natürlich!« Tante Linette lächelte milde.

»Warum das denn? Ich dachte, dass nur wir drei, du, Jörna und ich, ganz gemütlich Urlaub machen! Und jetzt schleppst du auch noch Runa mit, diesen alten Drachen.«

Energisch hob Tante Linette die Hand. »Das will ich nicht gehört haben! Sie ist Angehörige des Hexenrates und Trägerin des goldenen Pferdefußes.«

»Das ist mir egal! Du musst sie nicht an vier Nachmittagen beim Hexunterricht ertragen«, erwiderte Magnolia mürrisch.

»Da hast du recht. Aber ich erinnere mich zufällig noch genau an meine eigene Schulzeit«, antwortete ihre Tante, während sie grimmig versuchte, die Kristallkugel in ihre Tasche zu quetschen.

Magnolia verdrehte die Augen. »Das wird nie was!«, versicherte sie.

»So? Das wollen wir doch mal sehen.« Mit einem kurzen Wink ihres Zauberstabs ließ Tante Linette die Tasche wachsen, bis sie größer war als der Tisch, auf dem sie stand.

»Jetzt ist es kein Kunststück mehr«, sagte sie zufrieden und ließ die Kugel behutsam in ihre Tasche gleiten.

»Nein«, erwiderte Magnolia bissig. »Das Kunststück ist jetzt, sie in den Flieger zu kriegen.«

Ihre Tante seufzte. »Das Flugzeug! Ich hätte viel lieber den Besen genommen. Weshalb muss dieser Kongress auch in Amerika stattfinden?«

Magnolia musste gegen ihren Willen lachen. »Vielleicht damit es auch die amerikanischen Hexen einmal gut haben?«

Mit diesen Worten verließ sie den Raum und stieg hinauf in den Turm, in dem sie wohnte.

Sie hatte ihr Zimmer im Turm vom ersten Moment an geliebt. Sie liebte die schlichte, zweckmäßige Einrichtung, sie liebte das Knarren der Dielenbretter, wenn sie morgens aus dem Bett stieg, und sie liebte vor allem den wundervollen Ausblick, den man von hier oben in alle Himmelsrichtungen hatte.

Gerade jetzt war Magnolia der Ausblick allerdings herzlich egal. Sie musste die Nachricht, dass nicht nur Tante Linette, sondern auch Runa Rickmoor, ihre strenge Lehrerin in Sachen Magie, auf die Reise mitkam, erst einmal verdauen – und das ging am besten zu zweit. Denn nicht umsonst heißt es: Geteiltes Leid ist halbes Leid.

Magnolia setzte sich an ihren Schreibtisch und schaute in ihre kleine, faustgroße Kristallkugel. Es war sehr praktisch, dass sie sich auch als Telefon benutzen ließ. Natürlich konnte man damit nur Menschen anrufen, die ebenfalls im Besitz einer solchen Kugel waren. Bei ihrer Hexenfreundin Jörna war das zum Glück der Fall.

Es dauerte nicht lange, da füllte sich die Kugel mit pinkfarbenem

Rauch, der sich schnell lichtete und Jörnas Gesicht Platz machte. Das mit dem rosa Rauch war Jörnas Idee, denn normalerweise war der Rauch in der Kugel weiß.

»Hi, Maggie, schön, dass du anrufst. Ich bin die ganze Zeit am Kofferpacken«, quasselte Jörna sofort drauflos. »Da tut eine Pause ganz gut.«

Eigentlich wollte Magnolia gleich von Runa erzählen, doch jetzt wurde sie hellhörig. »Wieso packst du die ganze Zeit? Was nimmst du denn alles mit?«

»Einfach alles! Ich meine alles, was in meinen Koffer passt. Man weiß ja nie …«, kicherte Jörna. »Ich habe sogar ein Ballkleid eingepackt, das sieht megascharf aus! Hat meine Mutter für mich von den Feen besorgt.«

Magnolia runzelte die Stirn. »Wozu nimmst du ein Ballkleid mit? Ich meine, wir fahren zu meiner Mutter und auf einen Hexenkongress.«

»Du hast es erfasst. Hexenkongress! Jugendprojekt …, na, klingelt es?«

»Emm!« Magnolia räusperte sich. Sie war zwar nicht blöd, aber da klingelte nichts.

»Ich sehe schon, du stehst auf der Leitung«, stellte Jörna fest. »Also noch einmal langsam. Wir nehmen an einem Jugendprojekt teil, oder? Alles Hexen und Zauberer in unserem Alter, richtig? Und womit endet so ein Projekt meistens?«

»Aaah!« Endlich hatte Magnolia begriffen, worauf Jörna hinauswollte. »Du meinst die Abschlussfeier!«

Jörna nickte. »Fast. Was hier eine Abschlussfeier ist, ist da ein Abschlussball. In Amerika ist immer alles ein bisschen größer.«

Magnolia staunte.

»Und jetzt überleg mal, wer an diesem Ball teilnimmt.«

»Du und ich?«, versuchte es Magnolia noch einmal.

Jetzt wurde Jörna aber ungeduldig. »Logisch, du und ich! Aber wer noch?« Sie wartete Magnolias Antwort gar nicht ab. »Die französischen Junghexen, die brasilianischen Junghexen und …« Sie machte eine bedeutungsvolle Pause. »Die kalifornischen Junghexen, verstehst du? Und wie die aussehen, weiß man ja. Die werden mit Lipgloss und Extensions geboren! Wenn wir also nicht als Vollpfosten dastehen wollen, müssen wir uns kräftig ins Zeug legen!«

Daran hatte Magnolia überhaupt nicht gedacht. Es war auch noch »Schaulaufen« angesagt. Und als Vollpfosten wollte sie natürlich nicht dastehen. Vor ihrem geistigen Auge sah sie die kalifornischen Hexen schon als Samantha-Klone. Eine perfekter als die andere. Sie schluckte.

»Gut, dass du mich daran erinnerst«, sagte sie. »Ich werde Tante Linette bitten, mir schnell etwas Nettes zu zaubern. Ich hoffe, ich kann sie dazu überreden. Sie ist total im Stress.«

Jörna nickte. »Mach das. Ich muss jetzt leider weiter packen. Wolltest du eigentlich etwas Bestimmtes? Oder weshalb hast du angerufen?«

»Was?«, Magnolia winkte ab. Ihre Gedanken kreisten jetzt um kalifornische Hexen. »Ich wollte dir eigentlich nur erzählen, dass wir nicht nur Tante Linette, sondern auch Runa an den Hacken haben!«

»Waaas?!!«, schrie Jörna. »Machst du Witze? Den alten Drachen …!«

Aber Magnolia war da schon weiter. Die kalifornischen Hexen waren im Moment durch nichts zu toppen.

»Ja, ich finde es auch blöd, aber wir sind ja zu zweit«, sagte sie deshalb abgeklärt.

»Danke, dass du mir Bescheid gesagt hast«, erwiderte Jörna muffig. »Bis eben hatte ich nämlich noch gute Laune.«

»Tut mir leid!« Magnolia konnte schon wieder lachen. »Aber ich musste dieses dunkle Geheimnis mit jemandem teilen. Jetzt ist mir wohler. Morgen holen wir dich übrigens in aller Frühe ab. Also stell dir den Wecker, damit du nicht verpennst. Das heißt, wenn wir pünktlich aus dem Haus kommen und nicht von tausend Zwergen aufgehalten werden, die sich unbedingt von Tante Linette verabschieden wollen.«

»Wird schon nicht so schlimm werden, schließlich sind wir schon in ein paar Tagen wieder da.«

Magnolia zuckte mit den Schultern. »Das sieht Tante Linette anders. Sie redet jedenfalls ständig von einer Weltreise in den Bäuchen eiserner Vögel.«

Jörna verdrehte die Augen. »Aber sie weiß schon, dass wir im 21. Jahrhundert leben und dass die eisernen Vögel Flugzeuge sind?«

Magnolia lachte. »Klar weiß sie das! Aber sie liebt es eben dramatisch.«

Sowie Magnolia das Gespräch mit Jörna beendet hatte, machte sie sich auf die Suche nach ihrer Tante. Diesmal fand sie sie in der Küche.

»Gut, dass du kommst, Maggie!« Inzwischen war Linette wieder gut gelaunt. »Ich habe uns eine grüne Suppe gekocht, mit allem, was der Garten so hergibt. Setz dich und nimm auch ein Stück Brot dazu.«

Tante Linette schenkte großzügig in die tiefen Teller ein und ließ sich auf einen Stuhl fallen.

»Es ist erstaunlich, wie viel Zeit die Reisevorbereitungen in Anspruch nehmen, und das, obwohl ich schon hier und da mit einem kleinen Zauber nachhelfe«, sagte sie, während sie geräuschvoll ihre Suppe löffelte.

Magnolia grinste. »Wenn man so viel einpackt wie du, sicher. Aber wo du gerade vom Zaubern sprichst … Könntest du mir vielleicht noch schnell ein extrem cooles Ballkleid hexen?«

Erstaunt sah Tante Linette von ihrem Teller auf. »Ein Ballkleid? Weshalb willst du ein Ballkleid tragen?«

Magnolia erklärte die Sache kurz und erwähnte auch die kalifornischen Hexen.

»Verstehe!« Ihre Tante lächelte wissend. »Leider hat die Sache einen großen Haken.«

»Und der wäre?«

»Deine Bestellung kommt drei Wochen zu spät. Ballkleider kann man nicht mal eben schnell hexen. Manifestierungszauber erfordern, genau wie Verwandlungs- und Kreativzauber, eine gründliche Vorbereitung und viele verschiedene Zutaten. Abgesehen davon werden Ballkleider, die wirklich etwas Besonderes sein sollen, von Feen gewebt und haben natürlich ihren Preis.«

Magnolia sah ihre Tante erschrocken an.

»Und nun? Oh, bitte, Tante Linette, ich muss unbedingt so ein Kleid haben. Jörna hat auch eins, und du willst doch sicher nicht, dass deine Nichte wie … na wie die in diesem Märchen …!«

»Aschenputtel?«, half Tante Linette freundlich nach.

»Genau wie dieses Aschenputtel in der Ecke steht und zusehen muss, wie alle anderen ihren Spaß haben!«

»Natürlich will ich das nicht. Aber, wie gesagt, du hättest es dir früher überlegen müssen. Zum Glück hast du noch ein paar hübsche Kleider im Schrank.«

»Och, Tante Linette, die kann man dafür doch nicht gebrauchen.« Flehend sah Magnolia ihre Tante an.

Sofort bekam Linette Mitleid. Sie war eine liebende Tante und Magnolia war ihr im letzten Jahr wie eine Tochter ans Herz gewachsen.

»Jetzt schau mich nicht so an!«, brummte sie. »Ich werde sehen, ob sich noch etwas machen lässt. Extra anfertigen lassen können wir es nicht mehr. Aber vielleicht ist ja eins zurückgekommen.«

Zurückgekommen? Magnolia runzelte die Stirn. »Ich möchte lieber kein zurückgekommenes Kleid«, wandte sie zaghaft ein.

»Ein anderes wird es leider nicht geben. Aber ich kann dich beruhigen. Feenkleider sind immer etwas ganz Besonderes. Und die Feen in Rauschwald haben weltweit einen guten Ruf!«

Magnolia schluckte. Scheinbar blieb ihr nichts anderes übrig, als darauf zu hoffen, dass genau das richtige Kleid zurückgekommen war. Nachdenklich stellte sie ihren Teller ins Waschbecken. Ein

»Wuuuuschschsch« von Tante Linettes Zauberstab und schon füllte es sich mit Seifenwasser. Ein Teller nach dem nächsten sprang hinein, wurde von einer Spülbürste geschrubbt und von einem Geschirrtuch blank geputzt. Tante Linette musste nichts anderes tun, als dem Geschirr seinen Platz im Küchenschrank zuzuweisen.

Magnolia war froh, dass es so praktische Dinge wie die Zauberei gab. Bei ihrer Mutter war immer sie es gewesen, die den Geschirrspüler ausräumen musste.

Schnell stieg sie hoch in ihren Turm. Vielleicht sollte sie tatsächlich mit dem Packen anfangen, denn bisher lagen nur ihr Handy, Unterwäsche und ein Nachthemd im Koffer.

Magnolia nahm die letzten Stufen mit einem Schritt und blieb wie angewurzelt stehen. Sie hätte schwören können, dass sie ihre Zimmertür hinter sich geschlossen hatte, als sie zu ihrer Tante nach unten gegangen war. Jetzt stand sie jedoch einen Spalt weit offen. Leise schlich die junge Hexe heran und spähte vorsichtig durch den Spalt. Natürlich ...! Mit einem Satz war sie im Zimmer.

»Ich hab's doch gewusst!! Was machst du auf meinem Bett, Kobold?!«, rief sie erbost. Und tatsächlich! Dort saß ein kleiner, rothaariger Mann mit blauer Kappe und inspizierte in aller Ruhe den Inhalt ihres Koffers. Blitzschnell wirbelte er herum und ließ das Nachthemd sinken, das er gerade in den Händen hielt. Angeekelt verzog Magnolia das Gesicht.

»Ma... Ma... Magnolia!«, rief der Kobold erschrocken und stopfte das Nachthemd hastig zurück in den Koffer. »Es ... es ist nicht so, wie es aussieht!«

»Soooo?!«, sagte Magnolia und kam drohend einen Schritt näher.

Abwehrend hob Jeppe die Hände. «Du glaubst doch nicht im Ernst, dass ich ...« Magnolia kniff böse die Augen zusammen.

»Dass ich ... in deiner Wäsche wühle!« Mit Genugtuung sah Magnolia, wie Jeppe tomatenrot anlief.

»Stell dir vor, genau das glaube ich«, zischte sie. Wütend griff sie nach einer Haarbürste, die auf ihrer Kommode lag, und schleuderte sie in Richtung Kobold. Wie der Blitz sprang Jeppe vom Bett.

»He, he ... nun mal langsam. Mach dich nicht unglücklich!«, keuchte er. »Ich wollte bloß sehen, wie viel Platz in deinem Koffer ist.«

»Wie viel Platz ...? Wozu willst du wissen, wie viel Platz darin ist?«

Ein listiges Lächeln huschte über Jeppes Gesicht. Dann sagte er schnell: »Ich meine, ob du auch genügend Platz in deinem Koffer hast. Schließlich machst du eine weite Reise und musst eine Menge mitnehmen. Ein guter Freund sorgt sich eben um den anderen.«

Magnolia runzelte die Stirn. Jeppe und Sorge passte irgendwie nicht zusammen. Sie konnte sich nicht mal daran erinnern, dass sie gute Freunde waren.

»Hör auf, mir Märchen zu erzählen. Also, was suchst du in meinem Koffer?«

»Nichts, ich habe mir deinen Koffer tatsächlich nur angesehen«, verteidigte Jeppe sich. »Und er ist wirklich zu klein«, setzte er bedauernd nach.

»Quatsch, der Koffer reicht völlig aus. Ich nehme ja auch noch meinen Rucksack mit und schließlich bin ich nicht Tante Linette. Ihre Tasche ist riesig. Ich glaube nicht, dass irgendein Flieger sie mitnimmt.«

Freudig überrascht sah Jeppe Magnolia an.

»Sie ist riesig, sagst du?«

Magnolia nickte abwesend. »Sie ist gigantisch.« In Gedanken war sie bereits beim Packen.

»Also, dann will ich dich nicht länger stören. Mach's gut, Jungfer Riesengroß, und schreib mir mal.« Der Kobold winkte zum Abschied und verließ eilig das Zimmer.

Zweites Kapitel

Ein gefährlicher Auftrag

Linette ahnte nichts Gutes, als sie den Sämling in ihrem Garten fand, mit dem die Oberhexe Pestilla ihre Nachrichten verschickte. Rasch drückte sie ihn in die dunkle, feuchte Erde auf ihrem Kräuterbeet. Sie deckte ihn mit ihrem Hut ab und flüsterte alte Hexenworte, während ihre Hände magische Zeichen in die Luft malten.

Samen der Erinnerung,
gebe preis den wahren Grund,
weshalb du auf den Weg gebracht.
Gehorche meiner Hexenmacht!

Es dauerte nicht lange und der Hut ruckte und zucke und schoss ganz plötzlich in die Höhe. Der Sämling hatte sich zu einer stattlichen Pergamentrolle entwickelt. Vorsichtig brach Linette das schwarze Siegel und überflog rasch den Inhalt.

Pestilla bat, oder besser befahl sie in knappen Worten zu sich ins Schloss. Noch heute Abend, denn die Sache duldete keinen Aufschub.

Linette spürte, wie sie nervös wurde. Pestilla wollte ihnen sicher nicht nur eine gute Reise wünschen. Wenn sie rief, gab es immer einen triftigen Grund.

»Ich muss noch einmal nach Hackpüffel«, sagte sie wenig später und steckte ihren Kopf in Magnolias Zimmer.

Wie nicht anders zu erwarten, saß ihre Nichte vor ihrer Kristallkugel und unterhielt sich mit Jörna. Magnolia drehte sich um und lächelte ihrer Tante zu.

»Ist in Ordnung, grüß die Zwerge von mir und sag Una, dass ich ihr die Freiheitsstatue mitbringe.«

»Mach ich!« Linette zog ihren Kopf wieder zurück. Sie hatte kein schlechtes Gewissen, dass sie ihre Nichte soeben belogen hatte. Magnolia war ein aufgewecktes Mädchen und es würde schwer sein, ihr etwas vorzumachen, sobald sie das wahre Ziel ihres Besuchs kannte.

In der Diele schlüpfte Linette in ihren Mantel, setzte sich den spitzen Hexenhut auf und nahm Hugin, ihren Besen, aus dem Schrank. Dann trat sie vor die Tür. Erleichtert stellte sie fest, dass es bereits dunkel wurde. Es flog sich besser im Dunkeln, man brauchte dann keine Angst haben, gesehen zu werden. Rasch stieg Linette auf.

»Nach oben hinaus und nirgends an«, murmelte sie. Augenblicklich stieg der Besen in die Luft. »Schloss Drachenstein!«, nannte sie das Ziel ihres Ritts. Hugin richtete sich nach Osten hin aus und zischte über die dichten Bäume davon.

Es war windig und in dieser Höhe empfindlich kalt. Fest hüllte sich Linette in ihren Mantel und zog auch ihren Hut noch tiefer ins Gesicht. Beinahe lautlos flogen sie durch die Dämmerung. Von hier oben konnte sie zusehen, wie in den Dörfern unter ihnen die Lichter angingen. Kleine helle Inseln im dunklen Meer, aufgereiht wie auf einer Perlenschnur. Doch bald veränderte sich die Landschaft. War sie eben noch über Wiesen und bestellte Felder geflogen, wurde das Land jetzt karg.

In schnellem Tempo trug sie ihr Besen über dunkle Moore, verlassene Gehöfte und finstere Tannenwälder. Bis schließlich in der Ferne ein schwarzes, scharfkantiges Gebirge auftauchte. Der Drachenstein. Das Zuhause einer mächtigen Hexe. Ohne zu zögern, stieg Hugin an den senkrechten Felsen empor, stürzte sich in zerklüftete Schluchten und fand sicher seinen Weg zu Pestillas Schloss. Bereits von Weitem leuchteten dem Besucher die blutroten Zinnen entgegen. Linette war jedoch zu oft hier gewesen, als dass sie die garstigen Wasserspeier oder die von Efeu umrankten Mauern beeindruckt hätten. Sie konzentrierte sich darauf, im richtigen Moment den Kopf einzuziehen, als Hugin auch schon über die Zugbrücke in den Schlosshof donnerte. Linette war gerade von ihrem Besen gestiegen, als ein Tosen einsetzte und der graue Rüssel einer Windhose in den Hof fuhr. Der Wind war so stark, dass Linette ihren Hut mit beiden Händen festhalten musste. Runa, die zweite Vorsitzende des Hexenrates, war angekommen. Groß und hager stand sie inmitten der wirbelnden Blätter.

»Verhexter Krötendreck, Runa! Irgendwann reißt es mir die Ohren ab, wenn du direkt neben mir landest«, schimpfte Linette zur Begrüßung.

»Stell dich nicht an wie ein Mädchen«, antwortete Runa gelassen. »Lass uns lieber reingehen und hören, was die Alte von uns will. Muss ja ungeheuer wichtig sein.«

Seite an Seite stiegen die beiden Hexen die Stufen zum Schlosstor hinauf, das ihnen von einem hässlichen Guhl geöffnet wurde.

»Guten Abend, Stelzfuß«, grüßte Linette.

Runa stieß sie an. »Mich schüttelt es jedes Mal, wenn ich ihn sehe. Kann gar nicht verstehen, weshalb ...«

»Haltung, meine Liebe, Haltung ...«, murmelte Linette, während sie ihm durch die langen Flure folgten. Der Ghul war so groß wie ein dreijähriges Kind, mit langen Armen, die bis zur Erde herabhingen. Sein Kopf war so dick, dass er von einer Seite zur anderen rollte, als wäre sein Hals zu schwach, ihn zu tragen. Das Scheußlichste an ihm aber war seine Haut. Sie war dünn wie Papier. So dünn, dass man das gelbe Blut in seinen Adern fließen sah. Er war wirklich eine abscheuliche Erscheinung.

Endlich blieb der Ghul stehen und öffnete unter großer Mühe eine hohe Flügeltür.

Für eine Sekunde überlegte Linette, ihm zu helfen, dann verwarf sie den Gedanken wieder. Schließlich wusste sie, wie empfindlich diese Spezies war. Ghule fühlten sich schnell in ihrer Ehre gekränkt. Und konnten dann sehr unangenehm werden.

Der Saal, der nun vor ihnen lag, wurde von einem riesigen Kamin beherrscht. Die Feuerstelle war so groß wie ein Scheunentor und verbreitete eine unangenehme Hitze. Pestillas Vorfahren waren Kaminhexen und denen konnte es bekanntlich nicht heiß genug sein.

Die Oberhexe saß am Ende des Saals auf einem Thron aus verblichenen Knochen und drehte nervös ihr Hexenzepter in den Händen.

Als die beiden Hexen eintraten, stand sie auf und kam ihnen eilig entgegen.

»Gut, dass ihr da seid, meine unholden Schwestern! Setzen wir uns gleich an den Kamin.«

Linette brach schon jetzt der Schweiß aus.

»Stelzfuß, bring uns den stärksten Nesselwein, der im Keller ist. Ich fürchte, die beiden werden ihn gleich brauchen.«

Runa und Linette nahmen auf zwei storchenbeinigen Stühlen Platz. Ihre Nerven waren zum Zerreißen gespannt.

Sie warteten eine kleine Ewigkeit, bis Stelzfuß den Wein serviert hatte. Dann fing Pestilla endlich an zu sprechen.

»Ich will es kurz machen und sage zur Einleitung nur ein Wort. Kyffhäuser!«

Runa und Linette zuckten zusammen, als hätte sie ein Peitschenhieb getroffen.

»D…Das ist unmöglich!«, stammelte Runa.

»Ist der K…König erwacht?«, stotterte Linette.

Pestilla schüttelte den Kopf. »Nein, der alte Zausel sitzt noch immer versteinert an seinem Tisch. Es ist schlimmer! Viel schlimmer!« Sie machte eine bedeutungsvolle Pause. »Der Beryll wurde entdeckt! Wir sind vor den Faltern des Lichtes nicht länger sicher. Sie kratzen bereits an ihrem Gefängnis.«

»Unmöglich ...«, flüsterte Linette.

»Aber ... haben ihn die Klabauter nicht vor vielen hundert Jahren in die Neue Welt gebracht und dort versteckt?«, fragte Runa.

»Versteckt!«, höhnte Pestilla mit lauter Stimme. »Jedem Troll wäre ein besseres Versteck einfallen. Sie haben ihn ausgestellt!«

»Ausgestellt?«, echoten die beiden Hexen.

Pestilla nickte. »Im Heimatmuseum von Salem, als Brille eines amerikanischen Siedlers.«

Linette schnappte nach Luft.

»Da leck mich doch einer am ... Ärmel«, japste auch Runa.

Pestilla nickte grimmig. »Es war also nur eine Frage der Zeit, bis er dort entdeckt würde. Und genau das ist jetzt geschehen.«

»Wer?«, fragte Linette.

»Gorgonen«, antwortete Pestilla.

»Haben sie ihn?«

Die Oberhexe schüttelte den Kopf.

»Den nichtsnutzigen Klabautern ist es gelungen, den Beryll in letzter Sekunde an sich zu nehmen. Aber er ist bei ihnen nicht sicher. Sie haben den Gorgonen nichts entgegenzusetzen.« Pestilla richtete sich kerzengerade in ihrem Stuhl auf. »So wie es aussieht, müssen wir uns wieder einmal selbst helfen. Die Brille muss zu uns zurückgebracht werden. Und ihr seid unsere einzige Chance. Vergesst das ganze Klimbim um den WWC, der ist jetzt nur noch die Kulisse in einem echten Thriller. Niemand außer euch kann den Beryll unbemerkt außer Landes schaffen. Ich sage es höchst ungern: Aber wenn die Gorgonen in seinen Besitz gelangen und die Falter des Lichtes befreien, dann sind unsere Tage gezählt.«

Linette bekam weiche Knie. Sie war sich der ungeheuren Verantwortung bewusst.

»Für eine solche Aufgabe reichen zwei Hexen nicht aus«, sagte sie matt.

»Wenn es jemand kann, dann ihr«, erwiderte Pestilla. »Ihr müsst den Beryll zurückholen. Nur hier können wir für seine Sicherheit garantieren. Dass es nicht einfach ist, weiß ich selbst. Aber wir haben keine andere Wahl. Ein Scheitern können wir uns nicht erlauben!« Die Oberhexe nahm einen großen Schluck aus ihrem Weinglas.

»Hast du vielleicht auch schon eine Idee, wie wir das Ding außer Landes bringen? Sollen wir uns den Beryll einfach in die Rocktasche stecken und fröhlich winkend nach Hause fahren?«, wollte Runa bissig wissen.

»Du kannst ihn dir auch auf die Nase setzen. Er ist schließlich eine Brille!«, antwortete Linette spitz.

Pestilla sah sie streng an. Ihr war nicht zum Scherzen zumute. »Also?«

»Haben wir denn eine Wahl?«

Pestilla schüttelte den Kopf.

»Oder wenigstens eine Chance?«

Pestilla nickte. »Hoffe ich zumindest. Ihr dürft die Gorgonen nur nicht unterschätzen! Eigentlich ist es ganz einfach: Im Trubel des Hexenkongresses werden die Klabauter zu euch Kontakt aufnehmen und euch die Brille übergeben. Ihr habt dann nichts weiter zu tun, als sie unverzüglich nach Hause zu bringen. Mit unverzüglich meine ich selbstverständlich auch unverzüglich. Nicht, dass ihr auf die Idee kommt, den WWC bis zum letzten Tag zu genießen oder irgendwelche Verwandtenbesuche zu machen.«

Linette und Runa sahen Pestilla so empört an, dass die abwehrend ihre Hände hob. »Schon gut … schon gut! Ich wollte es bloß gesagt haben. Wir zählen auf euch!«

Mit diesen Worten wurden sie entlassen.

Der Rückflug war alles andere als angenehm. Tausend Fragen und Gedanken wirbelten durch Linettes Kopf.

Als sie schließlich zu Hause landete, kam ihr Magnolia aus der Küche entgegen. »Hallo, Tante Linette! Bist du nach Hackpüffel geflogen, oder warum hast du den Besen dabei?«

»Was? Ach so.« Abwesend sah die Hexe ihre Nichte an. »Ich hatte noch etwas in Rauschwald zu tun.«

»Hast du das Ballkleid bestellt?«

Linette sah Magnolia bestürzt an. »Ach du Schreck! Das habe ich tatsächlich vergessen.«

»Oh, Tante Linette, was ist, wenn sie jetzt keins mehr haben?«, jammerte Magnolia.

»Mach dir keine Sorgen. Ich werde unsere Bestellung sofort aufgeben. Falls sie noch ein Kleid haben, sollen sie es gleich morgen früh liefern. Deine Maße dürften ihnen noch von dem Mantel vorliegen, den du zur Hexenweihe bekommen hast.«

»Das muss aber sehr früh sein. Schließlich müssen wir zum Flughafen und vorher noch Jörna abholen.«

»Wird schon klappen«, antwortete Linette und hängte ihren Mantel in den Schrank.

Drittes Kapitel

Schlecht geflogen …

Es war noch stockdunkel, als Magnolia von Stimmen geweckt wurde. Die eine Stimme gehörte unverkennbar Tante Linette, die andere Stimme war ihr fremd, aber sie klang hell und melodisch. Allerdings meinte Magnolia so etwas wie Entrüstung herauszuhören. Neugierig sprang sie aus dem Bett und lief zur Treppe, um besser hören zu können.

»Das ist Ihre Meinung, Madame Kater! Aber wenn Sie nicht wollen, nehme ich es wieder mit.« Magnolia hörte, wie ihre Tante etwas mit gedämpfter Stimme erwiderte.

»Nun, da hätten Sie sich früher melden müssen. Diese Kleider liegen bei uns schließlich nicht auf Halde.« Die melodische Stimme bekam einen spitzen Unterton.

»So habe ich das nicht gemeint!« Tante Linettes Stimme klang beschwichtigend. »Es wird meiner Nichte schon gefallen, Mädchen lieben Rosa.«

Magnolia glaubte nicht recht zu hören. Sie hasste Rosa! In Windeseile sauste sie die Treppe hinunter. Zu spät. Die Haustür klappte und außer Tante Linette war niemand mehr zu sehen.

»War das mein Kleid?«

»Guten Morgen«, sagte ihre Tante betont langsam. »Ja, es war dein Kleid. Eine männliche Fee hat es gerade gebracht.«

»Kann ich es sehen?«

»Später, jetzt habe ich es bereits in meiner Tasche verstaut. Ich zeige es dir, wenn wir in Amerika angekommen sind.«

Das war ja reichlich merkwürdig. Magnolia kam ein schrecklicher Verdacht. »Zeig mir das Kleid, Tante Linette!«, forderte sie bestimmt.

»Ich habe dir doch gesagt, dass es bereits eingepackt ist …«, erklärte ihre Tante mit Nachdruck.

»Oh Tante Linette, ich glaube dir kein Wort! Sicher ist es …!«

»Hinreißend. Du wirst entzückend darin aussehen. Und jetzt wollen wir kein weiteres Wort darüber verlieren. Zieh dich an und bring deinen Koffer herunter, dann können wir noch schnell zusammen frühstücken.«

Wütend stampfte Magnolia mit dem Fuß auf. Ihr blieb nichts anderes übrig, als sich zu gedulden. Wenn ihre Tante so sprach, war jeder Widerstand zwecklos.

Während sie angezogen, mit Rucksack und Koffer im Schlepptau die Treppe herunterkam, hörte sie abermals Stimmen. Und obwohl sie sich noch über ihre Tante ärgerte, musste sie grinsen. Denn diesmal wusste sie genau, zu wem diese Stimmen gehörten. Jacko Rosenstolz und seine Leute waren aus dem Zwergendorf gekommen, um ihnen eine gute Reise zu wünschen.

Die Wohnstube war so voll, dass Magnolia den Bauch einziehen musste, damit sie noch hineinpasste.

»Hallo, Magnolia! Wir wollen gar nicht lange stören«, erklärte Jacko.

»Ganz recht, wir möchten euch nur eine gute Reise wünschen«, ergänzte eine Zwergenfrau, die Greta hieß und ein blaues Häubchen trug, unter dem zwei Zöpfe hervorlugten.

»Gute Reise! Ja, gute Reise! Lasst euch nicht vom Yeti fressen!« Jetzt riefen alle Zwerge durcheinander.

»Wie reizend von euch. Ihr stört überhaupt nicht!« Das war Tante Linette. »Setzt euch, dann können wir ein letztes Mal gemeinsam frühstücken.«

»Tante Linette! … Tante Linette!« Magnolia drängte sich durch die Besucher. »Du kannst sie unmöglich alle zum Frühstück einladen, wir müssen in einer halben Stunde los! Flugzeuge warten nicht«, flüsterte sie.

»Papperlapapp!«, erwiderte ihre Tante schroff. »Du glaubst doch nicht, dass ich auf Weltreise gehe, ohne mich von meinen Freunden zu verabschieden.«

Magnolia verdrehte die Augen. »Du gehst nicht auf Weltreise. Wir sind bald wieder hier!«

»Wenn nichts dazwischenkommt«, erklärte ihre Tante starrköpfig. »Und nun steh mir nicht im Weg. Mach dich lieber nützlich und setze ein paar Kannen Kaffee auf. Ich sorge für den Rest.« Mit einem Schubs wurde Magnolia Richtung Küche bugsiert. Im Hinausgehen sah sie gerade noch, wie ihre Tante einmal in die Hände klatschte und sich Tische und Stühle verdoppelten. Ein erneutes Klatschen und sie teilten sich abermals. Magnolia wusste, es würde Jahre dauern, bis sie so etwas ebenfalls konnte.

Eine Viertelstunde später hatten alle einen Platz gefunden und langten kräftig zu. Reiseerlebnisse wurden zum Besten gegeben und mit Ratschlägen wurde auch dann nicht gegeizt, wenn man es selber bloß bis zur Nordsee geschafft hatte.

Magnolia wurde langsam nervös. Wenn das Frühstück nicht bald zu Ende war, konnten sie den Flug knicken. Ihre Tante schien das nicht zu interessieren, denn sie brachte gerade ein neues Tablett mit Käsebrötchen herein. Energisch zog Magnolia sie am Ärmel.

»Tante Linette, wir müssen jetzt wirklich los! Eigentlich müssten wir längst am Flughafen sein.«

Erstaunt sah ihre Tante auf die Uhr. »Es ist seltsam, wie schnell die Zeit vergeht, wenn man mit guten Freunden plaudert.«

»Für die dritte Ladung Brötchen ist nun wirklich keine Zeit mehr«, drängte Magnolia. »Du musst dich von den Zwergen verabschieden, Jörna wartet bereits.«

Ihre Tante warf einen Blick auf die alte Standuhr und seufzte. »Ruf Jörna an, sie soll zu uns kommen. Wir schaffen es nicht mehr, sie abzuholen. Ich sage unseren Gästen inzwischen auf Wiedersehen.«

Magnolia winkte zum Abschied in die Runde, dann sauste sie hoch und rief Jörna an. Keine zwanzig Minuten später stand die Junghexe in der Tür.

»Das nenne ich schnell!«, sagte Magnolia anerkennend und fiel ihrer Freundin um den Hals. »Bin ich froh, dass du da bist. Hat deine Mutter dich nicht begleitet?«

Jörna schüttelte vergnügt ihre rote Lockenpracht. »Zum Glück konnte ich sie davon abhalten. Sie ist furchtbar dramatisch, was Abschiede angeht.«

Magnolia strahlte. »Prima, dann machen wir Tante Linette jetzt Beine.«

»Nicht nötig, Schätzchen! Deine Tante hat zwei Beine und ist reisefertig.«

Verdutzt sah Magnolia ihre Tante an. Sie musste zweimal hinsehen, denn so hatte sie Tante Linette noch nie gesehen. Sah sie sonst wie eine kleine, dickliche Hexe aus, trug sie nun ein dunkelblaues Kostüm mit schmalem Rock und eine weiße Spitzenbluse. Die rundlichen Waden wurden durch elegante Pumps gestreckt und sogar ihre struppigen Haare lagen in ordentlichen Wellen um ihren Kopf.

»Wow, siehst du gut aus«, sagte Magnolia anerkennend. »Bist du sicher, dass du auf den Schuhen laufen kannst?«

»Natürlich, Kindchen. Ich stehe schließlich nicht zum ersten Mal auf diesen Dingern.«

Magnolia und Jörna tauschten einen skeptischen Blick.

»So ein enger Rock macht immer eine gute Figur«, sagte Jörna vorsichtig. »Aber er eignet sich nicht besonders zum Fliegen, ich meine, auf dem Besen.«

Linette zog unwirsch die Augenbrauen hoch. »Danke für den Hinweis, meine Liebe, aber das ist glücklicherweise meine Sache. Und nun kommt.« Schwankenden Schrittes marschierte sie zur Haustür hinaus und winkte ihrer Reisetasche, ihr zu folgen.

Nichts geschah, dafür kam aus dem roten Zimmer ein polterndes Geräusch. Linette winkte abermals. Wieder polterte es, doch von der Reisetasche war nicht mal ein Henkel zu sehen. Das war merkwürdig. Die Mädchen gingen nachsehen und stellten schnell fest, woran es lag. Die Tasche passte nicht durch die Tür.

Verzweifelt nahm sie immer wieder Anlauf. Doch es nützte nichts, jedes Mal blieb sie im Türrahmen stecken. Was nicht weiter verwunderlich war, denn sie hatte die Größe eines mittleren Schlauchboots.

Verlegen stöckelte Tante Linette zurück in die Diele und klatschte zweimal energisch in die Hände. Sofort wurden aus einer Tasche drei deutlich kleinere Gepäckteile. Eines nach dem anderen schwebte nun durch die Tür in den Garten, wo Tante Linettes Besen bereits wartete.

Serpentina stand als Abschiedskomitee im Garten und Magnolia strich ihr ein letztes Mal über den Kopf. Dann stieg sie auf ihren Besen. Sie war sehr stolz auf Huckebein. Nur ihm war es zu verdanken, dass Jörna und sie im letzten Jahr aus den Fängen des Grafen gerettet wurden. Jörna war ebenfalls startklar. Die Koffer hängten sie über ihre Besen, die Rucksäcke saßen fest auf den Rücken.

»Taschen, folgt mir!«, rief Linette. Augenblicklich umkreisten die Taschen sie, wie Satelliten die Erde. Magnolia wartete auf das Startzeichen, aber nichts geschah. Ungeduldig sah sie sich um. Warum saß ihre Tante nicht längst auf dem Besen?

Die Antwort war ganz einfach. Es funktionierte nicht. Der enge Rock ließ nicht zu, dass Tante Linette ihr Bein hob, um auf den Besen zu steigen. Als sie es trotzdem versuchte, rutschte er hoch, bis über das Knie. Linettes Wangen überzog ein rosiger Hauch. Schnell ließ sie den Besen fallen und strich ihren Rock glatt. Magnolia und Jörna grinsten.

»Ich wüsste nicht, was es da so dämlich zu grinsen gibt!«, schimpfte Linette, bevor sie sich würdevoll im Damensitz auf ihren Besen setzte. Dann startete sie Richtung Flughafen und die beiden Junghexen beeilten sich, ihr zu folgen.

Als die ersten Flugzeuge in Sicht kamen, verließen die Hexen ihre Flughöhe und landeten schließlich zwischen den dichten Büschen, die am Zaun zum Flughafen wuchsen.

Fasziniert beobachtete Magnolia das Rollfeld. Eine Maschine der Air France positionierte sich dort gerade zum Start.

Abenteuerliches Kribbeln breitete sich in ihrem Körper aus. »Das wird cool!«, verkündete sie. »Ich werde mir einen Film nach dem anderen reinziehen. Du kannst meinetwegen am Fenster sitzen.« Sie sah Jörna großzügig an.

Die guckte verlegen auf ihre Schuhspitzen. »Nicht nötig, ich guck da lieber nicht raus.«

Neugierig sah Magnolia ihre Freundin an. »Hast du Schiss?«

»Irgendwie schon …«, stammelte Jörna verlegen.

»Vielleicht kann Tante Linette dir helfen. Einen Abwesenheits- oder Süße-Träume-Zauber.«

Jörna zeigte ihr einen Vogel. »Spinnst du? Ich will doch von meinem ersten Atlantikflug etwas mitkriegen.«

»Huuuuhhuuu!!« Es knackte im Gebüsch und Runa trat zwischen den Zweigen heraus. »Da seid ihr ja endlich. Fesch siehst du aus!« Das galt Linette.

»Weshalb versteckst du dich im Gebüsch?«, fragte diese anstelle einer Begrüßung.

»Ich verstecke mich nicht. Ich war nur kurz für kleine Mädchen.«

Magnolia und Jörna rümpften die Nase.

»Jetzt kommt! Ein Stück weiter gibt es einen Seiteneingang, den wir benutzen können.«

Runa hatte recht, ein Fußweg führte direkt zum Abfertigungsterminal. Glücklicherweise stand dort auch ein Gepäckwagen bereit, sodass Linette damit aufhören konnte, ihre drei Koffer über den Boden schweben zu lassen.

»Hast du die Bordkarten?«, wollte Magnolia wissen.

Ihre Tante nickte. »Wo steht das Flugzeug?«

»Wir müssen zuerst das Gepäck aufgeben und durch den Sicherheitscheck. Du kannst da nicht einsteigen wie in eine Straßenbahn«, erklärte Magnolia.

»So«, schnaubte Linette und guckte verdrießlich auf die lange Menschenschlange, die sich vor den Schaltern gebildet hatte. »Ich habe keine Lust, mich in die langsamste Polonaise der Welt einzureihen!«, verkündete sie mit Nachdruck. »Wo müssen wir hin?«

»Wir müssen zuerst das Gepäck aufgeben. Und dazu musst du dich wohl oder übel hier anstellen!«, meinte Magnolia.

»Meinst du?« Spöttisch sah ihre Tante sie an. »Runa, meine Liebe, was hältst du vom Schleier des Vergessens? Ein kleiner Kurzzeitgedächtnisverlustzauber«, erklärte sie den Mädchen.

»Ganz nach meinem Geschmack!«, antwortete Runa und hielt ihren Zauberstab schon in der Hand.

»Mädchen, macht euch bereit. Wenn ein zarter Schleier die Erinnerung dieser Menschen vernebelt, saust ihr los! Verstanden? Die Menschen werden nicht merken, dass wir uns vorgedrängelt haben. Aber beeilt euch, dieser Zauber ist so flüchtig wie ein Nebelhauch.«

Linette war ganz in ihrem Element. Kaum hatte Runa die magische Formel gesprochen, da legte sich ein milchiger Schleier auf die Köpfe der Menschen, die in der Schlange geduldig auf ihre Abfertigung warteten.

»Los!«, zischte Linette und hastete mit ihren Koffern bis ganz nach vorn an den Schalter. Magnolia und Jörna blieb nichts anderes übrig, als ihr zu folgen und zu hoffen, dass niemand etwas von dem Zauber bemerkt hatte. Schließlich waren ja auch noch Menschen unterwegs, die nicht in dieser Schlange standen.

Sie hatten Glück. Niemand nahm Anstoß daran, dass die vier Hexen plötzlich ganz vorne standen. Dann waren sie auch schon an der Reihe und der Ärger nahm seinen Lauf.

Es begann damit, dass Linette zu viele Gepäckstücke dabeihatte. Höflich erklärte ihr der Mann hinter dem Schalter, dass nur zwei Koffer erlaubt wären und dass alle drei Gepäckstücke zudem auch noch zu schwer wären. Außerdem dürften sie die Besen nicht mitnehmen, da sie länger als die vorgeschriebenen 1,58 Meter waren. Gleiches galt für die vier Zauberstäbe. Spitze Gegenstände seien im Handgepäck nicht erlaubt. »Und sie sehen auch nicht gerade nach Mikadostäbchen aus«, schob der Mann hinterher. Das war es nämlich, was Runa ihm weismachen wollte. Im Übrigen seien auch Mikadostäbchen im Handgepäck verboten.

»Wenn Sie also Ihr Flugzeug noch bekommen wollen, müssen Sie die Besen und einen Koffer hierlassen und die vier seltsamen Stäbe als Gepäckstücke aufgeben oder in einen der Koffer stecken«, so der freundliche Mann.

Magnolia sah ihrer Tante an, dass sie kurz davor war zu platzen.

Mit verbissenem Lächeln wendete sie sich ab und verschwand um die Ecke. Dort ließ sie die Besen um zwanzig Zentimeter schrumpfen, verteilte die Zauberstäbe auf die Koffer und klatschte einmal die Handrücken gegeneinander. Sofort wurden aus drei zwei Gepäckstücke.

Zwei Minuten später stand sie erneut vor dem Mann an der Gepäckaufgabe. Der staunte nicht schlecht, Linette in so kurzer Zeit wiederzusehen. »Wo haben Sie denn so schnell Ihren Koffer untergebracht?«, wollte er wissen.

»Meine Sache«, erwiderte Linette knapp und stellte die restlichen zwei Koffer auf die Waage. Das Display ließ sie dabei nicht aus den Augen.

»Dreiundzwanzig Kilo pro Stück. Perfekt!«, wunderte sich der Mann.

»Und jetzt messen Sie noch einmal die Besen nach. Bitte!«, verlangte Tante Linette mit eisigem Lächeln.

»Augenblick!« Der Mann legte den Zollstock an und rieb sich die Augen. »1,58 Meter!«

»Zufrieden?« Es war mehr eine Feststellung als eine Frage. Hocherhobenen Hauptes schritt Linette zur Personenkontrolle, die sie ohne Beanstandung passierte. Die drei anderen Hexen beeilten sich, ihr zu folgen.

Zehn Minuten später gingen sie an Bord und Magnolia und Jörna wünschten sich, ein gnädiger Zauberer würde ihnen einen Tarnmantel überwerfen.

Misstrauisch musterten Runa und Linette das Flugzeug.

»Ist ja enger als eine Sardinenbüchse«, stellte Runa lautstark fest. »Hier halte ich es keine zwei Stunden aus.«

Genauso sah Tante Linette das auch. Ungeachtet der bösen Blicke der Mitreisenden kämpfte sie sich durch bis in den vorderen Teil des Flugzeugs. Dann hellte sich ihre Miene auf.

»Hierher, Runa! Kommt, Mädels! Ich halte uns vier Plätze frei. Doll ist es nicht, aber man braucht wenigstens keine Angst haben zu ersticken.«

Das ließ Runa sich nicht zweimal sagen. Unter Einsatz ihrer spitzen Ellenbogen kämpfte sie sich bis zu Linette durch.

»Das ist doch schon ein anderer Schnack!«

Magnolia verdrehte die Augen. »Unsere Plätze sind doch hier!«

»Sie haben die Businessklasse entdeckt«, sagte Jörna. »Am besten holst du sie zurück, bevor es Ärger gibt.«

Und der ließ in der Tat nicht lange auf sich warten. Die Mädchen hatten den vorderen Teil des Flugzeugs noch nicht erreicht, da hörten sie auch schon Linettes empörte Stimme.

»Nehmen Sie Ihr Gepäck aus meinem Gesicht! Was fällt Ihnen ein, mir so aufdringlich nah zu kommen? Was heißt das, Sie sitzen hier? Eine größere Frechheit ist mir in meinem Leben noch nicht untergekommen. Sie sehen hoffentlich deutlich, dass ich diese Sitzreihe freihalte? Und ganz bestimmt nicht für Sie! Worauf warten Sie noch? Verschwinden Sie oder ich ziehe andere Seiten auf!« Das klang eindeutig bedrohlich.

»Wollen Sie mir drohen?«, gab der Mann prompt zurück.

»Wir können auch gleich ernst machen, Schätzchen!« Das war Runas peitschende Stimme. »Hast du nicht gehört, was meine Cousine gesagt hat?!«

»Cousine??«, sagten Magnolia und Jörna gleichzeitig. Sie hatten die Streithähne beinah erreicht.

»Hören Sie auf, mich so plump zu duzen. Das ist ja unerträglich. Steward …«

»Du brauchst gar nicht erst nach deinem Kumpel zu rufen. Wir lösen das Problem auf meine Weise!« Runa krempelte sich resolut die Ärmel hoch.

Nur noch einen Meter. Weiter war Magnolia nicht von ihrer Tante entfernt. Schon sah sie, wie die in ihrem Ärmel nach dem Zauberstab tastete. Glücklicherweise war der sicher im Gepäckraum verstaut.

Dann war der Flugbegleiter da.

»Kann ich irgendwie helfen?«, fragte er.

»Diese Frauen belästigen mich«, beschwerte sich der Fluggast, den Runa und Linette vertreiben wollten.

Jetzt mischte sich Magnolia ein. »Du hast dich im Platz geirrt, Tante«, sagte sie und wollte Linette mit sich fortziehen.

Doch so einfach gab die nicht auf. »Ich habe mich nicht geirrt und jetzt hör auf, mir in den Rücken zu fallen. Das ist der Platz, auf dem ich sitzen will, verstanden?«

Magnolia biss die Zähne zusammen und Jörna hielt lieber Abstand.

Es war wirklich peinlich, mit der Sache in Verbindung gebracht zu werden.

»Darf ich Ihre Bordkarte sehen?«

»Sie sollten lieber diesen Flegel hier an die Luft setzen. Meinetwegen auch erst nach dem Start«, schnaubte Linette und reichte dem Mann wütend ihre Karte.

»Tut mir leid, meine Dame. Sie sitzen in der Economyklasse auf den Plätzen 21-24. Das hier ist die Businessklasse.«

»Ich pfeif auf Ihre Plätze.«

»Wenn Sie mir bitte folgen wollen.« Der Steward ging voran.

»Ganz sicher nicht!«

Jetzt war Magnolias Geduld zu Ende. Sie brachte ihr Gesicht ganz dicht an Tante Linettes Ohr und zischte: »Tu bitte, was er sagt. Denn wenn du nicht sofort deinen Sitzplatz einnimmst, deinen richtigen Sitzplatz, dann schmeißen sie uns raus und wir können nach Amerika laufen. Die verstehen hier keinen Spaß!«

»Ich mache keinen Spaß«, versicherte ihre Tante genauso zischend. »Ich werde sie jetzt mit einem kleinen .... So ein Mist!«, fluchte sie. »Ich habe schon wieder vergessen, dass wir heimtückisch entwaffnet wurden!« Wiederwillig ließ sich Linette von Magnolia an ihren Platz führen. Runa folgte den beiden mit zusammengepressten Lippen.

Auch nach dem Start machten die beiden Hexen keinen Hehl daraus, dass es ihnen an Bord nicht gefiel. Schmallippig saßen sie wie versteinert auf ihren Plätzen.

»Diese Schuhe bringen mich um«, knurrte Linette. »Es fühlt sich an, als seien meine Füße um fünf Nummern gewachsen. Nicht mal die Beine kann man hier ausstrecken.«

Zufrieden sah Runa an sich herab. An ihren Füßen steckte ein Paar Gesundheitstreter.

»Weshalb trägst du auch so einen modischen Firlefanz?«

»Ich wollte eben nicht auffallen«, gab Linette zurück.

»Willst du damit sagen, ich falle auf?« Runa wandte Linette ihr runzeliges Walnussgesicht zu.

»Guckt euch nur einmal die Inseln da unten an!«, rief Magnolia gespielt fröhlich und deutete aus dem Fenster. »Das halte ich keine acht Stunden aus«, flüsterte sie dann Jörna ins Ohr.

Bedauernd sah ihre Freundin sie an. »Kann ich verstehen. Gut, dass ich mit keiner der beiden verwandt bin.«

Viertes Kapitel

Zu Besuch in Gloxby

Nach vielen Stunden Flug waren Magnolia und Jörna froh, endlich zu landen. Richtig glücklich waren sie allerdings erst, als sie ihr Gepäck an sich nehmen konnten und ohne weitere Zwischenfälle einreisen durften. Als Magnolia ihren Besen wieder in Empfang nahm, spürte sie wie Huckebein in ihren Händen zuerst vibrierte und dann energisch anfing zu zucken. Es hatte ihm in dem dunklen Flugzeugbauch absolut nicht gefallen. Jetzt wollte er nur noch ans helle Tageslicht und wie ein Vogel über den Himmel zischen.

»Ruhig, Huckebein«, beschwichtigte Magnolia ihren Besen. du musst dich noch ein bisschen gedulden. Heute Abend drehen wir zusammen ein paar Runden und sehen uns Connecticut von oben an, versprochen.«

Linette runzelte beim Anblick des zuckenden Besens die Stirn. »Wir sollten sie besser verpacken. Es wird sonst schwierig, deiner Mutter zu erklären, weshalb jeder von uns einen Besen mitbringt. Möglicherweise versteht sie es falsch und ist beleidigt.«

»Das nenne ich umsichtig«, lobte Runa und ließ unauffällig mit einem Wink ihres Zauberstabs vier lila Yogataschen entstehen, in denen die Besen bequem Platz fanden.

Linette nickte zufrieden. »Sehr schön, meine Liebe.« Und an Magnolia gewandt: »Hast du die Adresse deiner Mutter griffbereit?«

»Hab ich, aber wir brauchen sie nicht. Mama wollte uns abholen. Sie muss jeden Moment auftauchen.« Suchend sah Magnolia sich um. »Pünktlichkeit war noch nie ihre Stärke!«, sagte sie entschuldigend.

»Und manchmal ist es sogar zu etwas gut. Das Wichtigste hätten wir nämlich beinahe vergessen.«

Erstaunt sahen die Mädchen Linette an.

»Wie steht es mit eurem Englisch?«

»Äm, ja! Und bei dir?«, gab Magnolia die Frage an Jörna weiter.

»Auch ja, danke«, druckste die herum.

»Das habe ich mir gedacht«, murmelte Tante Linette. »Dann habe ich das Zeug ja nicht umsonst mitgeschleppt.« Verständnislos beobachteten Magnolia und Jörna, wie Tante Linette in ihrem Handgepäck kramte und triumphierend zwei englische Wörterbücher herauszog. Sie hatten die Größe einer Streichholzschachtel und waren dreimal so dick. Wortlos hielt sie den Mädchen die Bücher hin.

Magnolia und Jörna tauschten einen schnellen Blick.

»Tut mir leid, ich fürchte, dafür ist es jetzt zu spät«, sagte Magnolia. Ihre Tante konnte doch nicht ernsthaft glauben, dass sie sich hier auf dem Flughafen in eine Ecke setzten und anfingen, englische Grammatik und Vokabeln zu büffeln.

Tante Linette lächelte und ein langer Zahn schob sich von unten über ihre Oberlippe.

»Zum Lernen ist es nie zu spät«, versicherte sie.

Auch Runa lächelte milde. »Wie sonst wollt ihr den Gesprächen auf dem Kongress folgen und euch mit anderen Hexen austauschen?«, fragte sie.

»Eben!« Linette händigte jedem Mädchen ein Deutsch/Englisch-, Englisch/Deutsch-Wörterbuch aus. »Dann fangt mal an!«

»Das ist nicht dein Ernst!?«, empörte sich Magnolia. »Wir sollen jetzt wirklich noch darin lesen?«

Missmutig blätterten die Mädchen in den Büchern. »Vollkommen sinnlos«, murmelte Jörna.

Linette und Runa kicherten albern.

»Ihr sollt nicht darin lesen, ihr sollt sie essen!«, erklärte Runa.

»Essen???« Verwirrt sahen Magnolia und Jörna die beiden Hexen an.

»Na los!« Aufmunternd führte Tante Linette ihre Hand zum Mund.

»Guten Appetit!«, prustete Runa.

»Ihr meint es wirklich ernst, oder?«

Die beiden Hexen nickten.

Jörna überwand sich als Erste. Sie schnüffelte an ihrem Buch und biss dann probehalber hinein. Es gab ein appetitlich knackendes Geräusch, wie von splitternder Schokolade.

»Hmm, schmeckt lecker!«, sagte sie dann. »Los, probier auch mal.«

Jetzt biss auch Magnolia in das kleine dicke Buch – und tatsächlich. Es schmeckte wie eines dieser leckeren Cremetörtchen aus der Werbung. Sie nahm noch einen Bissen und noch einen, es schmeckte sehr süß, wurde aber irgendwie nicht kleiner.

Jörna hatte bereits die Hälfte ihres Wörterbuchs geschafft und hielt sich den Bauch. »Puh, macht das satt.«

»Schwere Kost«, bestätigte Magnolia.

»Es steckt ja auch jede Menge Wissen darin.« Tante Linette hielt ihnen eine Wasserflasche hin. »Vielleicht möchtet ihr einmal nachspülen?« Dankbar nahmen Magnolia und Jörna einen Schluck aus der Flasche. Und siehe da, es ging tatsächlich besser. Endlich würgten sie den letzten Bissen hinunter. »Mit Essen bin ich für ein Vierteljahr durch!«, verkündete Magnolia gerade, als das Brausen einsetzte. Sie fühlte, wie es in ihren Füßen zu kribbeln anfing und wie sich dieses Gefühl in ihrem Körper ausbreitete. Höher und höher stieg es, bis es ihren Kopf erreichte und ihn ganz ausfüllte. Magnolia wurde schwindelig und sie wäre sicher umgefallen, hätte Runa sie nicht blitzschnell festgehalten. Jörna erging es genauso.

»Geht direkt ins Gehirn!«, bestätigte Runa.

Dann ließ der Schwindel nach und augenblicklich setzte die Wirkung ein. Eine Lautsprecherstimme sagte auf Deutsch: »Die Passagiere des Lufthansafluges 2311 von Hartfort nach München bitte …«

»Cool, oder?« Strahlend sahen sich die Mädchen an. »Obercool! Ich möchte das Gesicht von Frau Mümmel sehen, wenn sie meine nächste Englischarbeit korrigiert.«

»Gibt es das auch für Mathe?«, erkundigte sich Jörna.

»Langsam, langsam!« Tante Linette hob lachend die Hand. »Ganz so, wie ihr denkt, ist es nicht. Die Magie dient nicht dazu, uns faul und träge zu machen. Ihr werdet dieses Englischwissen nicht ewig behalten. Nach einer Mondphase ist Schluss. Also nach genau 28 Tagen. Dann seid ihr wieder auf demselben Stand wie vorher.«

»So ein Mist, wir sind gerade mit den Arbeiten durch.«

»Da hilft nur ein uraltes Rezept weiter: üben, üben, üben.« Aufmunternd sah Linette die Mädchen an. »Sieh mal, Magnolia, ich glaube, dahinten ist deine Mutter!«

Magnolia fuhr herum. Tatsächlich, da stand ihre Mutter in einem beigen Trenchcoat und sah einfach fantastisch aus.

Suchend blickte sich Frau Melbach um.

»Mama!!«, rief Magnolia und lief winkend auf ihre Mutter zu. Jetzt hatte auch Charlotte Melbach ihre Tochter entdeckt und kam ihr mit offenen Armen entgegen. Lachend fielen sie sich um den Hals. Vergessen war der unschöne Abschied zu Weihnachten, vergessen war alles, weswegen Magnolia auf ihre Mutter so wütend gewesen war. Jetzt zählte nur noch eins! Sie waren wieder zusammen und konnten sich in die Arme nehmen. Die drei anderen Hexen hielten diskret Abstand, bis die stürmische Begrüßung vorüber war. Erst dann kamen sie näher.

Magnolias Mutter blinzelte beim Anblick von Runa und Linette, als hätte sie etwas im Auge. Wie immer war es ihr peinlich, mit Tante Linette in Verbindung gebracht zu werden. Anscheinend hoffte sie inständig, die beiden würden sich in Luft auflösen, wenn sie nur lange genug zwinkerte. Nun, das war nicht der Fall. Ihr blieb nichts anderes übrig, als gute Miene zum bösen Spiel zu machen.

»Tante Linny!«, rief sie einen Tick zu laut. »Wie schön, dich zu sehen. Und in welch reizender Gesellschaft du bist!« Frau Melbach schüttelte Linettes Hand mit ausgestrecktem Arm.

»Wie recht du hast, Charlotte«, erwiderte Linette amüsiert. »Darf ich vorstellen? Das hier ist Runa Rickmoor, eine alte Freundin. Und die junge Dame neben mir ist Jörna Jedamski. Sie geht mit Magnolia in eine Hex… äm, Klasse.«

»Herzlich willkommen in Amerika«, sagte Magnolias Mutter nicht sehr überzeugend. »Ich bin extra mit dem großen Wagen gekommen, damit euer Gepäck auch reinpasst. Wie ich sehe, habt ihr eure komplette Yogaausrüstung dabei. Wie schön, dass du auch auf den Geschmack gekommen bist, Tante Linny. Es gibt nichts Besseres als Yoga, um Körper und Geist jung zu halten. Wenn ihr mir nun folgen wollt.«

Wenig später fuhren sie über eine malerische Küstenstraße an einem azurblauen Ozean entlang.

»Seht euch nur alles genau an!«, rief Magnolias Mutter im Ton einer Reiseführerin. »Man nennt diese Gegend auch die Wiege Amerikas. Hier sind die ersten Siedler gelandet.«

Schon ein paar Meilen weiter verließen sie die geschichtsträchtige Straße und bogen ab nach Gloxby, dem Ort, an dem Magnolias Mutter zusammen mir Mr Hopps lebte.

Die vier Hexen staunten nicht schlecht, als sie eine kiesbestreute Auffahrt hinauffuhren und vor einem Landhaus hielten, dessen Erker und Türmchen weiß in der Sonne leuchteten. Das riesige Grundstück grenzte unmittelbar an das Gelände eines Country Clubs mit Golfanlage und Tennisplätzen.

Magnolias Mutter parkte den Wagen. Noch während sie ausstiegen, wurde die Haustür geöffnet und ein ganz in Weiß gekleideter Mann trat auf die Veranda.

»Hier ist alles so weiß, da tränen einem glatt die Augen!«, hörte

Magnolia Runa murmeln, während sie sich ihre Yogatasche über die Schulter hängte.

Frau Melbach eilte zu dem Mann auf der Veranda und begrüßte ihn mit einem Kuss. Besitzergreifend legte er seinen Arm um ihre Taille.

»Darf ich dir meine Tochter Magnolia Steel vorstellen, Darling?« Sie winkte Magnolia zu sich heran. »Magnolia, das ist Mr Hopps, der vielleicht schon bald mit dir verwandt sein wird.« Sie kicherte wie ein junges Mädchen und Mr Hopps bedachte sie mit einem verliebten Blick.

Da hatte sich ihre Mutter ja das passende Exemplar ausgesucht. Magnolia sah auf den ersten Blick, dass sie sich nicht mit ihm verstehen würde. Er sah aus wie ein Snob. Der weiße Anzug, das zurückgegelte Haar und der kleine dünne Schnurrbart, an dem er beständig herumfummelte. Er hatte das Gesicht eines Frettchens und seine Augen huschten unruhig umher.

»Ich bin entzückt, junge Dame«, sagte er und reichte Magnolia seine feuchte Hand, die sie an einen toten Fisch erinnerte.

»Gehen wir ins Haus, damit du dir dein Zimmer ansehen kannst«, flötete ihre Mutter. Magnolia blieb unschlüssig stehen. Schließlich war sie nicht allein gekommen. Das schienen Mr Hopps und ihre Mutter nun ebenfalls zu bemerken, denn sie drehten sich noch einmal um. »Ach ja, kommt doch bitte alle ins Haus!«, beeilte sich Frau Melbach zu sagen. »Guy, darf ich vorstellen? Das ist Magnolias Freundin … Jörna. Und das …«, sie machte eine kurze Pause, um noch einmal Luft zu holen, »das ist Linette Kater, eine entfernte Verwandte, mit ihrer Freundin, Frau …? Ich habe Ihren Namen vorhin nicht verstanden.«

»Runa Rickmoor«, gab Runa zur Antwort und mit ihren stahlblauen Augen sah sie Charlotte Melbach von oben herab an.

»Schön, dann kommt ins Haus, damit ich euch die Zimmer zeigen kann und ihr euch ein wenig frisch machen könnt.«

»Sehr freundlich von dir, Charlotte. Wir würden uns tatsächlich gerne frisch machen. Die Zimmer werden wir jedoch nicht in Anspruch nehmen. Runa und ich reisen noch heute weiter nach Salem«, antwortete Tante Linette.

»Wie schade, Tante Linny!«, strahlte Magnolias Mutter.

»Wirklich äußerst bedauerlich!«, sagte auch Mr Hopps. »Was führt Sie denn nach Salem, wenn ich mal neugierig sein darf?«

»Wir werden dort am diesjährigen WWC teilnehmen«, erwiderte Linette wahrheitsgemäß. Erschrocken sahen sich Magnolia und Jörna an.

»WWC … verstehe!«, sagte Mr Hopps.

»WWC, nie davon gehört. Was ist das?«, fragte Magnolias Mutter.

»Eine Art Esoterikmesse«, erklärte Mr Hopps. »So etwas wird in letzter Zeit immer beliebter.«

Die vier Hexen betraten das Haus und standen gleich in einem luxuriösen Wohnzimmer. Auf dem Boden lagen Orientteppiche in leuchtenden Farben und auf zierlichen Tischen standen Vasen aus chinesischem Porzellan. Die ganze Einrichtung wirkte teuer und gediegen. Man brauchte kein Fachmann zu sein, um zu sehen, dass Mr Hopps Geld hatte. Viel Geld.

»Euer Zimmer befindet sich im ersten Stock«, erklärte Magnolias Mutter, während sie die Treppe hinaufstieg. »Es verfügt über einen extra Ankleideraum und ein eigenes Badezimmer.« Sie stieß die Tür auf.

»Wow!«, entfuhr es Jörna. Dieses Zimmer stand dem Wohnzimmer in nichts nach. Es war ebenfalls mit kleinen Tischen und dicken Teppichen ausgestattet und beherbergte sogar einen eigenen Kamin. Auf dessen marmornem Sims standen anmutige Figuren aus Meißner-Porzellan, die ziemlich teuer aussahen. Das Allerbeste war jedoch das breite Messingbett, das sich Magnolia und Jörna während der nächsten Tage teilen sollten. Probehalber setzte sich Magnolia darauf. »Hier kann man es zur Not ein paar Tage aushalten«, strahlte sie.

»Das will ich doch hoffen!«, erwiderte ihre Mutter. »Ich lasse euch jetzt allein. Wenn ihr ausgepackt und euch frisch gemacht habt, erwarte ich euch zum Essen im Diningroom.«

Kaum hatte sie den Raum verlassen, warf sich Jörna auf das Bett. »Wie cool ist das denn!?«

»Ihr solltet euch wirklich überlegen, ob ihr nicht doch ein paar Tage hierbleiben wollt«, sagte Magnolia an ihre Tante gewandt.

Die schüttelte den Kopf. »Wir müssen weiter nach Salem.«

»Richtig, wir werden uns nur kurz die Nasen pudern. Dann geht es wieder los. Die Besen dürften schon ganz ungeduldig sein«, pflichtete ihr Runa bei.

»Wie recht du hast, meine Liebe! Ich habe schon befürchtet, Charlotte würde einen Blick in unsere Yogataschen werfen«, kicherte Linette und stellte ihre schwere Reisetasche auf das Bett. Umständlich öffnete sie zuerst die Schnallen und dann den Reißverschluss.

Es passierte so schnell, dass niemand wirklich sah was geschah. Wie der Korken aus einer Sektflasche schoss etwas kleines Rundes aus der Tasche, überschlug sich zweimal in der Luft und fiel dann, klatsch, zu Boden.

»Jeppe!!!!«, riefen die Hexen wie aus einem Mund. »Du nichtsnutziger Kobold!«, polterte Linette und griff nach ihrem Zauberstab. Dann wurde sie still. Jeppe lag reglos auf dem Teppich.

»Was ist mit ihm?«, fragte Jörna.

»Ich wette, er markiert nur«, sagte Magnolia, aber ihre Stimme klang nicht besonders überzeugend.

»Er ist ganz blau«, stellte Runa fest.

»Atmet er noch?«, fragte Linette.

Runa schüttelte den Kopf. Jörna schlug sich die Hand vor den Mund und Magnolia bekam einen gehörigen Schreck.

»Über den Wolken wird die Luft halt dünn«, murmelte Runa.

Linette schüttelte den Kopf. »Er war ja im Frachtraum. Ich schätze, der Sauerstoff in der Tasche hat nicht gereicht, sie schließt recht gut. Leg ihn auf das Bett. Jetzt hilft nur noch der Drudenhauch.«

Runa sah sie besorgt an. »Aber nur einen winzigen Tropfen, du weißt, was sonst passiert.«

»Haltet ihn fest!«, bestimmte Linette.

»Kommt Mädels, helft uns. Ihr stemmt euch auf seine Beine. Ich packe seine Arme.«

Magnolia sah Runa besorgt an. »Ist das gefährlich?«

»Oooch«, sagte Runa und konzentrierte sich ganz darauf, den Kobold festzuhalten.

In diesem Moment öffnete Linette ein kleines Glasröhrchen aus ihrem Notfalltäschchen. Ein Windstoß fuhr in das Zimmer wie ein Tornado. Alles geriet in Bewegung. Magnolias Haare standen senkrecht in die Luft und ihre Wangen flatterten im Wind, wie bei einem Fallschirmsprung. Jörna erging es keinen Deut besser. Die Mädchen brauchten ihre ganze Kraft, um sich am Bettgestell festzuhalten und gleichzeitig Jeppe auf die Matratze zu drücken. Linette stand da wie ein Seemann im Sturm. Auch an ihr flatterte alles, trotzdem waren ihre Bewegungen ruhig und kontrolliert. Nur so gelang es ihr, mit der einen Hand Jeppe die Zunge aus dem Mund zu ziehen und mit der anderen einen winzigen Tropfen Drudenhauch daraufzuträufeln. Schnell verkorkte sie das Röhrchen wieder und augenblicklich war der Sturm vorbei.

Der Drudenhauch blähte den Brustkorb des Kobolds auf. Zischend stieß der die Luft wieder aus. Dann hob sich sein Brustkorb ein zweites Mal und Jeppe fing an zu atmen. Erleichtert sahen sich die Hexen an. Einen Wimpernschlag später öffnete der Kobold die Augen und griff sich an den Kopf.

»Was war mit mir los? In meinem Kopf dreht sich alles, als wäre ich stundenlang Karussell gefahren«, jammerte er.

»Das wird schon wieder. Bleib einen Moment ruhig sitzen und

nimm einen Schluck Wasser, dann geht der Schwindel vorbei.« Linette hielt ihm eine Wasserflasche hin, die sie aus ihrer Tasche genommen hatte.

Magnolia fiel ein Stein vom Herzen. Nicht dass ihr der Kobold etwas bedeutete, trotzdem atmete sie erleichtert auf.

Dann sah sie sich im Zimmer um und hörte im selben Moment aufgeregte Stimmen die Treppe heraufkommen.

Blitzschnell verriegelte Linette die Tür. Keinen Moment zu früh. Denn schon wurde von außen daran gerüttelt.

»Was war das für ein entsetzlicher Lärm? Ich dachte, das ganze Haus bricht über uns zusammen!« Das war die wütende Stimme von Magnolias Mutter. »Macht die Tür auf! Magnolia ...!!! Was ist da los ...? Ist den Meißner Figurinen auch nichts passiert?! Magnolia ...? Antworte deiner Mutter!! Magnolia ... warum sagst du nichts?«

Magnolia sagte nichts, weil sie nicht wusste, was sie sagen sollte. Nichts stand mehr an seinem Platz. Ein Erdbeben hätte keine verheerenderen Auswirkungen haben können. Ja, und die Porzellanfiguren, die ihrer Mutter offenbar so wichtig waren, lagen zerbrochen am Boden. Entsetzt sahen sich die Mädchen an.

Zum Glück behielten Runa und Linette die Nerven. So als würden sie in ihrem Leben nichts anderes tun, als verwüstete Zimmer wieder herzurichten, zückten sie seelenruhig ihre Zauberstäbe. Sie deuteten schweigend auf die zerstörten und umgekippten Gegenstände und schon setzte sich alles, was zerbrochen war, wieder zusammen oder sprang zurück an seinen Platz.

Magnolia und Jörna ließen ihre Zauberstäbe ebenfalls aus den Ärmeln gleiten. Es konnte wohl nicht schaden, wenn sie die Hexen bei ihrer Arbeit unterstützten. Schließlich war es doch Runa, die sie nach jedem Unterricht zum Üben aufforderte.

Magnolia deutete mit ihrem Zauberstab auf einen umgekippten Stuhl. »Fu-ah-est«, dachte sie höchst konzentriert. Und tatsächlich fing der Stuhl an zu zucken. »Fu-ah-est«, formten ihre Lippen. Da deutete auch schon Tante Linette auf den Stuhl. »Jetzt ist nicht der richtige Zeitpunkt zum Üben«, entschied sie knapp.

Die ganze Aktion dauerte nicht länger als ein paar Minuten. Trotzdem wurde von draußen heftig an der Tür gerüttelt. »Darling, hol den Hausmeister, irgendetwas stimmt da nicht!«, verlangte Magnolias Mutter und stemmte sich mit aller Kraft gegen die Tür.

Plötzlich gab die Tür nach. Frau Melbach segelte ins Zimmer und fiel Runa direkt um den Hals. Blitzschnell richtete sie sich wieder auf und sah sich misstrauisch um.

»Was war hier los?«, fragte sie streng.

»Los? Was soll los gewesen sein, Charlottchen?«, fragte Tante Linette harmlos zurück.

»Na dieser unsägliche Lärm, das Poltern?!«

»Habt ihr es poltern gehört?« Die Hexen schüttelten die Köpfe. »Vielleicht hat Runa ein bisschen zu laut gesungen?«, versuchte Linette eine Erklärung. Aber Charlotte Melbach war dafür wenig empfänglich. Noch immer schweiften ihre Augen durch den Raum.

Dann fraß sich ihr Blick an den Musikanten auf dem Kaminsims fest, und ihre Augen wurden rund. »Was ist das???«, fragte sie ungläubig.

Nun sahen es die anderen auch. Der Kopf der anmutigen Harfenspielerin zeigte nach hinten, so als hätte ihr jemand den Hals umgedreht. Es war ein wenig makaber, trotzdem musste Jörna kichern. Und als Jörna zu kichern anfing, konnte sich auch Magnolia nicht länger zurückhalten. Die beiden lachten, bis sie Schluckauf bekamen.

Für Frau Melbach war der Tag gelaufen. Wusste der Teufel, was sich hier zugetragen hatte. Aber sich auch noch auslachen zu lassen, das hatte sie gewiss nicht nötig. Wütend stürmte sie aus dem Zimmer. So bemerkten sie nicht, wie Linette einmal kurz auf die Figur zeigte und ihren Kopf in die richtige Position brachte.

»Oh, Darling!«, hörten sie Magnolias Mutter im Wohnzimmer klagen. »Es tut mir so leid. Sie sind einfach unmöglich. Du ahnst nicht, wie froh ich bin, dass ein ganzer Ozean zwischen uns liegt.«

»Ich kann dich sehr gut verstehen, Baby«, kam die tröstende Antwort.

»Äham«, räusperte es sich da leise unter dem Bett und Jeppe streckte vorsichtig seine Nase heraus.

»Ich fürchte, das alles ist meine Schuld«, sagte der Kobold zerknirscht. »Ich wollte keinen Ärger machen!«

»Pah«, schnaubte Linette. »Keinen Ärger machen …? Das hätte diesmal wirklich ins Auge gehen können. Und ich rede nicht von zerbrochenem Porzellan und umgekippten Möbeln.«

»Weshalb bist du in die Tasche gekrochen?« Magnolia konnte sich die Frage nicht verkneifen.

Jetzt wurde Jeppe verlegen. »Wann kommt ein Kobold schon einmal nach Amerika? Wir haben Verwandte hier …«

»Verwandte?«, fragte Magnolia neugierig.

»Ja, Seefahrer, die vor vielen Jahren ausgewandert sind.«

Linette und Runa wechselten einen schnellen Blick. »Was für Verwandte?«, wollte jetzt auch Runa wissen.

»Klabauter!«, sagte Jeppe ganz selbstverständlich.

»Klabauter?«, fragte Magnolia. »Meinst du Klabautermänner?«

»Und Klabauterfrauen?«, ergänzte Jörna.

Jeppe nickte.

»Was hat ein Kobold mit Klabautermännern zu tun?«, fragte Magnolia misstrauisch.

Aber Runa fiel ihr ins Wort. »Kobolde und Klabauter haben die gleichen Wurzeln«, erklärte sie. »Sie gehören praktisch zu derselben Gattung magischer Geschöpfe.«

»Genug geschwatzt«, mischte sich nun auch Tante Linette ins Gespräch. »Lass uns aufbrechen, bevor man uns die besten Zimmer wegschnappt. Wenn du willst, kannst du uns begleiten, Jeppe.«

Der Kobold sah sie erfreut an. »Oh, du bist zu gütig. Ich habe nicht zu fragen gewagt, aber ich verspreche dir …?«

»Spar dir deine Versprechen und mach einfach keinen Ärger mehr.«

Mit diesen Worten hielt Linette ihre Reisetasche auf und Jeppe war mit einem Satz wieder darin verschwunden. Die beiden Hexen gingen zur Tür.

»Euch Mädchen wünsche ich ein paar schöne, erholsame Ferientage. Wir sehen uns Ende der Woche auf dem WWC. Ich schicke euch eine Nachricht, sobald ich weiß, wo wir untergekommen sind. Macht's gut, ihr Lieben!« Linette blies zwei dicke rote Kusslippen in den Raum, die Magnolia und Jörna nass auf die Wangen trafen. Als sich Runa auf dieselbe herzliche Weise von ihnen verabschieden wollte, suchten die beiden Junghexen hastig Schutz hinter dem Bett und der Kuss klatschte schmatzend gegen den goldgerahmten Spiegel an der Wand und hinterließ einen fettigen, nassen Fleck.

Dann waren die beiden Hexen fort. Magnolia hörte, wie sie sich wortreich von ihrer Mutter und Mr Hopps verabschiedeten, und fiel seufzend neben Jörna auf das Bett.

Die Ferien fingen ja gut an.

Fünftes Kapitel

Eine seltsame Entdeckung

Obwohl sich Magnolia und Jörna müde fühlten von der Reise, machten sie sich kurz frisch und gingen hinunter ins Esszimmer, in dem Magnolias Mutter und Mr Hopps sie bereits erwarteten.

Frau Melbach blätterte gelangweilt in einem Country-Life-Magazin, während Mr Hopps sich vor dem Essen einen Martini genehmigte. Als die Mädchen eintraten, stand Magnolias Mutter auf. Sie verlor kein Wort mehr über den Krach im Zimmer der beiden Mädchen.

»Schön, dass ihr jetzt da seid«, sagte sie. »Ich gebe Mary Bescheid, dass sie das Essen auftragen kann. Sie ist eine echte Perle. Ich weiß gar nicht, wie wir all die Jahre ohne Haushälterin ausgekommen sind.« Sie zwinkerte Magnolia zu. Dann setzten sie sich an den großen Esstisch und Mary servierte einen ganzen Berg leckerer Nudeln. Die Mädchen langten kräftig zu.

»Für die Tage, die ihr bei uns seid, haben wir uns ein tolles Programm ausgedacht«, plauderte Magnolias Mutter munter drauflos. »Es ist unglaublich, wie viele Vergnügungsparks es in Connecticut gibt. Guy hat sich extra für euch freigenommen. Nicht wahr, Darling?«

Mr Hopps prostete ihr zu und nickte zustimmend. »Charlotte hat mich sogar überredet, mit euch Speedboot zu fahren. Also, wenn ihr mögt, können wir an einem Nachmittag die amerikanische Küste unsicher machen!«, gluckerte er. »Ihr glaubt gar nicht, wie viel Spaß es macht, *just for fun* über das Meer zu rasen.«

»Klingt toll!«, sagte Jörna höflich.

Magnolia sträubten sich die winzigen Härchen in ihrem Nacken. Sie hatte von Tante Linette viel über den respektvollen Umgang mit der Natur gelernt. Und es gab ja wohl nichts Sinnloseres, als über das Meer zu rasen und seine Bewohner zu erschrecken.

»Wie sieht es mit eurem Jetlag aus?«, erkundigte sich Magnolias Mutter rücksichtsvoll.

»Wir sind schon ein bisschen müde«, gab Magnolia zu.

»Dann lassen wir es heute ruhig angehen. Vielleicht legt ihr euch für eine Stunde aufs Ohr. Dann seid ihr bald wieder munter.«

Das war sehr fürsorglich und die Mädchen nahmen das Angebot dankbar an. Es war herrlich, nach dem Essen unter die kühlen, blütenweißen Laken zu schlüpfen und ihnen fielen die Augen zu, sobald ihre Köpfe die dicken Kissen berührten.

Aus der einen Stunde wurden fünf.

Es war bereits dunkel im Zimmer, als Magnolia endlich die Augen aufschlug. Obwohl es Nacht war, fühlte sie sich wach und ausgeruht. Sie schwang die Beine aus dem Bett und ging zum Fenster. Was für ein fantastischer Ausblick. Gloxby lag auf einer Anhöhe und vom Fenster aus konnte Magnolia das einsame Lichtsignal eines Leuchtturms sehen. Vermutlich konnte man bei Tageslicht bis zum Ozean blicken.

Heute Nacht blinkte das Leuchtfeuer allerdings mit den Sternen um die Wette, die an einem samtschwarzen Himmel standen.

Eine Nacht wie für einen Ausritt gemacht.

Sofort bekam Magnolia ein schlechtes Gewissen. Huckebein! Wie hatte sie nur ihren Besen vergessen können? Er steckte noch immer in dieser blöden Yogatasche und Jörnas Besen ging es keinen Deut besser.

Sanft rüttelte Magnolia Jörna an der Schulter.

»Wach auf, wir haben verpennt!«, flüsterte sie. Verschlafen rieb sich ihre Freundin die Augen.

»Verpennt, spinnst du? Es ist stockdunkel!«

»Stimmt, aber wir wollten eigentlich nur eine Stunde schlafen, oder? Sieh mal aus dem Fenster, ist das nicht ein super Ausblick?«

Seufzend stand Jörna auf. »Was für eine Nacht«, murmelte sie, nachdem sie eine Weile hinausgesehen hatte. Gleich darauf fiel auch ihr der Besen ein. »Baldur!«, rief sie erschrocken. »Ich habe ihn total vergessen.«

Magnolia grinste. »Lass uns die Besen befreien und ein paar Runden über Gloxby drehen.«

Es war gar nicht so leicht, Huckebein aus seinem Gefängnis zu befreien. Der Besen war einfach zu zappelig und Baldur benahm sich nicht anders.

Dann hatten sie es endlich geschafft. Abflugbereit standen die Mädchen am offenen Fenster.

»Nach oben hinaus und nirgends an!«, flüsterten sie. Das ließen sich die Besen nicht zweimal sagen. Sie machten einen Hüpfer nach vorn, sackten zwei Meter ab und stiegen dann senkrecht in den sternenübersäten Himmel.

Die Junghexen hatten Mühe, nicht herunterzufallen. Wie zwei Düsenjets fegten die Besen über den Himmel. Sie waren so schnell, dass ihre Reisigbündel glühten. Spaziergänger, die in den nächtlichen Himmel blickten, meinten sicher, zwei kleine Sternschnuppen zu sehen. Die Mädchen genossen den Flug mindestens genauso wie ihre Besen. Und nachdem sich Huckebein und Baldur so richtig ausgetobt hatten, glitten sie ganz zahm und manierlich über den Himmel. Sie flogen ein Stück auf das Meer hinaus und dann die Küste entlang. Sie hörten das Rauschen der Wellen und sahen die schimmernden Lichter der Schiffe, die auch in der Nacht noch unterwegs waren. Aber auch an Land schimmerte es. Und auf einer der vielen Klippen funkelte es ganz besonders. Neugierig flogen die beiden Hexen näher. Was war denn das? Da parkten doch tatsächlich ein paar Dutzend Autos ganz oben am Rand der Klippe. Mit Standlicht oder ohne. Cabrio oder Limousine.

»Was machen die da?«, fragte Magnolia und ging tiefer.

»Dreimal darfst du raten«, antwortete Jörna und ging ebenfalls tiefer.

»Oh, nee!!«, kreischte Magnolia. »Du meinst, das sind alles Liebespaare, die da aufs Wasser gucken?«

»Wenn sie nicht gerade knutschen«, bestätigte Jörna.

»Aber weshalb parken sie alle auf einem Haufen?« Jörna zuckte die Schultern. Magnolia warf einen schnellen Blick in die Wagen. »Sieht aus, als ob sie Spaß haben!«, rief sie Jörna zu. »Ich dachte, so etwas gibt es nur noch in alten Filmen.«

»Wieso?«, fragte Jörna. »Ist doch total romantisch. Man muss bloß mit dem richtigen Typen da sitzen.«

Sofort entstand in Magnolias Kopf ein Bild. *Wenn sie vielleicht mit Leander ...* Sie schnappte nach Luft.

Jörna sah sie mit breitem Grinsen an. Und nicht zum ersten Mal kam Magnolia der Verdacht, dass sie bereits Gedanken lesen konnte. »Denkst du an jemand Bestimmten?«, fragte Jörna zuckersüß.

»Wer zuerst am Leuchtturm ist!«, rief Magnolia und brauste über den Himmel davon.

Die Besen hatten sich nun endgültig ausgetobt und den Mädchen wurde langsam kalt. Außerdem zeigte sich bereits ein Silberstreifen am Horizont. Sie wollten gerade nach Gloxby zurückkehren, da bemerkten sie, dass sie heute Nacht nicht allein unterwegs waren. Ein gutes Stück vor ihnen flog eine weitere Hexe auf ihrem Besen. Sie schien sie nicht zu bemerken und verschwand ganz plötzlich zwischen den Baumwipfeln in einem großen Wald.

»He, das war eine von uns!«, rief Jörna.

»Lass uns nachsehen, wo sie geblieben ist«, schlug Magnolia vor. Suchend flogen sie über die Wipfel der Bäume.

»Hier muss die Stelle sein!«, sagte Magnolia. »Wir gehen runter.«

Die Mädchen landeten in einem dichten, dunklen Wald. Unter den

Blättern war vom Licht der Morgendämmerung noch nichts zu sehen. Vorsichtig tasteten sie sich durch das Unterholz. Seit Magnolia zur Hexe geweiht worden war, wuchs ihre Fähigkeit, im Dunkeln zu sehen. Natürlich sah sie noch nicht annähernd so gut wie Tante Linette, aber sie war auf dem Weg.

»Ich bin sicher, dass sie hier gelandet ist«, flüsterte Magnolia.

»Lass uns lieber umkehren«, flüsterte Jörna zurück. »Es gibt auch schwarze Hexen.«

»Hier ist ein Weg!« Vorsichtig sah Magnolia sich nach allen Seiten hin um. »Er führt zu einer Lichtung.«

»Okay. Du gibst sowieso nicht eher Ruhe. Lass uns noch bis zur Lichtung gehen und dann nichts wie weg! Ich hab so ein komisches Gefühl.«

Leise schlichen die Mädchen weiter, ihre Besen fest in der Hand und bereit, beim kleinsten Zeichen von Gefahr aufzuspringen und zu flüchten. Nur noch ein paar Meter, dann hatten sie die Lichtung erreicht.

Wie angewurzelt blieben sie stehen. Magnolia traute ihren Augen nicht und Jörna stieß keuchend die Luft aus. Auf der Lichtung stand das scheußlichste Haus, das sie je gesehen hatten. Die grobgezimmerte, windschiefe Hütte stand auf nichts anderem als auf zwei riesigen Hühnerbeinen. Drum herum zog sich ein Zaun aus menschlichen Knochen. Magnolia konnte ganz deutlich Ober- und Unterschenkel voneinander unterscheiden.

Eine gewaltige Gänsehaut kroch ihr über den Rücken. Zu allem Überfluss trug der Wind jetzt auch noch einen krächzenden Gesang zu ihnen herüber und aus dem Schornstein der Hütte stieg eine dünne Rauchfahne empor.

Jörna zog sie ängstlich am Arm. »Das ist die Hütte einer Baba Jaga«, flüsterte sie aufgeregt. »Und die ist bestimmt keine kuschelige Märchenhexe!«

»Lass uns abhauen«, murmelte Magnolia und machte einen Schritt rückwärts. Dabei stolperte sie über einen Ast und fiel krachend in das morsche Holz. Sofort verstummte der Gesang, doch was noch schlimmer war: Das Haus fing an, unruhig auf seinen schuppigen Beinen zu tänzeln.

Blitzschnell sprangen die Mädchen auf ihre Besen. »Nach oben hinaus und nirgends an«, flüsterten sie mit sich überschlagenden Stimmen. Huckebein und Baldur schossen senkrecht in die Höhe.

Über den Wipfeln war es bereits hell. Der erste Supermarkt wurde beliefert und an der Tankstelle hielten die ersten Autos. Von oben wirkte alles so herrlich normal. Nichts deutete darauf hin, dass dort unten im dichten Wald eine Baba Jaga lebte. Eilig kehrten die Mädchen nach Gloxby zurück. Sie hatten Glück. Ihr Fenster stand genauso offen, wie sie es zurückgelassen hatten. Magnolias Mutter und Mr Hopps schienen noch friedlich zu schlafen; ihr Ausritt war also nicht bemerkt worden. Um sich aufzuwärmen und weil es noch so früh am Morgen war, schlüpften die Mädchen noch einmal ins Bett. An Schlaf war natürlich nicht zu denken, aber die Wärme unter ihren Bettdecken war eindeutig beruhigend für ihre Nerven.

Anders als befürchtet wurden es schöne Tage. Magnolias Mutter hatte ein straffes Programm organisiert. Sie schleppte die beiden Teenager von einer Sehenswürdigkeit zur nächsten. Trotzdem gelang es ihr, in den verbleibenden Tagen auch noch die Vergnügungsparks, das Speedboot und einen Einkaufsbummel in New York einzubauen. Sie war ein wahres Organisationstalent.

Für Magnolia und Jörna war die Shoppingtour das Highlight. Mit Mr Hopps Privatjet war es nur ein Katzensprung nach New York, wo Magnolias Mutter sie zu Macy's und Bloomingdales & Saks in der Fifth Avenue führte. Dort konnte man kaufen, was immer das Herz begehrte, und Magnolia und Jörna kamen aus dem Staunen nicht wieder heraus. Allein das Kaufhaus Macy's erstreckte sich über zehn Stockwerke.

Magnolias Mutter war sehr spendabel und kleidete nicht nur Magnolia, sondern auch Jörna komplett von Kopf bis Fuß ein. Von Saks gelangten sie in wenigen Minuten zum Rockefeller Center. Von hier aus konnten Magnolia und Jörna New York von oben bestaunen.

Am Abend spürte Magnolia ihre Füße nicht mehr, aber sie war rundum zufrieden mit ihrer Ausbeute. Allein fünf Paar neue Schuhe hatte ihre Mutter spendiert. Tante Linette würde hoffentlich ein Zauberspruch einfallen, damit sie all die Sachen zurück nach Hause bekamen.

Am Tag vor ihrer Abreise wartete auf Magnolia eine besondere Überraschung.

Sie lag zusammen mit Jörna am türkisblauen Swimmingpool und ließ sich die warme Sonne auf den Rücken brennen, als ihre Mutter zu ihnen hinaus in den Garten kam.

»Magnolia, hier ist Besuch für dich. Ich hoffe, du freust dich!«

Fragend sah Magnolia sie an. Wer sollte sie in Amerika besuchen? Dann bemerkte sie die große Gestalt, die in genau diesem Moment auf die Terrasse trat.

»Papa!«, rief sie, zog sich schnell ein T-Shirt über und sauste auf ihren Vater zu. Jörna kam ebenfalls zur Begrüßung heran. Sie hatte sich Magnolias Vater wesentlich älter und spießiger vorgestellt. Er war blond, genau wie Magnolia, und trug Jeans und T-Shirt. Seine schwarze Lederjacke hatte er lässig über eine Schulter gehängt.

Verlegen standen sich Magnolia und ihr Vater gegenüber. Dann streckte sie ihm zaghaft ihre Hand entgegen.

»Hallo, Papa«, sagte sie.

»He, was soll das?«, fragte ihr Vater. »Weshalb begrüßt du mich wie einen Fremden? Komm her! Wenn ich schon mal die Gelegenheit habe, möchte ich meine Tochter auch in den Arm nehmen.« Er beugte sich zu ihr herunter und zog sie fest in seine Arme. »Wow, bist du groß geworden. Eine richtige junge Lady!«

»Ist eben eine ganze Weile her, seit wir uns gesehen haben«, erwiderte Magnolia trocken. Sie wusste noch nicht genau, was sie fühlen sollte. Sollte sie sich freuen, ihren Vater endlich wiederzusehen? Oder sollte sie sauer sein, weil er sich all die Jahre so wenig für sie interessiert hatte?

Magnolia hatte sich noch nicht entschieden, da entdeckte sie eine junge dunkelhaarige Frau, die im Hintergrund stand.

Ihr Vater hatte ihren Blick bemerkt. »Ach ja, darf ich vorstellen? Das ist Katie, meine … meine …«

»Deine Freundin?«, half Magnolia ihm weiter.

»Genau …«

Die junge Frau nickte Magnolia freundlich zu.

»Bleibst du noch einen Moment, oder musst du gleich wieder los?«

Ihr Vater schüttelte den Kopf.

»Der heutige Tag gehört euch!«, mischte sich jetzt auch Magnolias Mutter ins Gespräch. »Dein Vater konnte es ausnahmsweise einrichten vorbeizukommen und möchte jetzt mit dir den Nachmittag verbringen.«

»Danke, Charlotte, das hätte ich selbstverständlich selber sagen können.« Die beiden blitzen sich an. Magnolia spürte, dass sie noch immer nicht zueinander passten. Sie waren eben wie Hund und Katze.

»Ja, also wenn du Lust hast … wenn ihr Lust habt«, korrigierte er schnell. »Denn das ist ja wohl deine Freundin …«

Schnell stellte Magnolia Jörna vor.

»Also, dann möchte ich euch heute Nachmittag auf eine kleine Spritztour einladen. Damit ihr nach all der Kultur auch die Natur von Neuengland kennenlernt. Katie und ich haben unsere Maschinen dabei. Wenn ihr mögt, zeige ich euch unser Wohnmobil und wir fahren rauf in die Berge.«

Natürlich hatten die Mädchen Lust, schließlich wollte Magnolia sehen, wie ihr Vater so lebte. Helme und Lederjacken hatte er mitgebracht und keine halbe Stunde später saßen sie als Beifahrer auf den Motorrädern und ließen sich den Fahrtwind um die Nase pfeifen. Magnolia saß natürlich hinter ihrem Vater, Jörna musste mit Katie vorliebnehmen.

Es war ein tolles Gefühl, auf einem Motorrad durch die Landschaft zu brettern. Zuerst fuhren sie an der Küste entlang bis nach Massachusetts, aber schon bald bogen sie ins Landesinnere ab.

Ihr erstes Ziel war ein Naturpark mit beeindruckenden Wasserfällen. Von Natur pur konnte zwar nicht die Rede sein, denn es wimmelte nur so von Touristen, dafür verputzte Magnolia den größten und leckersten Hamburger, den sie jemals gegessen hatte. Satt und zufrieden fuhren sie danach weiter – durch wilde Kiefernwälder, vorbei an kristallklaren Seen, immer bergan. Für Magnolia hätte es noch ewig so weitergehen können. Doch irgendwann bog ihr Vater auf einen Parkplatz ab und hielt vor einem großen, alten Wohnmobil, das abseits auf einem sonnigen Fleckchen ganz dicht am Wald stand.

»Voilà! Wir sind da. Willkommen in unserem Zuhause.« Sie stiegen von den Motorrädern und nahmen ihre Helme ab. »Mögt ihr eine kalte Cola?«, fragte Katie und in Windeseile standen vier Gläser auf dem Campingtisch, der unter dem Vordach des Wohnmobils aufgestellt war. Magnolia beobachtete die Freundin ihres Vaters verstohlen. Katie war hübsch und hatte lustige dunkle Augen. Aber das Angenehmste an ihr war, dass sie sich Magnolia nicht aufdrängte. Sie hielt sich einfach im Hintergrund und ließ keinen Zweifel daran, dass sie ausschließlich als Fahrer mitgekommen war, was den Umgang mit ihr für Magnolia wesentlich leichter machte.

»Mama hat erzählt, dass du malst«, fing Magnolia das Gespräch mit ihrem Vater an.

»Stimmt, möchtest du ein paar Bilder sehen?« Ihr Vater verschwand im Wohnmobil und kehrte kurz darauf mit fünf Bildern zurück. Stolz stellte er sie vor Magnolia auf. Sie zeigten völlig unterschiedliche Motive: eine Brücke, drei Wildpferde, eine Tänzerin. Magnolia hatten es besonders die blauen Pferde angetan: Sie strotzten nur so vor Kraft und wirkten unbändig und wild.

»Wie nennt man diesen Stil?«, fragte sie. Ihr Vater zuckte lachend mit den Schultern.

»Wenn du es einem bestimmten Malstil zuordnen willst, nenn es Expressionismus.«

»Die Pferde sind wunderschön!«, sagte sie.

»Wirklich? Ich schenke sie dir! Dann hast du immer etwas, was dich an mich erinnert.«

Magnolia strahlte. »Danke«, sagte sie. »Ich glaube allerdings nicht, dass das Bild so ohne weiteres in meinen Koffer passt. Vielleicht könntest du es mir nachschicken? Meine neue Adresse hast du ja.«

»Natürlich!«, sagte ihr Vater. »Und nächstes Jahr komme ich dich besuchen und sehe nach, ob du für das Bild auch einen guten Platz gefunden hast.«

Magnolia senkte den Blick, dann sah sie ihren Vater ganz direkt an. »Versprich nur, was du auch halten kannst«, sagte sie.

Jetzt sah ihr Vater verlegen aus. »Du hast völlig recht, wenn du mir nicht traust. Bisher habe ich mich als Vater ja auch noch nicht besonders hervorgetan.«

»Gibt es hier auch ein Klo?« Das war Jörna. Sie interessierten mehr die praktischen Dinge.

»Na klar haben wir auch ein Klo, wir haben sogar eine Dusche an Bord«, erklärte ihr Katie und zeigte Jörna das Innere des Wagens.

Magnolias Vater schlug sich auf die Knie. »Okay, genug geredet! Ich schlage vor, wir brechen gleich wieder auf. Ich möchte euch nämlich einen ganz besonderen Ort zeigen. Da müssen wir rauf«, erklärte er und zeigte auf die zerklüfteten Felsen, die hinter den Baumwipfeln aufragten. Zehn Minuten später waren sie auf dem Weg. Der Wald, in dem sie bergan stiegen, unterschied sich kaum von den Wäldern, die Magnolia und Jörna von zuhause her kannten. Er war nur viel dichter. Herabgefallenes Holz oder umgestürzte Bäume wurden nicht herausgeholt, sondern blieben liegen und gaben der Umgebung etwas Verwunschenes. Seitdem sie den Parkplatz verlassen hatten, waren sie keinem Menschen mehr begegnet. Aus den Augenwinkeln sah Magnolia einen Brownie durch das Unterholz huschen, doch sonst war weit und breit kein Lebewesen zu sehen.

»Hast du den Brownie gesehen?«, fragte Jörna leise.

Magnolia nickte. »Er sieht aus wie ein kleiner Heinzelmann.«

»Stimmt, nur dass er hundert Mal stärker ist. Man muss höllisch aufpassen, um nicht versehentlich auf einen zu treten. Ist nicht gut für die Gesundheit. Die eigene, meine ich.«

»Gleich haben wir es geschafft!«, rief Magnolias Vater. Keine fünfzig Schritte weiter traten sie ganz unvermittelt aus dem Wald hinaus auf ein Felsplateau.

Der Wind fuhr ihnen durch die Haare und vor ihnen lag nichts als Weite. Der Ausblick war atemberaubend.

»Wow!«, staunte Magnolia. Sie blickte über schier endlose Baumwipfel, graue Felsen und blaue Seen. Hoch über ihnen kreiste ein Adler und außer dem Rauschen der Bäume war es seltsam still.

»Das ist ein magischer Ort«, erklärte ihr Vater. »Dort oben im Fels ist eine Höhle. Die Indianerhäuptlinge der Mohawk haben sich dahin zum Sterben zurückgezogen. Man sagt, ihre Seelen wohnen noch immer an diesem Ort. Katie und ich kommen oft hierher. Wir schauen über das Land, grillen Marshmallows und machen Pläne.«

Magnolia verspürte innerlich einen leichten Stich, denn sie war sich sicher, dass sie in diesen Plänen nicht vorkam.

»Habt ihr Lust, Marshmallows zu grillen?«

Jörna und Magnolia sahen sich an. Na klar hatten sie Lust auf Marshmallows.

»Okay. Katie und Jörna suchen Holz zusammen und Magnolia und ich kümmern uns um die Feuerstelle.«

Nachdem Katie und Jörna im Wald verschwunden waren, legten Magnolia und ihr Vater Steine für die Feuerstelle zu einem Kreis zusammen, setzten sich nebeneinander auf einen Fels und blickten über das Land.

»Ich bin froh, dass wir uns wiedersehen«, fing ihr Vater an, bevor eine unangenehme Stille zwischen ihnen entstehen konnte. »Ist ja auch schon eine ganze Weile her.«

»Stimmt!«, sagte Magnolia.

»Hör zu, Maggie …« Als ihr Vater dieses Kosewort aussprach, spürte Magnolia einen dicken Kloß im Hals. »Es ist nicht so, dass du mir nichts bedeutest. Ich denke sogar ziemlich oft an dich. Es ist bloß … Ich habe immer so viel um die Ohren. Und manchmal läuft es auch nicht so gut. Ich schwöre, ein paar Mal wollte ich dich schon anrufen, aber dann …«

Magnolia hob die Hand. »Hör auf, Papa! Wir müssen nicht darüber reden …« Dankbar sah ihr Vater sie an.

Magnolia grinste schief. »Kann ich dich mal etwas fragen?«

»Ja klar, schieß los.«

»Glaubst du an Magie?« Sie wollte die Gelegenheit nicht ungenutzt verstreichen lassen. Schließlich war Tante Linette felsenfest davon überzeugt, dass Magnolia auch auf der amerikanischen Seite Hexen unter ihren Verwandten hatte.

Einen Moment sah ihr Vater sie verblüfft an.

»Das passt jetzt zwar so gar nicht«, lachte er. »Aber nein, ich glaube nicht an Magie, wenigstens nicht, wenn du Zauberei meinst. Zufrieden?« Magnolia nickte, obwohl sie nicht wirklich zufrieden war.

»Ich kenne aber ein paar Menschen, die daran glauben«, fuhr ihr Vater fort.

Jetzt horchte Magnolia auf. »Was sind das für Menschen?«

»Ich versichere dir, es sind sehr … sehr spezielle Menschen. Es sind die Cousinen meines Großvaters. Sie sind steinalt und beschäftigen sich mit Voodoo. Und sie leben, wie könnte es anders sein, in New Orleans.«

»Voodoo, puh!«, staunte Magnolia. Das hatte sie nicht erwartet. In diesem Moment kamen Jörna und Katie aus dem Wald. Sie hatten die Arme voller Brennholz und warfen es Magnolia und ihrem Vater vor die Füße. »Jetzt seid ihr dran«, lachte Jörna.

Wenig später brannte ein kleines Feuer und die Mädchen aßen zum ersten Mal in ihrem Leben geröstete Marshmallows. Magnolia und Jörna waren begeistert. Beim Grillen musste man allerdings höllisch aufpassen, dass die Dinger nicht verschmorten. Die Mädchen waren so bei der Sache, dass sie das dumpfe Rumpeln erst wahrnahmen, als die ersten Steine neben ihnen aufschlugen.

»Ein Steinschlag! An den Fels!«, schrie Magnolias Vater. Doch dafür war es bereits zu spät. Die Geröllawine, die sich löste, brachte Steine groß wie Kokosnüsse mit. Und die reichten ganz sicher aus, um einen Menschen zu erschlagen. In einem Reflex rissen Magnolia und Jörna die Arme hoch – und dann zeigte sich, dass sie sich nicht umsonst so lange mit dem Magnetismus beschäftigt hatten. Denn er funktionierte auch umgekehrt. Wie in Zeitlupe sahen die beiden Hexen die Steine kommen, doch kurz, bevor sie sie erreichten, gab es ein dumpfes Geräusch. Die Steine prallten ab, als wären sie auf ein unsichtbares Dach gefallen und stürzten mit Getöse hinunter ins Tal.

»Oh mein Gott!«, stöhnte Magnolias Vater. Auch Katie war leichenblass, und konnte kaum aufhören zu zittern.

Magnolia und Jörna sahen sich verblüfft an. Dann klatschten sie sich ab. »He, mir zittern jetzt noch die Knie, aber da hat uns Runa ausnahmsweise etwas Vernünftiges beigebracht!«, stellte Jörna fest.

»Hast du das auch gespürt? Dieses Kribbeln in den Fingerspitzen? Diese ungeheure Energie?«, fragte Magnolia begeistert.

Jörna nickte. »Wahnsinn, oder?«

Verwundert sahen Katie und Magnolias Vater sie an und sofort verstummten die Mädchen. Denn das erste Hexengebot lautet: Sprich niemals vor nicht magischen Wesen über deine Fähigkeiten!

»Frag mich noch einmal, ob ich an Zauberei glaube!«, verlangte Magnolias Vater.

Magnolia grinste. »Nicht nötig, Papa.«

»Ich wollte euch Amerikas wunderschöne Natur zeigen. Und dann das! Wir hätten alle sterben können!« Magnolias Vater war wirklich geschockt.

»Mach dir keine Gedanken. Vielleicht hat unser Besuch einem der Häuptlinge nicht gefallen«, tröstete Magnolia.

»Oder sie mochten den Geruch von gerösteten Marshmallows nicht«, sagte Jörna.

»Ist ja noch einmal gutgegangen. Trotzdem sollten wir nicht länger hierbleiben, wer weiß, ob da oben nicht noch mehr loses Gestein darauf wartet, auf unsere Köpfe zu prasseln. Lasst uns das Feuer löschen, es ist ohnehin zu spät, um noch etwas zu unternehmen. Wir bringen euch zurück nach Gloxby. Beim Shopping mit deiner Mutter seid ihr sicher besser aufgehoben.«

»Nein, der Ausflug war toll!«, versicherten beide Mädchen wie aus einem Mund. »Und so eine Sache wie die mit den Steinen kann dir in den Bergen überall passieren, auch in Deutschland.«

Kurz bevor sie die Einfahrt zu Mr Hopps Haus erreichten, hielt Magnolias Vater noch einmal an. »Äh, es ist vielleicht besser, wenn ihr die Sache mit dem Steinschlag für euch behaltet …«, sagte er.

»Natürlich. Ist sicher besser so …«, pflichtete ihm Magnolia bei und Jörna nickte.

Als sie vor dem Haus hielten, kam Magnolias Mutter heraus. »Na, war es schön?«, fragte sie.

»Sehr schön«, antwortete Magnolia. »Auf Wiedersehen, Papa. Und denkst du an das Bild?«

»Sicher!« Magnolias Vater nahm seine Tochter zum Abschied noch einmal in die Arme. »Du bist ein wunderbares Mädchen«, sagte er. »Ich werde mich ab jetzt häufiger bei dir melden. Versprochen!« Er ging zu seinem Motorrad und stieg auf. »Ach, Magnolia!«, rief er, bevor er sein Visier herunterklappte. »Es ist übrigens erstaunlich, wie gut du Englisch sprichst. Muss an den Genen liegen.« Dann hob er die Hand und brauste mit Katie davon, dass der Kies auf der Auffahrt nur so spritzte.

Sechstes Kapitel

Dornröschens Schloss

Am nächsten Tag war es dann so weit. Magnolia und Jörna packten ihre Koffer, verstauten die Besen und gingen hinunter zum Frühstück.

Wie jeden Morgen hatte Mary ein leckeres Buffet vorbereitet und es duftete herrlich nach Toast und gebratenem Schinken. Die Mädchen beluden sich gerade ihre Teller, als Magnolias Mutter zur Tür hereinkam. Sie war auch diesmal elegant gekleidet und Magnolia musste unwillkürlich an ihre Tante Linette denken. Es war unglaublich, dass die beiden den gleichen Stammbaum hatten.

»Guten Morgen, Mädchen«, flötete ihre Mutter gut gelaunt. »Ich habe eben mit Tante Linny telefoniert. Sie freut sich schon auf euch und erwartet euch pünktlich um vierzehn Uhr vor dem Rathaus in Salem.«

»Kein Problem, wir haben gepackt und bei den Superschlitten, die in Mr Hopps Garage stehen, sollte es passen«, nuschelte Magnolia mit vollem Mund.

»Es gibt da noch eine Kleinigkeit, die ich mit euch besprechen muss«, sagte Frau Melbach und man sah ihr an, wie unwohl sie sich dabei fühlte.

»Zur selben Zeit findet eine wichtige Auktion in New York statt. Sotheby's versteigert einen kostbaren Sekretär. Spätes 18. Jahrhundert. Unfassbar, dass er in den Verkauf kommt. Er stammt aus dem Hause Sauvignon. Verständlicherweise möchte Guy sich dieses einmalige Stück nicht entgehen lassen. Und ich werde ihn zu diesem Termin begleiten.«

»Und was heißt das?«, fragte Magnolia, obwohl sie schon ahnte, was ihre Mutter ihr damit sagen wollte.

Charlotte Melbach holte tief Luft. »Das heißt, ich kann euch heute nicht nach Salem bringen. Ihr müsst den Bus nehmen.« Sie versuchte zu lächeln. »Die amerikanischen Busse sind fantastisch. Und ihr wollt doch Land und Leute kennenlernen. Selbstverständlich bringe ich euch zur Haltestelle«, setzte sie nach.

Magnolia und Jörna sahen sich an. »Müssen wir irgendwo umsteigen?«

»Nein, ihr fahrt direkt nach Salem. Alles ganz easy!« Jetzt lächelte sie breit.

Ihre Mutter hatte sich nicht verändert. Noch immer hatten ihre eigenen Interessen vor allem und jedem Vorrang. »Die Auktion ist dir also wichtiger als ich!«, sagte Magnolia gekränkt. »Und ich habe geglaubt, dass wir noch die Fahrt zusammen haben. Schließlich fliege ich bald nach Deutschland zurück.«

Frau Melbach zog die Augenbrauen hoch. »Das hätte jetzt auch eine Fünfjährige sagen können. Wirklich, Magnolia! Natürlich ist mir die Auktion nicht wichtiger als du. Aber der Sekretär, um den es hier geht, ist nun mal einmalig – und wir werden uns bestimmt bald wiedersehen.«

Magnolia straffte die Schultern. Es war gut, so wie es war. Es erleichterte den Abschied und zeigte ihr deutlich, wohin sie gehörte.

»Komm schon, Maggie! Wir hatten fünf schöne Tage zusammen, oder nicht?« Ihre Mutter zog sie in die Arme. »Was sagst du, Jörna?« Jörna sah aus, als wollte sie überhaupt nichts dazu sagen. Verlegen blickte sie auf ihre Schuhspitzen.

»Hört auf zu schmollen. Eigentlich könnt ihr euch sogar glücklich schätzen, denn wer von euren Klassenkameraden ist jemals mit einem Greyhound gefahren?«

»Wann fährt der Bus?«

Ihre Mutter sah auf die Uhr. »In einer Stunde, wir haben genügend Zeit. Ihr könnt noch in aller Ruhe frühstücken.«

Nach dem Frühstück brachen sie auf. Magnolia und Jörna verabschiedeten sich von Mary und Mr Hopps, während Frau Melbach den Wagen aus der Garage holte. Bei ihrer Abfahrt stand der Freund ihrer Mutter genau wie bei ihrer Ankunft auf der Terrasse und hob die Hand. Sie fuhren davon und damit war ihr Besuch in Gloxby beendet.

Der Bus wartete bereits, als sie eine halbe Stunde später die Haltestelle erreichten. Sie beeilten sich, ihr Gepäck vom Wagen in den Bus zu laden. Dann hieß es, endgültig Abschied nehmen.

Charlotte Melbach gab Jörna als Erstes die Hand. »Es war schön dich kennenzulernen. Wenn du magst, kannst du Magnolia bei ihrem nächsten Besuch wieder begleiten. Du bist immer herzlich willkommen.« Jörna bedankte sich für die Einladung und vergaß auch nicht, die Shoppingtour nach New York zu erwähnen. Nun war Magnolia an der Reihe. Ihre Mutter zog sie in die Arme und drückte sie ganz fest.

»Ich glaube, du bist tatsächlich ein Stück gewachsen«, sagte sie und in ihren Augen glitzerte es verdächtig.

Magnolia schluckte. »Kann sein …«, sagte sie.

»Also, mach's gut, mein Schatz, und ruf an, wenn du wieder zuhause bist.«

»Das Handy hat im Regenfass keinen Empfang«, antwortete Magnolia.

»Stimmt! Ich habe ganz vergessen, dass du ja im tiefen tiefen Wald wohnst. Dann ruf aus Rauschwald an, hörst du?« Der Busfahrer hupte ungeduldig.

»Mach ich.« Magnolia stieg ein. »Mach's gut, Mama.« Der Bus setzte sich in Bewegung und ihre Mutter lief ein Stück nebenher.

»In den Weihnachtsferien kommst du wieder! Ach, da sind wir ja in Florenz! Dann ist es besser, wenn …«

Magnolia konnte nicht mehr hören, was ihre Mutter rief, aber es war auch nicht wichtig. Sie winkte noch einmal und ließ sich dann in ihren Sitz fallen.

»Auf zum WWC!«, sagte sie.

Pünktlich um zwei Uhr nachmittags kamen sie vor dem Rathaus in Salem an. Erwartungsvoll blickten Magnolia und Jörna aus dem Fenster. Nichts. Von Tante Linette war weit und breit keine Spur zu sehen.

Der Busfahrer lud schnell ihre Koffer und Yogataschen aus und fuhr davon. Mutterseelenallein standen die beiden Junghexen vor dem alten Rathaus und sahen sich unschlüssig um.

»Und nun?«, fragte Jörna.

Magnolia zuckte die Schultern. »Schätze, wir müssen hier auf sie warten. Mit all dem Gepäck können wir schlecht bummeln gehen. Aber dahinten steht eine Bank.«

Die Zeit verstrich. Schon über eine Stunde saßen die Mädchen da und warteten. Allmählich wurden sie unruhig.

»So ein Mist!«, schimpfte Magnolia. »Wir haben noch nicht einmal genügend Saft auf dem Handy, um irgendjemanden anzurufen!«

»Wen willst du in Amerika auch anrufen?«, fragte Jörna.

»Huuuuuhhuuuu!!!«, krakeelte es da ganz unverhofft. Im Laufschritt eilten Linette und Runa über die Straße.

»Ich komme, Lämmchen!!«

Magnolia war das sehr peinlich. »Passt auf, dass ihr nicht überfahren werdet!«, rief sie zurück.

Trööööt! Da wäre es fast passiert. Nur der schnellen Reaktion des Fahrers war es zu verdanken, dass die beiden Hexen nicht unter die Räder kamen.

»Wie haben die beiden nur die vergangenen Tage überlebt?«, wunderte sich Jörna.

»Tut mir leid, dass ihr warten musstet!«, keuchte Tante Linette, als sie die Mädchen endlich erreicht hatten. »Uns ist etwas Wichtiges dazwischengekommen, aber nun sind wir ja hier.«

»Das Hotel liegt etwas außerhalb, in der Nähe des historischen Hafens!«, berichtete Runa.

Magnolia grinste. »Ihr seid also zufrieden?« Sie konnte sich noch genau daran erinnern, welche Bedenken ihre Tante zuhause gehabt hatte.

»Es ist wundervoll!«, schwärmte Tante Linette. »Also, schnappt eure Besen und nichts wie los! Ich bin gespannt, wie es euch gefällt.« Die beiden Hexen führten die Mädchen in den Stadtpark, der direkt hinter dem Rathaus lag. Zwischen drei großen Trauerweiden bestiegen sie ihre Besen.

»Nach oben hinaus und nirgends an!«, riefen sie und flogen los.

Das Hotel, in dem der Hexenkongress stattfand, lag außerhalb von Salem auf einer kleinen Anhöhe, direkt am Meer. Bereits von Weitem sah Magnolia das haushohe Dornengestrüpp, das das Gebäude wie einen Schutzwall umgab.

Die Hexen landeten auf einer großen Wiese direkt vor der Dornenhecke und gingen das letzte Stück zu Fuß.

«Weshalb fliegen wir nicht einfach rein?«, wunderte sich Magnolia.

»Du kannst ja mal probieren, darüber hinweg zu fliegen.« Linette und Runa kicherten. »Die Veranstalter haben natürlich Vorkehrungen getroffen, damit dieser Kongress ungestört stattfinden kann«, erklärte Linette.

Je näher sie kamen, desto höher ragte die Dornenhecke vor ihnen auf. Hier und da blühten bereits vereinzelte Rosen und verströmten einen betörenden Duft.

»Wie bei Dornröschen«, flüsterte Jörna fast andächtig.

»Nur, dass in der Märchenhecke der eine oder andere Prinz gestorben ist«, gab Magnolia zurück.

Wie angewurzelt blieb Jörna stehen. »Hier auch!«, hauchte sie.

»Was meinst du mit hier auch?«, fragte Magnolia und augenblicklich dämmerte es ihr. Hecktisch glitten ihre Augen über die Hecke.

»Da!« Jörna deutete mit zitterndem Finger auf eine bestimmte Stelle im Gebüsch. Tatsächlich, die Reste eines zerfetzten roten Umhangs hatten sich in den Ranken verfangen und aus dem Gestrüpp lachte ihnen hohläugig und bleich ein Totenschädel entgegen. Magnolia unterdrückte einen Schrei.

»Lauter liebestolle Prinzen!«, schnaubte Tante Linette verächtlich. »Die Hecke ist voll von ihnen.«

Magnolia bekam ganz weiche Knie und sah schnell in eine andere Richtung, um bloß nicht noch mehr von ihnen zu entdecken.

Direkt vor ihnen lag ein großer grauer Findling. Runa trat forsch an ihn heran und schlug dreimal kräftig mit der flachen Hand darauf. Augenblicklich gab es ein raschelndes Geräusch und in der Hecke öffnete sich ein breites Tor. Zwei mittelalterlich gekleidete Soldaten, mit Hellebarden bewaffnet, traten heraus.

»Passwort«, verlangten sie.

»Poseidon«, antwortete Runa. Sofort gaben die Wachen den Weg frei.

»Das Passwort wird jeden Tag nach dem Frühstück gewechselt, also vergesst nicht, es euch jeden Morgen abzuholen«, erklärte Linette, als sie durch´s Tor gingen.

Sowie sie die Wachen passiert hatten, standen sie in einem großen Park. Brunnen, Hecken und Rabatten waren geometrisch angelegt. Und im Hintergrund ließ sich eine Art Labyrinth aus hohen Hecken erkennen. Mittendrin thronte das Hotel oder besser gesagt das Schloss. Magnolia und Jörna bekamen große Augen. Majestätisch stand es da und blickte über den wundervollen Garten, bis zum Meer zu seinen Füßen.

»Dornröschens Schloss!«, murmelte Jörna. Und auch Magnolias Herz machte vor Freude einen Sprung. Es war einfach wunderschön, mit seinen vielen Erkern, Zinnen und vergoldeten Türmchen, die in der Sonne blitzten.

Drum herum herrschte reges Treiben. Magnolia sah eine Gruppe indischer Hexen auf prächtig geschmückten Elefanten durch den Schlosspark reiten. Und unter schattigen Bäumen hatten es sich ein paar irische Waldfrauen gemütlich gemacht.

Ein sanftes Rückenklopfen erinnerte Magnolia daran, ihren Mund wieder zu schließen.

»Hier entlang! Ihr könnt euer Gepäck im Zimmer abstellen.«

Wortlos folgten Magnolia und Jörna den beiden älteren Hexen. Die nächste Überraschung erwartete sie, als sie das Foyer des Hotels betraten. Es hätte einem 5-Sterne-Hotel alle Ehre gemacht, so prachtvoll war es eingerichtet. Man konnte sich beinah nicht vorstellen, dass ausgerechnet hier ein Hexenkongress stattfand.

»Wow, alles vom Feinsten«, staunte Jörna.

»Und du hast deine eigene Bratpfanne mitgebracht«, verspottete Magnolia ihre Tante.

Im Aufzug gelangten sie in den zweiten Stock und öffneten die Tür zu ihrem Zimmer mit einem Schlüssel, der die Form eines Seepferdchens hatte. Dicke Teppiche dämpften ihre Schritte, als die Mädchen sich im Wohn- und Schlafzimmer umsahen. Sogar einen Balkon gab es, von dem aus man einen herrlichen Ausblick über den Schlosspark hatte.

Magnolia und Jörna grinsten, als hätten sie einen Sechser im Lotto getippt.

»Dann lass uns mal auspacken, damit wir uns in Ruhe den Rest der Bude ansehen können«, sagte Magnolia lässig.

»Mich interessiert besonders der Speisesaal!«, verkündete Jörna. »Ich habe nämlich einen Bärenhunger.«

»Also, wo sind die Betten?«

Verständnislos sah Linette ihre Nichte an. »Habe ich mich etwa so ungenau ausgedrückt?«, wunderte sie sich.

Die beiden älteren Hexen sahen sich an und brachen dann in schallendes Gelächter aus.

Magnolia merkte genau, wann sie ausgelacht wurde, und fing schon an, sich zu ärgern. »Was gibt es denn da zu lachen?«, fragte sie böse.

Runa strahlte über ihr ganzes runzliges Gesicht. »Wer sagt, dass ihr hier einziehen dürft?«

»Tut mir leid, wenn ihr mich missverstanden habt!«, prustete Tante Linette. »Soweit ich weiß, habe ich nur gesagt, dass ihr euer Gepäck vorübergehend hier unterstellen könnt.«

»So lange, bis euch ein Zelt zugewiesen wurde«, ergänzte Runa. »Hier im Schloss werden nur die angesehensten Hexen untergebracht.«

Zelte?? Entsetzt sahen sich Magnolia und Jörna an.

»Macht ihr Witze?« Magnolia war ehrlich empört. »Soll das etwa heißen, ihr logiert hier wie Königinnen und wir machen Camping?«

»Immer schön hinten anstellen«, grinste Runa. Wieder giggelten die beiden älteren Hexen.

»Mist!«, entfuhr es auch Jörna. »Und nun? Wo sollen wir jetzt hin?«

»Wir haben gleich eine wichtige Sitzung. Es geht um die Reglementierung von Zaubersprüchen. Das muss unbedingt verhindert werden«, erklärte Tante Linette. »Aber das Jugendcamp findet ihr gewiss auch allein. Ihr braucht nur einmal um das Schloss herumzugehen. Kann man überhaupt nicht verfehlen.«

»Habt ihr eure Einladungen? Ohne die werdet ihr nicht aufgenommen.«

Die Mädchen nickten und schulterten ihre Rucksäcke. Sie waren noch immer enttäuscht.

»Wäre ja auch zu schön gewesen«, seufzte Jörna, während sie im luxuriösen Fahrstuhl lautlos nach unten fuhren.

Tante Linette hatte recht. Man konnte das Camp einfach nicht verfehlen. Wahre Ströme von Junghexen und -magiern pilgerten in ein und dieselbe Richtung. Einen Moment blieben die Mädchen stehen. Der Schlosspark war riesig. Das Gelände fiel sanft bis zu einem Waldstück hin ab und war längst nicht so gepflegt wie der Park vor dem Schloss.

Das Camp sah aus wie ein buntes Indianerdorf! Unzählige Tipis verteilten sich rund um ein besonders großes Zelt, vor dem sich eine lange Schlange gebildet hatte. *Aufnahme*, schwebte aus Rauchwölkchen geformt, als Wort direkt darüber.

»Da sind wir richtig!«, vermutete Magnolia und Jörna nickte. Schnell liefen sie den Hügel hinab und reihten sich geduldig in die lange Schlange der Wartenden ein. Verstohlen sah Magnolia sich um. Sie hatte noch nie afrikanische oder indische Hexen gesehen. Direkt vor ihr stand ein zierliches Mädchen mit knöchellangen schneeweißen Haaren. Sie waren ein so krasser Kontrast zu ihren schwarzen, mandelförmigen Augen, dass Magnolia sie ungewollt anstarrte. Jörna gab ihr einen sanften Stoß.

»Das ist eine Yuki-Onna«, flüsterte sie. »Eine chinesische Schneefrau.«

Als hätte das Mädchen Jörna gehört, drehte sie sich zu ihnen um, lächelte freundlich und verneigte sich leicht. Schnell lächelte Magnolia zurück.

»Sie scheint nett zu sein«, stellte sie fest. »Vielleicht können wir uns ein Zelt teilen. Ich glaube, es passen immer sechs Leute rein.«

Es dauerte noch eine ganze Weile, bis sie endlich im Innern des großen Zeltes standen. An einem Tisch in der Mitte saß eine alte Indianerfrau. Sie prüfte die Einladungen, fragte nach dem Herkunftsland und der Hexenart. Wenn alle Fragen zu ihrer Zufriedenheit beantwortet waren, haute sie donnernd einen Stempel auf das Papier und nannte den Namen des Tipis, in das die jeweiligen Hexen oder Magier einziehen sollten. Dabei wurden Jungen und Mädchen selbstverständlich streng getrennt. Die jeweiligen Zelte trugen so klangvolle Namen wie: Hasensasse, Adlerhorst, Biberburg, Wolfskuhle oder Bärenhöhle.

»Sie heißt Sheltowee!«, kicherten zwei Mädchen mit enorm großen grünen Hexenhüten.

»Das bedeutet große Schildkröte und genauso langsam ist sie auch!«

Dann waren Magnolia und Jörna an der Reihe. Sheltowee trug ein perlenbesticktes Lederkleid und sah die Mädchen aufmerksam an. Erst jetzt bemerkte Magnolia, dass aus ihrem Rücken schwarze Rabenflügel wuchsen, die im Moment jedoch eng an ihrem Körper anlagen.

»Name, Land und Hexenart«, krächzte sie nach Rabenart. Magnolia verschlug es beim Anblick der Flügel beinahe die Sprache. Sie nahm sich zwar zusammen, doch vor Verblüffung krächzte ihre Stimme beinah genauso wie die der großen Schildkröte.

»Mein Name ist Magnolia Steel. Ich komme aus Deutschland und bin eine Windsbraut, äää ... oder Wetterhexe mit ein bisschen Bansheeblut!« Ungeduldig sah die alte Sheltowee sie an.

»Was denn nun?«, fragte sie missmutig.

»Wetterhexe!«, antwortete Magnolia schnell. Der Stempel sauste donnernd auf ihre Einladung.

»Du wohnst im Kuckucksnest«, verkündete sie. Dann war Jörna an der Reihe.

»Ich bin Jörna Jedamski«, sagte sie rasch. »Ich komme aus Deutschland und bin eine Kaminhexe. Und ich möchte bitte mit Magnolia in ein Zelt.«

Unwillig runzelte große Schildkröte die Stirn. »Meinetwegen, Kuckucksnest«, sagte sie dann.

»Ja!!« Die Mädchen klatschten sich ab und verließen eilig das stickige Zelt.

»Kuckucksnest«, mäkelte Magnolia.

»Besser als Schweinekoben!«, sagte Jörna.

»Den gab's auch?«

Jörna nickte. »Bin gespannt, wer noch in unser Zelt kommt«, sagte sie.

Siebtes Kapitel

Die Klabauter

Die Touristen, die den historischen Hafen von Salem besuchten, schenkten Linette keine Beachtung. Sie waren hier, um Fotos zu machen und um im »Einbeinigen Seemann« fangfrischen Pannfisch zu essen.

Unbemerkt hastete die Hexe durch die schmalen, krummen Gassen hinunter zum Wasser. Seit Tagen warteten Runa und sie auf eine Nachricht oder einen Boten, der ihr die verflixte Brille übergeben sollte. Aber umsonst, die Klabauter rührten sich einfach nicht. Sicher hatten sie ihre Gründe, doch für Linette war diese Untätigkeit, zu der sie verdammt war, unerträglich. Dann kam endlich eine Nachricht von Jeppe. Er hatte sie gebeten, so schnell wie möglich hinunter an den Hafen zu kommen. Die Klabauter hätten eine seltsame Entdeckung gemacht, die Linette sicher interessieren würde. Eine Nachricht war besser als keine Nachricht und deshalb hatte sich Linette unverzüglich auf den Weg gemacht und Runa gebeten, sie bei der Abstimmung im WWC zu vertreten.

Nun stand sie am Pier und sah sich suchend um. Sie hatte kein Auge für die prächtigen, alten Koggen, Dreimaster und Galeonen, die dort draußen vor Anker lagen und das Zuhause von ein paar Dutzend Klabautern darstellten. Unruhig wanderte ihr Blick über die Wellen. Es war typisch für den Kobold, ihr solch eine wichtige Nachricht zu schicken, ohne einen genauen Treffpunkt anzugeben. Vielleicht sollte sie einfach ihren Besen besteigen und zu einem der Schiffe hinüberfliegen? Schnell verwarf Linette diesen Gedanken. Nicht auszudenken, wenn naseweise Touristen ihren Flug mit dem iPhone oder Camcorder festhalten würden. Die Schlagzeilen in den Zeitungen konnte sie sich lebhaft vorstellen. Mitten in diesen Gedanken hinein hörte sie plötzlich das Knarren von Lederriemen. Direkt neben ihr legte ein Beiboot an. An den Rudern saßen sechs Klabautermänner und vorne im Bug stand Jeppe. Er winkte ihr aufgeregt zu.

»Spring ins Boot!«, rief der Kobold. »Aber mach schnell, bevor die Touristen mitkriegen, wie du dich vor ihren Augen in Luft auflöst.«

Natürlich, die Klabauter und ihr Boot waren für nicht magische Wesen unsichtbar.

Misstrauisch maß Linette den Abstand von der Kaimauer bis hinunter ins Boot. Dann tat sie wagemutig einen beherzten Sprung. Sofort spürte sie ihren Rücken. Verstohlen griff sich die Hexe ins Kreuz.

»Wehe, wenn das, was du mir zu sagen hast, diesen Sprung nicht wert ist!«, zischte sie böse.

»Setz dich hin, sonst gehst du noch über Bord!«, grinste der Kobold frech, denn das Boot legte bereits wieder ab und nahm schwankend Kurs auf einen holländischen Schoner, der dem offenen Meer am nächsten lag. Unauffällig musterte Linette die sechs Ruderer. Sie waren wie Seeleute gekleidet, hatten Bärte, rauchten Pfeife und trugen einen Südwester auf dem Kopf. Obwohl sie nur wenig größer als der Kobold waren, war es für sie eine Kleinigkeit, das schwere Beiboot zu manövrieren.

»Darf ich dir meine Verwandten, die Klabauter, vorstellen?«, fragte Jeppe. »Das sind Hein, Claas, Peer, Hanke, Oswald und Mumme.« Die stämmigen kleinen Männer nickten Linette zu und sahen sie aus hellen Augen freundlich an. Ihre Münder blieben jedoch geschlossen. Vielleicht damit ihnen die Pfeifen nicht herausfielen, vielleicht waren sie auch einfach nur nicht besonders gesprächig.

»Ich habe ihnen übrigens schon allerhand von dir erzählt«, erklärte Jeppe.

Misstrauisch sah Linette ihn an. »Hoffentlich nur das Beste«, murrte sie.

»Selbstverständlich!« Jeppe zwinkerte ihr ungehörig zu.

Die Klabauter legten sich kräftig in die Riemen und wenig später kamen sie seitwärts an dem größten der Schiffe an. Bis hierhin war die Überfahrt recht komfortabel, die Strickleiter jedoch, die locker vom Schiff herabbaumelte und erklommen werden wollte, war Linette nicht geheuer.

Die Klabauter vertäuten das Boot und kletterten einer nach dem anderen die Leiter hinauf.

»Nehmen Sie meine Hand, Madame!«, sagte der Klabauter Oswald galant, ohne seine Pfeife aus dem Mund zu nehmen.

»Besten Dank!«, gab Linette zurück. »Wenn es Ihnen nichts ausmacht, nehme ich den Besen.« Und schwupps, stieg sie auf und schwebte hinauf bis auf das Deck. Dort sah sie sich aufmerksam um.

Klabautermänner waren bei der Arbeit. Sie schrubbten die Planken und flickten die Segel, während kleine rothaarige Kinder Fangen spielten. Die Klabauterfrauen standen zusammen in der Sonne und tauschten die eine oder andere Neuigkeit aus. Sie trugen genau wie ihre Männer Seemannshüte und Gummistiefel zu ihren Kleidern, was wirklich lustig aussah.

Als Linette auf ihrem Besen an Deck landete, verstummten die Gespräche und man sah sie neugierig an.

Sofort ergriff Oswald das Wort. Er schien bei den Klabautern das Sagen zu haben.

»Ich möchte euch Linette Kater vorstellen. Sie ist eine alte Freundin unseres Cousins 23. Grades, nicht wahr, Jeppe?« Jeppe nickte. »Und sie kommt wegen *dieser Sache* …« Oswald machte eine bedeutungsvolle Pause.

Natürlich ahnte Linette, was er mit *dieser Sache* meinte. Sie war allerdings entsetzt darüber, dass jeder andere an Bord es genauso zu wissen schien.

»Wenn Sie sich an Bord genug umgesehen haben, kommen Sie achtern in meine Kajüte. Es gibt da etwas, das ich Ihnen unbedingt zeigen möchte.« Oswald zog noch einmal an seiner Pfeife und schlurfte dann breitbeinig in seinen hohen Stiefeln davon.

»Warten Sie!«, rief Linette. Eine Besichtigungstour stand nun wirklich nicht auf ihrer Liste. Sie brannte darauf zu erfahren, was Oswald ihr zeigen wollte. Also nickte sie allen Anwesenden freundlich zu und marschierte entschlossen hinter dem Klabauter her.

Linette war schnell, trotzdem war von Oswald weit und breit nichts mehr zu sehen. Er war irgendwo im Bauch des Schiffes verschwunden.

»Ich bringe dich in seine Kajüte«, bot Jeppe an. Linette zuckte zusammen.

»Musst du dich immer so lautlos von hinten anschleichen?«, schimpfte sie empört und folgte dem Kobold ins Innere des Schiffes. Linettes feine Hexensinne versuchten, mögliche Gefahren zu erspüren. Sie schnüffelte und spitzte die Ohren. Kein Geruch und kein noch so kleines Geräusch sollten ihr entgehen. Die Luft war rein.

»Weißt du, was Oswald mir zeigen will?«, fragte sie, während sie über eine steile Treppe weiter nach unten stiegen.

»Klar, die Klabauter haben mir von *der Sache* erzählt und wir waren uns einig, dass es dich interessieren würde«, gab Jeppe bereitwillig Auskunft.

Linette holte tief Luft. Sie hoffte inständig, dass mit *der Sache* nicht wirklich *die Sache* gemeint war, weshalb Runa und sie hier waren. Nicht auszudenken, wenn der geschwätzige Kobold und ein paar Dutzend Klabauterkinder dieses Geheimnis kannten.

»Welche Sache meinst du?«, fragte sie deshalb vorsichtig.

»Na, die Sache mit der magischen Brille, dem Beryll«, antwortete Jeppe arglos.

»Psssst!!!« Zischend stieß Linette die Luft aus und sah sich ängstlich nach allen Seiten um. Jeppe wusste also tatsächlich Bescheid. Hastig zog sie ihn unter die nächste Treppe.

»Hör zu!«, sagte sie beschwörend. »*Die Sache,* von der hier anscheinend das ganze Schiff weiß, ist gefährlicher als ein Funken in einem Pulverfass. Ein falsches Wort in die falschen Ohren und unsere Tage sind gezählt. Verstanden?«

Jeppe starrte sie mit offenem Mund an. Dann schluckte er. »Verstanden! Und gerade deshalb solltest du dir das hier ansehen.«

Er trat unter der Treppe heraus und öffnete die gegenüberliegende Tür, hinter der sich die Kapitänskajüte befand. Unter anderen Umständen wäre Linette sicher die Schönheit des Raums aufgefallen. Die alten Seekarten, das glänzende Messing und das dunkle, blanke Holz der Balken. Doch jetzt hatte Linette nur Augen für den Klabauter. Oswald stand am weit geöffneten Fenster.

»Da hinten, in der Bucht von Skullisland«, sagte er, ohne sich umzudrehen, und reichte Linette ein Fernrohr. Sie trat neben ihn ans Fenster und schaute hindurch. Zuerst verstand sie nicht, was sie dort sah, doch dann wurde sie blass.

In einer Bucht vor einer kleinen Felseninsel lag ein riesiges Schiff vor Anker. Seine Konturen flimmerten wie heiße Luft über dem Asphalt. Alles an ihm war schwarz. Der Rumpf, die Masten, die eingerollten Segel. Nur die Flagge, die selbstbewusst im Wind flatterte, war weiß. Sie war weiß und zeigte ein schwarzes Haupt. Das Haupt der Gorgonen!

Linette war entsetzt. Da ankerten sie also. So offen und nah hatte sie die Schlangenhäuptigen nicht erwartet. Die Gorgonen schienen ihre Entdeckung nicht zu fürchten.

Wortlos ließ Linette das Fernrohr sinken und gab es Oswald zurück. Eine Weile sah die Hexe schweigend über das Meer, dann räusperte sie sich und fragte: »Wissen Sie, wer dort vor Anker liegt?«

Oswald zog einmal kräftig an seiner Pfeife und blies den Rauch ringförmig in die Luft. Dann nickte er.

»Gorgonen. Sie haben den Beryll entdeckt. Er ist bei uns nicht mehr sicher.«

Da hatte er wahrhaftig recht. Linette verkniff sich die Bemerkung, dass die Wahl des Verstecks ausgerechnet in einem Museum möglicherweise nicht günstig gewesen war.

»Ähm, Jeppe, würdest du uns wohl einen Moment allein lassen?«

Jeppe kam widerwillig zwischen zwei dicken Kissen hervor, hinter denen er sich versteckt hatte.

»Es ist nicht nötig, dass du mich vor die Tür setzt«, erklärte er beleidigt. »Ich habe dir doch gesagt, dass ich weiß, um was es geht!« Trotzig sah er die Hexe an.

»Ist das wahr, kennt er die ganze Geschichte?«, fragte Linette den Klabauter. Der nickte und Linette seufzte. »Wer weiß außer euch beiden noch davon?«

Oswald sah sie mit seinen klugen, hellen Augen an. »Jeder!«, sagte er unumwunden.

Die Hexe traute ihren Ohren nicht. Das konnte nur ein Albtraum sein.

»Die Sache mit dem Beryll war noch nie ein Geheimnis«, erklärte Oswald. »Generationen von Klabautern haben ihn bestaunt und bewacht. Er lag im Museum von Salem, als ein Stück unserer Geschichte. Denn schließlich waren wir es, die ihn über den Ozean in die Neue Welt gebracht haben. Wir haben ihn nicht aus den Augen gelassen. Und wie gut er bewacht wurde, hat sich in diesen Tagen ja bewiesen. Wir haben die Gefahr rechtzeitig bemerkt und unsere Vorkehrungen getroffen.«

»Wo ist der Beryll jetzt?«, wollte Linette wissen. Insgeheim hoffte sie, dass Oswald ihn hier auf dem Schiff aufbewahrte und sie ihn nur noch an sich nehmen und fortbringen musste.

Der Klabauter sah sie spöttisch an. »Sie glauben doch nicht im Ernst, wir sind so dumm und setzen uns dieser Gefahr aus? Sie haben doch gesehen, dass wir Frauen und Kinder an Bord haben.« Er zog noch einmal an seiner Pfeife und Linette war froh über das weit geöffnete Fenster. Dieses Kraut bereitete ihr Kopfschmerzen.

»Wir haben ihn an jemanden weitergegeben, der unser vollstes Vertrauen hat. Er wird sich früher oder später mit Ihnen in Verbindung setzen. Seien Sie einfach jederzeit bereit und machen Sie sich keine unnötigen Gedanken. Auch wir Klabauter sind magische Geschöpfe und haben kein Interesse daran, dass der Beryll in die falschen Hände gerät.« Mit diesen Worten ging Oswald zur Tür und hielt sie auf.

Das Zeichen für Linette zu gehen. Ihr blieb also nichts anderes übrig, als auf diesen geheimnisvollen »Jemand« zu warten und auf der Hut vor den Gorgonen zu sein. Die Sache schmeckte ihr überhaupt nicht. Sie nickte Oswald kurz zu und verließ festen Schrittes die Kajüte.

»Linette! Linette!« Sofort war Jeppe neben ihr.

»Ich halte die Ohren offen, großes Koboldehrenwort«, versprach der junge Kobold.

»Ich weiß!«, antwortete die Hexe müde.

»Hier entlang!« Jeppe sprang ihr voran die Treppe hinauf und Linette folgte ihm dankbar. Die Abendsonne schickte ihre Strahlen über das Schiffsdeck und tauchte alles in ein goldenes Licht. Linette straffte ihren Rücken und trat an die Reling. Lange sah sie hinüber nach Skullisland. Sogar mit dem bloßen Auge konnte sie die Umrisse des Schiffs der Gorgonen erkennen. Man konnte nur hoffen, dass dieser geheimnisvolle »Jemand« es an List und Mut mit ihnen aufnehmen konnte.

Plötzlich zupfte es an ihrem Ärmel.

»Wir sind bereit, Sie zurückzurudern, Ma'am«, sagte der Klabauter, der Mumme hieß. Und das war für Linette nun endgültig das Zeichen, aufzubrechen und die Klabauter zu verlassen.

Achtes Kapitel
Kalifornische Hexen

»Gibt es eigentlich keinen Lageplan für dieses Camp?«, wollte Magnolia wissen. Sie kamen nun schon zum vierten Mal an dem Tipi einer Gruppe Jungmagier vorbei, die sich vor ihrem Zelt im Feuerweitspucken übten. Allmählich wurde die Sache peinlich.

Bei ihrer letzten Runde hatten sie ein paar kleine züngelnde Feuerdrachen hinter ihnen her gespuckt. Jörna, als Kaminhexe, konnten die Flammen nichts anhaben. Aber Magnolias Jeans bekam einen Brandfleck ab, und zwar genau am Hintern. Jetzt beeilten sich die Mädchen, so schnell wie möglich weiterzukommen.

Das Camp schien aus einer unüberschaubaren Anzahl von Zelten zu bestehen. Außer den Tipis, in denen die Teilnehmer des Camps untergebracht waren, gab es noch eine Vielzahl von Gemeinschaftszelten. Über jedem schwebten Rauchzeichen, die anzeigten, um was für ein Zelt es sich handelte. Da gab es das Küchenzelt, das Seminarzelt und das Zelt für die Verwaltung, in dem sich die Mädchen angemeldet hatten. Außerdem gab es das Hüpf- und Tanzzelt, das Begegnungszelt und das Spielzelt. Beim Hüpf- und Tanzzelt rümpften die Mädchen genauso die Nase wie beim Spielzelt.

»Ich verstehe das nicht«, wunderte sich Magnolia. »Wir haben das Camp doch nun schon ein paarmal umrundet. Weshalb finden wir das verflixte Kuckucksnest nicht?«

»Schau mal, hinter dem Spielzelt geht es noch weiter.« Jörna deutete auf einen schmalen Trampelpfad. Tatsächlich, hier standen weitere Zelte und es herrschte wie überall ein reges Treiben. Die Zelte standen nicht weit entfernt von einem Bach, der das Camp vom dahinterliegenden Wald trennte.

»Da ist es!«, rief Jörna plötzlich aufgeregt. Sie deutete auf ein Zelt, auf dem ein großer grauer Kuckuck saß und sie lautstark begrüßte. Die Zelte links und rechts von ihnen waren die Biberburg und das Entennest.

»Scheint eine ganz gemütliche Ecke zu sein«, stellte Magnolia fest. »Mit Bibern und Enten als Nachbarn lässt es sich hoffentlich gut leben.«

Gespannt betraten die Mädchen ihr Tipi und wurden unangenehm überrascht. Es war eingerichtet, nun ja, wie ein Zelt. Zwar gab es statt einer Feuerstelle in der Mitte einen Ofen, das war aber auch schon alles an Luxus, was es zu bieten hatte. Sechs niedrige Feldbetten mit grauen Wolldecken am Fußende, ein festgestampfter, lehmiger Boden und sechs winzige Schränke war alles, womit sie auskommen mussten.

»Man muss sich erst einmal daran gewöhnen, oder?«, fragte da eine helle Stimme. Erstaunt sahen sich die Mädchen um. Auf der anderen Seite des Zeltes stand die Yuki-Onna, die chinesische Schneehexe, und lächelte Magnolia und Jörna an. »Oh, hallo!«, begrüßte Magnolia sie. »Ja, toll ist es hier sicher nicht. Trotzdem schön, dass wir uns ein Zelt teilen. Ich heiße übrigens Magnolia und das ist meine Freundin Jörna.«

Die Yuki-Onna neigte huldvoll den Kopf. »Ich heiße Su-Li«, sagte sie.

»Bist du ganz allein hier?«, wollte Jörna wissen.

Das schneeweiße Mädchen nickte. »Eigentlich wollte meine Tante mich begleiten, aber sie bekommt gerade ihre dritten Zähne und musste deshalb zuhause bleiben.«

»Die Dritten? Ich dachte, das hier wäre ein Jugendcamp«, wunderte sich Magnolia.

Die Yuki-Onna kicherte. »Meine Tante ist drei Jahre jünger als ich.«

»Drei Jahr jünger und dann kriegt sie schon ihre dritten Zähne verpasst? Die Ärmste.«

Jetzt wollte sich Su-Li ausschütten vor Lachen. »Bei uns ist es anders als bei euch. Unsere Zähne erneuern sich alle dreißig Jahre.«

»Dann ist deine Tante schon neunzig?«, wunderte sich Magnolia.

Su-Li nickte. »Wie gesagt, drei Jahre jünger als ich.«

Jetzt war Magnolia aber baff. »Du bist über neunzig? Da hast du dich aber verdammt gut gehalten.«

»Wir altern nicht«, sagte die Yuki-Onna.

»Sie altern langsamer«, stellte Jörna richtig. »Das ist bei vielen magischen Wesen so, auch bei uns Hexen.« Erstaunt sah Magnolia ihre Freundin an. »Also bei mir nicht ...!«

»Doch, je älter wir werden, desto langsamer altern wir. Hast du das nicht gewusst?«

Magnolia schüttelte den Kopf. »Weißt du, wie alt Tante Linette ist?«

Jetzt schüttelte Jörna ebenfalls den Kopf. »Ein paar Jahre werden es schon sein.«

Helles Gelächter ertönte von draußen. Sekunden später wurde der Vorhang zum Zelteingang zurückgeschlagen und drei schlanke, langbeinige Mädchen traten ein. Sie sahen richtig luxuriös aus. Magnolia musste sie einfach anstarren. Das erste Mädchen war blond, ihre Haare fielen ihr seidig bis auf die Hüften, das zweite Mädchen hatte pechschwarze Haare, die ihr herzförmiges Gesicht wie ein Helm umrahmten, und das dritte Mädchen trug ihre roten Locken wild wie eine Löwenmähne. Sie sahen phänomenal aus.

Genauso neugierig wie eben noch Magnolia und Jörna sahen sich die Junghexen im Zelt um.

»Hi, Kiddies!«, winkten die drei und lächelten Magnolia, Jörna und Su-Li breit an.

»Wir teilen uns ab heute ein Zelt. Und um ehrlich zu sein, ich war schon riesig gespannt auf unsere Mitbewohner. Doch jetzt, wo ich euch sehe, bin ich sicher, dass wir gut miteinander auskommen werden«, lächelte das blonde Mädchen süß. »Also, ich bin Brenda, und das sind meine Freundinnen Shana und Lucy.«

Die rothaarige Lucy winkte lässig in die Runde. »Wir kommen aus Kalifornien!«, ergänzte sie. »Und wer seid ihr?«

Magnolia klappte den Mund zu und wieder auf. »Äää ... Ich bin Magnolia und das ist meine Freundin Jörna!«, sagte sie. »Wir kommen aus Deutschland.«

»Donner und Blitzkrieg«, flüsterte Shana albern und Magnolia verdrehte die Augen.

»Ich heiße Su-Li, mein Heimatland ist China«, sagte Su-Li und verneigte sich leicht.

»Gut, dann lasst uns die Betten aufteilen!«, verlangte Brenda.

Magnolia und Jörna sahen sich erstaunt an. Als ob sie das nicht schon getan hätten.

»Du, Schätzchen«, damit meinte Brenda Su-Li, »musst hier weg. Wir drei wollen unsere Betten zusammenrücken. Du musst rüber zu den anderen kleinen Mädchen.«

Magnolia runzelte entrüstet die Stirn. Das war ja allerhand. Was fiel dieser Barbiepuppe ein? Sie sah nicht nur aus wie ein Samantha-Klon, sie schien sich auch genauso zu benehmen.

»Wir trennen hier nämlich nach Alter und Schönheit!«, kicherte jetzt auch Lucy.

Eingeschüchtert schnappte Su-Li ihren Rucksack und belegte das Bett neben Jörna.

»Nun guckt mich nicht so finster an!«, lachte Brenda. »Jetzt wo die Wohnverhältnisse geklärt sind, können wir Freunde werden. Was meint ihr, Häschen? Freunde ...?«

Neeeeiiiiin!!!, schrie es in Magnolia. Keine Freunde, nie und nimmer. Todfeinde für immer!!! Aber da sagte Jörna bereits: »Okay!« Und Magnolia blieb nichts weiter übrig, als grummelnd zu nicken.

»Gut, dann ist das geklärt«, seufzte Brenda und ließ sich rückwärts auf ihr Bett fallen. »Bis zum Abendessen haben wir noch etwas Zeit, also lasst uns das Zelt nach unserem Geschmack einrichten.« Sie zückte ihren Zauberstab und murmelte lässig eine Zauberformel. Augenblicklich verwandelte sich das Schränkchen, das zwischen den Betten stand, in einen Schminktisch mit drei Spiegeln. Der Stuhl davor machte drei runden Kosmetikhockern mit Plüschbezug Platz.

Shana hatte ihren Zauberstab ebenfalls in der Hand und ließ ihr Bett näher an die Betten ihrer Freundinnen rutschen. Lucy sorgte für einen ausreichend großen Kleiderschrank und eine Badewanne. Zuletzt trennten sie ihr Reich mit ein paar zarten, aber schalldichten Vorhängen vom übrigen Zelt. Nun konnte man die drei weder sehen noch hören. Brenda zog die Vorhänge allerdings gleich wieder zurück.

»Macht den Raum doch ein bisschen eng«, sagte sie und dann: »Machst du mir die Haare, Lucy-Schatz?«

»Klar, Brenda. Aber du musst noch ein paar Minuten warten. Ich fürchte, mir ist gerade eben ein Fingernagel eingerissen.«

»Waaas? Zeig her. Katastrophe!«

»Mädchen!« Das war Shanas Stimme. »Steht mir dieser blutrote Lippenstift?«

»Baby, du siehst umwerfend aus. Schneewittchen würde blass werden vor Neid.«

Magnolia, Jörna und Su-Li verdrehten die Augen.

»Machen wir es uns so gemütlich wie möglich!«, sagte Jörna praktisch. »Das mit der Badewanne kriegen wir mit unseren mickrigen Zauberkünsten wohl nicht hin. Oder kannst du das, Su-Li?«

Bedauernd schüttelte sie den Kopf. »Wir werden ja noch viel älter und lernen deshalb langsamer. In euren Jahren wäre ich ungefähr vierzehn.«

Auf der anderen Seite streckte Brenda ihren Kopf zwischen den halboffenen Vorhängen heraus. »Kann ich irgendwas für euch tun?«, fragte sie.

Jetzt oder nie!, schoss es Magnolia durch den Kopf. Und obwohl sie die kalifornischen Girls mehr als anstrengend fand, sagte sie: »Solche Vorhänge, wie ihr sie habt, wären nicht schlecht, falls man mal keinen Bock auf die anderen hat.«

»Und einen Schminktisch und bequemere Betten«, ergänzte Jörna. Erstaunt sah Magnolia sie an.

»Ich hätte gerne einen Kühlschrank«, sagte Su-Li schüchtern.

»Was willst du denn damit?«, entfuhr es Magnolia.

»Mich hineinstellen«, erklärte die Yuki-Onna gutmütig. »Ich kann dieses warme Wetter nicht besonders gut vertragen.«

Jetzt streckten auch Lucy und Shana ihre Köpfe heraus.

»Wie süß!!«, quietschten sie. »Die Kleinen wollen genauso sein wie wir!«

Dann griffen sie ihre Zauberstäbe und *zack* – hatten auch die drei jüngeren Hexen eine gemütliche Ecke.

»In welchem Ausbildungsjahr seid ihr?«, wollte Magnolia wissen.

»Anfang sechstes«, antwortete Brenda. »Jetzt müssen wir uns aber fertig machen. In einer halben Stunde gibt es Abendessen.«

»Erstes Schaulaufen, versteht ihr?«, giggelte Shana. »Am ersten Abend findet das Essen im Hotel statt.«

Magnolia und Jörna sahen sich an. Nur am ersten Abend? Das hatte Tante Linette ihnen allerdings verschwiegen. Magnolia und Jörna mussten ihr Essen jeden Abend mit den beiden älteren Hexen im Hotel einnehmen. Wie blöd!

Lucy hatte sich bereits Papilloten in ihre ohnehin lockigen Haare gedreht und suchte in ihrem Koffer verzweifelt nach einem Föhn. »Zieht ihr euch gar nicht um?«, fragte sie mit einem verwunderten Blick auf Magnolia und Jörna.

»Unser Gepäck ist noch im Hotel«, sagte Jörna verlegen.

»Ihr Ärmsten, ihr müsst euch schrecklich schmutzig fühlen. Den ganzen Tag in dieser verschwitzten Kleidung und jetzt müsst ihr darin auch noch zu Abend essen. Ich würde ausflippen.«

Magnolia fühlte sich plötzlich wirklich ein bisschen schmutzig, zumal es hinter dem Vorhang munter planschte. »Brenda, gibst du mir bitte den Schwamm?«

»Klar!«

Klatsch! »Iiiii!«

Su-Li hatte ihr cremefarbenes Kleid gegen einen hellblauen Kimono getauscht. Sie sah sehr exotisch und wunderschön aus.

»Wollen wir schon ins Hotel gehen? Ich habe keine Lust, den drei Grazien beim Schminken zuzuhören«, sagte Jörna.

»Meinetwegen. Su-Li, kommst du auch mit?« Fragend sah Magnolia die Yuki-Onna an. Doch die schüttelte den Kopf. »Geht ruhig vor. Zwei Zelte weiter sind andere Schneehexen eingezogen. Ich laufe schnell zu ihnen rüber. Wir sehen uns nachher.« Sie winkte den Mädchen zu und schlüpfte hinaus.

Magnolia und Jörna verließen ebenfalls das Zelt. Draußen holten sie erst einmal ganz tief Luft.

»Ich weiß nicht, ob ich die Barbies länger als zwei Tage aushalte«, grummelte Jörna.

»Ach was, ich finde sie irgendwie doch ganz lustig«, sagte Magnolia. »Und wer weiß, vielleicht kannst du dir das eine oder andere abgucken.«

»Wieso ich?«, fragte Jörna empört.

Magnolia lachte. »Es ist sicher ein Zeichen, dass wir ausgerechnet mit kalifornischen Hexen in einem Zelt gelandet sind.«

Schweigend gingen die Mädchen Richtung Schloss. Es wurde bereits dunkel und im Camp stiegen Tausende bunter Lampions in die Luft. Sie schwebten über den Zelten und verbreiteten ein geheimnisvolles Licht.

»Sieht das hübsch aus!«, schwärmte Magnolia.

»Dann sieh dir erst mal das Schloss an.«

Magnolia hatte noch nie so etwas Schönes gesehen. Sämtliche Fenster waren erleuchtet und aus den offenen Balkontüren wehte leise Musik zu ihnen herüber. Unglaublich, dass dort der weltgrößte Hexenkongress stattfand. Magnolia hatte bisher nur eine einzige magische Veranstaltung miterlebt und dies war ihre eigene Hexenweihe an Samhain gewesen. Doch da war es wesentlich wilder zur Sache gegangen.

Als hätte Jörna ihre Gedanken gelesen, sagte sie: »Nicht alle Hexen sind so wild wie die europäischen Hexen. Die indischen oder japanischen mögen es eher ruhig. Sie sind sehr scheu. Deshalb geht es bei internationalen Festen meistens eher gesittet zu. Und deshalb gibt es auch ein Jugendcamp.« Jörna lachte.

»Du meinst, da geht es dann nicht ganz so gesittet zu?«, fragte Magnolia grinsend.

»Erfasst!« Jörna hakte sich bei ihr unter und sie wollten gerade ihren Weg zum Schloss fortsetzen, da traten fünf junge Männer aus einem Zelt. Sie schienen es sehr eilig zu haben.

Magnolia blieb stehen und starrte sie an. Eine seltsame Aura umgab sie. Ihre Gesichter waren hart, wie aus Stein gemeißelt, und ihre Bewegungen wirkten mühsam kontrolliert. Nur ihre Augen wanderten unruhig hin und her, dabei vermieden sie jeden Blickkontakt. Als sie an den Mädchen vorbeigegangen waren, verfielen sie in einen schnellen Trab und verschwanden kurz darauf im schwarzen Wald.

»Merkwürdige Typen«, sagte Magnolia, während sie ihren Weg ins Hotel fortsetzten.

Jörna nickte. »Ich bin froh, wenn ich ihnen aus dem Weg gehen kann. Vor allem, wenn sie jagen.«

Jetzt bekam Magnolia ganz runde Augen. »Sind das etwa … sind das … Werwölfe?«

Jörna schüttelte den Kopf. »Vampire«, sagte sie.

Magnolia schnappte nach Luft. »Vamp... Vampire??? Und die wohnen nur ein paar Zelte weiter?«

Jörna nickte. »Und es sind keine Edward Cullens«, sagte sie düster.

»Du meinst, sie ernähren sich nicht von Wild?«

»Kein Vampir tut das. Also, es ist bestimmt besser, du gehst ihnen nachts aus dem Weg.«

»Woher weißt du das alles? Ich komme mir richtig klein und dumm vor.«

Jetzt musste Jörna wirklich lachen. »Ich bin in einer Hexenfamilie aufgewachsen. Schon vergessen?«

Magnolia konnte sich noch immer nicht beruhigen. »Ich kann nicht glauben, dass Tante Linette uns in solche Gefahr bringt. Wer weiß, was hinter dem nächsten Zelt los ist.«

Jörna zuckte die Schultern. »So ist das Leben, Schätzchen.«

Der Speisesaal leuchtete im Kerzenschein und die Tische, die in langen Reihen standen, waren festlich gedeckt. Auch hier herrschte ein reges Treiben, denn noch hatten nicht alle Hexen und Magier Platz genommen.

Unschlüssig blieben Magnolia und Jörna an der Tür stehen und reckten die Hälse. Zwischen den vielen Teilnehmern des Hexenkongresses konnten sie weder Tante Linette noch Runa entdecken. Plötzlich zupfte Magnolia jemand am Ärmel. Ein kleiner Mann im Schottenrock und mit einer grünen Mütze auf dem Kopf sah sie freundlich an. Magnolia glaubte, er sei ein Kobold, und wollte ihn schon links liegen lassen, da fragte er: »Kann ich Ihnen helfen?« Scheinbar gehörte er zum Personal.

»Sehr freundlich, wir suchen meine Tante Linette Kater«, erwiderte Magnolia.

»Hier entlang, bitte!« Der kleine Mann schlängelte sich behände zwischen Tischtüchern und Stühlen hindurch, sodass die Mädchen aufpassen mussten, ihn nicht aus den Augen zu verlieren.

»Ein putziger kleiner Kobold!«, sagte Magnolia amüsiert.

»Ein Pixie!«, berichtigte Jörna. »Sie sind bekannt für gutes Catering.«

Endlich hielt der kleine Mann an. »Wenn Sie hier neben Frau Rickmoor Platz nehmen wollen.« Er deutete auf drei leere Plätze direkt neben Runa und war schon wieder in der Menge verschwunden.

»Guten Abend ihr zwei, setzt euch!«

Das taten die Mädchen. »Wo ist Tante Linette?«, fragte Magnolia. Ihr war Runas suchender Blick nicht entgangen.

»Sie besucht alte Freunde und hat sich ein wenig verplaudert«, beruhigte sie die Mädchen.

Alte Freunde? Magnolia runzelte die Stirn. Ihre Tante hatte nie erwähnt, dass sie Freunde in Amerika hatte.

Runa warf erneut einen langen Blick Richtung Tür, dann klatschte sie in die Hände und ein weiterer Pixie erschien am Tisch. »Du kannst auftragen!«, sagte sie.

Die Mädchen waren schon beim Pfirsich in Pfefferminzsauce angelangt, da betrat Linette endlich den Saal. Mit einem Blick hatte sie ihre Nichte entdeckt und kam an ihren Tisch. Atemlos ließ sie sich auf einen Stuhl fallen.

»Da bist du ja endlich«, sagte Magnolia erleichtert.

»Das kannst du laut sagen!«, schnaufte ihre Tante.

»Wenn ich nicht wüsste, dass ich mich damit bei einer Menge Leuten unbeliebt machen würde, würde ich sagen: Die spinnen, die Amerikaner.« Fragend sahen die drei anderen Hexen sie an.

»Stellt euch vor! Beinahe hätten sie mich wegen Drogenschmuggels eingelocht!« Triumphierend blickte Linette in die Runde. Die Mädchen hingen an ihren Lippen. Nur Runa verdrehte die Augen.

»Drogenschmuggel??«

»Ganz genau! Um ehrlich zu sein, ich glaube, der Officer hat selbst etwas zu sich genommen, was er nicht vertragen hat. Jedenfalls hat es eine geschlagene Stunde gedauert, bis er sich hypnotisieren ließ.«

»Du hast die ganze Zeit auf einem Polizeirevier gesessen?«, fragte Magnolia mitfühlend.

»Hm«, nickte Linette.

»Und was ist mit deinen Freunden?«

»Welche Freunde?«, fragte Linette.

Na, das war ja sehr merkwürdig! Aus den Augenwinkeln sah Magnolia, wie Runa mit den Fingern auf den Tisch trommelte.

Und endlich fiel bei Linette der Groschen.

»Ach ja, die Freunde …! Lisbeth und die anderen Halunken!«

Man konnte förmlich hören, wie es hinter Linettes Stirn ratterte. Doch sie musste sich nichts mehr ausdenken, weil in dem Moment wunderschöne Harfenklänge erklangen. Kleine Kugelblitze und bunte Lichtkreisel rollten über die hohe Saaldecke. Sie formten Einhörner, Blüten und Trollgesichter und verschwanden dann über den Balkon nach draußen.

Eine sehr große, elegante Hexe erhob sich an der Stirnseite der Tafel und klopfte an ihr Glas. »Liebe Hexen, Magier und Halblinge!« Bei dem Wort Halbling ging ein unwilliges Murmeln durch den Saal. »Begrüßt mit mir unsere Neuankömmlinge, die Junghexen und -magier aller Herrenländer, die heute bei uns ihr Quartier bezogen haben. Lasst mich der Hoffnung Ausdruck geben, auf diesem Kongress nicht nur wegweisende Beschlüsse zu fassen, sondern dass mit diesem prächtigen Nachwuchs auch unsere Arten dichter und enger zusammenrücken. Dass Differenzen schneller überwunden und Fehler schneller vergeben werden. Schneller, als es in der Vergangenheit oft der Fall war.« Die Hexe hob ihr Glas und der ganze Saal prostete ihr zu.

»Wer ist das?«, flüsterte Magnolia.

»Das ist Majorana, sie ist in diesem Jahr Vorsitzende des Kongresses und ich finde, sie macht ihre Sache tadellos«, antwortete Tante Linette.

»In welchem Zelt seid ihr übrigens untergekommen?«

»Jörna und ich teilen uns das Kuckucksnest mit einer Yuki-Onna und drei kalifornischen Hexen«, sagte Magnolia. »Die Amerikanerinnen sind älter als wir und ziemlich aufgedreht, aber scheinbar ganz nett.«

»Tatsächlich? Du musst sie mir bei Gelegenheit unbedingt vorstellen.«

»Mach ich!« Eine Weile sah Magnolia ihre Tante nachdenklich an. Dann sagte sie so nebenbei wie möglich: »Ein paar Zelte weiter wohnen übrigens Vampire.« Sofort verfinsterte sich die Miene ihrer Tante.

»Dagegen lässt sich leider nichts machen!«, sagte sie dann. »Halte dich von ihnen fern. Und wenn es sich nicht vermeiden lässt, dass du ihnen begegnest, sieh sie wenigstens nicht an. Verstanden?«

Magnolia nickte. Na, das waren ja tolle Tipps. »Tante Linette!«

Linette sah ihre Nichte aufmerksam an.

»War Graf Raptus auch ein Vampir?«

Linette wusste, dass das Abenteuer im letzten Jahr nicht spurlos an Magnolia vorbeigegangen war. Energisch schüttelte sie den Kopf. »Raptus war ein Schwarzmagier und ein Blutschlürfer, mehr nicht. Er ist Vergangenheit, also gib ihm keinen Platz in deinen Gedanken.«

Doch das war leichter gesagt als getan. Magnolia sprach nie von Graf Raptus, aber jetzt musste sie es einfach wissen. »Was ist, wenn er wiederkommt?«

Bestürzt sah ihre Tante sie an. »Du machst dir Sorgen, Herzchen?!«

»Nein ... es ist nur ...«, wehrte Magnolia verlegen ab, wusste aber nicht so recht, was sie weiter sagen sollte.

»Du brauchst dir keine Sorgen zu machen! Er kommt nicht zurück. Er kann nicht zurückkommen! Wir haben ihn einmal besiegt und wir können es jederzeit wieder tun!« Linette zog Magnolia in ihre Arme. »Glaube deiner alten Tante«, sagte sie und lächelte ihr schönstes Zahnlächeln.

Verlegen sah Magnolia sich um und befreite sich schnell aus den Armen ihrer Tante. »Ist schon okay«, versicherte sie rasch. »Am besten, Jörna und ich holen jetzt unsere Koffer und machen uns auf den Weg zum Zelt. War ein langer Tag.«

Neuntes Kapitel
Camper-Leben

Nach dem Abendessen kehrten die Mädchen mit ihren Koffern im Schlepptau zurück in ihr Zelt. Magnolia konnte gerade noch verhindern, dass Tante Linette ihnen Geleitschutz gab. Wie peinlich wäre es, wenn sie von ihr ins Bett gebracht würden! Zum Glück verstand Linette, dass ihre Person nicht erwünscht war, und es schien sie nicht einmal sonderlich zu stören.

Im Zelt trafen sie auf Su-Li, die gerade kichernd mit einer Flasche Reiswein auf dem Weg nach draußen war. »Die anderen Yuki-Onnas und ich wollen auf unsere neue Freundschaft anstoßen«, erklärte sie. Von den kalifornischen Hexen war nichts zu sehen und im Camp gingen nach und nach die Lichter aus. Die Mädchen wurden müde.

»Sie müssen irgendein Narkosemittel in die Luft pusten. Mir fallen gleich die Augen zu«, sagte Magnolia und gähnte wie ein Löwe.

»Du hast recht, legen wir uns hin!«, gähnte auch Jörna. Und das taten sie.

Magnolia schlief wie ein Stein und fühlte sich am nächsten Morgen erholt und ausgeruht.

Anders Jörna. Sie hatte die halbe Nacht kein Auge zugetan und war dementsprechend mürrisch.

»Ich kann nicht glauben, dass du von dem Krach, den die drei Barbies veranstaltet haben, nichts mitgekriegt hast«, sagte sie kopfschüttelnd, während sie zum Frühstückszelt gingen. »Sie haben einige Zelte weiter mit ein paar Typen gefeiert. Einer von ihnen muss ein Satyr gewesen sein, die sind für ihre wilden Partys berüchtigt.«

»Ein Satyr?«, fragte Magnolia. »Sind das nicht die Typen, die aussehen wie eine Mischung aus Mensch und Ziege?«

»Stimmt, oben fast Mensch und unten fast Ziege. Du wirst ihm im Camp sicher noch begegnen.«

»Und ich dachte, es wäre ein reiner Hexenkongress«, wunderte sich Magnolia.

»Ist es ja, aber denk doch mal an unser Thema.«

Magnolia schlug sich mit der Hand vor die Stirn. »Logisch, es geht um Verbindungen zwischen magischen und nicht magischen Wesen. Und auch die Satyre müssen irgendwann mal aus solch einer Verbindung hervorgegangen sein.«

»Hast du eigentlich Su-Li heute Morgen schon gesehen?«

»Nur ganz kurz. Sie ist irgendwann in der Nacht von ihren Freundinnen zurückgekommen und hat sich gleich für ein paar Stunden in den Kühlschrank gestellt.«

Das Frühstückszelt war riesig und gut organisiert. Auch hier lag der Service in den Händen der Pixies und alles klappte wie am Schnürchen. Man ging mit seinem Teller an einem langen Tresen entlang und wählte aus, was man essen wollte. Von Marmelade über Rührei mit gebratenem Schinken war alles da. Die Mädchen setzten sich an einen freien Tisch und nach dem ersten Glas Orangensaft kehrten auch Jörnas Lebensgeister zurück. Interessiert sah sich Magnolia um. Sie wollte unbedingt den Satyr entdecken. Schließlich war es noch nicht allzu lange her, dass sie überhaupt von der Existenz solcher Geschöpfe erfahren hatte. Da, zwei Tische hinter ihnen, saß er. Unauffällig stieß sie ihre Freundin an. »Guck mal, da sitzt der Satyr!«

Jörna reckte den Hals. »Ja, das ist er. Er sieht tatsächlich aus wie ein Ziegenbock. Er hat sogar Hörner«, kicherte sie. Magnolia hätte ihn sich gerne noch länger angesehen, leider saß er am Tisch hinter ihr und sie konnte sich ja schlecht stundenlang umdrehen, nur um ihn anzuglotzen.

»Ach, da sind ja unsere kleinen Hexenschwestern!«, ertönte da eine Stimme. Und mit Tabletts, auf denen ausschließlich Kaffeebecher standen, bahnten sich Brenda, Shana und Lucy ihren Weg durch die Menge.

»Ist hier noch frei?«, fragte Brenda nur der Form halber und stellte ihr Tablett auf den Tisch, ohne eine Antwort abzuwarten. Die beiden anderen zogen ebenfalls ihre Stühle heran.

»Seht mal, da ist Paneo!«, rief Shana und winkte dem Satyr fröhlich zu. »Ich schwöre euch, es geht nichts über eine Party mit einem Satyr. Ich kenne niemanden, der so ausdauernd feiern kann.« Lucy sah nicht ganz so glücklich aus. »War doch ein bisschen lang gestern«, sagte sie und schnappte sich den zweiten Becher Kaffee. »Wo habt ihr denn eure Yuki-Onna gelassen?«

»Guten Morgen, sprecht ihr von mir?«

Erstaunt sah Lucy von ihrem Kaffee auf. »Wenn man vom Teufel ... oder wie war das nochmal?« Brenda gab ihr einen warnenden Stoß.

»Darf ich euch meine Schwestern vorstellen?« Su-Li sah freundlich in die Runde.

»Deine richtigen Schwestern?«, fragte Magnolia und wurde sofort rot, weil alle sie ansahen, als wäre sie blöd.

Su-Li lachte. »Nein, natürlich nicht meine richtigen Schwestern. Meine Hexenschwestern. Sie sind Yuki-Onnas genau wie ich, aber sie kommen aus einer ganz anderen Ecke Chinas.« Die Yuki-Onnas verneigten sich höflich. »Ich habe ihnen angeboten, sich ab und zu in unseren Kühlschrank zu stellen, ist euch doch recht, oder?«

»Klar«, sagte Magnolia. »Wir benutzen ihn eh nicht.«

»Prima, wir sehen uns nachher.« Su-Li winkte den Mädchen zu und die Schneehexen setzten sich an einen Tisch, an dem gerade vier Plätze frei wurden.

Plötzlich stieß Lucy Brenda an. »Sieh mal, wer da reinkommt.«

Auch Magnolia und Jörna sahen auf. Magnolia bekam einen Schreck.

Da kamen tatsächlich die fünf Vampire von gestern Abend herein und setzten sich an den nächstbesten Tisch.

»Was machen die denn hier am helllichten Tag?«, wunderte sich Magnolia.

Lucy kicherte. »Das vergiss mal ganz schnell. Nur die nicht magischen Wesen glauben, dass Vampire erst bei Dunkelheit lebendig werden.«

»Sie sind beinahe so wie wir. Abgesehen davon, dass sie sich anders ernähren«, grinste Shana böse.

Magnolia kroch eine Gänsehaut über den Rücken. »Aber sind sie nicht gefährlich?«

Brenda seufzte. »Und wenn schon, ich finde sie vor allem wahnsinnig gutaussehend.«

»Oh nein, sieh mal. Er guckt zu uns rüber!«, quietschte Lucy.

Tatsächlich, einer der Vampire sah Brenda unverhohlen an. Seine Augen waren schwarz, wie das Gefieder eines Raben.

Magnolia war plötzlich hellwach. Irgendetwas signalisierte Gefahr. Ihre Muskeln spannten sich an und die Härchen in ihrem Nacken stellten sich auf. Da stieß Jörna sie an.

»Sieh nicht hin, es ist besser, wenn er nicht auf dich aufmerksam wird«, murmelte sie.

Sofort senkte Magnolia den Blick. Im ganzen Zelt war eine gewisse Unruhe zu spüren und viele hatten es plötzlich sehr eilig, diesen Ort zu verlassen. Auch Jörna zog Magnolia mit sich nach draußen. Vor dem Zelt atmete sie hörbar auf.

»Sind sie wirklich so gefährlich?«, fragte Magnolia.

»Klar, oder glaubst du, dass alle anderen ihnen aus Spaß aus dem Weg gehen? Sie sind stark, sie sind schnell und sie ernähren sich von Blut. Noch Fragen?«

»Von wessen Blut ernähren sie sich?«, wollte Magnolia wissen.

»Ist doch egal!«, sagte Jörna. »Wir sollten nur dafür sorgen, dass es nicht unser Blut ist. Lass uns jetzt das Seminarzelt suchen. Der Vortrag fängt gleich an.«

Doch so einfach wollte sich Magnolia nicht zufriedengeben. »Nun sag schon, von welchem Blut?«, drängte sie.

Jörna verdrehte die Augen. »Wir haben sie gestern weggehen sehen, oder?«

»Also jagen sie nicht im Lager«, dachte Magnolia laut.

»Logisch nicht!«, erwiderte Jörna. »Aber ich schätze, in den nächsten Tagen wird es ein paar Menschen aus Salem sehr schlecht gehen.«

Magnolia sah sie entsetzt an. »Werden sie zu Vampiren?«

Jörna schüttelte den Kopf. »Das passiert nur, wenn die Vampire nicht aufpassen. Sie saugen ihre Opfer nicht aus. Deshalb brauchen sie ein paar mehr, bis sie satt sind.«

»Aber könnte es eine Hexe nicht locker mit ihnen aufnehmen?«

Jörna schüttelte den Kopf. »Sie sind zu schnell. Bis wir einen Abwehrzauber gesprochen haben, ist es meistens zu spät. Und von einem vorbeugenden Zauber gegen Vampire habe ich noch nicht gehört.«

Das waren beunruhigende Neuigkeiten und Magnolia beschloss, das einzig Vernünftige zu tun und ihnen wie alle anderen auch aus dem Weg zu gehen.

Jetzt mussten sich die Hexen aber beeilen. Im Seminarzelt fing der Vortrag über magische und halbmagische Wesen an. Bis sie das Zelt endlich gefunden hatten, war es natürlich zu spät. Der Vortrag hatte bereits begonnen und Magnolia und Jörna mussten auf dem Boden sitzen, so voll war es.

Besonders viel sehen konnte man von dort unten nicht, aber den Satyr erkannten sie an seiner lustigen, meckernden Stimme. Das Seminar wurde von Herrn Ogert geleitet und wie man unschwer an seinem Namen erkennen konnte, war er ein Halbling, ein Wesen zwischen Mensch und Oger. Es war ein kurzweiliger Vortrag und mit dem normalen Schulunterricht nicht zu vergleichen. Magnolia war sprachlos, wie viele magische Geschöpfe es gab. Es waren so viele, dass man theoretisch an jeder Ecke über sie stolpern müsste.

»Stimmt!«, sagte Jörna. »Aber dazu musst du sie erst einmal sehen und normale Menschen können das nicht. Die ärgern sich vielleicht, dass ihr Nachbar ständig Party macht, und dabei ist er ein Satyr. Sie sehen ihn eben genau so, wie er gesehen werden will.«

Nachmittags wurden verschiedene Aktivitäten angeboten. Magnolia und Jörna entschieden sich für das Waveboard-Training. Wobei die Waveboards natürlich nicht auf der Straße fuhren, sondern, wie man es sich bei Hexen und Magiern vielleicht vorstellen kann, durch die Luft glitten. Sie glichen übrigens eher einem Surfboard als einem tatsächlichen Waveboard. Wie auch immer, es war ein Wahnsinnsgefühl, hoch über dem Camp auf einem Board zu stehen und durch die Luft zu gleiten. Allerdings erforderte es auch eine große Portion Mut und Geschick, um nicht bei dem kleinsten Windstoß vom Brett zu fallen. Jörna, die schon keine begeisterte Besenreiterin war, zog es bald vor, bäuchlings auf dem Board zu liegen und sich paddelnd vorwärtszubewegen.

Magnolia hatte jedoch einen riesigen Spaß. Sie kippte zwar genauso oft wie alle anderen von ihrem Brett, aber sie stieg immer wieder auf. Und zu guter Letzt schaffte sie es sogar, eine komplette Acht zu waven, ohne vom Brett zu fallen.

Das Runterfallen war übrigens nicht besonders schlimm, denn natürlich hatten die Veranstalter für die Sicherheit ihrer Teilnehmer gesorgt. Sobald ein Teilnehmer auf seinem Brett das Gleichgewicht verlor, ploppte ein bauschiges Wattewölkchen auf und trug ihn sanft zu Boden. Es war ähnlich wie bei Magnolias Hexenweihe, als die Junghexen und Magier ihre ersten Flugversuche auf dem Besen gemacht hatten. Und genau wie damals war es auch diesmal ein Riesenspaß. Magnolia war richtig traurig, als es Zeit für das Mittagessen wurde.

Von den Vampiren war diesmal nichts zu sehen. Die Mädchen saßen mit den Yuki-Onnas an einem Tisch und lauschten gespannt ihren Geschichten über Schneestürme und Eispaläste. Die kalifornischen Hexen hörte man wie immer ausgelassen lachen. Sie hatten ein Dutzend Magier um sich herum versammelt und schienen sich bestens zu amüsieren. »Die haben echt nur Jungs im Kopf!«, sagte Jörna.

»Neidisch?«, fragte Magnolia. Aber Jörna zeigte ihr bloß einen Vogel.

Es gefiel Magnolia sehr gut in dem Camp mit seinen vielen unterschiedlichen Bewohnern. Das Vormittagsprogramm war lustig und unterhaltsam gewesen und auch das Nachmittagsangebot ließ keinen Wunsch offen. Jörna hatte sie inzwischen überredet, gemeinsam einen der vielen Tanzkurse zu besuchen, die von Hip-Hop bis zu afrikanischen Stammestänzen alles im Angebot hatten. Die beiden Hexen entschieden sich für Zumba, eine Mischung aus lateinamerikanischem Tanz und Fitness-Workout. Obwohl Magnolia zunächst skeptisch war, machte ihr der Kurs viel Spaß, was sicher auch daran lag, dass man keine Schritte zu zählen brauchte. Überhaupt vergingen die nächsten Tage wie im Flug und Magnolia war mit ihrem Urlaub rundum zufrieden. Mitleidig dachte sie an Birte, die es weniger gut getroffen hatte und ihre Ferien in den Kräuterbeeten der Apotheke verbringen musste.

Linette und Runa sahen die Sache anders, sie hielten es im Camp einfach nicht mehr aus. Die Themen des Hexenkongresses interessierten sie nur noch am Rande. Zu sehr warteten sie darauf, dass sich der geheimnisvolle *Jemand* mit ihnen wegen des Berylls in Verbindung setzte.

»Diese Warterei macht mich noch wahnsinnig«, gestand Linette. »Womöglich schafft es der Bote nicht bis hinter die Dornenhecke, die das Camp schützt.«

»Gut möglich«, antwortete Runa griesgrämig. »Mir geht diese entsetzliche Warterei inzwischen auch auf die Nerven. Was hältst du davon, wenn wir einen kleinen Ausflug nach Skullisland machen und den Gorgonen die Makkaroni auf ihren Köpfen weichklopfen?«

Linette grinste. »Sehr viel, meine Liebe! Das mit dem Weichklopfen sollten wir uns allerdings noch einmal überlegen. Fürs Erste reicht es, wenn wir uns ihr Schiff aus der Nähe ansehen.«

»Meinetwegen, alles ist besser, als hier nutzlos herumzusitzen«, gab Runa zu. »Es wird nicht schwer sein, ein bisschen zu spionieren. Wir verstecken uns in einer Wolke und ziehen unbemerkt über sie hinweg, was hältst du davon?«

Linette strahlte. »Da fragst du noch? Lass uns nur kurz den Mädchen Bescheid sagen, damit sie sich nicht wundern, wenn wir zum Abendessen nicht rechtzeitig zurück sind. Bei der Gelegenheit können wir uns auch gleich das Zelt ansehen, in das man sie gesteckt hat.«

Runa schnappte ihren Besen. »Hast du dir das Passwort gemerkt?«

»Jellyfish!«, antwortete Linette.

Trotz der genauen Wegbeschreibung, die Magnolia ihnen gegeben hatte, war es nicht einfach, das richtige Zelt zu finden. Und so lernten Linette und Runa die halbe Zeltstadt kennen, bevor sie das Kuckucksnest endlich entdeckten.

»Da ist es!«, rief Runa erleichtert. »Und die zwei scheinen sogar zuhause zu sein. Ihre Besen lehnen am Zelt.«

»Huuuuhhuuuuu!!!«, riefen die beiden Hexen im Chor.

Im Zelt zuckte Magnolia zusammen. Sie lag bäuchlings auf ihrem Bett und las die *Flitterherz*, eine Zeitschrift für junge Hexen.

So ein Mist! Runa und Tante Linette. Dabei hatte sie sich so darauf gefreut, einmal für sich allein zu sein. Jörna besuchte einen Zumba-Tanzworkshop, auf den Magnolia partout keine Lust hatte, Su-Li war mit den anderen Yuki-Onnas zusammen und die kalifornischen Hexen waren auch noch unterwegs. Und jetzt das! Kurz überlegte sie, ob sie sich irgendwo verstecken konnte. Zu spät, sie waren schon da.

»Juuuuuhuuuuuh!!«

Magnolia rollte vom Bett und steckte den Kopf aus dem Zelt. Vergnügt lehnten Linette und Runa ihre Besen neben Baldur und Huckebein. Dann traten sie ein und schauten sich gründlich um. »Ob du es glaubst oder nicht. Jetzt wo ich die Zelte hier sehe, kann ich mich glatt noch an mein eigenes erstes Camp erinnern. Es war fantastisch!«, schwärmte Tante Linette und Runa grinste wissend.

»Schön habt ihr es hier. Zu unserer Zeit gehörten Himmelbetten, Badewannen und Kühlschränke allerdings nicht zur Grundausstattung«, sagte sie.

»Tun sie eigentlich auch nicht«, gab Magnolia zu. »Aber unsere Mitbewohnerinnen sind im Zaubern schon etwas weiter ...«

Runa drohte ihr mit dem Finger. »Na, na, na ... Dabei dürfen sie sich aber nicht erwischen lassen. Ihr wisst hoffentlich, dass das Zaubern im Camp verboten ist?«

»Ihr braucht uns ja nicht zu verpetzen. Möchtet ihr euch nicht setzen? Die Sessel sind auch total bequem.«

Doch die beiden Hexen lehnten ab und Magnolia atmete auf.

»Danke, aber wir sind nur auf einen Sprung vorbeigekommen, um euch zu sagen, dass wir einen kleinen Ausflug nach Salem machen. Bis zum Abendessen werden wir es kaum zurück schaffen. Also esst tüchtig für uns mit.«

»Machen wir!«, versicherte Magnolia.

Linette und Runa schulterten ihre Besen, winkten ihr kurz zu und machten sich auf den Weg. Das war ein angenehm kurzer Besuch gewesen.

Magnolia warf sich auf ihr Bett und griff wieder zum *Flitterherz*. Dabei ahnte sie nicht, dass das Abenteuer jetzt auch für sie ihren Anfang nahm.

Zehntes Kapitel
Eine wunderbare Entdeckung

Linette und Runa bestiegen vor der Dornenhecke ihre Besen und starteten zu einem Erkundungsflug Richtung Salem.

Da es noch hell war und jede Menge Menschen unterwegs waren, landeten die beiden Hexen in einem Pinienwäldchen direkt am Strand. Runa war als Watthexe Expertin für Nebelbänke, Windhosen und Sturmfluten. Aber natürlich hatte sie auch schöne Dinge wie die Kumuluswolke, besser bekannt als Schäfchenwolke, in ihrem Programm. Und genau so eine Wolke ließ sie jetzt entstehen. Dazu legte sie ihre Hände aneinander und blies ihren Atem hinein. Wieder und wieder pustete sie. So lange, bis ihr Atem als weißer Hauch in der Luft zu sehen war. Wollte sie eine Nebelbank entstehen lassen, musste sie bloß immer weiter und weiter blasen, bis die Welt um sie herum im weißen Nebel versank. Heute sollte es jedoch eine schöne dicke Wolke werden. Gerade groß genug, dass sich zwei Hexen in ihrem Innern verstecken konnten. Also blies Runa den weißen Hauch in ihre Hände und drückte und knetete ihn, bis er die Form einer kleinen dicken Wolke hatte. Schließlich pikste sie mit ihrem Zauberstab hinein und pustete sie wie einen Luftballon auf. Immer dicker und größer wurde das luftige Gebilde und schließlich fing es an zu schweben, höher und höher. Schnell sprangen die Hexen auf ihre Besen und versteckten sich in der Wolke. Sie bohrten zwei Gucklöcher hinein und schon flogen sie, völlig unbemerkt von den Menschen, hinaus auf das Meer. Ihre Besen trieben die Wolke in die gewünschte Richtung und bald näherten sie sich der Insel, in deren Bucht die Gorgonen vor Anker lagen.

Je näher sie kamen, desto langsamer wurde die Wolke. Über dem Schiff blieb sie dann beinahe stehen. Angestrengt spähten die Hexen durch ihre Gucklöcher nach unten. Wie ausgestorben lag die Spanische Galeone da. Linette und Runa konzentrierten sich ganz auf das Schiff, versuchten, Worte oder Gedanken zu fühlen. Nichts. Außer dem lauten, aufgeregten Blubbern und Knurren der Fische war nichts zu hören.

»Es scheint niemand an Bord zu sein«, sagte Runa. »Lass uns runtergehen und uns da unten ein wenig umsehen.«

»Einen Moment noch!«, antwortete Linette. »Es passt nicht zu den Gorgonen, ihr Schiff völlig unbewacht zurückzulassen. Auch die Fische sind für meinen Geschmack zu laut.« Sie warteten eine Weile, doch das Deck blieb leer. Sollten sie wirklich so viel Glück haben?

Die Hexen beschlossen, es zu riskieren, und wollten gerade die Deckung ihrer Wolke verlassen, als zwei Gorgonen auf das Achterdeck traten. Also doch, das Schiff wurde bewacht. Aber weshalb hatten sie ihre Gedanken nicht hören können?

Plötzlich schlug sich Linette an die Stirn. »Verflixt! Beinahe wären wir auf diesen uralten Trick hereingefallen«, fluchte sie. »Sie haben sich hinter fremden Gedanken versteckt!«

»Natürlich, die Gedanken der Fische ...«, knurrte Runa. »Aber wo sind sie?« Sie schwebten in ihrer Wolke einmal um das Schiff herum und wurden tatsächlich fündig. Rechts und links schauten prallgefüllte Schleppnetze ein Stück aus dem Wasser. Hunderte von Fischen zappelten hilflos in ihrem Gefängnis herum. Sogar eine kleine Nixe hatte sich in dem Netz verfangen.

»Schweinerei, sich solch eines miesen Tricks zu bedienen«, schimpfte Linette.

»Aber sehr wirkungsvoll. Wir wären schließlich fast darauf hereingefallen«, sagte Runa. »Die Gedanken der Fische und ihr aufgeregtes Flossenschlagen haben die Gedanken der Gorgonen übertönt.«

»Widerlich!«, entrüstete sich Linette. »Lass uns der Sache ein Ende machen! Du rechts, ich links.«

Die Hexen streckten ihre Hände aus der Wolke heraus und schleuderten zwei Blitze gegen die Gurte, mit denen die Netze am Schiff befestigt waren. Sofort fielen diese ins Meer und öffneten sich. Das Wasser schäumte auf wie in einem Hexenkessel. Dann waren die Fische verschwunden. Nur die kleine Nixe kam noch einmal an die Oberfläche und winkte der weißen Wolke zu, dann tauchte sie ebenfalls hinunter in das tiefe Meer.

Die Gorgonen bemerkten natürlich, was passiert war. Sie stürzten zuerst auf die eine, dann auf die andere Seite des Schiffes. Nachdem sie sich überzeugt hatten, dass die Netze fort waren, richteten sie ihre Blicke nach oben. Selbst wenn sie ahnten, dass sich jemand in der Wolke versteckte, konnten sie Linette und Runa nichts anhaben. Zu dick war die Wolkenhülle um die beiden herum. Trotzdem zogen die Hexen eilig weiter.

»Glaubst du, sie haben Verdacht geschöpft?«, fragte Runa.

»Vermutlich schon, aber sie werden sich nicht sicher sein. Es waren zwei Wachen an Deck. Der Rest von ihnen sucht sicher genau wie wir nach dem Beryll!«

»Dann sollten wir ungeheuer vorsichtig sein, damit wir ihnen nicht unverhofft gegenüberstehen«, brummte Runa.

Magnolia lag noch nicht lange auf dem Bett, als sie das zweite Mal Besuch bekam.

»Hallo, ist jemand da?«, fragte eine rauchige Stimme mit südländischem Akzent.

Verwundert stand Magnolia auf und schaute aus ihrem Zelt. Davor standen zwei elegante, hochgewachsene Frauen und sahen lächelnd auf sie herab.

»Hallo«, sagte Magnolia verblüfft. »Kann ich Ihnen irgendwie helfen?«

Sie hatte noch nie so schöne Frauen gesehen und musste unwillkürlich an Hollywoodstars denken. Beide trugen weiße Kostüme, dunkle Sonnenbrillen und hatten ihre Rastalocken mit einem Tuch nach oben gebunden. Kleidung und Frisuren der Frauen standen in einem krassen Gegensatz und Magnolia fand sie ungeheuer interessant. Dann klappte sie ihren Mund wieder zu. Die beiden mussten sie ja für völlig unterbelichtet halten, wie sie so dastand und glotzte.

Ihre Sorge war unbegründet. Denn schon beugte eine der Frauen ihr makelloses Gesicht zu ihr herunter und schnurrte: »Oh, ich hoffen sehr, dass du uns kannst helfen, mein Kleine.«

Meine Kleine? Magnolia runzelte unwillig die Stirn.

»Wir sind auf das Suche nach zwei lieben, alten Freundinnen. Und stell dir vor, wir haben sie gerade gesehen. Genau hier, vor das Zelt.«

»Linette Kater und Runa Rickmoor, erzählen dir die Namen etwas?«, mischte sich nun auch die zweite Frau ein.

»Natürlich, Linette Kater ist meine Tante«, antwortete Magnolia eifrig. Es war immer schön, wenn man behilflich sein konnte.

Die Frauen tauschten einen kurzen Blick, dann verzog sich ihr Mund zu einem strahlenden Lächeln.

»Wie schön, dass wir sie nun endlich haben gefunden. Sieben ganze Jahre wir haben nach ihnen gesucht – und nun hat der Zufall uns zusammengeführt auf dieses Kongress. Sagst du uns noch, in welches Zimmer die beiden wohnen … Sie teilen sich doch ein Zimmer, oder?«

»Klar, aber die Zimmernummer kann ich Ihnen nicht sagen. Ich kann mir Zahlen einfach nicht merken«, lächelte Magnolia entschuldigend.

»Dann lass dir Zeit und denke mit deinem kleinen Kopf noch einmal gründlich nach. Es ist sehr wichtig für uns.«

Irrte sich Magnolia oder war das Lächeln auf den Gesichtern der beiden Frauen plötzlich härter geworden?

»Warum fragen Sie nicht einfach an der Rezeption?«

»An der Rezeption? Oh, nonononon, diese Plappermäuler würden sofort alles verraten und wir planen doch eine große Überraschung.«

»Wir möchten ihre liebe Gesichter sehen, wenn wir ganz unvermutet vor ihnen stehen«, ergänzte die andere.

»Okay, wir haben die Zimmernummer irgendwo aufgeschrieben. Ich sehe mal nach.« Magnolia verschwand im Zelt und war nach wenigen Minuten wieder zurück.

»Zimmer 434«, sagte sie.

»434«, wiederholte eine der Frauen. »Ich könnte dich knuddeln, du kleiner Fratz. Wie werden die beiden erstaunt sein.« Sie machten kehrt und gingen eilig davon. Wobei gehen nicht das richtige Wort war. Sie glitten eher über den Boden.

In diesem Moment kam Jörna zurück. »Na nu, was wollten denn die beiden griechischen Göttinnen von dir?«, fragte sie erstaunt.

»Das waren Göttinnen?«, fragte Magnolia.

Jörna lachte. »War nur Spaß, das sind irgendwelche griechischen Hexen.«

»Sie sind Freundinnen von Runa und Tante Linette«, erklärte Magnolia.

»Freundinnen?«, staunte Jörna. »Irgendwie passen die gar nicht zueinander.« Dann strahlte sie Magnolia an. »Stell dir vor, es gibt Neuigkeiten!«

»Was für Neuigkeiten?«

»Das errätst du nie …! Aber es wird dich sehr, sehr freuen«, sagte Jörna geheimnisvoll.

»Oh Mann, mach's nicht so spannend. Sag schon …«, drängelte Magnolia.

»Lalalalalala«, sang Jörna.

»Jörna!« Magnolia griff drohend nach einem Kissen.

»Er ist hier«, zwitscherte Jörna.

»Wer ist hier?«, fragte Magnolia und gleichzeitig fing ihr Bauch an zu kribbeln.

»Dreimal darfst du raten.«

»Jööööörnaaa!!!«

»Leander, dein Halbelf.« Triumphierend sah Jörna ihre Freundin an.

»Quatsch«, sagte Magnolia und ein breites Grinsen breitete sich auf ihrem Gesicht aus. »Weshalb sollte er hier sein?«

»Könnte es vielleicht mit dem Thema zu tun haben? Wo die Liebe hinfällt?«, fragte Jörna geduldig.

»Ich glaub es nicht.« Magnolia war total von den Socken. »Wo hast du ihn gesehen?«

»In der Nähe vom Bach. Er ging mit zwei anderen Elfen Richtung Anmeldung. Und ich muss sagen, die drei sahen schon verdammt gut aus. Eben Elfenblut.«

»Dann ist er eben erst angekommen?«

»Scheint so.«

»Hat er dich gesehen?«

Jörna zuckte die Schultern. »Er kennt mich doch gar nicht.«

»Oh Mann!« Magnolia ließ sich rückwärts auf das Bett fallen und legte sich ein Kissen auf das Gesicht. »Wie cool ist das denn? Wie mega-, megacool?«, nuschelte sie dumpf darunter hervor.

»Wollen wir gucken, in welchem Zelt er untergebracht ist? So ganz heimlich?«, wollte Jörna wissen.

»Und wenn er mich sieht?«

»Na und? Du warst schließlich vor ihm hier. Genau genommen, ist er dir hinterhergekommen und nicht umgekehrt.«

Magnolia grinste. »So ein Quatsch. Aber wenn du unbedingt willst, können wir uns ja nach ihm umsehen. Ich ziehe mich kurz um. Und mit meinen Haaren muss ich auch irgendwas machen.«

Jörna grinste noch immer breit. »Du bist verschossen bis über beide Ohren, oder? Vielleicht kann Brenda dir ja mit einem Lockenstab oder Ähnlichem aushelfen.«

Magnolia sprang in ihre Shorts, die ihre langen braunen Beine besonders gut zur Geltung brachten, und schlüpfte in ihre Flip Flops. Möglicherweise hatte Brenda oder eins der anderen Mädels eine Idee, wie sie noch ein bisschen mehr aus sich machen konnte. Schließlich beschäftigten sie sich den ganzen Tag mit nichts anderem als mit Kosmetik und Mode. Kurzentschlossen zog Magnolia die Vorhänge zwischen der rechten und der linken Zelthälfte ein Stück zurück. Sie hatte Glück. Shana und Lucy waren wieder da und saßen auf ihren Betten.

Shana feilte sich düster die Nägel, während Lucy wütend versuchte sich den Nagellack von ihren Füßen zu schrubben, die über und über mit rosa Flecken bedeckt waren. Das Ganze sah nach einem Farbzauber aus, der gründlich schiefgegangen war.

»Was ist denn hier für eine miese Stimmung?«, wunderte sich Magnolia. »Ist Brenda nicht hier?« Die Kalifornierinnen gab es sonst nur im Dreierpack. »Ich wollte sie fragen, ob sie mir einen Lockenstab leihen kann. Irgendwas, das die Frisur aufpeppt.«

Lucy hob kurz den Kopf. »Lockenstäbe machen das Haar splissig«, brummte sie. »Aber Brenda hat ein super Volumenpuder, das ihre Cousine zusammengehext hat. Das ist klasse. Du darfst es sicher benutzen.«

»Meinst du? Vielleicht sollte ich sie lieber selber fragen.«

Lucy zuckte mit den Schultern. »Kannst du machen, falls sie irgendwann wieder auftaucht.«

»Wo steckt sie denn?«, wollte Magnolia wissen.

Die beiden Mädchen verdrehten die Augen und seufzten. »Wenn wir das wüssten, würden wir hier nicht auf unseren Hintern sitzen, sondern sie schleunigst herbringen.« Das klang ernsthaft besorgt.

»Sie trifft sich mit einem der Vampire. Shana hat sie zusammen weggehen sehen.« Lucy schrubbte so verbissen ihre Füße, als würde sie Brenda den Kopf waschen.

»Was???« Magnolia war entsetzt. »Weiß sie denn nicht, dass die Typen gefährlich sind?«

»Brenda ist eine Zockerin. Sie liebt die Gefahr«, antwortete Shana trocken.

»Ja, aber diesmal ist sie eindeutig zu weit gegangen«, sagte Lucy.

»Es kann sie das Leben kosten«, murmelte Magnolia.

»Das brauchst du uns nicht zu sagen, Schätzchen.«

»Können wir sie nicht suchen?«, wollte Magnolia wissen.

»Haben wir schon. Nichts! Außerdem kann sie ziemlich wütend werden, wenn man sich in ihre Angelegenheiten einmischt – trotzdem nett gemeint. Hier, nimm das Puder. Macht schönes Haar.« Lucy warf ihr eine zylinderförmige Dose zu. Magnolia fing sie auf und zog die Vorhänge wieder zu.

»Was ist mit Brenda? Habe ich da etwas von einem Vampir gehört?«, fragte Jörna neugierig. Die Vorhänge ließen wirklich kaum ein Geräusch hinaus.

»Ja, sie ist mit einem von ihnen weggegangen.«

»Du spinnst.« Jörna sah genauso entsetzt aus wie Magnolia eben.

Magnolia schüttelte den Kopf. »Aber vielleicht ist ja alles nur halb so schlimm.«

Jörna lachte trocken. »Sicher, schließlich sind sie hier im Camp. Aber es kann genauso gut schiefgehen. Wir sollten jedenfalls nach ihr Ausschau halten.«

»Lucy hat mir übrigens dieses Puder mitgegeben. Soll ein wahres Wundermittel sein«, sagte Magnolia und wischte damit die unangenehmen Gedanken einfach beiseite.

Lucy hatte recht. Ein Hauch davon in die Haare und sie waren perfekt. Dünne Haare wurden voll, störrische Haare fielen gefällig über die Schultern. Da konnte auch Jörna nicht widerstehen. »Brenda muss es uns unbedingt verkaufen. Sie kann sich von ihrer Cousine ja Neues hexen lassen.« Das fand Magnolia auch.

Nachdem die Mädchen mit sich zufrieden waren, machten sie sich auf die Suche nach Leander. Einerseits hoffte Magnolia, ihn zu finden, andererseits wollte sie ihm nicht begegnen. Sie würde im Boden versinken, wenn sie sich plötzlich gegenüberstünden.

Nach einer guten Stunde vergeblicher Suche war die Luft bei Jörna raus. Sie hatte einfach keine Lust mehr, weiter planlos durch das Camp zu streifen.

»Wir wissen noch nicht mal, woran wir sein Zelt erkennen sollen«, maulte sie. »Ich frage jemanden, ob er weiß, wo die Elfen hausen.«

»Spinnst du?« Magnolia wollte davon nichts wissen. Es war schon peinlich genug, dass sie überhaupt nach Leander suchte.

Bei ihrem Rundgang durchs Camp waren sie auch am Vampirzelt vorbeigekommen. Doch da war alles ruhig, nichts deutete auf Brendas Anwesenheit hin.

»Die schlafen jetzt bis Sonnenuntergang!«, sagte Jörna mit dunkler Stimme und Magnolia huschte sofort wieder eine Gänsehaut über den Rücken.

Anschließend gingen sie hinunter an den Bach. Bereits von Weitem hörten sie das helle Kichern der Yuki-Onnas. Sie saßen auf einem großen Stein mitten im Wasser. Als sie Magnolia und Jörna entdeckten, winkten sie ihnen fröhlich zu.

»Gleich finden die Wettbewerbe im Feuerspucken und Schwimmen statt. Geht ihr hin?«, rief Su-Li fragend.

Das hatte Magnolia beinahe vergessen. Australische Wassernymphen traten gegen portugiesische Meerjungfrauen an. Jörna hatte auch nicht mehr daran gedacht und war jetzt geradezu begeistert. So brauchte sie wenigstens nicht mehr mit Magnolia nach Leander zu suchen.

»Natürlich, wir sind gerade auf dem Weg dorthin«, rief sie vergnügt.

Magnolia guckte sie verwundert an. »Sind wir?«

Jörna seufzte: »Es bringt doch nichts, hier weiter herumzulaufen. Vielleicht triffst du ihn ja bei den Wettbewerben.«

Also schlossen sie sich den drei Yuki-Onnas an und marschierten gemeinsam hinüber zu dem kristallklaren See, in dem die Wettbewerbe stattfinden sollten. Mitten im Wasser war eine Bühne aufgebaut, die durch einen langen Steg mit dem Land verbunden war. Die Zuschauer hatten es sich am Ufer des Sees schon bequem gemacht und warteten darauf, dass die Wettbewerbe begannen. Magnolia ließ ihren Blick verstohlen über die Menge schweifen, doch Leander war nirgends zu entdecken.

Dafür schwammen sich auf dem eigens abgesteckten Parcours bereits die Nymphen und Meerjungfrauen warm. Es war das erste Mal, dass Magnolia solche Geschöpfe sah. Sie hatten wunderschöne lange Haare und die Fischschwänze der Meerjungfrauen schillerten in sämtlichen Grün- und Blautönen des Ozeans.

Die fünf jungen Hexen setzten sich an das Ufer des Sees und ließen ihre Beine entspannt ins Wasser baumeln. Da schoss plötzlich eine Meerjungfrau direkt vor ihnen aus dem Wasser, drehte ein paar Pirouetten in der Luft und ließ sich mit einem Salto rückwärts wieder zurück in den See fallen. Wow, das war wirklich großes Kino!

Eine Sache erstaunte Magnolia allerdings: Die Nixe trug überhaupt kein Oberteil – sie war obenrum nackt! Natürlich verdeckten ihre langen Haare die meiste Zeit das Wesentliche, trotzdem fand Magnolia das angesichts der vielen Zuschauer reichlich gewagt. Die Meerjungfrau schien sich daran nicht zu stören. Im Gegenteil, sie verteilte großzügig Kusshände in alle Richtungen.

Dann war es so weit. Mrs Adams, eine alte Hexe mit einer Nase, so lang wie der Schnabel eines Storches, betrat die Bühne und eröffnete ohne lange Reden den Wettbewerb. Sie betonte ausdrücklich, dass es bei den Wettkämpfen nicht allein auf Schnelligkeit, sondern auch auf die Eleganz ankäme, mit der die Teilnehmerinnen die einzelnen Aufgaben bewältigten. Und da waren die Wassernymphen gegenüber den Meerjungfrauen mit ihren wuchtigen Fischschwänzen eindeutig im Vorteil.

Die Wassernymphen waren hauchzarte, fast durchscheinende Wesen in fließenden Gewändern. Sie punkteten besonders in der Disziplin Wasserballett, während die Meerjungfrauen ihnen beim Wassermelonenweitwurf haushoch überlegen waren. Denn da kam es besonders auf Stärke an. Zu guter Letzt führten die Nixen mit 5:3 vor den Nymphen.

Als Nächstes stand ein Wettbewerb im Feuerspucken auf dem Programm. Arabische Fakire traten gegen afrikanische Voodoo-Zauberer an und es war wunderbar zu sehen, wie sie das Feuer beherrschten. Gewinner des Wettbewerbs wurde aber ein japanischer Magier, der zwei gigantische Feuerdrachen miteinander ringen ließ. Der Ringkampf dauerte viele Minuten und das Publikum applaudierte begeistert, als sich die Feuerdrachen schließlich in Luft auflösten.

Dann wurde auf der Bühne eine grob gezimmerte Bretterwand aufgestellt. Magnolia und Jörna wunderten sich noch, wofür das gut sein sollte, da zischte auch schon ein Brandpfeil über ihre Köpfe hinweg und schlug in der Wand ein. Im Sekundentakt folgten weitere Pfeile. Schließlich brannten an der Wand die lateinischen Worte: In honorem magicae (zu Ehren der Magie).

Die Zuschauer applaudierten dröhnend, sosehr waren sie von der Schnelligkeit und Präzision der Pfeile begeistert. Nur von den Schützen war weit und breit nichts zu sehen.

Schließlich trat Mrs Adams wieder an das Mikrofon.

»Wenn ihr noch immer die Schützen sucht, dann dreht euch doch ganz einfach mal um und schaut zu dem Hügel dort hinten. Die meisten von euch ahnen es sicher. Aus dieser Entfernung und mit einer solchen Präzision zu schießen, das beherrschen nur Elfen. Kommt her, Jungs!«

Und tatsächlich. Auf dem Hügel hinter dem Hotel standen drei Gestalten und winkten mit ihren Langbögen.

»Wie praktisch, jetzt brauchst du dich nur hinzustellen und auf deinen Prinzen zu warten«, sagte Jörna zufrieden.

»Glaubst du, er kommt her?«

»Na klar!«, antwortete Jörna. Augenblicklich verschwand Magnolia hinter dem breiten Kreuz eines dicken Magiers. Jörna zeigte ihr einen Vogel, aber das war Magnolia egal. Die drei Elfen betraten lachend die Bühne, um ihre wertvollen Pfeile aus Eibenholz abzuholen, während das Publikum noch einmal applaudierte.

»Willst du ihm nicht Hallo sagen?«, wunderte sich Jörna.

Magnolia schüttelte den Kopf. »Später vielleicht.«

Sie sahen umwerfend aus. Groß und schlank, strahlten sie mit jeder ihrer Bewegungen Selbstvertrauen und Leichtigkeit aus. Sie hatten freundliche Gesichter und einen wachen, offenen Blick.

Aber Leander war der Hübscheste von ihnen, das fand zumindest Magnolia.

Es war außerordentlich praktisch, dass sie sich in der Menge verstecken und ihn in aller Ruhe anstarren konnte. Doch plötzlich drehte sich Leander auf der Bühne suchend um. Blitzschnell zog Magnolia den Kopf ein. Hatte er ihren Blick gespürt?

Zum Glück läutete in diesem Moment die Glocke zum Abendessen und die Wettkämpfe waren vorbei. Die jungen Campbewohner trollten sich Richtung Speisezelt, während die anderen sich in das Hotel begaben.

Magnolia hatte vor Aufregung überhaupt keinen Hunger und es passte ihr gar nicht, ausgerechnet jetzt ins Schloss zu gehen. Ihr Platz wäre eigentlich im Speisezelt bei all den anderen gewesen. Aber Tante Linette wollte davon einfach nichts wissen. Sie bestand noch immer darauf, dass Jörna und sie jeden Abend zum Essen ins Hotel kamen.

»Damit wir uns wenigstens einmal am Tag sehen. Ihr seid schließlich fast die jüngsten Hexen im Camp«, hatte sie gesagt.

»So ein Mist«, schimpfte Magnolia, während sie mit Jörna den

Hügel hinaufstieg. »Jetzt haben wir ihn endlich entdeckt und nun müssen wir zum Essen in dieses blöde Hotel gehen, während alle anderen sich im großen Zelt treffen.«

»Schon möglich, dafür schmeckt das Essen hier tausendmal besser«, meinte Jörna praktisch.

Magnolia seufzte. Für einen weiteren Blick auf Leander hätte sie sich glatt eine Woche von Eiern und Spinat ernährt.

Nach dem Abendbrot hatte Magnolia absolut keine Lust, sofort zurück ins Zelt zu gehen.

Anders Jörna. »Och nee, ich bin heute wirklich lange genug neben dir her durch das Camp gelaufen«, maulte sie. »Und du hast ihn doch jetzt endlich gefunden, außerdem will ich noch Zumba üben. Dafür habe ich mir extra Rasseln ausgeliehen, die ich morgen wieder zurückgeben muss.«

»Hey, wer sagt, dass du mich begleiten musst?«, fragte Magnolia gereizt.

»Dann ist ja gut.« Jörna winkte ihr zum Abschied und lief schnell den Hügel ins Lager hinunter. Dort gingen bereits die Lampions an und auf einmal hätte Magnolia heulen können, weil alles so schön aussah und sie sich ein bisschen einsam fühlte. Und auch weil sie nicht wusste, ob sie Leander ansprechen sollte, falls sie sich über den Weg liefen, oder lieber nicht. Jetzt hätte sie Tante Linette gebraucht, aber die war ja von ihrem Ausflug nach Salem noch immer nicht zurück.

Elftes Kapitel
Böse Überraschungen

Magnolia konnte nicht wissen, dass ihre Tante genau in diesem Moment vor der hohen Dornenhecke stand, die das Schlosshotel umgab, und mit spitzen Fingern einen aufgeweichten, nach Fisch stinkenden Brief in die Höhe hielt.

»Er ist eindeutig an uns adressiert«, stellte sie verwundert fest.

»Dann mach ihn auf!«, verlangte Runa ungeduldig.

»Dafür ist er zu nass. Er würde auf der Stelle zerreißen. Wir müssen ihn im Hotel trockenföhnen.«

Runa verdrehte ungeduldig die Augen. »Dann los, worauf warten wir noch?« Energisch klopfte sie dreimal mit der flachen Hand auf den Stein. Die Dornenhecke glitt zurück und die zwei Wächter traten heraus. »Passwort!«, verlangten sie.

»Jellyfish«, antwortete Runa und der Weg war frei. Die beiden Hexen eilten den Hügel hinauf in ihr Hotel. »Hoffentlich ist es das, was ich glaube, das es ist«, sagte Linette und Runa nickte grimmig.

Vor ihrem Hotelzimmer zog Runa den goldenen Zimmerschlüssel aus ihrer Rocktasche und schloss auf.

Schnell trat Linette ein. Doch auf einmal wurden ihre Bewegungen langsamer. Irgendetwas stimmte hier nicht. Sie sog die Luft ein. Es roch nach Gefahr!

»Geht es vielleicht noch etwas langsamer?«, drängelte Runa vor der Tür.

Linette schaltete das Licht an und warf einen Blick in den Spiegel an der Garderobe. Ihre Hexensinne hatten sie nicht getäuscht. Es war dieser eine kurze Blick, der sie vor einem schrecklichen Schicksal bewahrte, denn im Wohnzimmer saßen zwei Frauen und sahen den Ankömmlingen erwartungsvoll entgegen. In ihren Augen blitzte ein dämonisches Feuer und auf ihrem Kopf ringelten sich schwarze, züngelnde Schlangen.

Runa drängte hinter Linette in den Flur, als die plötzlich die Hand hob. Sofort blieb die Watthexe stehen. Jetzt spürte auch sie die Gefahr.

»Gorgonen«, formten Linettes Lippen. Runa schloss sofort die Augen. Ein direkter Blick auf das Schlangenhaupt oder in ihre Augen genügte, um in Sekundenschnelle zu Stein zu erstarren. Der Blick durch den Spiegel war jedoch ungefährlich.

»Wir kennen das Bote, ihr Hexen«, hauchte eine rauchige Stimme.

»Du meinst, wir kannten den Boten«, stellte die zweite Stimme böse lächelnd fest.

»Welchen Boten?« Linette widerstand dem Impuls herumzufahren, um den Gorgonen direkt gegenüberzutreten. »Ich weiß nicht, wovon ihr sprecht.«

Die Gorgonen lachten heiser. »Von der magischen Brille und von dem süßen kleinen Klabauter, der mit euch in Kontakt treten wollte, wovon sonst?«

Linette ballte die Fäuste. »Nun, ganz offensichtlich hat es euch nichts genützt!«, sagte sie mit gepresster Stimme.

»Woher willst du das wissen?«

»Ihr wärt sonst nicht hier. So einfach ist das!«

Das war der wunde Punkt. Die Gorgonen erhoben sich synchron aus ihren Sesseln.

»Gib uns den Brief«, zischten sie.

Linette blieb keine Zeit. »Depulsio nunc!«, schrie sie und deutete, ohne die Gorgonen anzusehen, mit ihrem Zauberstab in deren Richtung. Ein singender Ton breitete sich im ganzen Raum aus und ließ das Hotel erbeben. Die Schlangenhäuptigen pressten die Hände auf die Ohren, doch der entsetzliche Ton schwoll an und wurde lauter und lauter. Schließlich hielten die Gorgonen es nicht länger aus. Sie drehten um, nahmen Anlauf und sprangen durch das geschlossene Fenster.

Runa stürzte auf den Balkon. »Sie verlassen das Grundstück!!«, rief sie aufgeregt.

Sekunden später stand auch schon Mr Woodpecker, der Hotelmanager, vor der Tür.

»Was ist passiert?«, fragte er mit tiefer sonorer Stimme. Er war ein gestandener Magier und so etwas war in seinem Hotel noch nie vorgekommen. Immer mehr Hexen und Magier kamen auf dem Flur zusammen. Sie reckten die Hälse und es wurde getuschelt.

»Einbrecher!«, verkündete Linette. »Das hätte nicht passieren dürfen. Nicht in Ihrem Hotel, Mr Woodpecker.«

Mr Woodpecker kratzte sich verwundert am Kinn. »Unmöglich ... Wie konnte das geschehen?«

»Gorgonen«, raunte ihm Linette ins Ohr. Mr Woodpecker wurde bleich. »Gorg ... Gorg ...?«

»Pst.« Linette legte die Finger vor den Mund. »Sorgen Sie für eine bessere Sicherung des Grundstücks, die jetzige ist außerordentlich schlampig. Und kein Wort zu den anderen Gästen. Wir bringen die Fensterscheibe wieder in Ordnung.«

Noch immer geschockt wendete sich Mr Woodpecker an die Hotelgäste auf dem Flur. »Gehen Sie bitte zurück auf Ihre Zimmer. Ich bin sicher, dass sich dieser Einbruch in Kürze aufklären wird«, erklärte er.

Runa schloss hinter ihnen die Tür. »Lass uns die Scheibe reparieren, bevor wir uns den Brief ansehen.« Ein Wink mit dem Zauberstab genügte und die Scherben setzten sich unverzüglich zu einem Ganzen zusammen.

»Möchte bloß wissen, wer ihnen unsere Zimmernummer verraten hat«, knurrte Runa.

»Das würde ich auch gern wissen«, grollte Linette. »Ich würde denjenigen liebend gern mit dem Kopf voran in den nächsten Misthaufen stecken.«

Der Brief lag ungeöffnet und nass auf dem Schreibtisch. Runa wollte gerade ins Badezimmer gehen und den Föhn holen, da fiel Linette ein alter Origamizauber ein, den sie als Kind häufig benutzt hatte. Man konnte damit Papier nicht nur auf die entzückendste Weise falten, man konnte es auch wieder entfalten.

Schnell kramte sie in ihrer Tasche nach dem gelblichen Pulver. Wie gut, dass sie nicht auf ihre Nichte gehört hatte. Jetzt hatte sie alles dabei, was sie brauchte. Schnell stäubte sie etwas Pulver über den Brief, dann ließ sie ihren Zauberstab darüber kreisen. Augenblicklich fing das Papier an zu trocknen und entfaltete sich knisternd. Begierig beugten die Hexen sich vor und fingen an, die krakeligen Buchstaben zu entziffern.

»Diese Nachricht zerstört sich in wenigen Sekunden selbst«, so lautete die Überschrift des seltsamen Briefes.

»In der Nacht des Blutmonds am dreizehnten Pier. Seid ihr erst da, ist er schon hier. Kommt nicht zu früh, auch nicht zu spät. Ihr müsst noch da sein, bevor er geht.«

Kaum hatten Linette und Runa die Nachricht gelesen, da gab es eine grüne Stichflamme und außer einem Häufchen Asche blieb nichts von dem Brief übrig.

»Was sollte das denn?« Verdattert sahen sich die beiden Hexen an.

»Geht das nicht ein bisschen präziser? Was soll dieser Reim – ihr müsst noch da sein, bevor er geht?« Runa stocherte missmutig in der verbrannten Asche.

»Bevor wer geht? Und dass wir da sein müssen, bevor er weg ist, ist doch wohl logisch, oder?« Linette war ebenfalls verwirrt.

»Wann steht der Blutmond am Himmel?«, wollte sie wissen.

»In der Nacht vom sechzehnten auf den siebzehnten. Wir haben also noch ein paar Tage Zeit«, sagte Runa.

Magnolia wusste zwar, dass die Platzordnung es Minderjährigen verbot, nach Anbruch der Dunkelheit allein durch das Camp zu laufen, aber sie hatte heute Abend einfach keine Lust auf die kichernde Yuki-Onna und Jörnas Rumbarasseln. Außerdem fing es gerade erst an, dunkel zu werden.

Sie lief hinunter zum Bach und ging am Wasser entlang, bis zu der Brücke, die hinüber auf die andere Seite führte. Magnolia zögerte einen Moment, doch dann setzte sie ihren Fuß auf die dunklen Bohlen und stand schon auf der anderen Seite. Unheimlich und schwarz lag der Wald vor ihr. Sie war noch nie dort gewesen und schon gar nicht bei Dunkelheit. Auch heute wollte sie nicht wirklich hineingehen – nur einen kleinen Blick zwischen die Bäume werfen. Vielleicht fand sie ja einen Platz, an dem sie ungesehen Feuerbälle in ihrer Hand entstehen lassen konnte. Als Wetterhexe war ihr diese Gabe quasi in die Wiege gelegt worden. Trotzdem brauchte es eine ganze Menge Übung, bis man mit dem Ergebnis zufrieden sein konnte.

Magnolia gab sich einen Ruck und ging die wenigen Meter bis zum Wald. Aufmerksam spähte sie hinein. In den Ästen einer hohen Kiefer zwitscherte ein Vogel und ein früher Igel schlurfte auf seinem abendlichen Spaziergang knacksend durch das Unterholz. Alles machte einen ruhigen, friedlichen Eindruck. Zögernd ging Magnolia noch ein paar Schritte in den Wald hinein. Die Geräusche aus dem Camp waren hier kaum mehr zu hören.

Sie sah sich um und ließ sich dann auf einem entwurzelten Baum nieder. Behutsam strich sie über die raue, schuppige Rinde und ein Gefühl der Gelassenheit breitete sich bis in ihre Zehenspitzen aus. Dann hob sie ihren linken Arm und schloss die Augen. Sie stellte sich eine leuchtende goldene Kugel vor. Ja, sie sah sie ganz deutlich vor sich. Dann ließ sie diese Kugel durch ihre Schulter, über den Arm, hinunter in ihre offene Hand rollen. Und tatsächlich, als sie die Augen öffnete, war sie genau dort angekommen. In ihrer Hand lag eine goldene

Kugel von der Größe einer Orange. Magnolia ließ die Kugel langsam von ihrer Handfläche aufsteigen und in die andere Hand wandern. Bis hierhin klappte alles wie am Schnürchen. Dummerweise wollte es ihr einfach nicht gelingen, diese Kugel, die eigentlich ein Kugelblitz war, auf irgendein Ziel zu schleudern. Es genügte nicht, wenn man sie gemütlich von einer Hand in die andere schweben ließ.

»Age, voltus«, murmelte sie und die Kugel in ihrer Hand machte einen kleinen vielversprechenden Hüpfer.

»Age, voltus«, sagte sie laut und energisch. Na bitte. Der Kugelblitz machte immerhin einen Satz, als würde man eine Bowlingkugel werfen. Aus den Augenwinkeln sah Magnolia, wie ein Nussweiblein empört zwischen zwei Baumwurzeln herausschaute.

Sie beschloss, noch ein Stückchen weiterzugehen, um es nicht unnötig zu reizen. Nussweiblein konnten sich wie Kletten in der Kleidung und den Haaren festsetzen und dort auf unangenehmste Weise kratzen und beißen. Es dauerte Stunden, bis man die winzigen Biester wieder los war.

Während Magnolia tiefer in den Wald ging, achtete sie darauf, das erleuchtete Camp nicht völlig aus den Augen zu verlieren. Sie wollte gerade einen neuen Kugelblitz entstehen lassen, als sie ganz in der Nähe Stimmen hörte.

»Lass mich in Ruhe, verdammt nochmal! Ich habe gesagt, dass ich kein Interesse habe.« Das war eindeutig Brendas Stimme.

»Schade, Baby. Ich habe nämlich sehr großes Interesse an dir. Du könntest unsterblich werden. Es dauert nur einen winzigen Augenblick.«

Erschrocken sah Magnolia sich um. Keine zwanzig Meter von ihr entfernt stand Brenda auf einer Lichtung. Ihre Haare glänzten silbern im Mondlicht – direkt vor ihr stand einer der Vampire.

»Vergiss es, Kelby. Du kriegst mein Blut nicht, nicht einen einzigen Tropfen!«, fauchte Brenda wütend.

Der Vampir grinste. »Meinst du?«

Brenda machte drei Schritte zurück. »Ich will ein Mensch bleiben, verstanden?«

»Du bist kein Mensch, Brenda. Du bist eine Hexe! Und du weißt, welche Kraft Hexenblut hat.« Kelby machte einen Schritt auf sie zu.

»Bleib, wo du bist, oder ich ...« Weiter kam Brenda nicht, denn mit einem Satz warf der Vampir sie zu Boden.

»Oder was?«, fragte er hämisch und hielt sie lässig mit einer Hand fest.

»Du hast einen sehr schönen Hals, Brenda. Lang und weiß, wie der Hals eines Schwans.« Schon öffnete er seinen Mund zu dem verhängnisvollen Biss. Brenda schrie auf und Magnolia rannte los.

»Age, voltus«, schrie sie, noch während sie lief. Der Kugelblitz machte den Satz einer Bowlingkugel und weil Magnolia inzwischen nah genug herangekommen war, fiel er dem Vampir krachend auf den Kopf.

»Booooooaaaaaarghhh!!!«, schrie der und ließ Brenda augenblicklich los. Mit schmerzverzerrtem Gesicht wälzte er sich im Gras. »Das wirst du mir büßen, Hexe!«

»Aber nicht in diesem Leben«, schrie Brenda zurück.

Augenblicklich riss sie ihren Zauberstab aus dem Ärmel und ließ rund um den Vampir ein loderndes Pentagramm entstehen, aus dem es für ihn kein Entkommen gab.

»Die Alt-Hexen werden sich um dich kümmern«, drohte sie voller Genugtuung. Dann griff sie Magnolias Arm und die beiden Mädchen liefen, so schnell sie konnten, aus dem Wald. Kurz vor der Brücke blieben sie keuchend stehen.

»Das war knapp!«, japste Brenda, dann grinste sie. »Es war ein Bild für die Götter, wie du angerannt kamst und dir der Kugelblitz von der Hand tropfte. Genau auf seinen Kopf.« Magnolia wusste nicht, ob sie das als Kompliment nehmen oder eher beleidigt sein sollte. Es war überhaupt erstaunlich, dass Brenda schon wieder lachen konnte.

»Ja, der Blitz. Da geht sicher noch mehr«, gab sie zu.

»Du hast mir das Leben gerettet«, antwortete Brenda und diesmal war sie ganz ernst. »Ich stehe tief in deiner Schuld. Solltest du irgendwann einmal Hilfe brauchen, zögere nicht, mir Bescheid zu sagen.« Sie legte Magnolia freundschaftlich den Arm um die Taille. »Übrigens, damit dein Blitz weiter fliegt, musst du nur das S in Voltus zischen. Probiere es mal aus.« Sofort blieb Magnolia stehen. Sie streckte den Arm aus, zielte in Richtung Dornenhecke und rief: »Age, voltussss!!!« Sofort schoss der Blitz aus ihrer Hand und zwar so kräftig, dass der Rückstoß sie beinahe von den Füßen gefegt hätte. Krachend landete er in der Hecke und setzte sie augenblicklich in Brand. Gleich waren aufgeregte Stimmen zu hören und Magnolia und Brenda machten, dass sie zurück ins Camp kamen, bevor sie mit der brennenden Hecke in Verbindung gebracht wurden.

Vor dem Zelt nahm Brenda sie noch einmal in die Arme. »Ich danke dir, meine Schwester.« Dann wurde sie verlegen. »Vielleicht müssen wir den anderen nicht alles haarklein erzählen. Was meinst du?«

Jetzt grinste Magnolia ebenfalls. »Schon okay«, sagte sie lässig. »Was passiert jetzt mit Kelby?«

»Ach, ich sage morgen früh der Campleitung Bescheid. Ich schätze, er fährt dann mit seinen Freunden nach Hause.«

»Glaubst du, er wird bestraft?«

Brenda schüttelte den Kopf. »Ist ja nichts passiert. Und dass sie gefährlich werden können, weiß doch jedes Kind. Außer ich«, setzte sie nach und grinste verlegen.

Dann betraten sie nacheinander das Zelt. Shana und Lucy waren überglücklich, Brenda heil und gesund wiederzusehen. Sie hatten sich wahnsinnige Sorgen gemacht. Jetzt waren sie allerdings neugierig.

»Hast du ihn getroffen?«, fragte Lucy verzückt. »Und, wie war's?« Mit einem schnellen Blick auf Magnolia zog Brenda den schalldichten Vorhang zu.

Zwölftes Kapitel
Ein Halbelf zum Verlieben

Wie versprochen redete Magnolia mit niemandem über ihr nächtliches Abenteuer. Einen kurzen Moment hatte sie überlegt, Tante Linette von dem Vorfall zu erzählen, dann verwarf sie den Gedanken jedoch schnell wieder. Wer konnte schon sagen, wie Tante Linette reagieren würde? Womöglich durfte sie dann keinen Schritt mehr allein gehen und musste sofort zu ihr ins Hotel ziehen. Und das wäre eine Katastrophe ungeheuren Ausmaßes, denn heute Vormittag sollten sich die Elfen vorstellen.

Leander hatte eine menschliche Mutter und einen Elfenvater. Er passte daher perfekt zum Thema: »Wo die Liebe hinfällt – Verbindungen zwischen magischen und nicht magischen Wesen«.

Von der Unterhaltung ihrer Freundinnen beim Frühstück bekam Magnolia nichts mit. Es interessierte sie einfach nicht, was Jörna, Su-Li oder die drei Barbies zu reden hatten. Sie hielt nur nach *einem* Ausschau und der war nirgends zu entdecken. Bereits am Tag zuvor hatte Magnolia sich vergeblich die Augen nach Leander ausgeguckt. Insgeheim befürchtete sie schon, er sei vielleicht wieder abgereist. Da hatte Jörna den Aushang mit dem Programmpunkt: »Vorstellung der Elfen« entdeckt und Magnolias Welt war wieder in Ordnung. Heute würde sie auf jeden Fall rechtzeitig im Seminarzelt sein, damit sie nicht wieder auf dem Boden sitzen musste.

Sie bestrich sich gerade ihr zweites Croissant, als sie auf das aufgeregte Tuscheln und die leisen, spitzen Schreie der kalifornischen Hexen aufmerksam wurde.

»Nun sieh doch nicht so auffällig hin«, giggelte Lucy hysterisch.

»Warum denn nicht? Ich werde doch noch gucken dürfen, wohin ich will«, sagte Brenda unschuldig.

Auch Shana kicherte. »Er schaut rüber, ich glaube, er hat dich gesehen.«

Brenda strich sich lässig eine Haarsträhne aus dem Gesicht. »Sie schauen alle drei rüber. Sucht euch einen aus, Mädels!«, sagte sie zufrieden.

Magnolia folgte ganz automatisch Brendas Blick und hätte sich fast an ihrem Croissant verschluckt.

Jörna klopfte ihr auf den Rücken und murmelte: »Scheiße!«

Da saßen die Elfen und sahen interessiert zu den kichernden Hexen herüber.

Magnolia stöhnte innerlich auf.

Verdammter Mist! Das konnte einfach nicht wahr sein!! Der einzige Typ, der ihr weit und breit gefiel – und schon hatte Brenda ihn auf dem Schirm. Wütend schnappte Magnolia ihr Tablett, knallte es auf den dafür bereitstehenden Wagen und marschierte hocherhobenen Hauptes zurück ins Kuckucksnest. Dort ließ sie ihrer Wut freien Lauf. Sie schrie, biss in ihr Kopfkissen und trat immer wieder gegen ihr Bett.

»Verdammt! Verdammt! Verdammt!«, rief sie bei jedem Tritt.

»He, lass das Bett heil«, sagte Jörna, die Magnolia gefolgt war.

»Warum?«, rief Magnolia. »Kannst du mir sagen, warum ausgerechnet Brenda ein Auge auf ihn geworfen hat? Sie könnte jeden haben!«

»Sie flirtet«, versuchte Jörna sie zu beruhigen. In diesem Moment kam Su-Li ins Zelt.

»Störe ich?«, fragte sie höflich. Magnolia holte tief Luft. Im erstem

Moment wollte sie Ja sagen, doch dann meinte sie: »Nein, egal. Es ist nichts.«

»Okay, es hörte sich draußen nur anders an«, sagte Su-Li verständnisvoll.

»Magnolia kennt einen der Elfen ...«, erklärte Jörna und zog die Vorhänge zwischen den Zelthälften vorsichtshalber zu.

»Jörna!!!!«, sagte Magnolia genervt.

»Wenn sich Su-Li mit uns schon ein Zelt teilt, kann sie auch erfahren, was los ist«, antwortete Jörna. »Das Thema wird uns ja vermutlich noch länger beschäftigen.«

»Quatsch«, brummte Magnolia.

»Also, Magnolia kennt einen der Elfen und ist in ihn ...«

»Jörna!!!«, sagte Magnolia drohend.

»Verliebt?«, fragte die Yuki-Onna.

»Quatsch!«, rief Magnolia.

»Genau«, sagte Jörna. »Na ja und jetzt hat Brenda ihn entdeckt.«

Magnolia stöhnte gequält auf. »Hör auf, Jörna! Das ist allein meine Sache.«

»Brenda flirtet mit jedem, aber nicht jedem gefällt das«, stellte Su-Li nüchtern fest.

Sofort horchte Magnolia auf. »Du meinst, Leander findet sie blöd, weil sie mit ihm flirtet?«

»Schon möglich!«

Magnolia hätte Su-Li knuddeln können. Das waren genau die Worte, die sie hören wollte.

»Ja, gib bloß nicht gleich auf, nur weil Miss California ein Auge auf ihn geworfen hat«, sagte jetzt auch Jörna.

Augenblicklich beruhigte sich Magnolia und ihr Gute-Laune-Barometer kletterte ein paar Striche höher. Noch war nichts verloren. Sie würde die Sache im Auge behalten.

Eine halbe Stunde bevor die Elfen ihren Auftritt im Seminarzelt hatten, saßen Magnolia und Jörna bereits in der dritten Reihe. Dann setzte sich ausgerechnet eine riesige Oger-Frau direkt vor Magnolias Nase. Schnell tauschte sie mit Jörna die Plätze. Von Brenda & Co. keine Spur. Vermutlich hatten sie längst das Interesse verloren, weil ihnen schon ein Dutzend anderer Typen über den Weg gelaufen waren.

Endlich war es so weit. Jenny Greenteeth, eine grüne irische Hexe, trat ans Mikrofon und kündigte die Elfen an. Sie kamen zu dritt auf die Bühne und setzten sich dort auf die bereitgestellten Hocker.

Leander war der erste, der seine Geschichte erzählen sollte. Er wirkte kein bisschen verlegen und beschrieb, wie seine Eltern sich kennengelernt hatten. Wie er im Alter von fünf Jahren zur Freude seines Vaters seine magischen Fähigkeiten entdeckte. Wie seine Eltern ihn dazu anhielten, keinem Menschen etwas von diesen Fähigkeiten zu erzählen und wie es sich anfühlte, zwischen zwei Welten zuhause zu sein. Magnolia hätte ihm stundenlang zuhören können. Sie liebte den sanften Klang seiner Stimme und manche Dinge, die er beschrieb, empfand sie genauso. Beim Sprechen hatte er die ganze Zeit einen Punkt an der gegenüberliegenden Wand fixiert und so hatte Magnolia Zeit gehabt, ihn ganz genau zu betrachten. Seine rotbraunen Haare, die langen dunklen Wimpern. Seine leuchtend grünen Augen und überhaupt ... Er war perfekt. Magnolia hoffte, er würde noch ewig weitererzählen. Sie hätte ihm übrigens auch zugehört, wenn er hundert Seiten aus einem Kochbuch vorgelesen hätte.

Schließlich gab er das Mikro an seinen Freund Elon weiter und die Zuschauer im Zelt applaudierten höflich.

Während Elon seine Geschichte erzählte, ließ Leander seine Blicke über das Publikum wandern. Plötzlich entdeckte er Magnolia in der Menge. Sein Blick blieb an ihr hängen, wie ein Drachen in der Spitze eines Baumes. Magnolias Herz setzte für einen Schlag aus und sie bekam eine Gänsehaut.

Leander lächelte ihr zu. »Hallo!«, formten seine Lippen.

»Wow!« Jörna stieß Magnolia in die Rippen und grinste bis über beide Ohren. »Er hat Hallo gesagt«, strahlte sie.

Was die anderen beiden Elfen aus ihrem Leben zu berichten hatten, interessierte Magnolia nur noch am Rande. Immerhin bekam sie mit, dass es sich bei Leanders Freunden um richtige Elfen handelte.

Andauernd sah sie zu Leander hin und zweimal trafen sich ihre Blicke. Dann durfte das Publikum Fragen stellen. Und nachdem so langweilige Fragen gestellt wurden wie: »Wo schlaft ihr nachts? Könnt ihr Auto fahren – und wie viele Kinder haben Elfen so im Schnitt?«, stellte eine junge Hexe Leander tatsächlich die Frage: »Welche Mädchen küssen besser? Hexen oder Menschen?« Das ganze Zelt kicherte und Magnolia spitzte die Ohren. Genau die Frage hätte sie auch gestellt, wenn sie sich getraut hätte.

Leander und seine Freunde lachten ebenfalls. Dann sagte er: »Die Frage kann ich dir leider nicht beantworten. Bisher habe ich nur Menschenmädchen geküsst und das war gar nicht übel. Wie Hexen küssen, würde ich aber gern mal ausprobieren.« Sein Blick streifte Magnolia und er zwinkerte ihr ganz kurz zu. Oder nicht? Das ganze Zelt lachte und Magnolia wurde rot wie ein Feuerwehrwagen.

Puh! Hatte er wirklich gesagt, er würde gern eine Hexe küssen und sie dabei angesehen? Sofort fing ihr Herz an zu klopfen.

Die Fragen hatten sich inzwischen wieder unverfänglicheren Themen zugewandt. So wollte ein Magier wissen, wie viele Pfeile sie in der Minute abschießen konnten. Magnolia war nicht mehr bei der Sache. Jedes Mal, wenn sie Leander ansah, machte ihr Herz einen Salto.

Dann war die Veranstaltung zu Ende und als Kirsche auf der Sahnetorte entdeckte Jörna beim Hinausgehen den Aushang für den »großen Ball der Nationen«.

Er fand im Schloss statt und es waren nicht nur die Teilnehmer des Jugendcamps eingeladen, sondern auch alle anderen Teilnehmer des

Hexenkongresses. Allerdings wurde in diesem Schreiben ausdrücklich darauf hingewiesen, dass es sich bei dem Ball um eine eher konservative Tanzveranstaltung handelte, da die Hexen in diesem Jahr nicht unter sich waren: »Wir bitten daher, auf wilde Pogo-Tänze und das Abfeuern von Sprung-Fröschen und feurigen Knallpilzen zu verzichten!«

»Endlich«, jauchzte Jörna und auch Magnolia war begeistert, wenigstens so lange, bis ihr einfiel, dass sie ja ihr Kleid, welches Tante Linette von den Feen besorgt hatte, noch gar nicht kannte. Gleich nach dem Essen wollte sie hinauf zum Schloss gehen und ihre Tante nach dem Kleid fragen.

Noch immer drängten sich lachend und schwatzend die Zuhörer an ihnen vorbei. Auch Magnolia und Jörna wollten gerade gehen, als die Elfen herauskamen.

»Magnolia!« Schon wie er ihren Namen aussprach, machte süchtig.

Magnolia schluckte und versuchte nicht rot zu werden. Dann drehte sie sich um.

»Hi«, sagte Leander.

»Hi«, antwortete Magnolia. Ihr Mund fühlte sich staubtrocken an.

»Die Welt ist ein Dorf, oder? Ich war total überrascht, als ich dich vorhin gesehen habe«, erzählte Leander. Seine Kumpels sahen sie neugierig an.

»Ähm, ja … Ich nehme an diesem Seminar teil und war auch überrascht, dich zu sehen.« Oh Gott, wie bescheuert klang das denn? Hatte sie wirklich nicht mehr zu sagen? Er musste sie für einen kompletten Blindgänger halten.

»Bist du mit deiner Tante hier?«, wollte er wissen.

Magnolia nickte. »Ja, mit Tante Linette.« Sie räusperte sich. »Und mit meiner Freundin Jörna.«

»Ah, hallo Jörna.«

»Hallo.« Jörna nickte ihm ganz unbefangen zu.

Wenn ihre Stimme nur nicht so seltsam heiser klingen würde. Sie hörte sich an wie die einer Kettenraucherin. Magnolia räusperte sich noch einmal.

»Und gefällt es dir hier?«, versuchte es Leander weiter.

»Ja, super!« Und seit du da bist, möchte ich überhaupt nicht mehr weg! Das fügte Magnolia allerdings nur in Gedanken an.

»Ist eine Menge los hier. In welchem Zelt …?« Jetzt wurde Leander unterbrochen.

»Hallo Babys …«

Magnolia presste die Zähne aufeinander. Sie brauchte gar nicht hinzusehen, um zu wissen, wer da im Anmarsch war. Jörna sah sich dagegen böse um.

»Verpisst euch!«, hätte Magnolia ihnen am liebsten zugerufen, doch da waren sie auch schon da.

»Hallo Magnolia, hallo Jörna. Wow, als Gott die Elfen schuf, wollte er sicher angeben«, sagte Brenda lässig und lächelte zuckersüß.

Verärgert sah Magnolia, dass dieser blöde Spruch bei den Jungs gut ankam. Sofort stand Brenda im Mittelpunkt ihrer Aufmerksamkeit. Und Magnolia konnte es ihnen nicht einmal verdenken. Brenda war frech, witzig und sah dazu auch noch hammermäßig aus. Eben genau wie ein Mädchen, auf das die Jungs stehen.

»Wir haben eure Show mit den Pfeilen gesehen. Das war super!«, schwärmte Brenda. »Ist es nicht unheimlich schwer, so einen Langbogen zu spannen? Ich kann mir vorstellen, dass man dafür ganz schön Kraft haben muss«, mischte sich jetzt auch Lucy ins Gespräch. Die Elfen sahen sie lachend an und Elon zeigte schon mal seinen Bizeps.

»Wow, toll. Darf ich mal anfassen?«, quietschten Brenda, Lucy und Shana durcheinander. Magnolia merkte deutlich, dass sie abgeschrieben war.

»Also, war nett, dich hier zu treffen …« Sie winkte schlapp.

»Grüß deine Tante«, sagte Leander.

»Bis nachher, Schätzchen«, flötete Brenda.

Magnolia hätte sich vor Wut in den Hintern beißen können. Weshalb fielen ihr solche Sachen nicht ein?

»Weil du nicht so dämlich bist wie die«, tröstete sie Jörna, während sie zum Essen gingen. »Und ganz ehrlich, wenn jemand auch nur ein bisschen Grips hat, fällt er auf so etwas nicht herein.«

Ob Leander Grips hatte, ließ sich schlecht sagen. Die Elfen und die kalifornischen Hexen kamen jedenfalls gemeinsam zum Essen und schienen jede Menge Spaß zu haben.

Dreizehntes Kapitel

Noch mehr Überraschungen

Magnolia musste ihre Gedanken sortieren. »Also«, sagte sie zu Jörna und Su-Li. »Wir halten mal fest: Er hat Hallo gesagt, als er mich entdeckt hat.« Jörna und Su-Li nickten. »Und er hat mich vor dem Zelt angesprochen. Hätte er ja nicht tun müssen, wenn er mich total blöd fände, oder?«

Wieder nickten die beiden. »Außerdem wollte er dich etwas fragen, kurz bevor die Barbies aufgetaucht sind«, sagte Jörna.

»Stimmt!« Nachdem Magnolia das Für und Wider mit Hilfe ihrer Freundinnen gegeneinander abgewogen hatte, erwachte jetzt ihr Kampfgeist. Es brachte überhaupt nichts, herumzusitzen und Trübsal zu blasen. Schlauer wäre es, sich mental auf das nächste Treffen vorzubereiten und dann spritzig, witzig rüberzukommen. Jedenfalls würde sie sich bei ihrem nächsten Treffen nicht einfach von Brenda & Co. an die Wand spielen lassen.

Am Nachmittag machten sich Magnolia und Jörna auf den Weg zum Schloss. »Hoffentlich rückt Tante Linette das Kleid endlich raus. Ich muss schließlich alles darauf abstimmen. Frisur und Schminke und so weiter.«

Jörna nickte verständnisvoll.

Im Hotel mussten die Mädchen dann noch eine Weile warten. Die Vortragsreihe: »Goldtöpfe in Zeiten der Finanzkrise und ihre globale Bedeutung« war noch nicht zu Ende und Magnolia bedauerte ihre Tante und Runa, die sich mit solch öden Themen beschäftigen mussten.

Die Mädchen warteten im Foyer, bis sich die Flügeltüren zu den Seminarräumen endlich öffneten und die Hexen und Magier herausströmten.

Auch ihnen sah man an, dass sie aus vielen verschiedenen Ländern angereist waren. Da kam zum Beispiel eine Hexe heraus, die total ranzig aussah. Sie hatte gelbe Haare, trug einen zerrissenen Kimono und hatte einen Mund, so breit, dass sie locker ein Nilpferd mit einem Happen verschlingen konnte.

Magnolia schüttelte sich. Jörna hatte ihren Blick bemerkt. »Das ist eine Yamauba, eine japanische Berghexe«, erklärte sie. »Ich sehe sie in natura auch zum ersten Mal.«

»Du kennst unglaublich viele Hexenarten«, staunte Magnolia.

»Ich kenne fast alle«, erklärte Jörna stolz. »Zu Hause haben wir ein Buch, das heißt: »Andere Länder, andere Hexen«, da sind sie alle drin. Aber es ist noch mal eine völlig neue Nummer, sie leibhaftig zu sehen.«

»Was ist das für eine?«, wollte Magnolia wissen und deutete unauffällig auf eine Hexe, die knallrot war und Federn am Hals und auf den Armen hatte.

»Das ist ein ER und er kommt auch aus Japan. Starre ihn nicht so an. Er ist ein Tengu. Könnte aber auch eine Lauma aus Russland sein.«

Bewundernd sah Magnolia ihre Freundin an. »Wirklich! Was du alles weißt!«

Dann entdeckten sie endlich Runa und Tante Linette. Sie waren die Letzten und schienen es nicht besonders eilig zu haben. Angeregt plauderten sie mit einem klapperdürren, alten Mann. Seine Hosen, sein Umhang, einfach alles flatterte so locker an ihm herum, als würde er seine Kleidung jeden Moment verlieren. Sogar seine Schuhe schienen drei Nummern zu groß zu sein, sodass er bei jedem Schritt aus ihnen herausrutschte.

»Das ist ja ein toller Bursche, den die zwei sich da angelacht haben.« Magnolia grinste.

»Ah, hallo Mädchen! Wie schön euch zu sehen! Darf ich vorstellen? Sir Archibald von Kröteneck.«

Von Krötendreck? Das klang irgendwie ekelig! Trotzdem reichten die Mädchen ihm höflich die Hand. Sie fühlte sich an wie trockenes Pergament. Magnolia wagte kaum, sie zu drücken. Anders Sir Archibald. Er hatte den festen Griff eines Schraubstocks.

»Habt ihr Lust, mit uns einen kleinen Spaziergang durch den Schlosspark zu machen?«, fragte Tante Linette. »Wir wollen uns ein wenig die Füße vertreten, bevor der Vortragsmarathon weitergeht und wir uns die Hintern endgültig platt sitzen.«

»Möchten Sie uns nicht begleiten, Archi?«, fragte Runa liebenswürdig.

Sir Archibald hob abwehrend die knotigen Hände. »Mir reicht bereits der Gang aus dem Seminarraum und wieder zurück. Ich habe übrigens auch keine Angst, mir den Hintern platt zu sitzen.« Er deutete auf sein knöchriges Hinterteil. »Zu wenig Substanz, wenn die Damen verstehen, was ich meine.«

Magnolia und Jörna hatten eigentlich keine Lust, sich die Beine bei einem Spaziergang zu vertreten, doch ihnen blieb keine Wahl. Runa und Linette verschwanden bereits durch eine knarrende alte Drehtür, die sicher noch von Dornröschens Vater persönlich in Auftrag gegeben worden war.

»Ach, herrlich, nach dem Mief da drinnen«, schwärmte Tante Linette. »Ich liebe alte Schlossgärten und manchmal entdecke ich in ihnen sogar ein Kraut, das noch nicht in meinem Garten wächst, und lasse es ...«, sie sah sich nach allen Seiten hin um, »... mitgehen.«

Runa kicherte. »Tatsächlich? Das hätte ich dir nie und nimmer zugetraut.«

»Du hast eine zu hohe Meinung von mir«, versicherte Linette fröhlich.

»Ähm, Tante Linette«, mischte sich jetzt Magnolia in das Gespräch ein. Sie wollte diesen gemeinsamen Spaziergang nicht länger als nötig ausdehnen. »Ich wollte dich eigentlich nur bitten, mir das Kleid für den Ball zu geben. Übermorgen ist es so weit und ich möchte, dass bis dahin alles perfekt ist.«

Seltsamerweise wurde ihre Tante nervös. »Was? Ist es tatsächlich schon so weit? Wir sind doch noch gar nicht lange hier. Es liegt noch immer ganz unten in meiner Tasche. Du musst noch ein bisschen Geduld haben, bis ich alles ausgepackt habe.«

»Du hast alles ausgepackt, meine Liebe«, erinnerte sie Runa vorwurfsvoll.

»Habe ich?«

Die Watthexe nickte.

Bei Magnolia schrillten die Alarmglocken. Das Verhalten ihrer Tante war wirklich sonderbar. Auch Jörna bekam eine steile Falte zwischen den Augenbrauen. Tante Linette beschäftigte sich inzwischen wieder mit einem winzigen Kraut, das sie in einem Beet entdeckt hatte.

Magnolia wurde allmählich ungeduldig. »Tante Linette?«

»Ja bitte?«

»Das Kleid«, sagte sie mit Nachdruck. Ihre Tante brauchte nicht zu glauben, dass sie sich so einfach abwimmeln ließ.

Schließlich richtete sich Linette zu ihrer vollen Größe auf. »Also gut, komm mit ins Zimmer. Ich gebe es dir. Ich bin sicher, es wird dir gefallen.«

Magnolia war inzwischen mehr als misstrauisch.

Ihre Tante verkündete gerade, sie hätte noch nie so ein schönes Kleid gesehen, als es selbst Runa zu viel wurde.

»Übertreibst du jetzt nicht ein bisschen?«, fragte sie.

»Wieso? Gefällt es dir nicht?« Linette stieß die Zimmertür auf.

»Setz dich, Schäfchen.« Ihre Tante deutete auf einen der Sessel und verschwand eilig im Schlafzimmer.

»Mach die Augen zu – Überraschung!!!«

Magnolia wollte die Augen nicht zumachen. Da war ihre Tante auch schon zurück und legte das gute Stück vor Magnolia auf den Sessel. Es war in Seidenpapier gehüllt, sodass man noch nicht viel davon sehen konnte. Außer ... dass es auffallend kurz war.

»Pack aus!«, forderte ihre Tante sie auf und verschwand schnell wieder nach nebenan.

Das brauchte sie Magnolia nicht zu sagen. Ratzfatz riss sie das Papier auf.

Ihr stockte der Atem. Das musste ein schrecklicher Irrtum sein. Was war das!? Unmöglich, dass das, was hier vor ihr lag, ihr Ballkleid sein sollte. Jörna kicherte fast hysterisch. Und Magnolia bekam vor Aufregung Schluckauf. Dieses Kleid, wenn man es Kleid nennen konnte, war das scheußlichste, was sie je gesehen hatte!

Seine hervorstechenste Eigenschaft war die Farbe Pink! Was vielleicht sogar noch zu verschmerzen gewesen wäre. Wenn das Ding, das dort vor Magnolia auf dem Stuhl lag, nicht ausgesehen hätte, wie ein gigantischer Kürbis in Pink! Gerafftes Oberteil, Ballonrock – es war einfach grauenhaft. Sogar an einen Hut hatte man bei seiner Herstellung gedacht. Der Hut, der eher eine Kappe war, hatte passend zum Kleid einen Stängelansatz. Wie bei einem Kürbis neigte sich ein grüner wurstartiger Stiel keck zur Seite und rosafarbene Rüschen standen putzig nach allen Seiten ab.

Magnolia schluckte. Das konnte nur ein schlechter Scherz sein!

»Und?«, kam die vorsichtige Frage aus dem Nebenraum.

»Und?!« Magnolia fühlte, wie Wut und Enttäuschung sich Bahn brachen. »Das ist nicht dein Ernst, oder, Tante Linette? Sag, dass es nicht dein Ernst ist! Sag, dass das hier nicht mein Ballkleid ist!« Ihre Stimme überschlug sich vor Empörung. Im Nebenraum blieb es still.

»Tante Linette!!!«

»Beruhige dich, Schäfchen.«

»Ich bin kein Schaf und ich kann mich nicht beruhigen. Ich werde darin aussehen wie ein Drops! Ich werde durch keine Tür passen und die rosafarbenen Seidenstrümpfe hat man im letzten Jahrtausend getragen. Wenn ich mich lächerlich machen will, stelle ich mich nackt auf den Parkplatz, aber ich ziehe dieses Kleid nicht an. Schon gar nicht, wenn Le…« Magnolia liefen die Tränen über die Wangen. Sofort nahm Jörna sie in die Arme.

»Ich würde es übrigens auch nicht anziehen«, giftete sie in Richtung Linette.

»Undankbare Jugend!«, schimpfte jetzt auch Runa. »Das hast du nun davon, dass du dem Kind eine Freude machen wolltest!«

Linette fühlte sich nicht wohl in ihrer Haut. Sie hätte die Sache nicht so lange hinauszögern und ihre Nichte vor vollendete Tatsachen stellen dürfen. Sie räusperte sich. »Tut mir leid, wenn es dir nicht gefällt. Aber etwas anderes war nicht mehr zu bekommen. Ich dachte, du magst Pink.«

»Ich hasse Pink«, murmelte Magnolia und wischte sich eine Träne ab.

»Probiere es doch wenigstens mal an. Vielleicht lässt sich die eine oder andere Kleinigkeit ja noch verändern. Oder es steht dir sogar?«

»Wohl kaum«, sagte Magnolia. Trotzdem probierte sie das Kleid an. Das Ergebnis war so, wie sie es sich vorgestellt hatte. Nie und nimmer durfte Leander sie in so einem Kleid sehen. Er würde sie bis an sein Lebensende nicht mehr angucken!

»So ein Unsinn!«, erwiderte Tante Linette energisch. »Leander ist ein vernünftiger Junge.«

»Hast du etwa meine Gedanken gelesen?«

Tante Linette zuckte die Schultern. »Nur ganz kurz«, gestand sie.

»Ich finde, es steht dir ausgezeichnet!«, gab Runa ihren Senf dazu. Magnolia verdrehte die Augen.

»Sieh mal, es gehört auch noch ein Handtäschchen in Kürbisform dazu.« Jörna konnte ein Lachen nicht unterdrücken.

»Du bist eine prima Freundin«, knurrte Magnolia. »Wenn dir das Kleid gefällt, können wir ja tauschen.«

»Leider haben wir nicht die gleiche Figur«, sagte Jörna schnell.

»Und nun?« Fragend sah Magnolia ihre Tante an. Doch die schüttelte den Kopf. »In dem Fall kann ich leider nichts tun. Feenarbeit lässt sich nicht einfach zurechthexen. Es bleibt dir nichts anderes übrig, als es anzuziehen oder auf den Ball zu verzichten.« Magnolia ließ den Kopf hängen.

»Nimm das Kleid mit. Noch haben wir etwas Zeit. Vielleicht fällt den Barbies etwas ein, was sich mit diesem Kleid anstellen lässt.« Jörna knuffte sie aufmunternd in die Seite.

Wortlos wickelte Magnolia das Kleid in das Papier. »Einen Versuch ist es wenigstens wert«, gab sie zu. »Die drei sind immerhin echte Experten in Sachen Mode.«

»Sehr gut«, lobte Tante Linette. »Nur nicht den Kopf hängenlassen.«

Magnolia schnappte ihr Kleid, würdigte Linette keines weiteren Blickes und marschierte damit schnurstracks in ihr Zelt.

Wie zu erwarten, steckten Brenda, Lucy und Shana mitten in den Vorbereitungen für den Ball. Schuhe, Stoffe und Haarbänder lagen haufenweise herum und die drei kicherten ohne Unterlass. Shana versuchte gerade Brendas Haare am Hinterkopf zu toupieren, was allerdings kläglich misslang. Die Frisur sah aus wie das Hinterteil eines Rosettenmeerschweinchens.

»Entschuldigung, wenn ich störe«, sagte Magnolia.

»Du störst nicht, Baby. Wir haben gerade eine Menge Spaß, neue Frisuren für den Ball morgen Abend auszuprobieren. Willst du mitmachen? Deine Haare könnten auch ein neues Styling vertragen.« Brenda lächelte ihr freundlich zu.

»Vielleicht später«, antwortete Magnolia. »Zurzeit habe ich leider ein ganz anderes Problem.«

Neugierig sahen die drei Hexen sie an.

»Ähm, es geht um mein Kleid … Meine Tante hat es besorgt.«

»Du lässt dir ein Ballkleid von deiner Tante besorgen?« Entsetzt zog Brenda die Augenbrauen hoch.

»Wir waren in Eile«, versuchte Magnolia zu erklären. »Na ja, ich habe es eben erst gesehen … und …«

»Und???«, fragten Brenda, Shana und Lucy wie aus einem Mund.

»Es ist scheußlich!« Magnolia legte ihr Kleid auf Brendas Bett und packte es aus.

Zischend sogen die drei Hexen die Luft ein.

»Oh, Baby …«, sagte Shana bedauernd. »Das soll ein Kleid sein? Das ist eine echte Katastrophe!«

»Ich würde mich im nächsten Fluss ertränken, bevor ich in so ein Ding steigen würde«, rief Lucy dramatisch.

»Seht ihr, genau das habe ich auch gesagt, als ich es zum ersten Mal gesehen habe«, sagte Magnolia schnell. »Die Frage ist nur, lässt sich daraus bis morgen noch etwas Anständiges machen? Ihr seid meine letzte Hoffnung«, fügte sie kleinlaut hinzu.

»Ist es von Feen gemacht?«, fragte Lucy. Magnolia nickte.

»Oh, Baby …«, sagte Shana bedauernd und auch Brenda schüttelte ihre blonde Mähne.

»Man kann nichts verändern, was von Feen gemacht wurde«, erklärte sie. »Du könntest dir höchstens eine Stola umhängen, um die scheußliche Farbe zu kaschieren. Aber mehr ist nicht drin. Vielleicht, wenn du andere Schuhe dazu trägst?«

»Kopf hoch, Baby«, sagte Shana.

»Es gibt Schlimmeres. Was ist schon ein Ball?«, fragte Lucy.

Erstaunt sah Brenda sie an: »Na hör mal. Gerade in diesem Jahr sind doch wohl ein paar Typen im Camp, die einen schon ein bisschen nervös machen, oder?«

»Meinst du die Elfenjungs?«, kicherte Shana. Magnolia bekam heiße Ohren.

»Hat er dich schon gefragt, ob du mit ihm auf den Ball gehst?«

Brenda schüttelte den Kopf. »Ist auch nicht nötig. Wir treffen uns oben im Schloss, mal sehn, was da so läuft.«

Magnolia schnappte ihr Kleid: »Ja, dann danke fürs Ansehen.«

»Tut uns leid, Baby. Wenn du Make-up oder was für die Haare brauchst, dann schau wieder rein.«

Magnolia schlich zurück in ihre Zelthälfte.

»Und?«, fragte Jörna.

Magnolia schüttelte den Kopf. »Feenkleider kann man nicht verändern!«, sagte sie mit gepresster Stimme.

Vierzehntes Kapitel
Neue Pläne

Am Tag des Sommerballs waren im Camp die meisten mit den Vorbereitungen für den Abend beschäftigt. In den Seminarzelten fanden keine Veranstaltungen statt, vielmehr wurden »Last-Minute-Tanzkurse« und »Schminken wie von Zauberhand« angeboten. Außerdem konnte man die überteuerten Dienste selbsternannter »Hair-Artists« in Anspruch nehmen. Dann wurde es langsam ernst.

»Wo ist eigentlich Su-Li?«, fragte Jörna, während sie probehalber in ihr Kleid schlüpfte. Goldfarbener Satin unter einer Lage glitzerndem Chiffon brachte Jörnas helle Haut zum Strahlen. Es stand ihr ausgezeichnet.

»Ein bisschen neidisch bin ich schon, wenn ich dich sehe«, gestand Magnolia. »Du siehst aus wie eine Königin!«

Sie selbst schlüpfte zum hundertsten Mal in das pinkfarbene Ungetüm. »Vielleicht gewöhne ich mich daran, wenn ich das noch tausendmal mache«, sagte sie.

Jörna zog ihr Kleid wieder aus. »Unsinn, es steht dir einfach nicht! Was hältst du davon, wenn wir den Ball sausenlassen und mit unseren Besen rüber nach Salem zischen? Es ist schließlich nur ein Sommerball!«

Jetzt war Magnolia wirklich gerührt. »Untersteh dich! Dein Kleid ist das hübscheste, was ich jemals gesehen habe. Du siehst darin echt megacool aus – und du wirst meinetwegen nicht auf den Ball verzichten. Die Jungs werden sich um einen Tanz mit dir prügeln. Du gehst auf jeden Fall hin!« Tapfer schluckte Magnolia die Tränen hinunter, die ihr schon wieder in die Augen traten.

Jörna nahm sie fest in den Arm.

»He, was ist denn hier los?«, fragte Su-Li und drängte sich mit einem gigantischen Karton ins Zelt.

»Wow, sieht das scharf aus!«

Verständnislos sahen Magnolia und Jörna sie an. »Was sieht scharf aus?«

»Na dein Kleid!«

»Mein ...?«

»Warum seht ihr mich an, als wäre ich ein Ghul?«, fragte Su-Li.

»Na ja, du bist ehrlich gesagt die Erste, die dieses Kleid scharf findet«, antwortete Jörna trocken.

»Es ist hinreißend«, erklärte Su-Li. »Die Farbe Rosa ist bei uns das Symbol für weibliche Schönheit, für Aufbruch und Romantik. Du erinnerst mich in diesem Kleid an eine Kirschblütenprinzessin. Die Feen, die dieses Kleid entworfen haben, müssen Künstler gewesen sein.«

»Danke, dass du mir Mut machst. Aber ich hasse dieses Teil«, gestand Magnolia.

Jetzt sah Su-Li sie wirklich erstaunt an. »Ist das dein Ernst?«, fragte sie. »Du trägst den Traum von einem Kleid und magst es nicht leiden? Ich würde ein Vermögen dafür geben, solch ein Kleid zu besitzen.«

»Tatsächlich?«, fragte Magnolia. Dann grinste sie. »Bitte, Su-Li, tu dir keinen Zwang an. Ich schenke es dir, dann hat es wenigstens einen Menschen glücklich gemacht.«

Fassungslos sah Su-Li sie an. »Das kann ich nicht annehmen«, sagte sie. »Und womit willst du dann auf den Ball gehen?«

Magnolia winkte ab. »Ich gehe nicht hin!«, erklärte sie mit belegter Stimme.

»Du gehst nicht auf den Ball?« Su-Li verstand die Welt nicht mehr. »Wegen deinem Kleid?«

Magnolia nickte. Plötzlich huschte ein Lächeln über Su-Lis Gesicht.

»Ich nehme dein Geschenk an«, verkündete sie. »Aber nur, wenn ich dir dafür mein Kleid schenken darf.«

»Oh, das ist nicht nötig«, versicherte Magnolia hastig. »Du bist ja auch kleiner als ich.«

»Das Kleid ist sehr lang, bestimmt passt es dir.« Su-Li öffnete den Karton, schlug das Seidenpapier zurück und nahm das Kleid heraus.

Magnolia traute ihren Augen nicht. Wie ein Wasserfall floss der eisblaue Stoff durch Su-Lis Hände. Das schulterfreie Kleid war schmal geschnitten und über und über mit Eiskristallen bedeckt. Es sah aus, als seien Hunderte von Schneeflocken einfach an ihm hängen geblieben.

»Es ist wunderschön«, staunte Magnolia. »Du wirst wunderschön darin aussehen, Su-Li.«

Su-Li lächelte. »Ich habe ungefähr hundert solcher Kleider. Alle in ähnlicher Farbe und mit dem gleichen Motiv. Meine Großmutter sucht sie für mich aus. Sie hält viel von Tradition und Yuki-Onnas sind nun einmal Schneehexen.«

»Du willst es also wirklich nicht zum Ball tragen?«

Su-Li schüttelte den Kopf. »Ich würde viel lieber ein einziges Mal eine Kirschblütenprinzessin sein. Also, wenn du mit dem Tausch einverstanden bist, würde ich mich sehr freuen.«

Jetzt lachte auch Magnolia. »Und ob ich einverstanden bin. Ich probiere es gleich an.«

Schnell zog sie das Kürbiskleid aus und schlüpfte in Su-Lis Kleid. Es fühlte sich kühl und glatt an auf ihrer Haut und passte wie angegossen. Magnolia trat vor den großen Spiegel. Das kühle Blau des Kleides ließ ihre Haare und Augen strahlen. Und der lange, fließende Stoff betonte anmutig ihre schlanke Figur. Magnolia hatte sich noch nie so hübsch gefühlt.

»Es gehört auch noch diese Halskette dazu«, sagte Su-Li und legte ihr den Schmuck aus funkelnden Eiskristallen um den Hals.

»Wow, du siehst umwerfend aus, Cinderella«, rief Jörna. »Und wenn das Leander nicht auffällt, muss er wirklich blind sein.«

Runa und Linette waren dagegen mit anderen Dingen beschäftigt. Es war der Brief, der ihnen Sorgen machte.

In der Nacht des Blutmonds am dreizehnten Pier! Seid ihr erst da, ist er schon hier. Kommt nicht zu früh, auch nicht zu spät. Ihr müsst noch da sein, bevor er geht! So hatte es darin gestanden. Und das war den beiden Hexen entschieden zu ungenau.

»Alles zu seiner Zeit«, fand Linette. Und jetzt war gewiss nicht die Zeit für lustiges Rätselraten. Ihre Aufgabe, den Beryll an sich zu bringen und außer Landes zu schaffen, war schon haarig genug. Da brauchte es nicht noch schwammige Orts- und Zeitangaben in Form eines Reimes.

Die Hexen waren deshalb froh, als Jeppe ihnen eine Botschaft schickte und sie nach draußen vor die Dornenhecke bestellte, weil er wichtige Neuigkeiten für sie hatte.

Da standen sie also und schritten ungeduldig vor der Hecke auf und ab. Dass dieser Kobold aber auch niemals pünktlich sein konnte! Sie wollten gerade wieder ins Schloss zurückkehren, als es hinter ihnen plötzlich zischte.

»Psst! Hier!« Tatsächlich, versteckt zwischen den Rosenranken schaute Jeppes blaue Kappe hervor.

»Was machst du in der Hecke?«, wunderte sich Runa.

»Schaut nicht in meine Richtung«, flüsterte der Kobold. »Tut einfach so, als würdet ihr miteinander sprechen. Ich beobachte euch schon eine ganze Weile!«

»Wie reizend. Du sitzt hoffentlich bequem, während wir uns hier die Beine in den Bauch stehen«, schimpfte Linette.

»Wisst ihr, dass das Tor durch diese Hecke beobachtet wird?«

»Von den Gorgonen?«, fragte Linette.

Jeppe nickte. »Sie versuchen euch zu beschatten. Das Dümmste, was ihr also tun könnt, ist, aus dem Tor herauszuspazieren, auf eure Besen zu steigen und zum verabredeten Treffpunkt zu fliegen. Binnen weniger Minuten wissen die Gorgonen von eurem Ausflug und heften sich an eure Fersen.«

»Wir haben ohnehin noch ein paar Fragen zu dem mysteriösen Brief, den die Klabauter uns geschickt haben«, sagte Linette.

»Nicht hier«, flüsterte Jeppe. »Oswald wird sich mit euch treffen und alles erklären. Soviel ich weiß, ist schon allerhand schiefgegangen.«

Das hatte Linette befürchtet.

»Tut einfach so, als hättet ihr lange genug gewartet, und geht dann wieder in den Schlosspark zurück. Gleich neben der Sonnenuhr steht ein Pavillon. Die erste Bank darin verdeckt den Eingang zu einem Schmugglertunnel. Er führt euch unbemerkt aus dem Schloss zu einer Höhle am Meer. Oswald wird euch dort erwarten.« Es raschelte erneut in der Hecke und Jeppe war verschwunden.

Die beiden Hexen fluchten zum Schein einmal laut und kräftig darüber, dass sie versetzt worden waren, und kehrten in den Schlosspark zurück.

»Unsere Tarnung ist also aufgeflogen«, resümierte Runa. »Allmählich wird mir diese Sache zu heiß. Wir sollten zusehen, dass wir den Beryll so schnell wie möglich zu fassen kriegen, und dann zügig von hier verschwinden.«

»Dasselbe denke ich auch. Bin gespannt, was Oswald uns gleich zu sagen hat. Da ist der Pavillon!«

Die Hexen hatten Glück. Außer ihnen war niemand im Park unterwegs, da die meisten Teilnehmer des WWC schon mit den Vorbereitungen für den abendlichen Ball beschäftigt waren.

An dem Platz, den Jeppe beschrieben hatte, waren vier marmorne Steinquader um einen Tisch gruppiert. Linette nahm ihren Zauberstab und deutete auf den ersten Quader. »Niets kuruz!«, befahl sie. Sofort klickte es, als hätte sich ein Mechanismus in Gang gesetzt. Knarzend glitt der schwere Stein zur Seite. Unter ihm befand sich der schwarze Eingang zum Tunnel.

»Worauf warten wir noch?«, fragte Linette und schob Runa sanft voran. Vorsichtig tasteten sie sich die ausgetretenen Stufen hinunter. »Fiat lux«, murmelten die Hexen gleichzeitig und die Spitzen ihrer Zauberstäbe leuchteten im Dunkeln. Der Schmugglertunnel war in einem besseren Zustand als befürchtet, es schien, als würde er bis heute benutzt. Eilig hasteten Runa und Linette durch den niedrigen Gang Richtung Meer. Doch plötzlich blieb Runa stehen.

»Achtung«, flüsterte sie. »Ich höre etwas. Es klingt wie der Atem eines Drachen.«

Linette spitzte die Ohren. Tatsächlich schwoll ein Geräusch an und ab. Mit einem Drachen hatte es allerdings wenig zu tun. »Du hörst das Meer, meine Liebe«, sagte sie gutmütig. Und wirklich, hinter der nächsten Biegung endete der Tunnel in einer großen Höhle, die sich zum Meer hin öffnete.

Es brauchte nicht viel Fantasie, um sich vorzustellen, wie die Schmuggler hier einst ihre Waren versteckt hatten. Nachdem sie in stürmischen Nächten schwerbeladene Handelsschiffe auf die todbringenden Felsen gelockt hatten, die wie spitze Haifischzähne aus dem Wasser ragten. Noch immer lagen Segeltuch, Taue und Seemannskisten in der Höhle herum. Die Hexen sahen sich neugierig um. Da hörten sie zwischen dem Rauschen der Wellen das Knirschen von Kies. Ein Boot wurde auf den Strand gezogen und Oswald, der Klabauter, stapfte in hohen Stiefeln zur Höhle hinein. Misstrauisch sah er sich um.

»Sind Sie sicher, dass man Ihnen nicht gefolgt ist?«, fragte er vorsichtig. Als Runa und Linette nickten, führte er sie tiefer in die Höhle hinein.

»Nehmen Sie Platz«, sagte er höflich und deutete auf ein paar Holzkisten.

»Wir hatten allerdings zwischenzeitlich Besuch von den Gorgonen«, erzählte Linette, nachdem sie sich vorsichtig auf eine mit Seetang behangene Kiste gesetzt hatte.

Oswald kratzte sich sorgenvoll den Bart. »Die Sache entwickelt sich leider nicht so, wie wir es uns vorgestellt haben«, erklärte er. »Man könnte sogar sagen, sie läuft aus dem Ruder.« Umständlich stopfte der Klabauter seine weiße Meerschaumpfeife.

Das waren alles andere als beruhigende Neuigkeiten. Besorgt sahen die Hexen sich an. »Wenn er nicht bald zur Sache kommt, mache ich ihm Feuer unter dem Hintern«, nuschelte Runa aus einem Mundwinkel.

Endlich brannte die Pfeife und der Klabauter stieß paffend blaue Rauchwölkchen in die Luft.

»Ich will Ihnen kurz erzählen, was bisher geschehen ist. Wie Sie wissen, wurde das Versteck des Berylls von den Gorgonen entdeckt. Dank unserer immerwährenden Aufmerksamkeit ist es jedoch gelungen, die Brille rechtzeitig in Sicherheit zu bringen, bevor die Gorgonen sich ihrer bemächtigen konnten.«

»Bravo!!!«, applaudierte Runa leise und nur Linette wusste, dass es spöttisch gemeint war.

»Jetzt ist uns natürlich daran gelegen, Ihnen den Beryll so schnell wie möglich zu übergeben ...«

»Im Interesse Ihrer eigenen Sicherheit, nehme ich an«, bemerkte Runa bissig.

»Stimmt«, gab Oswald unumwunden zu. »Also wird es Sie sicher nicht erstaunen, wenn ich Ihnen sage, dass wir bereits vor Tagen einen Boten mit einem Brief zu Ihnen geschickt haben. Darin standen Ort und Zeit der Übergabe.« Jetzt seufzte der Klabauter tief. »Es weht zurzeit kein günstiger Wind. Um es kurz zu machen: Der Bote wurde von den Gorgonen entdeckt und ausgeschaltet.«

»Sie meinen, er wurde versteinert?«, fragte Linette grimmig. Oswald nickte betrübt.

»Einer unserer besten Männer! Es ist grauenvoll. Seine steinerne Statue steht jetzt am Bug unseres Schiffes. So hat er wenigstens einen schönen Ausblick über das Meer.« Der Klabauter zog ein Taschentuch heraus und putzte sich kräftig die Nase.

»Eine abscheuliche Tat«, versicherte Linette voller Mitgefühl. »Gibt es Hoffnung auf eine Entsteinerung?«

Oswald schüttelte unglücklich den Kopf. »Leider verfügen wir nicht über das nötige Wissen.«

»Wie ist der Brief dann zu uns gelangt, wenn der Bursche inzwischen ein Felsbrocken war?«, fragte Runa wenig feinfühlig.

»Reiner Zufall! Bei seiner Entdeckung durch die Gorgonen stand er direkt neben einem Brunnen. Mit klabautermännischer Willenskraft gelang es ihm, den Brief hineinzuwerfen, bevor er zu Stein erstarrte. Deshalb steht er jetzt auch etwas schief und wir mussten ihn anbinden, damit er nicht umfällt. Ein Brunnengeist hat den adressierten Brief gefunden und zu euch gebracht.«

»Eine selten dämliche Idee, unsere Namen und die Adresse darauf zu schreiben«, blubberte Runa.

»Das wissen wir inzwischen selber und deshalb bin ich hier. Vergessen Sie, was in dem Brief stand, denn wir können nicht mit Sicherheit ausschließen, dass die Gorgonen seinen Inhalt kennen.«

»Ich gebe zu, der Brief hat … uns einige Rätsel aufgegeben«, gestand Linette. »Haben Sie den selber verfasst?«

»Nein, nein … Wir haben Spezialisten dafür«, antwortete Oswald mit wichtiger Miene.

Linette verkniff sich die Bemerkung, dass solche Spezialisten genau so viel taugten wie benutztes Toilettenpapier. Besonders, wenn es um Leben und Tod ging.

»Gibt es einen neuen Übergabetermin, ohne chiffrierten Ort und Zeit? Damit wir wenigstens die Chance haben, pünktlich zu sein?«, wollte Runa wissen.

»Selbstverständlich«, erwiderte Oswald knapp. Dann sah er sich nach allen Richtungen um und senkte die Stimme. »Die Übergabe soll bereits morgen stattfinden. In Johanns alter Fischräucherei, einem Geschäft im historischen Teil der Stadt.«

»In einem Fischladen?«, fragten die beiden Hexen gleichzeitig. Dieser Ort kam ihnen nur wenig klüger gewählt vor als das Heimatmuseum.

»Natürlich nach Ladenschluss. In der Nacht«, sagte Oswald ungeduldig.

Dieser Hinweis war nicht wirklich beruhigend.

»Hören Sie, Oswald, ich halte ein Fischgeschäft als Ort der Übergabe für äußerst ungünstig«, versuchte es Linette. »Die Fischer fahren nachts zum Fischen hinaus und kommen in den frühen Morgenstunden wieder. Die Gefahr, dass die Übergabe gestört wird, ist einfach zu groß.«

Oswald hob abwehrend die Hände. »Die Idee stammt nicht von mir. Tut mir leid! Ich habe keinen Einfluss auf den Ort oder den Zeitpunkt der Übergabe. Wie ich Ihnen bereits gesagt habe, befindet sich der Beryll nicht mehr im Besitz der Klabauter. Wir haben ihn weitergegeben und es ist sein Wunsch, sich dort mit Ihnen zu treffen.«

Das alles gefiel den Hexen überhaupt nicht.

»Dann sagen Sie uns endlich, wer ER ist und woran wir ihn erkennen«, verlangte Runa. »An der Rose im Knopfloch oder hat er die Brille vielleicht sogar auf der Nase?«

Der Klabauter sah sie böse an. »Seien Sie unbesorgt, Frau Rickmoor. Sie können ihn nicht verfehlen. Er wartet auf Sie in dem Fass mit den sauren Gurken.«

»In einem Fass??« Sprachlos sahen die Hexen Oswald an.

»Es ist der Fischkönig persönlich.«

»Der Fischkönig? Wer zum Teufel ist das?« Die Hexen hatten noch nie etwas von einem Fischkönig gehört.

»Woran erkennen wir diesen, diesen … Fischkönig?«, wollte jetzt auch Linette wissen. Sie war ein bisschen neben der Spur.

»Das dürfte nicht besonders schwer sein. Er ist der einzige Fischkönig zwischen den Gurken«, antwortete der Klabauter bissig.

»Natürlich«, murmelte Linette.

»Damit Sie das Fischgeschäft auch ganz sicher finden, habe ich eine Skizze für Sie angefertigt. Der Laden liegt direkt gegenüber der Gründerkirche. Man kann ihn eigentlich nicht verfehlen. Ach ja, und ein Codewort gibt es übrigens auch. Es heißt Stützstrumpf.«

Nach diesen Worten erhob sich der Klabautermann und stapfte zu seinem Boot. »Mein Auftrag wäre damit erledigt. Ich drücke Ihnen die Daumen und wünsche mir, dass Sie ein Versteck für die Brille finden, das wirklich sicher ist«, rief er, während er das Boot zurück ins Wasser schob. Dann sprang er hinein und ein paar Ruderschläge später war er hinter einem Felsen verschwunden.

Die beiden Hexen sahen ihm noch eine Weile nach, bevor sie sich durch den Tunnel auf den Rückweg machten.

»Dann also morgen Abend«, sagte Runa.

Fünfzehntes Kapitel
Der Ball

Die Mädchen konnten es gar nicht abwarten, sich für den Ball fertig zu machen. Und dann war es endlich so weit.

Magnolia hatte für Jörna und sich einen Stylingtermin hinter dem Vorhang organisiert. Shana hatte sich bereit erklärt, ihnen die Haare zu machen, und Brenda hatte ihnen großzügig einen ihrer Schminkkoffer zur Verfügung gestellt.

Su-Li wollte nicht mit rüberkommen. Sie war den kalifornischen Hexen gegenüber misstrauisch.

»Unsere Geschmäcker, was Schminken und Mode angeht, passen irgendwie nicht zusammen«, sagte sie liebenswürdig, aber bestimmt. »Ich gehe zu meinen Freundinnen und ziehe mich dort um. Ihr könnt euch nicht vorstellen, wie gespannt ich auf ihre Gesichter bin, wenn sie mich das erste Mal als Kirschblütenprinzessin sehen.« Sie kicherte vergnügt.

Magnolia schluckte und hoffte, dass die anderen Yuki-Onnas sich genauso für das Kleid begeistern konnten wie Su-Li.

Gegen sechs Uhr abends klopften sie am Vorhang an.

Lucy und Brenda hatten gewaltige Lockenwickler im Haar und lackierten sich gerade die Fußnägel, doch Shana erwartete sie bereits.

»Hallo, ihr zwei«, begrüßte sie die Mädchen und bugsierte sie auf zwei plüschige Stühle, die vor einem breiten Spiegel standen.

»Was soll's denn sein? Schneiden, waschen, föhnen?« Shana grinste.

»Einmal legen, bitte«, antwortete Magnolia ebenfalls grinsend.

»Okay, wie wollt ihr die Haare haben? Spektakulär, edel oder natürlich? Ich würde euch dazu raten, es nicht zu übertreiben. Ihr seid noch ziemlich jung und eine Turmfrisur à la Marie Antoinette würde bestimmt lächerlich aussehen.«

Verblüfft sahen sich Magnolia und Jörna an. So genau hatten sie sich die Sache noch nicht überlegt.

»Mach einfach«, sagte Magnolia.

»Gut, dann kommen noch einmal fünfzig Euro für die Beratung obendrauf«, rief Shana gut gelaunt »War ein Scherz!«, setzte sie nach, als sie die erschrockenen Blicke der beiden jungen Hexen bemerkte.

»Wollen mal sehen.« Shana nahm Jörnas lockiges Haar in beide Hände und hob es an. Ein kritischer Blick in den Spiegel, dann nickte sie. »Entscheide dich zwischen der glamourösen Zopfvariante oder der lässigen Hochsteckfrisur.«

»Hochsteckfrisur«, sagte Jörna schüchtern.

»Dazu würde ich dir auch raten«, bestätigte Shana nach einem weiteren Blick in den Spiegel. »Dazu bronzener Lidschatten, dann ist dein Look perfekt!«

Jetzt war Magnolia an der Reihe. Prüfend sah Shana sie an. »Eindeutig Romantiklook«, erklärte sie dann.

Romantiklook, darauf wäre Magnolia jetzt nicht gekommen. Sie war nicht unbedingt der romantische Typ, glaubte sie zumindest. Trotzdem beschloss sie, auf Shanas Urteil zu vertrauen. Und damit lag sie goldrichtig. Shana bewies eindrucksvoll, wie viel Talent in ihr steckte. Mit wenigen Handgriffen schaffte sie es, aus Magnolias Haar etwas Besonderes zu machen. Zuerst drehte sie es auf monströse Heißwickler, dann steckte sie es Strähne für Strähne am Hinterkopf fest. Die restlichen Haare ließ sie anmutig auf ihre Schultern fallen. Es sah bezaubernd aus. Magnolia musste sich einfach im Spiegel bewundern.

»Nicht übel!«, meinte Shana. Und das war die Untertreibung des

Tages. »Jetzt noch ein wenig rosa Lipgloss und dunkel akzentuierte Augen und du wirst aussehen wie eine Märchenprinzessin!«

»Wow, du bist eine Künstlerin, Shana. Ich ... ich weiß gar nicht, was ich sagen soll.«

»Dann halt einfach die Klappe! Und nun zu dir.« Das galt Jörna. Shana arbeitete konzentriert und schnell. In nicht einmal zehn Minuten schaffte sie es, Jörnas Locken zu zähmen und eine Frisur zu zaubern, die wirklich glamourös war, ohne steif zu wirken.

»Ich wusste überhaupt nicht, dass ich so elegant aussehen kann«, rief Jörna begeistert und fiel Shana dankbar um den Hals.

Zurück hinter den eigenen Vorhängen schminkten sie sich so, wie Shana es ihnen geraten hatte, und schlüpften dann in ihre Kleider.

»Kneif mich mal«, flüsterte Magnolia vor dem großen Spiegel. »Ich kann nicht glauben, dass ich es wirklich bin.«

Jörna zwickte sie in den Arm. »Cool, oder? Was so ein Kleid und eine neue Frisur alles ausmachen.«

Dann hieß es warten. Der Ball sollte um acht Uhr mit einem Bankett beginnen. Weiter standen musikalische Darbietungen und die Eröffnungsrede der ersten Vorsitzenden des WWC auf dem Programm.

Ungeduldig schauten die Mädchen immer wieder aus dem Zelt. Weil alle festliche Kleider trugen, mussten die Junghexen heute nicht laufen. Vielmehr wurden alle Gäste des Balls mit Kutschen zum Schloss gefahren.

Und dann kam sie endlich: eine silberne Kutsche, gezogen von vier Schimmeln. Auf dem Kutschbock saß ein Pixie in einer silber-grünen Livree. Als er das Zelt der Mädchen erreichte, sprang er behände herunter und hielt ihnen mit einer Verbeugung die Kutschtür auf.

Magnolia kicherte ein bisschen. »Ich komme mir vor wie in einem Disney-Film«, flüsterte sie.

»Wir sollten es genießen. Ich schätze, uns wird nie wieder jemand die Tür zu einer silbernen Kutsche aufhalten«, sagte Jörna.

Im Schloss war alles festlich geschmückt. Lange Tafeln mit weißen Tischtüchern, Blumenschmuck und goldenen Kerzenleuchtern erwarteten die Ankömmlinge. Ein weiterer Pixi fragte sie nach ihren Namen und geleitete sie dann an ihren Platz. Sofort ließ Magnolia ihre Blicke über sämtliche Plätze gleiten.

»Hast du ihn schon gesehen?«, fragte Jörna.

Magnolia schüttelte den Kopf. »Aber da kommen Tante Linette und Runa.«

Tatsächlich bahnten sich die beiden älteren Hexen ihren Weg zwischen den Tischen hindurch. Genau wie all die übrigen Teilnehmer des WWC trugen sie, wie zu allen offiziellen Anlässen der Hexen, ihre magischen Hüte und Mäntel über schlichten einfarbigen Kleidern. Trotzdem machten sie darin einen respektablen, würdigen Eindruck.

Als Tante Linette Magnolia in ihrem neuen Kleid erblickte, ging ein Strahlen über ihr Gesicht. »Meine Güte, Lämmchen! Du siehst fantastisch aus. Ihr seht natürlich beide fantastisch aus«, setzte sie schnell nach. »Wer ist denn der edle Spender dieser todschicken Robe?«

Magnolia lachte. »Su-Li. Sie hat sich auf der Stelle in das furchtbare Kürbiskleid verliebt. Sie findet, es sieht aus wie das Kleid einer Kirschblütenprinzessin.«

»Da hast du es. Auf jeden Topf passt ein Deckel.« Zufrieden ließ sich Linette auf ihrem Stuhl nieder.

»Da kommt sie übrigens«, meinte Jörna.

Su-Li kam in Begleitung der anderen drei Yuki-Onnas. Hatte Magnolia insgeheim befürchtet, sie würde in dem unförmigen Kleid merkwürdig aussehen, wurde sie jetzt eines Besseren belehrt. Su-Li sah sehr exotisch und alles andere als lächerlich aus. Den seltsamen Hut hatte sie allerdings nicht aufgesetzt, dafür zierten rosa Kirschblüten ihre weißen Haare, die sie zu einem Zopf geflochten hatte. Erfreut winkte sie Magnolia zu.

Da stieß Tante Linette sie an. »Schau mal, dort kommen die Elfen!

Sehen die gut aus in ihren Festgewändern. Wenn ich noch ein paar Jahre jünger wäre, würde ich mich glatt in einen der Burschen verlieben.«

Magnolia fühlte, dass sie rot wurde. Sofort war es wieder da, das Brausepulver-Gefühl in ihrem Bauch. Und dass sie mit diesem Gefühl nicht allein war, bewies das augenblicklich einsetzende Kichern und Tuscheln rings um sie herum. Die Kleidung der Elfen machte wirklich etwas her. Spitze knöchelhohe Schuhe, schmale Wildlederhosen, weiße Tuniken unter farbenprächtigen Umhängen, die von einer goldenen Schließe am Hals zusammengehalten wurden. Die drei sahen aus, als wären sie geradewegs einem Märchen entstiegen.

»Vergiss das Atmen nicht!«, flüsterte Jörna und knuffte Magnolia in die Seite, und dann: »Achtung, jetzt kommen die Barbies!«

Ja, da kamen Brenda, Shana und Lucy. Sie standen den Elfen, was den Glamourfaktor betraf, in nichts nach. Die kalifornischen Hexen waren echte Hingucker. Vom Nachbartisch kam auch prompt ein entzücktes »Ahhh!«.

Jörna verdrehte die Augen. »So schön sind sie nun auch wieder nicht!«

Automatisch wanderte Magnolias Blick zu den Elfen: Und natürlich, die drei starrten die kalifornischen Hexen genauso bewundernd an wie alle anderen Jungs im Saal.

»Guten Abend, die Damen«, ertönte da eine greise Stimme.

»Sir Archibald. Setzen Sie sich!«, rief Tante Linette und klopfte auf einen Stuhl neben sich.

»Danke, meine Liebe! Sie sehen entzückend aus. Dasselbe gilt natürlich auch für Frau Rickmoor. Und die jungen Damen sind ohnehin eine Augenweide.«

Runa drohte ihm lachend mit dem Finger. »Sie sind ein alter Charmeur, Sir Archibald! Aber ich muss sagen, der Frack steht Ihnen ganz ausgezeichnet.«

Magnolia und Jörna sahen sich grienend an.

»Wenigstens muss man diesmal keine Angst haben, dass er plötzlich in langen Unterhosen dasteht«, flüsterte Magnolia.

»Sitzt alles tadellos«, bestätigte Jörna.

Nachdem jeder seinen Platz eingenommen hatte, stand Majorana West, die erste Vorsitzende des WWC, auf und klopfte an ihr Glas. Sofort verstummten die Tischgespräche. Magnolia richtete sich auf einen längeren Vortrag ein, doch zum Glück fasste Majorana sich kurz. Sie bedankte sich mit wenigen Worten für das große Interesse und die oft kontrovers geführten Debatten der Hexen und Magier. Die, wie sie betonte, eine weltweite Zusammenarbeit erst ermöglichten. Bevor sie dann das Bankett und damit auch den Ball eröffnete, vergaß sie jedoch nicht, auf eine Sache hinzuweisen, die ihr anscheinend besonders am Herzen lag.

»Bevor ich uns allen einen guten Appetit und viel Spaß beim Tanzen wünsche, möchte ich nicht versäumen, euch um einen verantwortungsvollen Umgang mit dem Alkohol zu bitten. Das gilt insbesondere für die jungen Hexen und Magier.«

Dann war zum Glück alles gesagt und das Bankett konnte beginnen. Livrierte Diener trugen in einer nicht enden wollenden Reihe Speisen aus allen fünf Kontinenten auf die Tafeln, sodass kein Wunsch offen blieb.

Das Essen war wirklich lecker, aber für Magnolias Geschmack zog es sich dann doch ein wenig zu sehr in die Länge. Die Schlemmerei wollte einfach kein Ende finden.

Dasselbe galt für die nachfolgenden musikalischen Darbietungen. Der Auftritt der italienischen Befana, die gnadenlos ihren Sopran an den Ohren ihrer Zuhörer ausprobierte, grenzte an Körperverletzung. Mit einem Grinsen beobachtete Magnolia, wie der eine oder andere Zuhörer entnervt nach seinem Zauberstab tastete. Aber dann wagte es doch niemand, der Sache ein schnelles Ende zu bereiten. Als der letzte Ton endlich verklungen war, atmete der ganze Saal hörbar auf. Der anschließende Applaus galt dann sicher mehr der eigenen Tapferkeit als dem Können der Befana.

Dann, endlich, wurden die großen Flügeltüren an der Kopfseite des Speisesaals geöffnet. Wer mochte, durfte nun die Tafel verlassen und in den Ballsaal wechseln, aus dem bereits die Ouvertüre zu Händels Feuerwerksmusik erklang.

Magnolia und Jörna brauchte man dieses Angebot nicht zweimal zu machen. So schnell, wie es der Anstand und ihre Kleider zuließen, standen sie auf und gingen hinüber in den angrenzenden Saal.

»Das nenn ich edel«, murmelte Jörna und Magnolia konnte ihr nur zustimmen. Ihr Blick wanderte über den mit Mosaiken belegten Boden, hin zu den zierlichen Tischen und Stühlen, die entlang der Wände standen. Funkelnde Kristalllüster tauchten alles in ein geheimnisvolles goldenes Licht und auf der Empore spielte tatsächlich ein ganzes Orchester.

Für einen Moment war Magnolia sprachlos. So schön hatte sie sich den Ballsaal nicht vorgestellt.

Schnell suchten sich die Mädchen einen Platz, von dem aus sie die Tanzfläche gut im Blick hatten. Kellner brachten erfrischende Getränke und es dauerte nicht lange, da fingen die ersten Paare an zu tanzen.

»Ein Unterschied wie Tag und Nacht, wenn ich an unsere Hexenweihe auf dem Brocken denke«, sagte Jörna.

»Stimmt, ich hätte nie geglaubt, dass sich Hexen und Magier so gut benehmen können«, bestätigte Magnolia.

»Da hast du aber keine gute Meinung von eurer Zunft.« Die Stimme gehörte Sir Archibald. Er hatte am Tisch neben ihnen Platz genommen und winkte nun Tante Linette und Runa zu sich heran.

»Och, nöö!« Magnolia verdrehte innerlich die Augen.

»Wie sieht es aus, meine Liebe? Geben Sie mir die Ehre des ersten Tanzes?« Das galt glücklicherweise Tante Linette.

»Wir sollten von hier verschwinden, bevor Sir Archibald den Kreis seiner Tanzpartnerinnen erweitert«, sagte Magnolia und sie verdrückte sich mit Jörna so unauffällig wie möglich.

Gemeinsam schlenderten sie durch den Saal. Es war immer gut, sich zuerst einen Überblick zu verschaffen. Plötzlich hatte Magnolia das Gefühl, beobachtet zu werden. Sie drehte sich um und da stand er – zwischen seinen Freunden auf der anderen Seite der Tanzfläche und schaute nachdenklich zu ihr herüber. Leander musste sie schon eine ganze Weile angesehen haben, denn als sich ihre Blicke trafen, sah er fast verlegen zu Boden. Eine Sekunde später lächelte er sie an.

Magnolia wurde heiß und kalt zugleich. Es war ihr unerklärlich, warum sie ständig so auf diesen Typen reagierte. Er hätte nur mit dem kleinen Finger winken müssen, und schon wäre sie quer durch den ganzen Saal gerannt, um sich in seine Arme zu stürzen.

Ganz augenscheinlich war sie nicht die Einzige, auf die Leander diese Wirkung hatte: Brenda hatte ebenfalls ein Auge auf ihn geworfen. Und Magnolia musste mit ansehen, wie sie die Dinge in die Hand nahm und sich einfach besitzergreifend bei ihm einhakte. Kurz darauf standen die beiden auf der Tanzfläche.

Wie alle Elfen war Leander ein fantastischer Tänzer. Brenda war ihm allerdings eine ebenbürtige Partnerin. Magnolia schluckte. Es ließ sich nicht leugnen, sie waren ein perfektes Paar.

»So ein Mist!«, fluchte sie und sah sich nach Jörna um. Doch der Platz neben ihr war leer. Gerade wollte sie sich auf die Suche machen, als ihre Freundin in den Armen eines hübschen blonden Magiers an ihr vorbeischwebte.

Magnolia kam sich vor wie ein Mauerblümchen. Hier schien jeder seinen Spaß zu haben, außer ihr selbst. Sogar Tante Linette walzte noch immer mit Sir Archibald über das Parkett. Es war erstaunlich, wie flink sich dieser gebrechlich wirkende Mann beim Tanzen bewegen konnte.

»Hast du Lust zu tanzen?«, fragte da eine raue Stimme direkt neben ihr. Magnolia drehte sich um. Und wieder verschlug es ihr den Atem.

Diesmal jedoch aus einem völlig anderen Grund. Der junge dunkelhaarige Mann sah sie aus feuerroten Augen fragend an. Magnolia spürte, wie ihr Mund trocken wurde. In ihrem Kopf gingen alle Alarmglocken an. Nein! Oh nein ... Das musste, das war ... Aber waren die nicht nach Hause geschickt worden?

Jetzt lächelte ihr Gegenüber. »Es gibt immer schwarze Schafe und ich versichere dir, ich bin pappsatt.«

Verdammt, jetzt hatte sie schon wieder vergessen, ihre Gedanken zu blockieren. »Ich mag es nicht, wenn man meine Gedanken liest«, sagte sie.

»Entschuldigung, kommt nicht wieder vor«, erwiderte er.

Magnolia blickte sich um. Leander und Brenda hatten ihren Tanz inzwischen beendet und sie sah, wie er ihr etwas zu trinken brachte. Lässig legte Brenda ihre Hand auf seinen Arm und sagte etwas, worüber Leander laut lachte. Jörna wirbelte mit ihrem Magier gerade das dritte Mal an ihr vorbei.

»Nun, was ist? Traust du dich, mit mir zu tanzen?«

Magnolia gab sich einen Ruck. »Logisch, warum nicht?«

Er reichte ihr seine Hand. Sie war eiskalt und am liebsten hätte Magnolia sie sofort wieder losgelassen. Doch dafür war es jetzt zu spät, die Musik spielte bereits ein langsames, romantisches Stück. Wenigstens brauchte sich Magnolia dabei nicht auf ihre Tanzschritte zu konzentrieren, sondern konnte ihr Gegenüber in aller Ruhe betrachten. Zwischen all den anderen Tänzern und in Tante Linettes Nähe konnte ihr schließlich nichts passieren.

»Du tanzt sehr gut«, sagte er, nachdem sie eine Weile schweigend miteinander getanzt hatten. »Und ich frage mich schon die ganze Zeit, wie du heißt.«

Einen Augenblick überlegte Magnolia, ob es klug sei, ihm ihren Namen zu verraten. Doch dann warf sie ihre Bedenken über Bord. »Ich heiße Magnolia, und du?«

»Virgil«, sagte er.

»Bist du ein … ein Vampir?«

»Angst?«, fragte Virgil und lachte Magnolia ganz offen an.

Dabei zeigte er eine Reihe weißer Zähne, die nicht spitzer waren als die anderer Menschen auch.

Magnolia deutete auf seinen Mund. »Du hast überhaupt keine …«

»Spitzen Eckzähne?«, fragte Virgil belustigt.

Magnolia nickte.

»Ich brauche sie zurzeit nicht!«

Neugierig sah Magnolia ihn an. Er sah gut aus mit seinen kinnlangen, lockigen Haaren. Die Kälte und seine roten Augen irritierten sie allerdings, sonst hätte er ihr vielleicht sogar gefallen. *Es sind keine Edward Cullens*, drängte sich Jörnas Stimme in ihre Gedanken.

Dann war der Tanz zu Ende. »Möchtest du etwas trinken?«, fragte Virgil.

»Gerne!« Es war nur recht und billig, dass sie sich ein Getränk bringen ließ. Was Brenda konnte, konnte sie schon lange.

»Bin gleich wieder da, Prinzessin.« Mit diesen Worten verschwand Virgil in der Menge.

Augenblicklich tauchte Jörna neben ihr auf.

»Bist du noch normal?«, fragte sie wütend.

»Wieso?« Magnolia stellte sich dumm.

»Ein Blinder kann sehen, dass dieser Kerl ein Vampir ist!«

»Ein sehr netter Vampir«, sagte Magnolia trotzig.

»Vampire sind niemals nett! Verstanden? Also lass die Finger von ihm.«

»Du bist nicht meine Mutter«, blaffte Magnolia gröber, als sie wollte. Aber Jörna hatte selber Schuld. Sie brauchte schließlich nicht mit ihr zu sprechen, als wäre sie blöd.

»Bin schon wieder da!« Virgil bahnte sich einen Weg durch die Menge. In der Hand hielt er zwei Cocktailgläser, in denen sich Limettenstückchen, Minzblätter und jede Menge gestoßenes Eis befanden. Es sah sehr erfrischend und lecker aus.

»Cheers!«, prostete er ihr zu. Über Magnolias Gesicht huschte ein Lächeln. Es war das erste Mal, dass ihr jemand einen Cocktail ausgegeben hatte. Schnell sah sie sich nach Tante Linette um, doch die tanzte noch immer mit Sir Archibald. Für einen winzigen Moment fiel ihr das Thema des Jugendkongresses ein: Wo die Liebe hinfällt. Sie überlegte, ob sie vielleicht ein Auge auf die beiden haben sollte. Dann verwarf sie den Gedanken schnell. Es gab Wichtigeres, um dass sie sich kümmern musste. Brenda hatte inzwischen nämlich beide Arme um Leanders Hals gelegt und zog ihn zu sich herunter.

Jetzt hatte Magnolia wirklich genug. »Prost!«, sagte sie und leerte das Cocktailglas in einem Zug. Dann zog sie den erstaunten Virgil wieder auf die Tanzfläche. Was Brenda konnte, konnte sie schon lange. Und die tanzte jetzt bereits das dritte Mal mit Leander. Zielstrebig bewegte Magnolia sich in die Nähe der beiden. Ein schöner Zufall wollte es, dass das Orchester erneut ein herrlich schmalziges Lied spielte. Sie trat etwas näher an Virgil heran und legte ihre Hände vorn an seine Schulter. Der Cocktail stieg ihr eindeutig zu Kopf, anders konnte sie sich dieses leicht schwindelige Gefühl nicht erklären. »Haben Vampire eigentlich einen Herzschlag?«, fragte sie blöderweise und nur, um irgendetwas zu fragen.

Verwirrt sah Virgil sie an. Und nicht nur Virgil sah verwirrt aus. Magnolia sah kurz in Leanders Richtung und fing mit Genugtuung seinen verblüfften Blick auf. Er hatte sie in Virgils Armen gesehen und schien einigermaßen besorgt. Genauso sollte es sein, fand Magnolia.

Plötzlich packte sie jemand an der Schulter. Es war Brenda.

»Er ist ein Vampir, Baby!«, zischte sie. »Lass ihn fallen wie eine heiße Kartoffel!«

»Ich weiß nicht, was dich das angeht!«, zischte Magnolia zurück. Und laut sagte sie zu Virgil: »Ich finde die Luft hier unheimlich stickig.

Würdest du mich bitte nach draußen bringen?« Das klang zwar ein bisschen gestelzt, aber es passte total hierher. Virgil schien sich nicht daran zu stören.

»Mit Vergnügen«, sagte er galant. Und das klang mindestens genauso geschraubt.

Sechzehntes Kapitel

Beinahe ein Fehler

Virgil fasste sie am Arm und bahnte ihnen einen Weg hinaus auf die Terrasse.

Magnolia war tatsächlich noch etwas schwummerig und die frische Luft tat ihr gut. Tief atmete sie ein. Es war eine Nacht wie für einen Ball gemacht. Die Sterne leuchteten, vom Meer wehte eine leichte Brise herüber und in die Musik mischten sich die Stimmen und das Gelächter der Gäste im Saal.

»Hast du Lust auf einen kleinen Spaziergang im Park?«, fragte Virgil. Normalerweise hätte Magnolia Nein gesagt. Aber heute Abend war alles irgendwie anders. Außerdem war es sehr schmeichelhaft, wie zuvorkommend und erwachsen Virgil sie behandelte.

»Ja, lass uns ein Stück gehen«, stimmte sie zu. Der Vampir lächelte, legte ihr einen Arm um die Taille und führte sie die Stufen der Terrasse hinunter. Fackeln erleuchteten die Wege im Park und plötzlich standen sie vor dem Eingang des Labyrinths. Zögernd blieb Magnolia stehen. Dort hinein wollte sie heute Abend eigentlich nicht.

»He, da drinnen ist es stockdunkel …« Ihr Gehirn fing an zu arbeiten. »Lass uns wieder zurückgehen«, schlug sie vor.

Wenn Virgil enttäuscht war, ließ er es sich nicht anmerken. »Meinetwegen. Aber vielleicht hast du Lust auf ein Glas Champagner? Oder verträgst du nichts mehr?« Wie von Zauberhand hielt er zwei volle, perlende Gläser in den Händen. Was sollte das denn nun wieder heißen?

»Natürlich vertrage ich so ein kleines Glas Champagner. Da ist doch wohl nichts dabei«, bemerkte Magnolia schnippisch.

»Das meine ich auch«, lachte Virgil und hielt ihr eins der Gläser hin.

»Ich finde, das ist keine gute Idee!« Eine Hand legte sich von hinten auf Virgils Schulter.

Magnolias Herz machte einen Hüpfer. »Leander ...«, stammelte sie. Dann wurde sie plötzlich sauer. Was fiel ihm ein, sich hier einzumischen?

Virgil dachte genauso und fuhr wütend herum. »Verpiss dich, Elf! Niemand hat dich nach deiner Meinung gefragt«, knurrte er und das klang nun gar nicht mehr charmant.

Leander beachtete ihn nicht. »Du hast mir den nächsten Tanz versprochen. Schon vergessen?«, fragte er an Magnolia gewandt. Ihre Knie wurden weich. Leander packte ihren Arm und zog sie mit sich fort. Ein zärtlicher Griff fühlte sich anders an.

»He!«, protestierte sie zaghaft.

»Lass die Finger von ihr!« Es war mehr ein Fauchen als gesprochene Worte. Und schneller, als Magnolia gucken konnte, hatte Virgil Leander herumgerissen.

»Was willst du, Blutsauger?«, fragte Leander und schob Magnolia beiseite. Seine sonst so melodische Stimme klang drohend.

Das roch nach Ärger. Magnolia hatte solche Situationen schon in der Schule erlebt. Allerdings war es dabei nie um sie gegangen.

»He, Jungs«, sagte sie. Weiter kam sie nicht, denn die beiden Kontrahenten hatten sich bereits aufeinander gestürzt.

Ihre Bewegungen waren so schnell, dass Magnolia ihnen nicht folgen konnte. Sie fing an, sich Sorgen zu machen. Zu was Vampire fähig waren, wusste sie aus allerlei Filmen. Aber ob Elfen noch etwas anderes konnten, als mit Pfeil und Bogen umzugehen, konnte sie nicht mit Sicherheit sagen. Es krachte ganz fürchterlich. Irgendjemand flog durch die Luft und landete auf dem Boden.

»Aufhören!«, schrie sie. Und in ihrer Not ließ sie einen Kugelblitz in die Hecke des Labyrinths krachen. Der Knall war beachtlich, hatte jedoch nicht die gewünschte Wirkung. Die beiden ließen noch immer nicht voneinander ab.

Wenigstens hatten nun auch andere Gäste mitbekommen, was für eine Unruhe hier draußen herrschte. Plötzlich tauchten Leanders Freunde und ein paar Satyre auf. Sie griffen beherzt ein und trennten die beiden Kampfhähne endlich.

»Komm her, Mann!«, schrie Leander und versuchte sich loszureißen.

»Ey, der ist gemeingefährlich. Total bescheuert!«, schrie Virgil zurück.

Jetzt waren auch Sir Archibald und Tante Linette zur Stelle. Jörna stand zitternd hinter ihnen.

»Haltet die Klappe, verstanden?«, funkelte Linette grimmig in die Runde.

»Ich habe überhaupt nichts …«, verteidigte sich der Vampir.

»Sei still. Es interessiert mich nicht, was hier vorgefallen ist. Für mich seid ihr zwei Idioten, die ihre guten Manieren vergessen haben. Geht auseinander und wehe, ich sehe euch heute Abend noch einmal zusammen in einem Raum!«

Wütend machte sich Virgil los und hob seinen schmutzigen Umhang auf. Er war nicht weiter verletzt und verschwand wortlos im dunklen Labyrinth.

Leanders Hemd war zerrissen, seine Haare waren zerzaust und über seine Wange lief eine blutige Schramme.

Inzwischen hatte sich eine ganze Traube Schaulustiger um sie herum versammelt.

»Das hast du ja prima hingekriegt!«, fauchte Brenda Magnolia böse an und tupfte Leander das Blut vom Gesicht. Ungeduldig schob er sie zurück und für einen Moment glaubte Magnolia, dass er etwas zu ihr sagen wollte. Da drängte sich Tante Linettes Stimme in ihr Bewusstsein.

»Hast du etwa mit der Sache zu tun?«

Magnolia sah ihre Tante an. Hatte sie etwas mit dieser Sache zu tun? Obwohl sie wusste, dass das blöd war, stahl sich ein Lächeln auf ihr Gesicht. Wenn sie nicht alles täuschte, hatte sich Leander eben mit einem Vampir geprügelt. Und zwar ganz allein ihretwegen!!

Sir Archibald bestätigte ihren Gedanken. »Zwei Hitzköpfe haben sich um ein Mädchen geprügelt«, fasste er das Geschehene kurz für alle Umstehenden zusammen. Während die meisten um sie herum lachten und zurück ins Schloss gingen, sah wenigstens Brenda richtig wütend aus. Und Tante Linette betrachtete ihre Nichte, als sähe sie sie plötzlich das erste Mal.

»Ist das wahr?«, fragte sie Leander barsch. Noch bevor er antworten konnte, machte sie kehrt und marschierte zurück ins Schloss.

Jetzt standen nur noch Jörna und die Elfen da.

»Tut mir leid. Ich wollte deinen Freund nicht vertreiben!« Leander wirkte irgendwie verwirrt. »Es ist nicht so, wie du vielleicht glaubst …«

Was sollte das nun wieder heißen? Machte er etwa einen Rückzieher? So schnell wollte Magnolia sich den Abend nicht verderben lassen. Sie überhörte ganz einfach, was er gesagt hatte.

»Was ist nun mit dem Tanz, den ich dir versprochen habe?«, fragte sie stattdessen mit einem schiefen Lächeln.

Leander sah sie überrascht an. Dann lächelte er ebenfalls. »Klar, wenn du magst!«

Zu fünft gingen sie zurück ins Schloss. Bei Licht war schnell klar, dass Leander so nicht mehr am Ball teilnehmen konnte. Das Hemd war zerrissen, die Hose schmutzig und in seinem Gesicht klebte getrocknetes Blut.

»Ich sollte mich besser umziehen«, meinte Leander und sah Magnolia bedauernd an.

»Ist sicher besser«, erwiderte die. »Ich warte dann so lange auf dich. Natürlich nur wenn du willst …«

»Prima, ich bin gleich wieder da.«

Magnolia setzte sich auf ein zierliches Sofa im Foyer. Sofort war Jörna bei ihr.

»Habe ich irgendetwas verpasst oder hat sich Leander tatsächlich wegen dir mit einem Vampir geprügelt?«

Magnolia musste sich beherrschen, um nicht zu sehr zu strahlen. »Ich glaube schon, aber vielleicht hat das ja alles nichts zu bedeuten.«

»Das glaubst du nicht im Ernst, oder?« Jörna sah sie sprachlos an.

Um ehrlich zu sein, wusste Magnolia im Augenblick überhaupt nicht, was sie denken sollte. Jedenfalls freute sie sich riesig auf den Tanz mit Leander.

Vorher musste sie allerdings erst einmal aufs Klo.

»Ich geh mal kurz für kleine Mädchen«, sagte sie zu Jörna. »Wir sehen uns im Ballsaal.«

So schön das Kleid der Yuki-Onna auch war, alltagstauglich war es jedenfalls nicht. Das merkte Magnolia spätestens auf dem Klo. Sie verfluchte gerade den schmalen Schnitt ihres Kleides, als die Tür zum Waschraum geöffnet wurde.

»Warte mal, Brenda!« Das war eindeutig Leanders Stimme. Magnolia wagte nicht, sich zu rühren. Was zum Teufel machte er auf dem Damenklo?

»Es ist nicht so, wie du denkst …«

»So?«, fragte Brenda spitz.

Das dachte auch Magnolia.

»Dafür hast du dich aber ganz schön für sie angestrengt.«

»Ich konnte doch unmöglich tatenlos zusehen, wie der Kerl sie mit Alkohol abfüllt und mit ihr im Labyrinth verschwindet!«

Magnolia ging das Herz auf.

»Sie könnte meine kleine Schwester sein und der Kerl ist ein Vampir!«

Magnolia fühlte sich, als hätte man sie unter eine kalte Dusche gestellt.

»Ich weiß, dass er ein Vampir ist«, sagte Brenda ungeduldig. »Und ich bin sicher, Magnolia wusste es auch. Jeder muss seine eigenen Erfahrungen machen. Wie alt ist sie eigentlich?«

»Keine Ahnung. Dreizehn oder vierzehn, glaube ich.«

»Vierzehn, du Idiot. Fast vierzehneinhalb!«, knirschte Magnolia in ihrer Kabine.

»Na bitte. Alt genug, um zu wissen, dass es gute und böse Jungs gibt.« Das Wasser wurde abgestellt.

»Es hat mit dir echt Spaß gemacht.« Das war wieder Leanders Stimme. Konnte er nicht endlich den Mund halten? Und was hatte ihm mit Brenda Spaß gemacht???

»Du hast wirklich Talent.«

»Und stell dir vor, es gibt noch ein paar andere Dinge, in denen ich talentiert bin«, schnurrte die kalifornische Hexe.

Jetzt reichte es aber endgültig! Magnolia wollte nichts mehr hören. Energisch betätigte sie die Klospülung.

»Da ist jemand auf dem Klo!«, kicherte Brenda. Dann klappte die Tür und die beiden verschwanden von der Toilette.

Magnolia wartete noch eine Weile, dann kam sie heraus, wusch sich die Hände und kühlte ihre heißen Wangen. Mit beiden Händen fuhr sie sich durch die Haare. Es nützte nichts. Sie musste zurück ins Foyer, obwohl sie jetzt viel lieber zurück ins Zelt gegangen wäre und alles vergessen hätte, was heute Abend passiert war.

»Leander ist wieder zurück«, flüsterte Jörna.

»Er soll sich verpissen«, murmelte Magnolia.

»Ist irgendetwas passiert?« Jörna sah sie besorgt an.

»Erzähl ich dir später. Jetzt muss ich erst den Tanz hinter mich bringen.«

Leander kam aus dem Saal direkt auf sie zu. Er sah wahnsinnig, himmlisch, bombastisch, perfekt aus. Vermutlich besaßen Elfen Festkleidung in doppelter Ausführung. Und Magnolia musste sich eingestehen, dass ihm sogar die Schramme auf seiner Wange ausgesprochen gut stand.

»Da bin ich. Bist du bereit, mit mir zu tanzen?« Er verbeugte sich lachend. Magnolia lächelte verbissen.

Zum Glück spielte das Orchester wieder einen Walzer, den einzigen Standardtanz, den Magnolia hinbekam.

Leander legte seine linke Hand auf ihr Schulterblatt, fasste ihre rechte Hand und zog sie leicht zu sich heran. Hätte Magnolia das Gespräch vorhin nicht belauscht, wäre sie jetzt sicher auf Wolke sieben katapultiert worden. So brachte sie nur ein gequältes Lächeln zustande und hoffte, dass der Tanz bald vorbei war.

Als die Musik schließlich verklang, ließ sie Leander sofort los.

»War nett, danke ... ich muss dann mal ...« Sie deutete vage mit dem Kopf in Richtung Tante Linette. Erstaunt sah Leander sie an.

Die Musik setzte wieder ein und Magnolia fühlte eine Hand auf ihrer Schulter. »Damenwahl!«, flötete Brenda.

»Ja, viel Spaß!« Magnolia verließ die Tanzfläche. Als sie sich noch einmal umdrehte, bemerkte sie, dass Leander ihr nachsah.

Magnolia ging nicht zu Tante Linette. Sie ging hinaus auf die große Terrasse, setzte sich auf eine steinerne Bank und schaute über den von Fackeln erleuchteten Park. Es war noch immer ein warmer Sommerabend, aber die Sterne funkelten nicht mehr ganz so hell wie noch vor einer Stunde und die kühle Brise vom Meer ließ sie plötzlich frösteln.

»Ach, hier steckst du!« Jörna hatte sie gefunden und setzte sich neben sie. »Störe ich?« Magnolia schüttelte den Kopf.

»Ist irgendetwas passiert? Dumme Frage, sorry! Es muss etwas passiert sein, sonst würdest du nicht hier draußen sitzen und Trübsal blasen. Eure Beziehung ...«

»Beziehung? Es gibt keine Beziehung!«, unterbrach Magnolia sie. »Ich bin nichts weiter als eine zu junge, dumme, untalentierte Hexe, die eine Art selbstverliebten Halbgott anhimmelt. Einen, dem alle bescheuerten Mädchen dieser Welt nachrennen. Sogar Brenda ist auf ihn reingefallen!«

»Brenda!«, schnaubte Jörna. »Ich glaube, da tust du ihm unrecht, schließlich hat er dich …«

»Hat es dich etwa auch schon erwischt oder warum nimmst du ihn in Schutz?«, blaffte Magnolia.

Jetzt musste Jörna lachen. »Kann es sein, dass dir etwas aufs Gehirn geschlagen ist? Du sitzt hier, redest von Halbgöttern, bescheuerten Mädchen und regst dich über Leander auf. Erzähl mir lieber, warum du nicht in seinen Armen über das Parkett schwebst und grinst wie ein Honigkuchenpferd? Er hat sich schließlich wegen dir von einem Vampir die Nase blutig schlagen lassen.«

Magnolia verdrehte die Augen und sah Jörna ungeduldig an. »Warum ich nicht grinse? Ganz einfach. Es gibt nichts zu grinsen! Er hält mich für ein Baby. Nein, schlimmer! Ich bin für ihn nichts weiter als eine kleine Schwester! Noch Fragen?«

»Dafür guckt er dich aber manchmal ziemlich komisch an!«, fand Jörna.

»Nett gemeint, aber glaub mir, er hat mich nicht auf dem Zettel.« Schweigend saßen sie nebeneinander.

Jörna tätschelte Magnolias Rücken. »Nimm es dir nicht so zu Herzen. Irgendwann …«

»Du warst vorhin auf dem Klo, stimmt's?« Ganz plötzlich war Leander hinter ihnen aufgetaucht.

Magnolia zuckte zusammen und schnappte nach Luft. Fragte so etwas ein Halbgott? Jörna kicherte.

»Das werde ich dir sicher nicht auf die Nase binden«, antwortete Magnolia bissig.

So würdevoll wie möglich stand sie auf und stieg die Treppen hinunter. Sie wollte einfach weg. Was fiel dem Kerl ein, ihr hinterherzukommen? Dass sie schon wieder auf dem Weg in den Park war, bemerkte sie erst, als ihr Kleid an einer der Fackeln hängen blieb. Es fehlte gerade, dass sie jetzt auch noch in Flammen aufging und er sie erneut retten musste.

»He, warte! Es ist nicht so, wie du vielleicht denkst!« Leander lief ihr nach und trat einen Funken auf ihrem Saum aus.

»Kannst du auch noch etwas anderes sagen als: Es ist nicht so, wie du denkst?« Magnolia war hin- und hergerissen. Einerseits wollte sie ihn nicht mehr sehen, andererseits klopfte ihr blödes Herz schon wieder bis zum Hals. Sie wollte weitergehen, aber Leander stellte sich ihr in den Weg.

»Es tut mir leid, Magnolia«, sagte er.

»Es tut dir leid? Dir braucht doch nichts leidzutun. Du hast doch alles richtig gemacht, hast mich sogar vor dem bösen Virgil gerettet!« Magnolia traten die Tränen in die Augen. »Mir müsste es leidtun, ich weiß nur nicht so genau was! Vielleicht, dass du mich gerettet hast? Wovor überhaupt ...? Dass du verprügelt wurdest oder dich schon wieder verpflichtet fühlst, mit mir zu tanzen? Wir haben schon einmal zusammen getanzt, erinnerst du dich? Also, was davon sollte deiner kleinen Schwester leidtun?«

Für einen Moment sah Leander sie erschrocken an, dann hatte er sich wieder im Griff.

»Vergiss das mit der kleinen Schwester«, sagte er. »Du bist ... Ich ... Oh, scheiße, Magnolia.« Mit diesen Worten ließ er sie stehen und verschwand, genau wie Virgil, im dunklen Labyrinth.

Warum rannte da bloß jeder rein? Magnolia drehte sich um und lief auf die Terrasse zurück. Jörna kam ihr entgegen.

»Und was hat er gesagt?«, fragte sie.

»Scheiße«, antwortete Magnolia.

Siebzehntes Kapitel

Ziemlich dumm gelaufen

Magnolia konnte die ganze Nacht nicht schlafen. Unruhig wälzte sie sich von einer Seite auf die andere und versuchte zu sortieren, was eigentlich am Abend zuvor geschehen war. Es war aussichtslos, sie wurde aus Leander einfach nicht schlau. Also drehte sie sich weiter, wie ein Hähnchen auf dem Grill, und haderte mit ihrem Schicksal.

Die Sonne ging bereits auf, als sie endlich einschlief, und es war weit nach Mittag, als sie ziemlich zerknautscht aufwachte.

Sofort waren ihre Gedanken wieder beim gestrigen Abend. Magnolia spürte, dass sie Leander auf keinen Fall wiedersehen konnte. Zumindest jetzt noch nicht. Denn sie würde ihn entweder zur Rede stellen oder in Tränen ausbrechen oder irgendetwas anderes Dummes tun.

Also blieb sie in ihrem Zelt, bis es Zeit zum Abendessen war.

Magnolias Magen knurrte inzwischen so laut wie ein sibirischer Tiger. Trotzdem warf sie erst verstohlene Blicke nach draußen, bevor sie sich hinaustraute. Auf ihrem Weg durch das Camp legte sie dann ein Tempo vor, mit dem Jörna kaum Schritt halten konnte.

»Ich dachte, wir gehen abendessen, aber wir sind auf der Flucht, stimmt's?«, schnaufte ihre Freundin.

Magnolia verlangsamte ihre Schritte. »Tut mir leid«, sagte sie zerknirscht. »Wie du dir vielleicht denken kannst, gibt es da jemanden, dem ich unter keinen Umständen begegnen möchte.«

Jörna sah sie mitleidig an. »Entspann dich. Der sitzt sicher gerade mit den anderen beim Essen. Mit seinen Freunden, meine ich ….«

Magnolia stöhnte gequält auf.

Linette und Runa hatten bereits am Tisch Platz genommen, als die beiden Mädchen dazukamen.

»Guten Abend, ihr zwei«, begrüßte Linette sie freundlich. »Habt ihr euch gut von dem Ball erholt?«

»Haben wir, danke!«, antwortete Magnolia.

»Ich muss sagen, mir steckt die wilde Hüpferei noch in den Knochen.« Linette gab sich bewusst munter. Die Mädchen sollten nicht ahnen, wie nervös sie bereits wegen der Brillenübergabe war, die heute Nacht stattfinden sollte.

»Du musstest es ja auch wieder übertreiben«, bemerkte Runa genauso aufgekratzt.

»Kein Wunder, bei einem so flotten Tänzer.«

»Stimmt! Sir Archibald konnte seine Finger kaum bei sich behalten. Wo ist er überhaupt?«

»Er hat sich tadellos benommen, meine Liebe. Anders als der Faun, mit dem du getanzt hast.«

Runa verzog angewidert das Gesicht. »Du hast recht, er war ein grässlicher Bursche.«

»Trotzdem hättest du ihn nicht mit einer Windhose aufs Meer pusten dürfen!«, tadelte Linette.

»Ach, wirklich? Du hast ja keine Ahnung, was er mir vorgeschlagen hat.«

Die beiden Hexen kicherten und hofften, dass die Mädchen ihnen ihr sorgloses Geplapper abnahmen.

»Und wie sieht es bei euch aus, Mädchen? Hat einer angebissen?«, fragte Runa.

Wie peinlich war das denn? Magnolia und Jörna taten, als hätten sie die Frage nicht gehört. Glücklicherweise wurde in diesem Moment das Essen aufgetragen.

Trotz ihres Kummers hatte Magnolia einen Riesenappetit. Schließlich war es schon einen ganzen Tag her, seitdem sie zuletzt etwas zu essen bekommen hatte.

Irgendwann fragte ihre Tante ganz beiläufig: »Hast du eigentlich die Telefonnummer deiner Mutter?«

Magnolia sah sie erstaunt an. »Natürlich habe ich die. Aber ich habe nicht vor, sie anzurufen.«

»Ich frage nur für alle Fälle. Man weiß schließlich nie, was einem noch alles passiert«, erklärte ihre Tante schnell.

Nach dem Abendessen verabschiedete sich Linette besonders herzlich von ihrer Nichte. Und wäre Magnolia nicht so sehr mit sich selber beschäftigt gewesen, wäre ihr das sicher aufgefallen. So aber wünschte sie ihrer Tante und Runa einfach eine gute Nacht und lief mit Jörna zurück ins Camp. Vielleicht, wenn Leander ihr zufällig über den Weg lief …

»Ich wünschte, aufdringliche Faune und verliebte Elfen wären unsere einzige Sorge«, seufzte Runa, nachdem sie wieder auf ihrem Zimmer waren. Bei den Hexen stieg langsam die Anspannung. Es lastete eine ungeheure Verantwortung auf ihnen, immerhin war die magische Brille eins der wertvollsten Artefakte, das die Hexenwelt kannte. Deshalb hatten sie die Übergabe und ihre anschließende Flucht bis ins kleinste Detail geplant. Sobald sie die Brille in ihrem Besitz hatten, würden sie noch einmal in das Camp zurückkehren, um die Mädchen zu holen. Dann sollte es mit dem allerersten Flug nach Deutschland zurückgehen.

»Es wird deiner Nichte nicht gefallen, wenn wir sie heute Nacht aus dem Zelt holen, um Hals über Kopf zu fliehen«, bemerkte Runa.

»Auf Magnolias Wünsche können wir leider keine Rücksicht nehmen«, erwiderte Linette.

»Natürlich nicht! Ich freue mich nur jetzt schon darauf, mit zwei mürrischen Teenagern über den Atlantik zu fliehen, während wir von wild gewordenen Gorgonen verfolgt werden!«

»Mach dich nicht verrückt!«, brummte Linette. »Das Wichtigste ist der Beryll. Wie spät ist es übrigens?«

Runa zog eine goldene Uhr aus ihrer Rocktasche. »Eine gute Stunde nach Mitternacht. Wir sollten uns auf den Weg machen.«

Schweigend kleideten die beiden Hexen sich an. Wie Ritter in ihre Rüstungen hüllten sie sich in ihre Hexenmäntel, setzten ihre spitzen Hüte auf und verstauten die Zauberstäbe in ihren Ärmeln. Dann machten sich auf den Weg nach Salem.

Auf der Karte, die ihnen der Klabauter mitgegeben hatte, befand sich das Fischgeschäft unweit des historischen Hafens. Die beiden Hexen landeten im Schutz eines alten Bootsschuppens und sahen sich vorsichtig um. Wie bestellt, setzte genau in diesem Moment ein feiner, alles durchdringender Regen ein und vertrieb auch die letzten Nachtschwärmer aus den Straßen und Gassen. Besser konnte es für Linette und Runa nicht laufen.

Sie hatten sich die Skizze gut eingeprägt, also würde es ihnen nicht schwerfallen, die hölzerne Kirche zu finden, der gegenüber das Fischgeschäft lag.

Linette und Runa zogen ihre Hüte tiefer ins Gesicht und atmeten noch einmal tief durch. Dann ließen sie ihre Besen hinter dem Schuppen zurück und huschten geduckt über das nasse Kopfsteinpflaster davon. Der Regen machte die runden Steine glatt und sie mussten höllisch aufpassen, um nicht darauf auszurutschen.

Gleich hinter der nächsten Biegung stand die besagte hölzerne Kirche. Und ihr gegenüber lag, wie beschrieben, das Fischgeschäft. Erleichtert sahen sich Linette und Runa an.

Ein letzter vorsichtiger Blick über die Schulter und sie eilten über den Kirchhof zu »Johanns alter Fischräucherei«.

Es war ein Kinderspiel, das Türschloss mit dem Zauberstab zu öffnen. Trotzdem waren die Hexen froh, als sich die Tür wieder hinter ihnen schloss. Nicht umsonst sagte ein altes Hexensprichwort: »Die Nacht hat tausend Augen.«

Drinnen schlug ihnen der Geruch von Essig, Zwiebeln und Fisch entgegen. Angewidert verzog Linette das Gesicht. Die Auslagen des Geschäfts waren leer; die gekachelten Wände blank geputzt.

»Ich sehe kein Gurkenfass, in dem der Fischkönig auf uns warten könnte«, flüsterte Linette nervös. »Ich sehe hier überhaupt keine Fässer.«

»Ruhig, nur ruhig ..., hier ist noch eine Tür!«, brummte Runa und stieß sie furchtlos auf.

An das Fischgeschäft schloss sich eine Lagerhalle an, genau wie die Klabauter es beschrieben hatten. »Hier muss es sein!«, flüsterte Runa und linste vorsichtig um die Ecke.

Allerlei Gerät stand in der großen Halle herum. Der Geruch von geräuchertem Fisch hing in dichten Schwaden in der Luft und machte es den Hexen unmöglich, die Anwesenheit fremder Personen zu erschnüffeln.

»Mir gefällt das nicht!« Linette hielt ihre Nase in die Luft. »Ich rieche nichts außer Bückling und Makrele.«

Runa nickte. »Wir können nur hoffen, dass die Luft rein ist. Fremde Gedanken höre ich jedenfalls nicht.«

Linette grunzte zustimmend. Auch sie konnte keine fremden Gedanken hören. Es blieb ihnen nichts anderes übrig, als es zu wagen. Die Zauberstäbe fest in den Händen, betraten sie die Halle. Rechts von ihnen standen die Räucheröfen, weiter hinten wartete ein Fischerboot auf seine Reparatur. In dunklen Ecken stapelten sich Kisten, Netze und Reusen. Aber direkt gegenüber stand eine lange Reihe von Fässern. Wortlos deutete Linette mit dem Zauberstab in ihre Richtung.

»Da sind sie«, wisperte sie.

Im selben Moment polterte es im hinteren Teil der Halle. Die Hexen schützten ihre Augen und wirbelten herum. Ihre Zauberstäbe hielten sie wie Degen vor ihre Körper. Eine Katze sprang fauchend von ein paar Säcken Fischmehl und verschwand im Dunkeln der Halle. Linettes Nerven waren zum Zerreißen gespannt, doch alles blieb still.

»Ganz ruhig«, murmelte Runa erneut. »Such du nach dem Fass. Ich behalte den restlichen Schuppen im Auge.«

Rücken an Rücken durchquerten sie die Halle. Rollmops, Zwiebeln, Fischfond. Da, endlich hatten sie es gefunden. Das Fass mit den sauren Gurken.

Linette zögerte eine Sekunde. Die Vorstellung, dass in diesem Fass ein Fischkönig wartete, um ihnen die magische Brille zu übergeben, war absurd. Womöglich waren sie gerade dabei, den Fehler ihres Lebens zu machen. Was, wenn die Gorgonen ihnen eine Falle stellten?

»Worauf wartest du?«, zischte Runa.

Linette wischte ihre Zweifel beiseite und schob den Zauberstab in ihren Ärmel zurück.

Dann öffnete sie den Deckel. Und da saß er! Der Fischkönig. Zwischen all den sauren Gurken wartete er tatsächlich auf die beiden Hexen. Auf seinem Kopf funkelte eine goldene Krone und seine Schuppen glitzerten in den Farben des Regenbogens. Linette hätte vor Freude jubeln können.

»Na endlich!«, blubberte der Fischkönig. »Ich warte schon seit über einer Stunde auf euch. Wenn ich nicht bald aus diesem Fass herauskomme, werde ich von einer Gurke kaum mehr zu unterscheiden sein. Meine Schuppen laufen bereits an.«

Zu viel Geschwätz, fand Linette. »Hast du die Brille?«, fragte sie deshalb nervös.

Der Fischkönig verzog mürrisch sein Gesicht. »Was fällt dir ein?«, fragte er entrüstet. »Ich bin der König von Moränien. Herrscher über drei Millionen Untertanen und du wagst es tatsächlich, mich plump zu duzen?«

Linette kribbelte es in den Fingern. Sie war kurz davor, ihren

Zauberstab zu benutzen und ihn in einen Rollmops zu verwandeln. Doch sie beherrschte sich.

»Verzeihung, Majestät!«, knirschte sie. »Habt Ihr die Brille und die Güte, sie … verdammt noch mal, an uns weiterzugeben?«

»Codewort?«, verlangte der Fischkönig, der es nicht gewohnt war, sich drängen zu lassen.

»Stützstrumpf!«, fauchte Linette.

Der Fischkönig tauchte unter. Essigwasser spritzte auf und gleich darauf erschien er mit einem in Segeltuch verpackten Päckchen. Hastig griff Linette danach.

»Ich hoffe, ihr passt besser darauf auf als die tollpatschigen Klabauter.«

Linette blitzte ihn böse an.

»Ihr seid entlassen«, blubberte der Fischkönig. »Du darfst das Fass nun wieder schließen.«

Linette legte den Deckel erleichtert zurück.

»Hast du sie?«, fragte Runa. Sie hatte die Schatten der Halle keine Sekunde aus den Augen gelassen.

»Ich glaube schon.« Linette öffnete das Päckchen und sah hinein. Es war erstaunlich, in welch unscheinbarer Verkleidung die wichtigsten Dinge manchmal daherkamen.

Die magische Brille steckte in einem zerschlissenen Beutel und bestand aus nichts weiter als aus zwei sorgfältig geschliffenen Kristallgläsern, die von einem silbernen Steg in der Mitte zusammengehalten wurden. Das war alles. Nichts wies auf ihre magische Bedeutung hin.

»Sie ist es!«, sagte Linette und zeigte Runa das wertvolle Stück.

Dieser kurze Augenblick der Unachtsamkeit sollte ihnen zum Verhängnis werden.

Im Schatten der Halle rollte etwas über den Boden. Die beiden Hexen sahen sich alarmiert an. Runa gab Linette ein Zeichen, dass sie sich nicht umdrehen sollte, während sie selber nachsehen ging, woher das Geräusch kam.

Linette wartete. Für endlose Sekunden war es mucksmäuschenstill. Gerade wollte sie sich doch umdrehen, um nach Runa zu sehen, als ein Schrei durch die Halle gellte.

»Sie sind hier! Verdam...« Es war eindeutig Runa, die geschrien hatte.

Linette wusste nicht, was schlimmer war: dass Runa mitten im Wort aufgehört hatte zu sprechen oder das furchtbare Geräusch zu hören, das auf ihren Ausruf hin gefolgt war. Ein Klickern, das klang, als würde man blitzschnell eine Mauer aus Steinen errichten.

Linette schnellte herum, ihre Gedanken rasten. Die Gorgonen hatten sie noch nicht gesehen. Eine Flucht war unmöglich, also musste sie kämpfen. Doch was, wenn sie diesen Kampf verlor? Was, wenn der Beryll den Schlangenhäuptigen in die Hände fiel?

Gehetzt sah Linette sich um. Sie musste die Brille verstecken, solange noch Zeit war. Es war ihre einzige Chance! Doch wohin damit?

Schatten bewegten sich im Dunkel der Halle. Mit fahrigen Händen tastete Linette nach dem nächstbesten Fass. Der Verschluss klemmte. Sie ließ den Raum keine Sekunde aus den Augen, während sie versuchte, mit ihren Fingern den Deckel des Fasses zu lösen. Endlich bewegte er sich. Linette hob ihn an und sah hinein. Dieser Blick brachte die Katastrophe!

Ein Gorgonenhaupt starrte ihr mit brennenden Augen entgegen und der verhängnisvolle Blick traf Linette wie ein Laserstrahl. Die Klapperschlangen auf dem Kopf der Gorgonin rasselten böse. Und schon setzte das furchtbare Klickern ein.

Linette spürte, wie ihr Körper von den Füßen aufwärts anfing zu versteinern. »Klack, klack, klack«, machte es rasend schnell. Dann wurde es dunkel um sie herum. Die Brille hielt sie fest umklammert in ihrer Faust.

Schwarzgekleidete Frauen glitten über den Boden heran.

»Wo ist die Brille?«, zischelte die erste.

Die Gorgone im Fass stand auf. »Sie hat sie noch in der Hand. Ich bin untröstlich, Medusa …«

»Schweig!«, unterbrach die erste sie. »Dieser Fehler durfte nicht geschehen. Du hättest die Hexe nie ansehen dürfen. Nicht bevor sie uns die Brille ausgehändigt hat.«

»Ich weiß, Schwester.« Demütig senkte die Gorgone ihr schlängelndes Haupt.

In diesem Moment hielt ein Wagen vor dem Schuppen. Türen klappten und Stimmen waren zu hören. Irgendjemand pfiff eine fröhliche Melodie.

Die Gorgonen sahen sich an. »Fischer!«, zischte Medusa.

Die zweite Gorgone lächelte kalt. »Ich werde sie mir ansehen.«

»Keine Statuen! Keine unnötige Aufmerksamkeit!«, hielt Medusa sie zurück. »Schlimm genug, dass dieser eine Fehler passiert ist.«

»Ich mache ihn wieder gut«, versprach die Gorgone aus dem Fass. »In den White Mountains lebt eine Baba-Jaga. Mit ihrer Hilfe werden wir die Brille bald unversehrt in den Händen halten.«

»Dein Wort in Hades' Ohr«, knirschte Medusa.

Vor der Halle entfernten sich allmählich die Stimmen. Die Gorgonen warteten, bis sie das Motorengeräusch des Fischkutters hörten, dann öffneten sie das Hallentor und spähten hinaus.

Auf dem Hof stand ein Pick-up-Truck. Eine Art kleiner LKW mit offener Ladefläche. Medusa gab den anderen ein Zeichen. »Holt die beiden Hexen und legt sie auf den Wagen!«, verlangte sie.

»Alle beide?«, fragte eine der vier.

»Natürlich, oder willst du morgen etwas über dich in der Zeitung lesen?«, fauchte Medusa.

Die Schlangenhäuptigen verschwanden in der Halle und kehrten wenig später mit den versteinerten Hexen zurück. Schwungvoll warfen sie sie auf die Ladefläche und bedeckten ihre Körper mit ein paar leeren Jutesäcken. Dass Runa dabei der kleine Finger abbrach, interessierte sie nicht im Geringsten.

Sie stiegen ein, starteten den Motor und rollten vom Hof. Es war eine Kleinigkeit für die Gorgonen, einen Pick-up zu fahren. Schwerer würde es sein, das Haus der Baba-Jaga zu finden.

»Oh, nein!! Trollkacke, Trollkacke, Trollkacke! Biberfurz und Trollkacke!« Jeppe sprang aufgeregt von einem Sack Fischmehl zum anderen und raufte sich die roten Haare.

»Mimimimimi ..., was mach ich bloß, was mach ich bloß!«, wimmerte er. Der Kobold hatte versteckt hinter ein paar Säcken alles mitangesehen. Er hatte die Gorgonen kommen sehen. Er hatte ihr hämisches Lachen gehört, als sie den Geruch von Räucherfisch bemerkten. Und er hatte beobachtet, wie sie sich in den Schatten der Halle versteckten. Er hatte die Hexen warnen wollen, doch da war es bereits zu spät.

Jeppe war verzweifelt. Linette und Runa tot! Zu kaltem Stein erstarrt. Wie ein wild gewordenes Uhrwerk drehten sich die Gedanken in seinem Kopf. Was konnte er tun? Wo gab es Hilfe? Die Klabauter? Schnell verwarf er diesen Gedanken. Ihre Kräfte waren viel zu gering, außerdem waren sie sogar zu feige, die Brille für ein paar Tage bei sich aufzubewahren.

Jeppe ließ sich auf einen Sack plumpsen und seufzte lang und tief. Er musste Magnolia Bescheid sagen und konnte nur hoffen, dass sie nicht den Kopf verlor und irgendwelche Dummheiten machte.

Was hatten die Gorgonen gesagt? In den weißen Bergen lebte eine Baba-Jaga, die einen Zauber beherrschte, mit dessen Hilfe sie an die Brille kämen? Wie sollte das gehen? Egal, Jeppe kannte diesen Zauber nicht. Aber er wusste, dass er die Hexen nicht im Stich lassen würde.

Achtzehntes Kapitel

Entsetzliche Nachrichten

Für Magnolia verliefen der Abend und die Nacht wesentlich entspannter als für Runa und ihre Tante Linette. Gleich nach dem Abendessen war sie gemeinsam mit Jörna und Su-Li in das Zelt der Zirkuskünste gegangen, um sich dort ein paar fantastische Zauber und akrobatische Kunststücke anzusehen, bei denen das Schrumpfen von Elefanten auf Hamstergröße noch eine der unspektakulärsten Aktionen war.

Anschließend gingen sie hinunter an den See, ließen ihre Beine ins Wasser baumeln und unterhielten sich über alles Mögliche.

Sie waren noch nicht lange dort, als das Wasser plötzlich Wellen schlug und ein schwarzer Pferdekopf herausschaute. Er schnaubte, dass es nur so spritzte, und schwamm vor ihnen auf und ab. Seine Mähne lag dabei wie ein seidiger Teppich auf dem Wasser.

Blitzartig zogen Jörna und Su-Li ihre Füße heraus.

»Du bist aber ein Hübscher!«, sagte Magnolia mit weicher Stimme und sah ihre Freundinnen überrascht an.

»Nimm sofort die Beine aus dem Wasser!«, sagte Jörna mit beherrscht ruhiger Stimme.

Magnolia gehorchte augenblicklich. Manchmal war es besser, nicht nachzufragen. Im Krabbengang entfernten sich die Mädchen ein Stück vom Ufer und sprangen dann auf die Füße.

Dem schwarzen Pferd schien das nicht zu gefallen. Unwillig schlug es mit seinen Hufen auf die Wasseroberfläche, sodass kleine Wellen ans Ufer schwappten.

»Was stimmt nicht mit ihm?«, wollte Magnolia wissen.

»Was mit ihm nicht stimmt?«, fragte Jörna ungläubig. »Gar nichts stimmt mit ihm. Es sei denn, du findest es in Ordnung, von ihm ertränkt zu werden.«

»Er ertränkt Menschen?« Magnolia war fassungslos.

»Och, Magnolia. Sag bloß, du weißt nicht, wen du da vor dir hast! Der Kerl im Wasser ist ein Kelpie. Noch nie von ihm gehört?«

Magnolia schüttelte den Kopf.

»Ich muss wirklich ein ernstes Wörtchen mit deiner Tante reden«, sagte Jörna streng. »Es ist absolut verantwortungslos, dich so unaufgeklärt herumlaufen zu lassen. Ein Kelpie ist ein Wassergeist. Er lockt dich auf seinen Rücken und wenn du draufsitzt, zieht er dich hinunter bis auf den Grund des Sees, wo du jämmerlich ertrinkst.«

Fassungslos sah Magnolia ihre Freundin an. »Das tut er?«

Wie aufs Stichwort stieg der Kelpie aus dem Wasser. Vorsichtshalber gingen die Mädchen ein paar Schritte rückwärts.

»Keine Angst«, beruhigte Su-Li. »Solange du nicht aufsteigst, kann er dir nichts tun.«

Der Kelpie ging einmal im Kreis und schnaubte leise. Dann warf er seinen Kopf in den Nacken und scharrte mit den Hufen.

»Er ist einfach wunderschön.«

»Leider lässt sein Charakter zu wünschen übrig!«, erklärte Jörna trocken.

Der Kelpie umkreiste die Mädchen und knickte dann wie ein Kamel in den Vorderläufen ein. Es wäre ein Leichtes gewesen, jetzt auf seinen Rücken zu klettern.

»Er will, dass wir aufsteigen«, kommentierte Su-Li. »Besser, wir hauen ab.«

Magnolia trennte sich nur schwer vom Anblick des schönen Pferdes. Trotzdem gab sie sich einen Ruck.

Im selben Moment, in dem Magnolia sich umdrehte, stieß der

Kelpie ein wütendes Heulen aus. Das Geräusch erinnerte eher an einen Wolf als an ein Pferd. Er schlug mit den Hinterbeinen aus und stürzte sich zurück in den See.

Die Mädchen hatten genug. Da es ohnehin spät geworden war, kehrten sie zum Zelt zurück.

Auch in dieser Nacht schlief Magnolia schlecht. Immer wieder wachte sie auf, träumte von den fremden Frauen, die sie in ihrem Zelt besucht hatten, und von einer Herde schwarzer Pferde, die im See nach ihr riefen.

Dann wurde es endlich hell. Die kalifornischen Hexen hatten ihre Vorhänge fest zugezogen, Jörna schnarchte leise unter ihrem Baldachin und Su-Li verbrachte die Nacht wieder in ihrem geliebten Kühlschrank. Magnolia war froh, dass noch niemand wach war. Besonders Brenda war seit dem Ball sehr abweisend zu ihr.

Sie schlüpfte in T-Shirt und Shorts, zog sich ein Hemd anstelle einer Jacke über und verließ leise das Zelt. Sie musste ihre Gedanken sortieren und das ging am besten allein.

In der Nacht hatte es geregnet. Wie schimmernde Juwelen glänzten die Tautropfen im nassen Gras. Der Himmel über dem Camp war blank geputzt und es versprach, ein warmer Tag zu werden. Ohne darauf zu achten, lenkte Magnolia ihre Schritte hinunter zum Bach. Sie folgte ihm bis zur Brücke und ging abermals hinüber.

Heute Morgen war der Wald hell und licht. Trotzdem verspürte Magnolia kein Bedürfnis, ihn zu betreten. Sie setzte sich stattdessen auf einen Baumstamm und hielt ihr Gesicht in die Sonne. Tief atmete sie den Duft von Mädesüß ein, das üppig am Ufer des Baches wuchs.

Warum konnte das Leben nicht immer so schön und einfach sein? Warum lauerten alle paar Meter irgendwelche Fallstricke oder Elfen, über die man stolpern und sich dabei das Herz brechen konnte? Wozu brauchte man überhaupt so ein blödes Herz?

»Vielleicht um darauf zu hören?«, fragte da eine Stimme direkt hinter ihr.

Magnolia fuhr herum und wurde puterrot. Leander kam aus dem Wald. Er trug seinen Langbogen über der Schulter und wirkte frisch und ausgeruht.

Ganz anders Magnolia. Sie hatte sich heute Morgen noch nicht einmal die Zähne geputzt.

»Hast du meine Gedanken belauscht?«, fragte sie peinlich berührt.

»Nur den letzten«, gab Leander zu und setzte sich neben sie auf den Baumstamm, als wäre es das Normalste der Welt.

»So etwas tut man nicht!«, sagte Magnolia und kam sich gleich darauf blöd und verstaubt vor. »Hast du wirklich nur den letzten Satz gehört?«

Leander lachte. »Ja, ich schwöre!« Dabei hielt er zwei Finger in die Luft. »Habe ich etwas verpasst?«

Magnolia schüttelte den Kopf und musste sich sehr zusammenreißen, um nicht schon wieder rot zu werden. »Was machst du so früh unterwegs?«

»Ich konnte nicht schlafen und habe einen Spaziergang gemacht, genau wie du.«

»Natürlich.« Magnolia stand auf.

»Nein, warte!«, Leander hielt sie zurück. »Ich habe nachgedacht.«

Magnolia ließ sich zurück auf den Baumstamm sinken. Ihr Herz fing schon wieder an zu klopfen. »Und worüber? Ich meine … worüber hast du nachgedacht?«

Leander setzte sich rittlings auf den Baumstamm und sah ihr direkt in die Augen. Magnolias Herz setzte zum Sprint an. Es klopfte derart laut, dass sie meinte, es wäre kilometerweit zu hören. Niemand durfte grüne Augen mit goldenen Sprenkeln und solche Wimpern haben! Das war nicht fair!

Leander öffnete seinen Mund und schloss ihn dann wieder. »Ich gehe für eineinhalb Jahre nach Neuseeland«, sagte er nach einem zweiten Anlauf.

»Was?!« Es war mehr ein Keuchen. Magnolia war total überrumpelt.

»Ein Auslandsjahr«, erklärte Leander.

»Oh, schon klar!«, Magnolia rang um Fassung. Gleichzeitig fühlte sie sich, als hätte man ihr den Teppich unter den Füßen weggezogen.

Leander streckte die Hand aus, als wollte er ihre Wange mit den Fingerspitzen berühren. Dann zog er sie schnell wieder zurück und betrachtete einen Punkt irgendwo in der Landschaft. »In Wahrheit habe ich nicht über Neuseeland nachgedacht, sondern an ...«

Doch Magnolia sollte nicht erfahren, worüber Leander nachgedacht hatte.

»Magnolia!!!« Sie erkannte die Stimme sofort und wollte sie gerade in diesem Moment unter keinen Umständen hören. Zum Teufel mit Jeppe! Genervt drehte sie sich um.

»Magnolia!«, keuchte der Kobold. »Ich habe dich schon überall gesucht. Es ist schrecklich ...!«

»Das stimmt«, murmelte Magnolia. Dann stutzte sie. So aufgeregt hatte sie Jeppe noch nie gesehen. Wie ein Häufchen Elend ließ er sich vor ihnen ins Gras sinken und schnappte nach Luft.

»Sie haben sie erwischt! Es ist alles fürchterlich schiefgegangen ...«, jammerte er. »Ich konnte sie nicht warnen. Sie ... Sie sind einfach so in die Falle getappt!«

Magnolia wurde eiskalt. Sie fühlte, dass etwas wirklich Furchtbares passiert war. Leander schien es genauso zu gehen, denn er setzte sich kerzengerade auf.

»Von wem sprichst du?«, fragte er und seine Stimme klang nicht so sicher, wie sie eigentlich klingen sollte.

»Linette und Runa. Sie sind tot«, stammelte der Kobold und vergrub das Gesicht in seinen Händen.

»Nein!!!«, schrie Magnolia. »Du lügst! Das muss ein Irrtum sein.

Meine Tante war gestern Abend noch putzmunter!« Verzweifelt sah Jeppe sie an.

»Gleich gibt es Frühstück, da können wir rübergehen und ihr beim Essen zusehen. Ich schwöre dir, niemand hat morgens mehr Appetit als sie!«

Leander berührte sanft ihren Arm. »Wie kommst du darauf, dass sie tot sind. Was ist passiert?«, fragte er Jeppe.

»Gorgonen! Linette und Runa haben sie angesehen und wurden von ihnen versteinert«, presste Jeppe hervor.

»Hör auf!«, schrie Magnolia. Sie war kurz davor, hysterisch zu werden. »Ich will das nicht hören!«

»Hier steckst du also!« Jetzt kamen auch noch Jörna und Su-Li über die Wiese.

»Jeppe hat im Zelt ein Mordstheater gemacht. Ich habe gar nicht kapiert, was passiert ist. Brenda hat ihn dann an die Luft gesetzt.« Plötzlich hielt Jörna inne und auch aus Su-Lis Gesicht verschwand das Lächeln. Beide spürten, dass etwas Schlimmes geschehen war.

»Jeppe sagt, dass Tante Linette tot ist«, piepste Magnolia, während ihr die Tränen über das Gesicht liefen. Sie spürte kaum, dass Leander sie in den Arm nahm.

»Was!!«, riefen Jörna und Su-Li gleichzeitig. »Wie ist das möglich?«

»Gorgonen haben sie versteinert. Jeppe war dabei«, antwortete Leander knapp.

»Aber deshalb sind sie nicht tot!«, erklärte Su-Li. Magnolia sah auf.

»Ihr Körper ist zwar aus Stein, aber ihre Seele lebt weiter.«

»Entsetzlich«, murmelte Jörna.

Magnolia wischte sich mit der Hand über das Gesicht. »Sind sie nun lebendig oder nicht?«

Su-Li sah Magnolia traurig an. »In gewisser Weise schon, aber sie sind für immer im Stein gefangen.«

»Gibt es nicht einen Zauber, der sie befreien kann?« Magnolia sah hoffnungsvoll in die Runde. Leander wich ihrem Blick aus. Jeppe überlegte fieberhaft, doch Su-Li und Jörna sahen sie nur mitleidig an.

»Nicht dass ich wüsste«, gestand Jörna und Su-Li schüttelte ebenfalls den Kopf.

Magnolia vergrub ihr Gesicht in den Händen.

»Die Gorgonen wollten sie zu einer Baba-Jaga bringen, die irgendwo in den weißen Bergen lebt«, sagte Jeppe vorsichtig. »Ich weiß nicht, ob es etwas bedeutet, aber sie sagten: Die Baba-Jaga wüsste, wie man an die Brille käme, die Linette bei ihrer Versteinerung in der Hand hielt.«

Sofort sahen alle den Kobold an.

»Vielleicht gibt es doch einen Gegenzauber.« Hoffnung schwang in Magnolias Stimme mit.

»Sagtest du Baba-Jaga?«, wollte Jörna wissen.

Jeppe nickte.

»Magnolia, erinnerst du dich an die Hexe, die wir vor ein paar Tagen verfolgt haben?«

»Du meinst die, die in diesem seltsamen Haus gewohnt hat?«

»Genau, das war eine Baba-Jaga«, sagte Jörna eifrig.

»Moment. Ich verstehe nicht …«, unterbrach Leander sie.

»Was gibt's denn daran nicht zu verstehen?«, zickte Jörna.

»Ich meine nicht die Baba-Jaga. Ich meine das ganze Drumherum. Was ist das für eine Brille, die Linette in der Hand hält? Und warum wurden sie von Gorgonen versteinert? Gorgonen bringe ich mit griechischen Sagen in Verbindung, aber nicht mit Amerika.«

Magnolia sah ihn an. Er hatte recht. Um die Sache richtig zu verstehen, fehlten noch ein paar wichtige Details. Weshalb hatten die Gorgonen Tante Linette und Runa überhaupt versteinert?

»Vielleicht kennt Jeppe die Antwort«, sagte sie. Und wieder richteten sich alle Blicke auf den Kobold.

Jeppe, der sonst nie eine Gelegenheit ausließ, um große Reden zu schwingen, kaute jetzt nervös auf seiner Unterlippe. Dann riss er sich die blaue Kappe vom Kopf und warf sie auf den Boden.

»Trollkacke, Trollkacke, Trollkacke!!!«, rief er und raufte sich die Haare. »Ich weiß, dass ich es euch eigentlich nicht erzählen darf! Aber … Könnt ihr schweigen?«

»Hör mit diesen Spielchen auf, Jeppe!!!«, schrie Magnolia. »Tante Linettes Leben steht auf dem Spiel und du …!«

»Das ist kein Spiel!«, schrie nun auch Jeppe. »Zuerst müsst ihr schwören, dass ihr mit niemandem darüber sprecht!«

Jetzt sahen ihn alle erstaunt an. Ihnen dämmerte, dass es um mehr ging als um einen Kobold, der sich wichtigmachen wollte.

Einer nach dem anderen gab Jeppe sein Ehrenwort, niemandem von dem Gehörten zu erzählen. Jeppe holte tief Luft und winkte sie näher zu sich heran.

»Linette und Runa waren nicht nur hier, um den WWC zu besuchen, sondern auch in geheimer Mission«, sagte er mit gedämpfter Stimme.

Alle sahen ihn misstrauisch an, schließlich wusste man bei Kobolden nie, ob man ihnen trauen konnte.

»Wenn diese Mission so geheim ist, weshalb weißt du dann davon?«, fragte Jörna deshalb angriffslustig.

Der Kobold sah sie beleidigt an. »Wahrscheinlich liegt es daran, dass diese Mission eng mit meinen Verwandten, den Klabautern, verknüpft ist! Schon mal dran gedacht, du Trampel?«

Empört schnappte Jörna nach Luft, aber sie hielt den Mund. »Ohne das eine würde es das andere nicht geben«, fügte Jeppe wichtig an. »Also hört zu, damit ich euch die Geschichte erzählen kann. Kennt ihr die Sage vom Kyffhäuser? Wo König Barbarossa angeblich zu Stein erstarrt an einem Tisch sitzt und auf seine Erweckung wartet?« Su-Li schüttelte den Kopf, aber die drei anderen nickten. »Barbarossa war ein mächtiger König und er hatte wie jeder mächtige König Vasallen, die ihn unterstützten. Zu seinen Gefolgsleuten gehörte auch der

Ritterorden ›Falter des Lichts‹. Ihr Anführer Gerold von Greifenfels hat allerdings nicht nur dem König, sondern auch dem Teufel ewige Gefolgschaft geschworen.« Jeppes Zuhörer hielten die Luft an. »Zum Lohn dafür konnten sich Gerold und seine Ritter, wann immer sie es wollten, in Geister verwandeln. Auf riesigen Streitrössern galoppierten sie über das Land und brachten Tod und Verderben in die Dörfer, die sie heimsuchten. Doch nicht nur Menschen fürchteten das Geisterheer. Es waren vor allem die Hexen, die zittern mussten. Denn Gerold von Greifenfels wollte sie vernichten.«

»Was ist mit den anderen magischen Wesen?«, warf Magnolia schüchtern ein.

Jeppe holte tief Luft. »Auf die hatte er es auch abgesehen. Aber die Hexen hasste er am allermeisten. Machen wir uns nichts vor, Hexen sind Menschen, sie haben es auch in der Magie am weitesten gebracht. Andere magische Wesen besitzen ihrer Art entsprechende Fähigkeiten. Ein Drache spuckt Feuer, eine Sirene lockt mit ihrem Gesang Seeleute ins Verderben, wir Kobolde können Schätze aufspüren und manche von uns können sich unsichtbar machen. Aber Hexen können alles! Sie brauchen dazu nur den richtigen Zauberspruch und die richtigen Zutaten. Wie gesagt, Gerold von Greifenfels wollte die Hexen vernichten und sein Geisterheer gab ihm die Möglichkeit dazu. Ihre Nebelgestalten krochen wie eine tödliche Krankheit durch Türritzen und Schlüssellöcher und raubten den Zauber der weisen Frauen. Das Hexenerbe war auf das Höchste bedroht. Aber da nicht nur Gerold von Greifenfels über magische Kräfte verfügte, sondern auch die Hexen, schmiedeten sie einen Plan. Sie lockten ihn und sein Geisterheer in einen Hinterhalt und sperrten sie in eine Flasche.«

»Wie einen Dschinn?«, fragte Su-Li.

Jeppe nickte. »Genau, wie einen Dschinn. Die Flasche versteckten sie in der Barbarossahöhle des Kyffhäusers. Und damit sie nicht gefunden wird, machten sie sie unsichtbar. Da sich die Hexen allerdings von Zeit zu Zeit davon überzeugen wollten, dass die Flasche noch da ist und das Heer in ihr immer noch gefangen, beauftragten sie die Zwerge mit der Fertigung einer magischen Brille, die auch Beryll genannt wird. Seit über siebenhundert Jahren kreisen die Geister nun schon in der Flasche. In ihrer ohnmächtigen Wut haben sie geschworen, demjenigen hundert Jahre lang treu zu dienen, der sie aus ihrem Gefängnis befreit.

Wie ihr euch sicher denken könnt, wollen die Hexen das unter allen Umständen verhindern. In den Ohren der Gorgonen ist dieser Schwur dagegen Musik. Sie sind den Hexen seit jeher in herzlicher Feindschaft verbunden und das Geisterheer in der Flasche scheint ihnen eine großartige Möglichkeit, sich ihrer zu entledigen.«

»Aber wie kam die Brille nach Amerika?«, wollte Magnolia wissen.

»Irgendwann wurde die Existenz der Brille bekannt. Sie war in Deutschland nicht mehr sicher.« Jeppe blickte in aufmerksame Gesichter. »Und jetzt kommen die Klabauter ins Spiel. Denn sie waren es, die die magischen Gläser über das Meer brachten, weit weg in das damals neu entdeckte Amerika. So fern der Heimat glaubten die Hexen sie in Sicherheit.«

»Aber nun haben die Gorgonen von ihrem Versteck erfahren?«, vermutete Jörna.

»Richtig!« Jeppe holte noch einmal tief Luft. »Wahrscheinlich hat meine Verwandtschaft die Gefahr unterschätzt. Jedenfalls haben sie nicht das richtige Versteck für den Beryll gefunden.«

»Wo haben sie ihn denn versteckt?«, fragten alle wie aus einem Mund.

Jeppe wurde rot bis über beide Ohren. »Im Heimatmuseum von Salem. Getarnt als die Brille eines amerikanischen Urvaters«, gestand er.

»O.k. Das konnte nicht für immer unentdeckt bleiben«, sagte Leander trocken.

Jeppe nickte betrübt. »Sie haben die Brille zwar Tag und Nacht bewacht. Als sie jedoch Gorgonen in den Straßen sahen und beobachten mussten, wie sie suchend in jedes Haus blickten, wurde ihnen die Sache zu heiß. Die Klabauter schickten eine Nachricht. Tja, und Pestilla schickte unverzüglich Runa und Linette, um die Brille zurückzuholen.«

»Mist!«, fluchte Leander.

»Und jetzt?«, fragte Magnolia. Sie schwiegen eine Weile.

»Ich schlage vor, wir sehen zuerst im Hotel nach, ob sie tatsächlich nicht da sind!«, sagte Jörna. »Vielleicht regen wir uns ganz unnötig auf!«

Zweifelnd sah Magnolia ihre Freundin an.

»Du hast recht!« Leander griff nach seinem Bogen. »Wenn die beiden nicht da sind, machen wir uns auf die Suche nach der Baba-Jaga. Ich sage Elon und Navario Bescheid. Wir werden uns dann in den White Mountains umsehen. Du und Jörna«, er zeigte auf Magnolia, »ihr sucht aus der Luft. Vielleicht erkennt ihr den Wald wieder, in dem ihr sie gesehen habt.«

»Was ist mit mir? Ich möchte auch helfen!«, sagte Su-Li.

Leander lächelte kurz. »Du hältst hier die Stellung für den Fall, dass die beiden wieder auftauchen.«

Dankbar sah Magnolia ihn an. Es war schön, nicht untätig herumzusitzen. Und es war auch schön, dass jemand sagte, wo es langging. Denn in ihrem Kopf ging es noch immer drunter und drüber. Sie konnte sich einfach nicht vorstellen, dass Tante Linette von heute auf morgen nicht mehr da war. Erneut traten ihr die Tränen in die Augen. Su-Li streichelte ihren Rücken. »Du bist nicht allein. Zusammen werden wir deine Tante finden!«

Jörna und Jeppe nickten grimmig.

»Gut, dann lasst uns zuerst im Hotel nachsehen«, sagte Leander. »Und kein Wort zu irgendwem. Besonders nicht zu euren Mitbewohnern im Zelt.«

»Logisch!« Und wäre sie nicht so traurig und schockiert gewesen, hätte Magnolia sicher ein bisschen gelächelt. Wegen Brenda.

Neunzehntes Kapitel
Kryptozoologie

Gemeinsam gingen sie hinauf zum Hotel. Vom Zauber des frühen Morgens war nichts mehr übrig. Schweigend hing jeder seinen eigenen Gedanken nach.

Magnolia machte sich nichts vor. Es war nur ein winziger Funken Hoffnung, dass Runa und Tante Linette beim Frühstück saßen und ihnen fröhlich zuwinkten.

Ein Blick in den Speisesaal bestätigte grausam ihre schlimmste Befürchtung. Die Plätze der beiden Hexen waren leer. Nur Sir Archibald kaute einsam an einem Croissant. Eine unsichtbare Fessel aus Eisen legte sich enger um Magnolias Herz. Trotzdem trat sie zu Sir Archibald an den Tisch.

»Guten Morgen, Sir«, grüßte sie ihn. »Haben Sie meine Tante heute Morgen schon gesehen?«

Sir Archibald sah erfreut von seinem Croissant auf und tupfte sich mit einer Serviette den Mund ab. »Leider nicht, junge Dame. Wie es aussieht, haben mich die Ladys heute Morgen versetzt. Ich nehme an, sie schlafen noch. Ich an ihrer …«

»Danke, Sir Archibald!«, unterbrach Magnolia ihn und stürmte in halsbrecherischem Tempo aus dem Raum.

Der Pixie an der Rezeption gab ihnen die gleiche Antwort, die ihnen bereits Sir Archibald gegeben hatte. Man hatte die Hexen heute Morgen noch nicht gesehen. Weil er Magnolia und Jörna jedoch kannte, händigte er ihnen bereitwillig den Zimmerschlüssel der beiden aus.

Magnolia war furchtbar nervös, als sie mit zitternden Fingern die Tür öffnete. Das Erste, was ihr ins Auge fiel, waren die Koffer. Sie standen gepackt und griffbereit im Flur. Die junge Hexe bekam weiche Knie und auch Jörna stöhnte beim Anblick des Gepäcks. Der Blick ins Schlafzimmer bestätigte dann ihre schlimmsten Befürchtungen: Die Betten der beiden Hexen waren unbenutzt.

»Es sieht aus, als hätten sie alles für eine schnelle Abreise vorbereitet«, stellte Jörna fest.

Magnolia hätte sich am liebsten verkrochen und gewartet, bis dieser Albtraum endlich vorbei war. Aber nur Fledermäuse lassen sich hängen. Also straffte sie ihre Schultern und atmete einmal tief durch.

»Lass uns die beiden suchen!« Sie war bereit, für ihre Tante zu kämpfen.

Vor dem Hotel sahen ihnen die anderen gespannt entgegen. Doch Magnolia und Jörna schüttelten nur schweigend den Kopf. Mitfühlend sahen Su-Li und die Elfen sie an. Sofort schossen Magnolia die Tränen in die Augen.

»Dann lasst uns mit der Suche starten«, sagte Leander und lenkte die Aufmerksamkeit auf andere Dinge.

»Das hier sind übrigens Elon und Navario. Die beiden sind sozusagen Vollelfen.« Leander grinste schief. »Es gibt niemanden, der es im Fährtenlesen mit ihnen aufnehmen kann.«

»Du übertreibst, Alter.« Die beiden Elfen nickten Magnolia freundlich zu. »Tut uns echt leid, die Sache mit deiner Tante«, meinte Navario.

»Danke, es ist super, dass ihr bei der Suche helft«, antwortete Magnolia leise.

»Hat jeder ein Telefon, das hier funktioniert?«, fragte Leander weiter. Alle außer Jeppe nickten.

»Gut, wer sie gefunden hat, ruft an. Ansonsten treffen wir uns zum Abendessen wieder hier.«

Magnolia sah ihn schräg an. Wie konnte er jetzt ans Essen denken?

»Wir brauchen Kraft für die Suche und Kraft für das, was danach kommt«, erklärte Leander ernst und sah sie an.

Erst in diesem Augenblick merkte Magnolia, dass sie schon wieder vergessen hatte, ihre Gedanken zu blockieren.

»Rufen wir die Besen«, schlug Jörna vor.

»Ich lasse das Hotel nicht aus den Augen!«, versprach Su-Li.

»Und ich spreche noch einmal mit den Klabautern, möglicherweise wissen sie etwas über die Baba-Jaga«, ließ Jeppe sie wissen.

»Gut, dann lasst uns die Handynummern tauschen.« Leander holte sein Handy heraus.

Magnolia seufzte. Wenn er das vor einer Stunde gesagt hätte ... Sofort schämte sie sich für diesen Gedanken.

»Wie kommt ihr in die White Mountains? Sie sind ziemlich weit von hier entfernt.«

Leander sah sie spöttisch an. »Schon mal etwas von Motorrädern gehört?«, fragte er. Magnolia bekam einen roten Kopf.

Dann trennten sie sich. Jeder wusste, was er zu tun hatte. Die jungen Hexen riefen ihre Besen und verließen zu Fuß das Camp. Erst im Wäldchen vor der Dornenhecke stiegen sie auf.

»Nach oben hinaus und nirgends an!«, riefen sie. Und schon ging es los.

Der Himmel war herrlich blau, nicht eine Wolke trübte den Blick. Also blieb nur zu hoffen, dass heute Morgen nicht allzu viele Menschen nach oben schauten.

»Wir müssen so schnell wie möglich von der Küste und den Häusern wegkommen!«, rief Jörna, während sie höher und höher stiegen.

Magnolia nickte. »Richtung Connecticut! Wenn ich mich recht erinnere, sind wir damals von Gloxby aus gestartet.«

»Stimmt!«, schrie Jörna zurück. »Kannst du dich noch an die Klippen mit den knutschenden Pärchen erinnern?«

Ein kleines Lächeln huschte über Magnolias Gesicht. Hier oben, unterwegs auf Huckebein, fiel eine ganze Portion Traurigkeit von ihr ab. Was hatte Su-Li gesagt? Tante Linette und Runa waren nicht tot, nur versteinert. Und jetzt, wo sie Seite an Seite mit Jörna über den Himmel zischte, glaubte sie sogar, dass sie Tante Linette retten konnte. Was für ein unglaublich gutes Gefühl!

»Da sind sie!«

Tatsächlich. Magnolia erkannte die Knutschklippen wieder. Was hauptsächlich daran lag, dass schon wieder zwei Autos dort parkten.

»Auf Höhe des Leuchtturms müssen wir ins Landesinnere abbiegen!«

»Dahinten ist er!« Jörna zeigte auf das typisch rot-weiß gestreifte Leuchtfeuer, das auf einer Landzunge im Meer stand.

Die beiden Hexen lenkten ihre Besen von der Küste fort. Es dauerte nicht lange, da wurde die Besiedlung dünner und die Wälder wurden tiefer.

Jörna entdeckte sie als Erste. »Schau mal da unten! Wenn das keine Elfen sind, dann ...!«

»Frisst du deinen Besen, oder was?«, rief Magnolia zurück. Sie hatte die drei auf ihren Geländemaschinen jetzt auch entdeckt. Eine Weile flogen sie in dieselbe Richtung, dann trennten sich ihre Wege.

Die beiden Hexen blieben über dem Wald. »Siehst du den Supermarkt und die Tankstelle? Wir sind ganz in der Nähe!«

»Ja, irgendwo im Wald unter uns hat ihre Hütte gestanden!« Jörna brachte Baldur in den Sturzflug und Magnolia folgte ihr. Dicht über den Baumwipfeln flogen sie suchend auf und ab. Plötzlich gab Magnolia Jörna ein Zeichen.

»Hier sind die Zweige der Bäume abgeknickt. Es sieht aus, als wäre hier schon öfter jemand durchgebrettert. Lass uns runtergehen.«

Sie folgten der Einflugschneise und landeten weich auf dem bemoosten Boden. Ein schmaler Pfad führte zwischen Heidelbeersträuchern und grünen Farnen tief in den Wald hinein. Magnolia war sicher, dass sie auf dem richtigen Weg waren. Schließlich kamen sie an eine kleine Lichtung. Enttäuscht blieben die Mädchen stehen und sahen sich um. Die Lichtung war leer. Magnolia hätte heulen können.

»Vielleicht haben wir uns geirrt«, sagte Jörna.

Aber Magnolia schüttelte den Kopf. »Sieh dir doch den Boden an. Es sieht aus, als hätte ihn eine Rotte Wildschweine umgepflügt.«

»Oder als hätte hier ein riesiges Huhn gescharrt.« Jörna sah sich um. »Dahinten liegt etwas im Gras«, sagte sie und deutete auf ein schimmerndes Etwas.

Die Mädchen gingen näher heran und blieben wie angewurzelt stehen. Ein menschlicher Knochen trocknete traurig in der Sonne vor sich hin.

»Jedenfalls sind wir hier richtig!«, brachte Magnolia leicht angeekelt hervor.

»Stimmt! Nur die Baba-Jaga hat einen Zaun aus menschlichen Knochen. Leider hilft uns das nicht weiter, denn sie ist bereits weg.«

Magnolia konnte ihren Blick nicht von dem Knochen lösen. »Was ist mit dem Menschen geschehen, dem dieser Knochen gehörte?«, wollte sie wissen.

»Sie hat ihn gefressen«, erwiderte Jörna trocken.

»Sie hat ihn gefressen?« Magnolia war fassungslos.

Jörna nickte. »Die Baba-Jaga ist eine Menschenfresserin, hast du das nicht gewusst?«

»Oh Gott!!« Magnolia fasste sich an den Kopf. »Dann ist es ja fast ein Glück, dass Tante Linette und Runa jetzt steinhart sind. An ihnen würde sie sich die Zähne ausbeißen.«

»Glück?« Skeptisch sah Jörna ihre Freundin an.

»Oh Jörna, du weißt, wie ich es meine! Sie kann sie wenigstens nicht fressen.«

»Wenigstens so lange nicht, wie es dauert, die Versteinerung rückgängig zu machen.«

Jetzt blickte Magnolia ihre Freundin ängstlich an. Auf diesen Gedanken war sie noch gar nicht gekommen.

»Wir müssen sie unbedingt finden!«, stammelte sie. Ihre Gefühle fuhren Achterbahn. Wie entsetzlich wäre es, wenn es zwar einen Zauber gäbe, der die Versteinerung rückgängig machen konnte, aber beide Hexen gleich danach gefressen würden.

»Lass uns weitersuchen! Vielleicht ist sie ja ganz in unserer Nähe. Ich kann unmöglich im Camp herumsitzen, während Tante Linette irgendwo versteinert herumsteht.«

»Kann ich gut verstehen, nur brauche ich zwischendurch etwas zu beißen. Mir hängt der Magen schon in den Kniekehlen.«

»Du hast Hunger?«

Jörna nickte. »Ich kann auch nichts dafür!«, sagte sie entschuldigend.

Die Mädchen landeten in der Nähe des Supermarkts, ließen ihre Besen im Wald zurück und kauften ein. Cola, belegte Brötchen und Schokoriegel. Magnolia hatte kaum Appetit, aber Jörna ließ es sich schmecken. Nachdem sie sich ordentlich gestärkt hatten, setzten sie die Suche fort.

Den ganzen Tag flogen sie im Zickzack über die Wälder. Es war aussichtslos. Die Baumkronen waren zu dicht, sie kannten sich im Gelände nicht aus und vermutlich befanden sie sich noch nicht einmal in der Nähe der White Mountains.

»Es ist wie die Suche nach der Stecknadel im Heuhaufen«, seufzte Magnolia müde. »Fliegen wir zurück ins Camp.«

Jörna sah sie mitleidig, aber erleichtert an.

»Hast du das Passwort für heute?«, fragte Magnolia, während sie vor der Dornenhecke landeten.

»Logisch! Es heißt Kontrollmops.«

Im Camp gingen die Mädchen als Erstes zu den Duschen. Magnolia stellte sich vor, sie stünde unter den Niagarafällen, während das heiße Wasser über ihren Körper lief und die Strapazen des Tages einfach in den Abfluss spülte. Danach kehrten sie zum Zelt zurück, um sich umzuziehen. Su-Li war nicht da. Sie hielt wie versprochen vor dem Hotel Wache, doch die kalifornischen Hexen hörte man schon von Weitem.

»Na, ihr Küken?«, begrüßte Brenda sie herablassend, als sie das Zelt betraten.

»Ich soll dich übrigens von deinem Elf grüßen, Magnolia. Er macht einen Ausflug in die White Mountains. Du brauchst dir also nicht die Augen nach ihm auszugucken. Er ist nicht da!«

»Ich gucke mir nicht die Augen nach ihm aus!«, antwortete Magnolia giftig.

»Es wäre auch reine Zeitverschwendung, denn er hat dich nicht auf der Rechnung!« Brenda zog die Augenbrauen hoch. »Oder glaubst du, er steht auf Kinder?«

Das saß. Magnolia spürte den Hieb fast körperlich. »Ich bin kein Kind! Verstanden?«, fauchte sie und plötzlich glühten ihre Augen. Sie fühlte, wie die Banshee in ihrem Unterbewusstsein nach vorn drängte. Sie wollte Brenda verletzen!

Im selben Moment bemerkte Brenda die Gefahr. »Scheiße!«, rief sie und schlug die Hände vor das Gesicht, um Magnolias Blick auszuweichen. Zu spät! Von einem brennenden Schmerz getroffen fiel sie keuchend zu Boden.

Eine schallende Ohrfeige traf Magnolias Wange.

»Spinnst du?! Willst du sie umbringen?!«, schrien Lucy und Shana durcheinander.

Magnolia kam wieder zu sich. »Nein, natürlich nicht. Tut … Tut mir leid«, stammelte sie.

Brenda setzte sich benommen auf und sah sie misstrauisch an. »Wie bist du denn drauf? Bist du so eine bekloppte Banshee, oder was?«, murmelte sie.

Wütend stopfte Magnolia ein paar Sachen in ihren Rucksack und verließ das Zelt. Jörna folgte ihr.

»So ein verdammter Mist!«, schimpfte Magnolia auf dem Weg zum Schloss. »Ich bin gemeingefährlich. Ich kann die Banshee einfach nicht kontrollieren!«

»Ist eben alles ein bisschen viel«, tröstete Jörna sie. »Brenda hätte einfach die Klappe halten sollen.«

Dankbar sah Magnolia sie an.

»Trotzdem solltest du daran arbeiten. Eine entfesselte Banshee ist kein Kuscheltier. Wäre jedenfalls besser, wenn du sie im Griff hättest.«

Das fand Magnolia ja auch, aber was sollte sie tun? Die Todesfee, die in ihr steckte, ließ sich nicht lenken. Meist zeigte sie ihre Kraft nur in Situationen, in denen Magnolia bedroht wurde. Verlassen konnte sie sich darauf allerdings nicht.

Su-Li hatte tatsächlich den ganzen Tag vor dem Hotel herumgelungert und gewartet, ob Runa und Linette vielleicht zurückkehrten. Leider ohne Erfolg.

»Sind die Elfen und Jeppe schon zurück?«, wollte Magnolia wissen, nachdem sie sich begrüßt hatten.

»Ja, sie erwarten uns vor dem Labyrinth.«

Wie lange war es her, seit Magnolia zuletzt an diesem Platz gestanden und Leander sich ihretwegen mit einem Vampir geprügelt hatte? Hundert Jahre?

Die Elfen lungerten auf der weißen Bank vor dem Eingang des Labyrinths herum, während Jeppe auf der Rücklehne balancierte. Als sie die Mädchen kommen sahen, standen sie auf.

»Und?«, fragten sie gleichzeitig.

Magnolia und Jörna schüttelten ihre Köpfe.

»Erzählt ihr zuerst«, forderte Magnolia die anderen auf.

»Von mir wisst ihr ja bereits alles«, antwortete Su-Li.

»Und ich kann es auch kurz machen.« Jeppe machte einen Salto rückwärts und landete auf dem Boden.

»Die Klabauter wissen, dass in der Gegend eine Baba-Jaga haust. Sie wissen auch, dass sie öfter den Wald wechselt. Aber wo sie sich zurzeit aufhält, wissen sie nicht.«

Die Elfen standen ebenfalls mit hängenden Köpfen da.

»Wir haben auch nichts Brauchbares gefunden«, bedauerte Leander. »Die White Mountains sind einfach zu groß. Es würde Wochen dauern, sie gründlich abzusuchen.«

»Leider sieht es bei uns genauso aus«, sagte Magnolia niedergeschlagen. »Wir haben zwar die Stelle gefunden, an der ihr Haus stand. Aber sie ist weitergezogen und wir haben keine Ahnung wohin.«

Enttäuscht und ratlos sahen sich die sieben an. Dann ergriff Leander wieder das Wort: »Wie es aussieht, können wir im Augenblick nichts für Linette und Runa tun; gehen wir also essen, bevor nichts mehr da ist. Danach treffen wir uns wieder hier.«

Magnolia wollte nichts essen und am liebsten hätte sie sich gleich wieder auf den Besen geschwungen. Doch sie sah den anderen an, dass sie müde waren, und konnte schließlich nicht von ihnen verlangen, komplett auf das Essen zu verzichteten.

»Gute Idee!«, sagte sie. »Bis nachher!«

Während die Elfen und Su-Li ins Camp zum Essen gingen und Jeppe sich ihnen anschloss, weil er hoffte, dort eine Mahlzeit abzustauben, gingen Magnolia und Jörna ins Hotel.

Einen winzigen Augenblick hofften sie, Tante Linette und Runa würden bereits neben Sir Archibald am Tisch sitzen.

Doch ihre Hoffnung wurde enttäuscht. Sir Archibald saß, genau wie heute Morgen, allein an seinem Platz.

»Wie schön! Wenigstens die jungen Damen leisten mir heute beim Essen Gesellschaft!«, rief er erfreut, als die Mädchen sich zu ihm an den Tisch setzten. Das Essen wurde aufgetragen und Magnolia stocherte lustlos darin herum.

»Habt ihr deine Tante inzwischen gefunden?«, wollte Sir Archibald wissen und sah Magnolia aufmerksam an. Sofort schossen ihr die Tränen in die Augen.

»Nein«, antwortete sie mühsam beherrscht. »Haben wir nicht!« Dann warf sie ihre Serviette auf den Tisch und stand auf. »Ich bin gleich wieder da, muss nur mal kurz zum Klo«, murmelte sie.

Als sie zurückkam, sagte Jörna: »Sir Archibald kann uns vielleicht helfen. Er ist Professor für Kryptozoologie.«

Erschrocken sah Magnolia ihre Freundin an und zog sie dicht zu sich heran. »Was soll das sein Krypzo…? Hast du ihm etwa was erzählt?«

»Nein, aber er reimt sich eins und eins zusammen. Kryptozoologen erforschen unbekannte Tierarten und Wesen. Also Einhörner, Greife, Basilisken, aber auch Kobolde und Hexen. Deshalb ist er hier. Er wurde zum WWC eingeladen, um Vorträge zu halten.«

Sir Archibald sah sie lächelnd an und griff nach einem Glas Wein.

Magnolia zögerte einen Moment. »Sie erforschen Baba-Jagas?«, wandte sie sich nicht gerade höflich an Sir Archibald.

»Nicht nur Baba-Jagas«, antwortete der Professor freundlich. »Ich unterrichte Kryptozoologie in Cambridge. Daher muss ich mich natürlich auch mit anderen magischen Wesen auskennen.«

»Wussten Tante Linette und Runa davon?«

»Das nehme ich stark an, denn ich wurde schließlich als Gastredner eingeladen. Also, wenn es etwas gibt, bei dem ich euch helfen kann …«

»Siehst du?« Jörna stupste Magnolia mit dem Ellenbogen an.

Magnolia wusste, dass sie sich entscheiden musste. Konnte sie Sir Archibald vertrauen? Egal, sie hatte nichts zu verlieren. Er musste ja nicht alles erfahren.

»Hat Jörna ihnen schon etwas erzählt?«, fragte sie deshalb vorsichtig.

»Nur, dass ihr das Haus der Baba-Jaga sucht.«

»Es stimmt. Als einzigen Anhaltspunkt haben wir den Hinweis, dass es in den White Mountains, also in den Weißen Bergen steht.«

Interessiert sah Sir Archibald Magnolia an. »Hat eure Suche mit dem Verschwinden deiner Tante und Runa Rickmoor zu tun?«

»Ja.« Magnolia wurde unbehaglich zumute. »Wir glauben, die beiden werden dort gefangen gehalten.«

Sir Archibald wiegte bedenklich den Kopf. »Ihr wisst, was eine Baba-Jaga mit ihren Opfern anstellt?«

»Sie frisst sie auf!«, antwortete Magnolia grimmig. »Doch zum Glück wird das bei Tante Linette und Runa nicht gehen.«

Sir Archibald zog fragend die Augenbrauen hoch.

»Sie wurden versteinert«, erklärte Magnolia knapp.

»Versteinert?« Nun war es Sir Archibald, der erstaunt war.

Jörna legte warnend ihren Finger an den Mund. Sofort senkte der alte Mann die Stimme. »Waren es Gorgonen?«, flüsterte er. Die Mädchen nickten.

»Ei, verflixt!« Der Professor kratzte sich am Kopf. »Gestattet mir eine Frage. Warum bringen Gorgonen ihre versteinerten Opfer zu einer Baba-Jaga? Normalerweise stellen sie sie als Trophäen im Hades aus, um sich von Zeit zu Zeit daran zu ergötzen.«

»Wir glauben, dass die Baba-Jaga die Versteinerung wieder rückgängig machen soll. Wenigstens teilweise«, sagte Magnolia.

»Wie ungewöhnlich.« Sir Archibald sah die Mädchen aufmerksam an. »Gehe ich recht in der Annahme, dass ihr mir nicht mehr über die Sache erzählen wollt?«

Magnolia nickte erleichtert. »Können Sie uns trotzdem helfen?«

»Vom Dislapideus-Zauber verstehe ich wenig, aber ….«

»Es gibt also tatsächlich einen Zauber gegen Versteinerung?«, fiel Magnolia ihm aufgeregt ins Wort.

»Den gibt es. Doch wie gesagt, davon verstehe ich nichts. Dafür weiß ich, in welchem Teil der White Mountains eine Baba-Jaga lebt.«

»Und Sie können ihr Haus finden?« Magnolia konnte ihr Glück kaum fassen.

»Ich denke schon!«

Die Mädchen wechselten einen schnellen Blick. »Wären Sie so freundlich, noch heute Abend mit uns dorthin zu fliegen?« Gespannt sahen die Hexen ihn an.

»Auf einem Besen?«, rief Sir Archibald erschrocken.

»Was haben Sie denn gedacht?« Und das erste Mal seit Tante Linettes Verschwinden lächelte Magnolia breit.

»Nehmt es mir nicht übel, aber auf einen Besen kriegen mich keine zehn Pferde. Ich habe ungeheure Flugangst. Zum Kongress bin ich extra mit dem Schiff angereist.«

Logisch, dass der alte Zausel jetzt zurückruderte.

»Außerdem finde ich den Weg zu ihrer Hütte nur von der Straße aus.«

»Oh, da lässt sich sicher etwas arrangieren. Würden Sie wohl einen Moment hier warten? Wir sind gleich zurück.«

»Ja, bitte gehen Sie nicht weg!«, sagte auch Jörna, während sie sich von ihren Plätzen erhoben.

»Keine Angst, ich genehmige mir noch einen Nachtisch«, beruhigte sie Sir Archibald.

Magnolia und Jörna sausten los. Sie liefen zum Eingang des Labyrinths, wo sie mit den anderen verabredet waren, und brauchten zum Glück nicht lange auf sie zu warten.

Schnell berichtete Magnolia von ihrem Gespräch mit Sir Archibald.

Die sieben waren unterschiedlicher Meinung, wie weit und ob man ihm überhaupt trauen konnte.

»Klingt nach einem wichtigtuerischen Schwätzer!«, sagte Leander. Er wollte die Sache alleine durchziehen. Aber Su-Li meinte, wenn er auf dem WWC Vorträge halten würde, müsste er schon über ein gewisses Hintergrundwissen verfügen.

»Es stimmt, was er erzählt«, erklärte Elon, der Sir Archibald sofort gegoogelt hatte. »Auf Wikipedia steht, dass er tatsächlich Professor für Kryptozoologie in Cambridge ist.«

Magnolia seufzte erleichtert auf. »Ich schätze, wir sollten ihm einfach vertrauen.«

»Na, schön!«, sagte Leander. »Sobald er mit seinem Pudding fertig ist, brechen wir auf. Ich glaube nicht, dass wir unendlich viel Zeit haben.«

»Wenn er den Weg nur von der Straße aus findet, kann er mit uns fahren«, meinte Elon. Dankbar sah Magnolia ihn an.

»Nehmt ihr die Besen?«, fragte Su-Li eifrig. »Ich wollte nämlich schon immer mal auf so einem Ding fliegen.«

»Klar, du kannst bei mir mitfliegen«, sagte Magnolia freundlich.

»Dann fliege ich mit Jörnalein!«, erklärte Jeppe bestimmt. Jörna verdrehte die Augen. Normalerweise wäre sie unter keinen Umständen mit einem Kobold geflogen. Doch heute Abend musste es wohl sein. Die Hoffnung, Linette und Runa zu retten, war einfach zu schön.

Zwanzigstes Kapitel

Die Hütte der Baba-Jaga

»Ich hoffe, der Professor macht keinen Rückzieher«, bemerkte Leander, nachdem sie eine Weile vor der Dornenhecke auf Sir Archibald gewartet hatten.

Die Gruppe war nervös, schließlich war es beinahe einen ganzen Tag her, dass Tante Linette und Runa den Gorgonen in die Falle gegangen waren. Magnolia hoffte inständig, dass sie die Hütte der Baba-Jaga fanden und nicht zu spät kamen.

Leander lächelte ihr aufmunternd zu. Die Elfen saßen auf ihren Motorrädern und hatten das Tor in der Hecke genauso gespannt im Blick wie die übrigen Mitglieder der Gruppe.

Endlich kam Sir Archibald heraus. In der einen Hand trug er einen kleinen Lederkoffer, in der anderen eine Motorradbrille aus dem letzten Jahrhundert.

Schnell stellte Magnolia ihm die anderen vor.

»Besser, Sie tauschen die Brille gegen einen Helm, Sir!«, sagte Leander. Der Halbelf half ihm beim Aufsetzen.

»Ich komme mir vor wie ein Außerirdischer«, erklärte Sir Archibald, aber in seinen Augen blitzte die Abenteuerlust.

»Wir folgen euch auf den Besen. Seht also zu, dass ihr die Straße nicht allzu oft verlasst«, bat Jörna, während sie selbst ihren Besen bestieg.

»Steig auf, Su-Li«, sagte Magnolia und rutschte auf ihrem Besen nach vorn. Die Schneehexe hatte ihre langen Haare zu Zöpfen geflochten und dicht am Kopf festgesteckt. Mit rosigen Wangen nahm sie auf Huckebein Platz.

»Du musst dich gut an mir festhalten«, erklärte Magnolia. »Und keine Angst, das Gefühl, rechts und links vom Besen zu rutschen, lässt schnell nach.«

Ohne Umstände sprang Jeppe vor Jörna auf den Besen.

»So bemerkst du schneller, wenn es mich vom Besen pustet«, erklärte er knapp.

Nachdem alle ihren Platz eingenommen hatten, gaben die Elfen Gas und es ging los.

»Nach oben hinaus und nirgends an«, riefen die beiden Hexen gleichzeitig. Huckebein und Baldur starteten durch.

»Es ist himmlisch!«, rief Su-Li. Magnolia lächelte. Sie konnte sich noch gut an ihren ersten Flug auf dem Besen erinnern und wusste, was für ein wahnsinniges Gefühl es gewesen war, durch die Luft zu brausen.

Die Elfen waren auf der Landstraße schnell unterwegs, sodass Magnolia und Jörna Mühe hatten, sie nicht aus den Augen zu verlieren.

Langsam ging die Sonne unter. Kilometer für Kilometer näherte die Gruppe sich den Bergen, in denen die Baba-Jaga lebte. Dann tauchten sie endlich auf: die hellen Granitfelsen, die den White Mountains ihren Namen gaben.

Auf der Straße unter ihnen verlangsamten die Elfen das Tempo und machten den Mädchen Zeichen, dass sie nun die Landstraße verlassen würden. Magnolia und Jörna gingen tiefer.

»Wir fahren ein Stück querfeldein, das ist kürzer!«, rief ihnen Leander zu. »Wenn ihr euch immer Richtung Westen haltet, treffen wir uns auf der Straße wieder!«

Die Elfen gaben Gas und wurden im nächsten Moment vom Blätterdach der Bäume verschluckt.

»Weiß irgendjemand, wo Westen ist?«, fragte Magnolia beunruhigt.

»Frag einfach deinen Besen, Magnolchen. Der weiß sowas!« Jeppe zwinkerte ihr herablassend zu und Magnolia ärgerte sich, dass sie nicht selbst auf die Idee gekommen war.

»Nach Westen, Huckebein«, murmelte sie. Sofort korrigierte der Besen die Richtung.

Sie flogen über ein tiefes Tal und über runde Gipfel, auf denen die untergehende Sonne hundert verschiedene Farben malte. Ein- oder zweimal sahen sie die Elfen auf ihren Motorrädern, dann verdeckte das Grün der Bäume sie wieder. Inzwischen lag milchiger Abenddunst über den Bergen. Es war eine wildromantische Landschaft und Magnolia wünschte, sie hätte unter anderen Umständen hierherkommen können. Da spuckte das Tal die Elfen wieder aus.

Magnolia und Jörna gingen tiefer, um sich ihnen anzuschließen. Leander und seine Freunde verlangsamten ihr Tempo und hielten an einem schwarzen See, dessen Ufer den Saum des Waldes berührte. Steifbeinig stieg Sir Archibald ab und zerrte ungeduldig an seinem Helm.

»Das war ein langer Flug«, sagte Magnolia, nachdem sie ebenfalls gelandet waren.

»Kein Wunder, wir sind in New Hampshire. Also eine ganze Ecke von Salem entfernt«, erklärte Elon.

Neugierig sahen die Mädchen sich um. Ein graues Eichhörnchen huschte eilig am Stamm einer mächtigen Tanne empor und irgendwo in den Ästen krächzte ein Eichelhäher.

»Wir lassen die Bikes hier«, sagte Leander.

Die Elfen versteckten ihre Maschinen samt Helmen hinter hohen Büschen. Nacheinander verschwanden sie im Wald. Magnolia fühlte, dass dies ein besonderer Ort war.

Außer dem Wind, der von Zeit zu Zeit in die Wipfel der Bäume fuhr, war kein Geräusch zu hören. Das spärliche Abendlicht verlor sich im Dickicht aus Wurzeln, Dornen und Blättern. Es war ratsam, den schmalen Weg, der im Zickzack durch den Wald führte, nicht zu verlassen.

Sie waren erst ein paar Meter gegangen, als Magnolia eine seltsame Veränderung an den Elfen bemerkte. Ihre Haut fing an sich zu verfärben.

»Ist das nicht fantastisch?«, fragte Sir Archibald, dem diese Verwandlung ebenfalls nicht entgangen war. »Es ist das erste Mal, dass ich so etwas miterlebe.«

In nur wenigen Minuten wurde die Haut der Elfen grün und bekam dunkle Streifen und Flecken. Ihre Gesichter waren nun kaum mehr vom Blattwerk der Bäume zu unterscheiden.

Leander schien diese Verwandlung peinlich zu sein. »Erschrocken?«, fragte er und sah Magnolia forschend an.

»Äh, nein. Verfärbt sich bei euch nur das Gesicht?« Sofort bemerkte Magnolia, wie dämlich ihre Frage war. Und prompt lachten die Elfen sie aus.

»Nein, die Tarnung bedeckt den ganzen Körper, sonst würde sie wohl kaum etwas nützen!« Leander sah an sich herab.

»Normalerweise tragen wir keine solche Motorradkleidung, wenn wir im Wald unterwegs sind.«

»Oh, verstehe!«, fiel Magnolia ihm ins Wort und lachte gekünstelt. Sie lief dunkelrot an und war dankbar für das Zwielicht, das unter den Bäumen herrschte.

Auch Jörna und Su-Li kicherten. »Das hätte man sich nun wirklich denken können.«

»Ja, ja. Erst Gehirn einschalten, dann Mundwerk in Betrieb setzen«, stichelte Jeppe.

Magnolia tat, als hätte sie keinen dieser Kommentare gehört.

Unterdessen hatte Sir Archibald ein Nachtsichtgerät aus seinem Koffer genommen und hielt es sich vor die Augen.

»Was tun Sie da?«, fragte Jörna.

»Ich suche nach ihren Spuren«, sagte der Professor und sah sich aufmerksam um. »Nichts! Wir müssen viel tiefer in den Wald und eventuell sogar die eine oder andere Felswand erklimmen.«

Magnolia war skeptisch. Es fiel ihr schwer, sich vorzustellen, dass Sir Archibald auf seinen dünnen Beinchen überhaupt etwas erklomm, das größer war als ein Kürbis.

Der Pfad führte sie in die Berge hinauf und es dauerte nicht lange, da hatte der Professor ein erstes Indiz für die Existenz der Baba-Jaga gefunden. Er blieb unversehens stehen und beugte sich über etwas, das direkt neben dem Stamm einer kräftigen Tanne lag.

»Seht ihr das?«, flüsterte er aufgeregt.

Neugierig kamen Magnolia und die anderen näher, gleich darauf sahen sie Sir Archibald erstaunt an.

»Das ist …« Magnolia zweifelte nun ernsthaft am Verstand des Professors.

»Vogelkacke!«, vollendete Navario ihren Satz.

Glücklich sah Sir Archibald ihn an. »Richtig, mein Junge! Die Losung einer Baba-Jaga.«

Das war nun richtig ekelig. Su-Li rümpfte die Nase.

Sir Archibald richtete sich auf. »Auf Beutezug streift die Baba-Jaga als riesige Schleiereule durch das Land. Sie schlägt Beute von der Größe eines Hirsches und gern auch mal einen unvorsichtigen Wanderer. Ihr seht, wir sind auf der richtigen Spur.«

Das Nachtsichtgerät vor Augen, eilte ihnen Sir Archibald suchend voran.

Magnolia lief es eiskalt über den Rücken und bei jedem Schritt, der sie tiefer in den Wald hinein führte, sah sie sich ängstlich um.

Plötzlich blieb Elon stehen und deutete auf etwas, das eingesponnen zwischen Farn und Bärlapp am Fuße eines Baumes lag. Was auf den ersten Blick wie der unglaublich große Kokon eines Schmetterlings aussah, stellte sich bei näherer Betrachtung als die Überreste eines Rehs heraus.

Sir Archibald nickte grimmig. »Ein weiterer Beweis«, sagte er. »In Fachkreisen nennt man das Gewölle. Es handelt sich dabei um die unverdaulichen Dinge in der Nahrung einer Eule, die sie herauswürgt, nachdem sie ihre Beute verschlungen hat.«

Alle Mitglieder der Gruppe holten tief Luft. Langsam wurde ihnen bewusst, mit welchem Gegner sie es zu tun hatten. Ab sofort stolperten sie nicht mehr unbedarft hinter Sir Archibald durch das Unterholz, sondern waren auf der Hut.

»Ich dachte immer, eine Baba-Jaga würde auf einem Ziegenbock reiten oder in einem Kochtopf durch die Gegend fliegen«, bemerkte Jörna nach einer Weile.

Sir Archibald nickte. »Das mit dem Ziegenbock stimmt. Aber in einem Kochtopf oder Mörser zu fliegen wäre viel zu umständlich. Sie ist mit dem Ding nicht wendig genug und fällt viel zu sehr auf. Außerdem sammelt sich das Regenwasser darin und sie bekommt nasse Füße.«

Schweigend bewegten sie sich weiter durch den Wald. Mal entdeckte der Professor einen abgerissenen Zweig, dann eine vielversprechende Feder.

Plötzlich hielt Leander warnend die Hand hoch. »Hört ihr das?«

Alle blieben stehen und spitzten die Ohren. Magnolia hörte zwar nichts, aber die Elfen flüsterten: »Da singt jemand.«

»Die Baba-Jaga? Dann muss ihr Haus ganz in der Nähe sein«, sagte Navario.

»Wir sehen uns die Sache am besten mal an«, flüsterte Leander.

Als die Mädchen sich ihnen anschließen wollten, hielt er sie jedoch zurück.

»Ihr versteckt euch hier und passt auf den Professor auf«, zischelte er leise. »Wenn wir etwas gefunden haben, geben wir euch Bescheid.«

Die Elfen zogen Jacken und T-Shirts aus, griffen nach ihren Bögen und einen Wimpernschlag später hatte der Wald sie verschlungen.

Magnolia und Jörna ließen die Zauberstäbe in ihre Hände gleiten und Su-Li verknotete ihr Kleid kurz oberhalb ihrer Hüfte, um sich besser bewegen zu können. Darunter kamen rote Pumphosen zum Vorschein.

Gemeinsam mit Sir Archibald und Jeppe versteckten sie sich im Dickicht. Sie warteten. Endlose Minuten war von den Elfen weder etwas zu sehen noch zu hören. Die Nerven der drei Hexen waren zum Zerreißen gespannt. Umso mehr erschraken sie, als Elon wie aus dem Nichts vor ihnen auftauchte.

»Wir haben die Hütte gefunden«, sagte er leise.

»Wirklich!« Magnolia konnte es kaum glauben. »Habt ihr Runa und Tante Linette gesehen?«

»Nein, die Baba-Jaga geht ständig ein und aus, außerdem ist ihr Haus sehr wachsam. Es fing bereits an, mit den Füßen zu scharren, da waren wir noch nicht einmal in der Nähe.«

»Das überrascht mich nicht«, erklärte Sir Archibald. »Das Haus der Baba-Jaga hat eine Funktion als Wächter. Genau wie die Gänse im alten Rom. Zum Glück lässt es sich einfach überlisten!«

»Wie?«, fragten alle gleichzeitig.

»Man schließt seine Fensterläden. Im Prinzip ist es ähnlich wie bei einem Jagdfalken, dem man die Rauschhaube über den Kopf zieht.«

»Natürlich, ganz einfach ...«, murmelte Jörna.

»Fragt sich nur, ob wir unbemerkt so nah herankommen«, murmelte auch Magnolia.

»Kommt mit, ich bringe euch hin.« Elon führte die Gruppe in einem weiten Bogen an die Hütte der Baba-Jaga heran. Magnolia wunderte sich gerade, wo Navario und Leander abgeblieben waren, als es aus dem Dickicht neben ihr wisperte. »Geht in Deckung, bevor das Haus euch sieht!«

Sofort ließen sich Jeppe und die Mädchen auf den Bauch fallen. Sir Archibald zerrten sie mit sich zu Boden.

Wortlos deutete Leander nach vorn. Da stand sie, die Hütte der

Baba-Jaga! Auf langen schuppigen Beinen tänzelte sie unruhig hin und her.

Magnolia hatte das hühnerbeinige Haus schon einmal gesehen, aber Jeppe war ganz aus dem Häuschen.

»Welch eine seltsame Behausung ist das denn?! Zuhause glauben sie mir kein Wort, wenn ich ihnen davon erzähle …!« Vor Begeisterung rutschte er immer weiter aus seinem Versteck heraus.

»Wenn du deine Nase noch ein winziges Stück weiter aus dem Busch streckst, Kobold, wird es für dich kein Zuhause mehr geben!«, knurrte Elon giftig und zog Jeppe mit einem Ruck zurück.

Plötzlich hörte Magnolia Stimmen. Ein schwarzer Ziegenbock marschierte durch den Garten. Ihm folgte eine kleine gebeugte Gestalt mit unheimlichen Augen, die wie Scheinwerfer in der Dunkelheit leuchteten.

»Den Totenknochen, Massimo. Zum Würzen des teuflischen Breis.« Die Stimme der Baba-Jaga klang wie das Knarren einer rostigen Tür.

Der Ziegenbock sprang davon und kehrte in der nächsten Sekunde mit einer Knochenhand zurück.

»Wo hat er die so schnell her?«, flüsterte Magnolia, obwohl sie es eigentlich gar nicht wissen wollte.

»Der Zaun«, wisperte Jörna zurück.

Die Hexe kicherte böse, als sie nacheinander alle Finger der Hand bewegte und dann den Ringfinger mit einem lauten »Knacks« abbrach.

Magnolia wurde übel und auch Navario stöhnte neben ihr leise auf.

Dann schlurfte die Alte zurück ins Haus und ihr Ziegenbock trippelte hinterher.

Magnolia setzte sich vorsichtig auf. »Und nun? Wir müssen wissen, was im Haus vor sich geht. Sonst können wir Tante Linette und Runa unmöglich helfen.«

»Respekt, Jungfer Riesengroß«, ätzte Jeppe. »Leider sieht diese Hütte nicht danach aus, als würde sie jemanden an sich heranlassen.«

Elon erklärte seinen Freunden, was Sir Archibald über die Hütte der Baba-Jaga gesagt hatte. Einen Moment sahen sich die Elfen an und es schien, als würden sie schweigend miteinander kommunizieren.

Dann richtete sich Leander auf. »Bleibt im Versteck, wir erledigen das mit den Fenstern«, sagte er leise.

»Oh Gott, ich halt das nicht mehr aus!« Jörna kaute wie wild an ihren Fingernägeln. »Die Baba-Jaga wird merken, wenn wir ihre Fensterläden schließen. Wir werden alle sterben!« »Unwahrscheinlich«, murmelte Leander. »In der Hütte ist es hell und hier draußen dunkel, da bemerkt sie es vielleicht gar nicht.«

Prompt standen die Elfen auf und sahen sich um. Sie suchten nach einer Möglichkeit, um auf die Veranda der Hütte zu gelangen, die sich in luftiger Höhe befand.

»Wartet, wir bringen euch mit den Besen rauf!«, rief Magnolia und Jörna nickte tapfer. »Steigt auf!«

»Ich bin noch nie mit einem Besen geflogen.« Elon war skeptisch.

»Du musst ihn nicht fliegen, du sollst dich nur draufsetzen«, zischte Jörna. »Wir fliegen zusammen.«

Elon und Leander setzten sich umständlich hinter die beiden Hexen und hielten sich gut an ihnen fest. Zumindest das entlockte Jörna ein winziges Grinsen und sie zwinkerte Magnolia kurz zu.

Schnell trugen Huckebein und Baldur sie zu der Hütte hinauf, die immer unruhiger wurde. Direkt über der Veranda sprangen die Elfen ab, während Magnolia und Jörna in der Luft auf sie warteten.

Leander und Elon bewegten sich leise und blitzschnell. Kaum waren sie auf der Veranda gelandet, da hatten sie die Läden der Hütte auch schon geschlossen. Augenblicklich wurde das Haus ruhig und stand nun still auf seinem Platz.

Für einen winzigen Moment befürchtete Magnolia, dass die Baba-Jaga misstrauisch würde. Doch im Innern der Hütte blieb alles still. Schnell landeten die beiden Hexen neben den Elfen. Magnolia wollte sich endlich davon überzeugen, dass ihre Tante da war und dass es ihr gut ging. Wenn man von gut gehen sprechen konnte, solange jemand versteinert in der Gegend herumstand.

Plötzlich fiel ihr der gewaltige Haken auf, den diese Geschichte hatte. Wie zur Hölle sollten sie in das Haus hineinsehen, wenn alle Fensterläden geschlossen waren? Ratlos drehte sich Magnolia nach den anderen um. Doch noch bevor sie etwas sagen konnte, zwinkerte ihr Leander zu und zeigte auf ein paar prächtige Astlöcher im alten Holz der Hütte.

Wie blöd, dass sie nicht von selbst auf diese Idee gekommen war. Sofort ging Magnolia in die Knie und spähte ins Innere der seltsamen Bude. Das Erste, was ihr auffiel, waren die vielen Zwiebeln. Sie hingen in Bündeln von der Decke und ihr Geruch mischte sich auf das Übelste mit dem Gestank, der von einem brodelnden Kessel aufstieg. Felle von Eichhörnchen, Dachs und Biber lagen zum Trocknen auf dem Bett und dem Boden der Hütte. Der schwarze Ziegenbock hatte es sich neben dem Ofen gemütlich gemacht. Doch wo war Tante Linette?

»Ich sehe sie!«, wisperte Jörna aufgeregt. »Oh, nein, wie furchtbar …« Ihre Stimme wurde auf einmal ganz spitz.

Sofort war Magnolia da und presste ihr Auge gegen das Astloch, durch das Jörna eben geschaut hatte.

Ein leises Wimmern kam ihr über die Lippen. Alles in ihrem Kopf schien sich zu drehen – denn da standen sie: Runa und Tante Linette. Erstarrt in der letzten Bewegung, bevor der Blick der Gorgonen sie getroffen hatte.

Einundzwanzigstes Kapitel

Der Dislapideus-Zauber

Kraftlos rutschte Magnolia zu Boden. Ihre Beine gaben ganz einfach nach.

»Soll ich dich zurück zu den anderen bringen?«, fragte Leander besorgt und strich Magnolia eine Haarsträhne aus dem Gesicht. Sie schüttelte den Kopf.

»Die eine hält etwas in der Hand!«, stellte Elon fest, der ebenfalls einen Blick auf die zu Stein erstarrten Hexen geworfen hatte.

»Die eine ist meine Tante, verstanden?«, zischte Magnolia.

Tatsächlich, Tante Linettes rechte Hand umklammerte eindeutig eine Brille. Sie hielt sie fest vor ihrem Körper.

Unterdessen stand die Baba-Jaga am Tisch und zerstampfte die Wurzeln von Tollkirsche und Bilsenkraut. Sie mischte den giftigen Brei mit den Beeren des schwarzen Nachtschattens und zerrieb den Finger der Totenhand zu einem feinen Pulver. Dann stimmte sie einen schaurigen, zahnlosen Gesang an und gab alles zusammen in den dampfenden Kessel.

Lauter und immer lauter wurde ihr Gesang. Magnolia hätte sich am liebsten die Ohren zugehalten. Doch dann brach er ganz unvermittelt ab. Die Hexe ritzte sich mit einem großen Messer in die linke Hand und ließ ein paar Tropfen von ihrem Blut in den brodelnden Kessel tropfen. Magnolia verzog schmerzerfüllt das Gesicht. Sofort schäumte der Inhalt des Kessels auf und trat über den Rand. Zischend tropfte er auf die glühenden Platten des eisernen Ofens. Ein entsetzlicher Gestank drang durch die Ritzen der Hütte nach draußen. Prompt fing Jörna an zu husten. Ängstlich sahen die anderen sie an.

Glücklicherweise bemerkte die Baba-Jaga davon nichts. Denn jetzt begann der eigentliche Zauber. Sie rührte den Inhalt des Topfes linksherum um und rief mit krächzender Stimme:

»Sumpf'ger Schlange Schweif und Kopf,
Brat und koch im Zaubertopf;
Molchesaug' und Unkenzehe,
Hundemaul und Hirn der Krähe,
zäher Saft des Bilsenkrauts,
Eidechsbein und Flaum vom Kauz;
Mächt'ger Zauber würzt die Brühe,
Höllenbrei im Kessel glühe!«

»Ich könnte schwören, dass ich das schon mal irgendwo gehört habe«, flüsterte Jörna.

»Macbeth«, flüsterte Leander zurück. »Zaubersprüche werden oft überliefert.«

Da rief ein Käuzchen ganz in ihrer Nähe. Sofort waren die Elfen hellwach.

»Sie kommen, versteckt euch!«

Wer kam und wo sollte man sich auf die Schnelle auf einer Veranda in vier Metern Höhe verstecken? Magnolia und Jörna waren klug genug, keine Fragen zu stellen, und schon zogen Leander und Elon sie zu sich auf den Boden. In der Ferne hörte man Motorengeräusche. Stolpernd fraßen sich Scheinwerfer durch das Unterholz bis zum Haus der Baba-Jaga.

Magnolia wagte kaum den Kopf zu heben. Aus dem Pick-up, der direkt vor dem Zaun hielt, stiegen drei sonnenbebrillte, schwarzgekleidete Frauen aus. Die junge Hexe zuckte zusammen, als sie in ihnen die Besucherinnen aus ihrem Zelt wiedererkannte.

Das waren die Gorgonen? Statt lustiger Rastalocken wanden sich jetzt schwarze, züngelnde Vipern auf ihren Köpfen. Glücklicherweise hatten es die drei Frauen so eilig, ins Haus zu kommen, dass ihnen die zusammengekauerten Gestalten auf der Veranda nicht auffielen.

Kaum war die Tür ins Schloss gefallen, sprangen die vier auf. Sie mussten wissen, was weiter im Innern der Hütte vor sich ging.

Die Baba-Jaga schien von ihren nächtlichen Besuchern nicht überrascht. Immer weiter rührte sie in dem gusseisernen Kessel.

»Ist der Dislapideus-Zauber endlich fertig?«, fragte die erste der Gorgonen mit ihrem fremdländischen Akzent.

»Wäre er fertig, würde ich nicht mehr in diesem Kessel rühren«, blaffte die Baba-Jaga. »Habt ihr mein Geschenk? Den Nasenring des Minotaurus?«

»Sicher, Mütterchen! Wir tauschen die Brille gegen den Ring.«

Jetzt nahm die Baba-Jaga den Kessel vom Feuer und goss etwas von seinem Inhalt in eine hölzerne Schüssel. Schwarzer Dampf stieg auf und sammelte sich unter dem Dach der Hütte. Ein Wiesel, das sich im Gebälk versteckt hielt, fiel tot zu Boden.

»Es wirkt«, kicherte die Hexe zufrieden. »Wir können anfangen. Gebt mir die Pfauenfeder, die dort auf dem Tisch liegt!«, verlangte sie.

Die Gorgonen reichten sie ihr und die Baba-Jaga ging hinüber zu den versteinerten Hexen. Dann tauchte sie die Feder in die Schüssel und strich damit vorsichtig über Linettes rechten Arm.

Es klirrte, als würde eine Fensterscheibe zerbrechen, und der Arm wurde lebendig.

Sofort entrissen ihr die Gorgonen die Brille. Hilflos tastete Linettes Arm durch die Luft. Es war ein schauriger Anblick.

Magnolia stieß zischend die Luft aus. Was hatten diese Monster mit ihrer Tante gemacht? Bestürzt rutschte sie abermals zu Boden und lehnte ihren Kopf an die Wand.

Jörna streichelte ihre Schulter. »Vielleicht können wir …«

Doch Magnolia hörte ihre Freundin nicht. Sie war gefangen in Schmerz und Verzweiflung. »Tante Linette«, jammerte sie leise. »Was haben sie bloß mit euch gemacht!«

»Versteinert, Schätzchen! Es gibt Schlimmeres.« Das war eindeutig Runas Stimme. Magnolia hörte sie direkt in ihrem Kopf.

»Halt die Klappe, Runa. Es gibt nur wenig Schlimmeres. Lämmchen, was tust du hier? Nimm dich in Acht!«

»Tante Linette?« Magnolia richtete sich verwirrt auf.

Die Elfen und Jörna sahen sie erstaunt an.

»Ich kann sie hören«, flüsterte Magnolia ungläubig.

Jörna schlug sich mit der flachen Hand vor die Stirn. »Natürlich. Sie blockieren ihre Gedanken nicht. Hörst du sie immer noch?«

Magnolia schüttelte den Kopf. »Nur wenn ich ganz dicht an der Wand bin.«

Jetzt legten alle ihre Ohren an die Wand der Hütte. Und tatsächlich. In die erfreuten Rufe der Gorgonen mischte sich das Flüstern der Hexen.

»Magnolia, bist du allein?«

»Nein, wir sind zu acht. Jörna, die Elfen, Su-Li, Jeppe, Sir Archibald und ich.«

»Du lieber Himmel!« Das war Runa.

»Wir haben nicht viel Zeit«, flüsterte die Stimme ihrer Tante in Magnolias Ohren. »Die Gorgonen können uns ebenfalls hören, sobald sie sich wieder beruhigt haben.«

»Was sollen wir tun?«, dachte Magnolia ganz schnell und so, dass die anderen ihren Gedanken hören konnten.

»Das Wichtigste ist die Brille«, kam die prompte Antwort. »Ihr müsst verhindern, dass sie sie auf ihr Schiff bringen. Denn dort ist sie für uns verloren.«

Die Brille war Magnolia herzlich egal. »Scheiß auf die Brille, wie können wir dir und Runa helfen?«

Nie im Leben hätte Tante Linette ihr normalerweise eine solche Antwort durchgehen lassen. Doch hier lag der Fall anders.

»Der Dislapideus-Zauber …«

»Mit wem reden die beiden Hexen?« Misstrauisch beäugten die Gorgonen Runa und Linette. Umgehend brachen die Gedanken ihrer Tante ab.

»Wir müssen hier weg!«, wisperte Leander. Sie sprangen auf die Besen und stiegen in die Luft. Wenig später landeten sie sicher zwischen den Bäumen, wo die anderen bereits auf sie warteten.

Im selben Moment traten die Gorgonen aus der Hütte. Die Baba-Jaga folgte ihnen. Sie sah geradezu glücklich aus. In ihrer Hand hielt sie keinen geringeren Schatz als den goldenen Nasenring des Minotaurus.

»Gute Arbeit, Mütterchen!«, lobten die Gorgonen sie. »Vielleicht können wir bald wieder Geschäfte machen!«

»Wenn die Bezahlung stimmt, schlangenhäuptige Schwester«, knarrte die Baba-Jaga.

Gleich darauf stiegen die Gorgonen in den Pick-up und fuhren wieder los.

Im Versteck erzählte Magnolia schnell, was im Innern des Hauses geschehen war und dass sie die Gedanken ihrer Tante und Runa gehört hatten.

»Wunderbar!«, Sir Archibald rieb sich die Hände. »Es freut mich, dass sie bei bester Gesundheit sind!«

»Jetzt kommt es darauf an, die beiden so schnell wie möglich zu befreien, denn der Dislapideus-Zauber verliert nach genau dreiunddreißig Minuten seine Wirkung.« Sir Archibald blickte aufmunternd in die Runde. Diese Info schlug ein wie eine Bombe.

»Dreiunddreißig Minuten!« Panik machte sich breit. Wer hatte schon auf die Uhr gesehen? Wer wusste, wie viel Zeit inzwischen vergangen war?

»Gut, dann mal Tempo!« Elon klatschte auffordernd in die Hände und sprach Magnolia damit aus der Seele. Die anderen zögerten.

»Es wäre vielleicht nicht schlecht, wenn wir vorher einen kleinen Plan hätten«, warf Navario ein.

Elon sah ihn erstaunt an. »Du willst einen Plan schmieden? Ist doch ganz einfach! Wir stürmen die Hütte. Fesseln die Alte und befreien Magnolias Tante und die andere Hexe mit dem Dislapideus-Zauber, der da im Topf vor sich hin köchelt! Noch Fragen?« Ungeduldig sah Elon in die Runde.

»Langsam, langsam, junger Mann.« Sir Archibald erhob warnend die Stimme. »Das Temperament der Jugend hat sicher seine Vorzüge. Du solltest deine Gegner jedoch nie unterschätzen. Die Baba-Jaga ist nicht irgendeine Alte, sondern eine erfahrene Zauberin. Sie wird sich nicht von einem Grünschnabel wie dir hinters Licht führen und fesseln lassen. Das kann ich dir versichern!«

Grünschnabel? Empört sah Elon den alten Mann an. Jörna kicherte.

»Die Baba-Jaga muss zuallererst raus aus ihrer Hütte, damit der Weg zu Linette und Runa frei ist«, überlegte Leander laut. Sir Archibald nickte bedächtig mit dem Kopf.

»Ich könnte sie rauslocken, natürlich nur wenn es euch recht ist«, bot Su-Li schüchtern an.

»Nein, sie ist meine Tante, also spiele ich den Lockvogel. Du brauchst dich nicht in Gefahr zu bringen«, erklärte Magnolia heroisch.

Jetzt lächelte Su-Li. »Ich bin nicht so hilflos, wie du vielleicht glaubst. Sie wird sich gehörig umgucken, wenn sie aus ihrer Hütte herauskommt und mitten im dicksten Schneegestöber steht. Ich lasse es schneien, so dicht und weiß, dass sie sich hoffnungslos darin verirrt, wie in einem Labyrinth.«

Magnolia sah Su-Li erstaunt an. »So etwas kannst du? Und du würdest dich trauen, die Baba-Jaga aus ihrer Hütte zu locken, um meine Tante zu retten?«

Abermals lächelte Su-Li und nickte. »Die Elfen werden gut auf mich aufpassen.«

»Aber sicher!« Navario sah Su-li strahlend an. Jörna stieß Magnolia vielsagend in die Rippen.

»Und was ist mit mir? Ich möchte auch helfen!« Jeppe baute sich in voller Koboldgröße vor den anderen auf.

»Leider taugen Kobolde …«, setzte Jörna an, doch sie wurde von Leander unterbrochen. »Du passt auf Sir Archibald auf. Er kann ein bisschen magischen Schutz sicher gebrauchen.«

Man sah Jeppe an, dass ihm das deutlich zu wenig war, aber er hielt den Mund und fügte sich in sein Schicksal.

Die Gruppe trennte sich. Während Magnolia und Jörna zurück auf die Veranda flogen, begleiteten die Elfen Su-Li zur Gartenpforte der Baba-Jaga und gingen dann in der Nähe in Deckung. Die Schneehexe winkte den Mädchen kurz zu, zum Zeichen, dass sie bereit war. Magnolia nahm all ihren Mut zusammen. Sie schlich ums Haus und klopfte dreimal fest an die Tür. Danach verschwand sie blitzschnell und kauerte sich neben Jörna auf die Veranda.

Es dauerte nicht lange und die Tür wurde geöffnet. Misstrauisch spähte die Baba-Jaga in die Dunkelheit hinaus. Ihre Hexenaugen nahmen jede noch so kleine Bewegung wahr.

Darauf hatte Su-Li gewartet. Sie fing an zu jammern und winkte wie wild mit den Armen. »Ich bin so froh, endlich eine menschliche Seele zu treffen«, rief sie. »Bitte helfen Sie mir! Seit Stunden laufe ich nur noch im Kreis. Ich fürchte, ich habe mich verirrt! Bitte!« Es klang wirklich echt. Su-Li hätte einen Stein zu Tränen rühren können.

Die Baba-Jaga rieb sich die Hände. Heute war wirklich ihr Glückstag. Es kam nicht besonders oft vor, dass ihr ein verirrter Wanderer direkt in den Kochtopf tappte. Schmatzend leckte sie sich die Lippen.

»Keine Sorge, Kindchen. Hier bist du in Sicherheit. Die gute Baba gibt dir zu essen und singt dich in den Schlaf.«

Sie kicherte und Magnolia kroch eine Gänsehaut über den Rücken.

So schnell sie es vermochte, stieg die Baba-Jaga die Treppe hinunter und eilte zum Zaun, um Su-Li die Pforte zu öffnen.

Plötzlich blieb die Hexe stehen und stutzte.

»Du bist ...!«, murmelte sie und blickte zum Himmel, von dem die ersten Schneeflocken fielen.

»Eine Yuki-Onna, Menschenfresserin!«, vollendete Su-Li den Satz. Dann hob sie die Arme und ein Schneegestöber setzte ein, wie es kaum jemand zuvor erlebt hatte. Die Flocken rasten, der Wind riss an den Röcken der Hexe und die Baba-Jaga kreischte vor Wut. Sie versuchte Su-Li zu packen, doch ihr Griff ging ins Leere. Da drehte sie um, wollte zurück ins schützende Haus. Doch wohin? Überall war nur wirbelndes Weiß. Heulend vor Wut drehte sich die Hexe wieder und wieder im Kreis.

Statt ihrer huschten Magnolia und Jörna ins Haus. Su-Li würde die Baba-Jaga noch eine Weile beschäftigen. Jetzt musste alles schnell gehen. Dort war der Herd mit dem Topf ...

Die Attacke kam völlig überraschend! Massimo, der schwarze Ziegenbock, hatte sie anscheinend bereits erwartet. Er scharrte mit den Hufen, senkte die Hörner und ging zum Angriff über, kaum dass die beiden Mädchen durch die Tür getreten waren. Jörna schrie erschrocken auf. Der Stoß traf sie derart fest, dass sie quer durch das Zimmer segelte.

Magnolia konzentrierte sich auf einen Abwehrzauber, um den Ziegenbock in seine Schranken zu weisen. Da spuckte der Ofen hinter ihr Feuer. Sie fühlte deutlich, wie die Flammen ihre Haare versengten. Erschrocken sprang sie zur Seite. Was sollte das werden? Jetzt schleuderten ihnen auch noch Schubladen und Schränke ihren Inhalt entgegen. Bücher, Zaubertränke und Messer flogen quer durch den Raum.

Kein Zweifel, das Haus versuchte sie zu bekämpfen. Damit hatten die Mädchen nicht gerechnet.

Jörna rappelte sich gerade stöhnend auf, als Massimo zur zweiten Attacke ansetzte. Alles ging wahnsinnig schnell, die beiden jungen Hexen hatten es nicht einmal geschafft, ihre Zauberstäbe zu benutzen. Schon senkte der alte Ziegenbock wieder den Kopf und in der nächsten Sekunde hatte er seine Rammgeschwindigkeit erreicht. Magnolia und Jörna taten das einzig Richtige: Sie sprangen hastig zur Seite. Massimo konnte nicht mehr bremsen, er prallte gegen die Wand und blieb mit seinen Hörnern im Holz stecken. Das Haus feuerte noch immer aus sämtlichen Schubladen und der Ofen spuckte Feuer wie ein wild gewordener Drache.

Da flog die Tür auf und die Baba-Jaga schneite buchstäblich herein.

»Bitte nicht!«, murmelte Magnolia.

Mit einem Blick hatte die alte Hexe erkannt, was los war. Sie hielt ihren Zauberstab in der Hand und ein dämonisches Grinsen verzog ihren zahnlosen Mund. »Zwei junge Hexlein!«, stellte sie mit Genugtuung fest. »Gepökelt, gebraten, gefressen!« Sie leckte sich die Lippen.

»Lass den Zauberstab fallen, Babuschka!« Leander stand in der offenen Tür, Pfeil und Bogen im Anschlag. »Eine falsche Bewegung und du fährst zur Hölle!«, sagte er drohend.

Magnolia und Jörna kam er vor wie eine Lichtgestalt. Überirdisch schön, wie ein rettender Engel.

Die Baba-Jaga fuhr erschrocken zusammen, wagte aber nicht, sich umzudrehen. »Wer bist du, Jungchen?«

»Lass den Zauberstab fallen!« Leander ließ sich nicht beirren.

»Deine Stimme klingt noch recht jung!«

»Zum letzten Mal, leg den Zauberstab hin!«

Die Hexe stand mitten im Raum. Sie machte zwei Schritte nach vorn, da zischte der Pfeil haarscharf an ihrem Kopf vorbei und blieb neben ihr in einem Balken stecken.

»Nicht nervös werden, Jungchen. In meinem Alter braucht alles seine Zeit.« Die Hexe ging in die Hocke und legte den Zauberstab neben sich.

Magnolia und Jörna atmeten auf. Leander war mit zwei schnellen Schritten neben der Hexe, um den Zauberstab aufzuheben. Da passierte es! Ein loses Brett öffnete sich im Boden, schnappte schmerzhaft nach seinem Fuß und klemmte ihn ein. Der Elf strauchelte und fiel zu Boden.

Die Baba-Jaga sprang auf wie eine Katze. Mit ihren klauenartigen Händen schlug sie nach seinem Gesicht. Schnell streckte Magnolia den Arm aus. »Age voltus!«, rief sie und der Kugelblitz schoss quer durch die Hütte, verfehlte die Baba-Jaga aber um Haaresbreite. Leander stöhnte auf.

Die Hexe fuhr herum und fixierte Magnolia aus blutunterlaufenen Augen. Dann zog sie einen langen Dolch aus ihrem Rock. Die blanke Klinge blitzte.

»Wem soll ich zuerst den Garaus machen?«, fragte sie drohend. Magnolia und Jörna wichen ängstlich zurück. Die Hexe lachte.

»Dann bist du dran, Elf.« Sie wirbelte herum und zielte auf Leanders Herz.

»Nein!«, brüllte Magnolia.

Da krachte es im Gebälk und irgendetwas fiel der Baba-Jaga auf den Kopf. Es knackste ganz abscheulich und die Hexe sackte bewusstlos zu Boden.

»Ist sie tot?«, fragte Jeppe und rappelte sich umständlich auf.

Zweiundzwanzigstes Kapitel
Die Jagd beginnt

Magnolia wusste nicht, ob sie lachen oder weinen sollte.

»Du hast sie k.o. geschlagen«, sagte sie fassungslos.

»War das Absicht?«, fragte Jörna misstrauisch.

Jeppe fuhr herum und funkelte sie wütend an. »Na klar war das Absicht! Oder glaubst du, ich bin aus purer Neugierde auf das Dach gestiegen, habe dämlicherweise drei morsche Schindeln übersehen, bin dann mit dem Hintern voran nach unten gesaust und habe so ganz nebenbei eine Baba-Jaga erschlagen?« Jeppe schnappte nach Luft.

»Ja, genau das glaube ich«, nickte Jörna.

»Und du hast sie nicht erschlagen! Sie bewegt sich.« Leander war es endlich gelungen, seinen Fuß aus dem Dielenbrett zu ziehen, obwohl es noch immer nach ihm schnappte.

Dann hörten sie Stimmen auf der Treppe und endlich erschienen auch Su Li und die restlichen Elfen.

»Schön, dass ihr euch auch mal blicken lasst«, begrüßte Leander sie und humpelte mit schmerzverzerrtem Gesicht durch den Raum.

Su-Li sah ihn bedauernd an. »Tut mir leid, ich konnte sie einfach nicht länger aufhalten.«

Elon pfiff durch die Zähne. »Was ist denn hier passiert? In dieser Hütte sieht es ja aus wie nach einer Party mit ein paar Orks.«

»Party ist gut. Es hätte beinah Tote gegeben, wenn ich die Sache nicht klargemacht hätte«, schimpfte Jeppe.

»Wir wären bestimmt früher gekommen, aber Su-Li hat ihre Sache sehr ernst genommen. Im Garten rund ums Haus liegt der Schnee brusthoch«, erklärte Navario.

Magnolia warf einen schnellen Blick durch die Tür. »Winterwunderland mitten im Sommer.«

»Winterhölle trifft es wohl eher«, sagte Jörna.

»Die Baba-Jaga bewegt sich. Wollt ihr sie nicht fesseln?«, fragte Jeppe.

Ein Seil war schnell gefunden. Verschnürt wie ein Paket, steckten die Elfen die Hexe in einen großen Korb und legten den passenden Deckel darauf.

Magnolia sah sich hektisch um. Höchste Zeit, sich um Runa und Tante Linette zu kümmern. Die standen noch immer dort, wo sie abgestellt worden waren, und außer Tante Linettes Arm bewegte sich nichts.

»Wir sind da, Tante Linette«, schickte Magnolia einen Gedanken los.

»Das war nicht zu überhören!«, kam die prompte Antwort.

»Hatte schon Angst, dass der alte Ziegenbock uns umstößt und mir der zweite kleine Finger auch noch abbricht«, grantelte Runa mitten in Magnolias Kopf.

»Magnolia!« Jörna stocherte in dem Kessel mit dem Dislapideus-Brei. »Der Brei verfestigt sich. Wir müssen uns beeilen, wenn wir deine Tante und Runa retten wollen.«

Magnolia stürzte zum Kessel. Tatsächlich, mit einer Pfauenfeder, wie sie es vorhin beobachtet hatten, konnte man hier nicht mehr viel ausrichten.

Magnolia griff einen flachen Spachtel und fing an, den Brei auf Tante Linette zu verteilen. »Ihr müsst alle helfen!«, rief sie. »Allein kann ich es nicht mehr rechtzeitig schaffen!«

Jetzt kam Leben in die Gruppe. Jeder schnappte sich etwas, das auch nur im Entferntesten dazu geeignet war, zähen Brei zu verstreichen. Sie teilten sich in zwei Gruppen und arbeiteten hochkonzentriert. Der Schweiß stand ihnen auf den Gesichtern, denn mit jeder Minute, die verging, wurde es schwerer, die klebrige Masse dünn und großflächig zu verstreichen. Zu allem Überfluss fing nun auch noch die Baba-Jaga an, in ihrem Korb zu fluchen und zu zetern.

Dann war es geschafft. Linette und Runa waren von Kopf bis Fuß mit dem Zauberbrei bedeckt.

Abwartend sahen die Freunde sie an. Nichts geschah. Einundzwanzig, zweiundzwanzig, dreiundzwanzig. Die Angst nagte wie eine gefräßige Ratte an Magnolias Herz.

Dann ein Klirren. Langsam bekamen die steinernen Panzer Risse. Wie ein Spinnennetz zogen sie sich über die Körper der Hexen und fielen schließlich in tausend Stücken von ihnen ab. Jubelnd fiel Magnolia ihrer Tante um den Hals, doch die wehrte ab.

»Vorsicht, Herzchen!« Ganz langsam drehten Linette und Runa ihre Köpfe, hoben probehalber die Arme und schüttelten ihre Beine. Erst dann grinsten sie sich an. So breit, dass Tante Linettes Wackelzahn zum Vorschein kam.

»Was ist mit deinem kleinen Finger?«, fragte Linette nach einem Blick auf ihre Freundin besorgt. Unglücklich betrachtete Runa ihre linke Hand. »Ich werde von nun an ohne ihn auskommen müssen. Doch das ist deutlich das kleinere Übel.«

Magnolia hätte vor lauter Glück weinen können.

»Und jetzt schnappen wir uns die verfluchten Natternköpfe«, verkündete Runa grimmig. »Mir nach!!« Mit diesem Kriegsschrei stürmte die Watthexe aus der Tür und wurde, schwupp, im nächsten Moment von den Schneemassen verschluckt. Prustend zog sie sich die Treppenstufen wieder hinauf.

»Übermut tut selten gut«, tadelte Linette milde. »Habt ihr die Besen dabei?«

Magnolia und Jörna nickten. »Gut, dann bringt uns von hier fort.«

Huckebein und Baldur brachten einen nach dem anderen über das Schneefeld und setzten sie nahe dem Waldrand ab.

»Du hast es wirklich drauf, Su-Li«, sagte Magnolia bewundernd. »Es ist unglaublich, welche Mengen Schnee du herbeigeschafft hast.«

»Vielleicht lässt sich das wiederholen?«, überlegte Runa. »Noch können wir die Gorgonen einholen.«

Forschend sah Linette Su-Li an. »Was meinst du? Wenn wir sie finden, bevor sie ihr Schiff erreicht haben. Könntest du sie dann aufhalten?«

Su-Li nickte eifrig. »Kein Problem. Ich kann Schnee machen, so viel ich will, ehrwürdige Großmutter.«

»Ehrwürdige Großmutter.« Runa konnte sich das Grinsen nicht verkneifen und spürte prompt Linettes Ellenbogen, der sich schmerzhaft in ihre Seite bohrte.

»Lasst uns sehen, ob wir sie finden! Wo habt ihr übrigens Sir Archibald gelassen?«

Richtig, an den hatte niemand mehr gedacht und jetzt war er weg. Die Blicke richteten sich auf Jeppe. Doch der zuckte nur mit den Schultern und sah sich suchend um. »Ich habe ihm gesagt, er soll sich nicht von der Stelle rühren«, verteidigte er sich.

»Toll, wie man sich auf dich verlassen kann«, giftete Magnolia.

»Wie bitte?!!!« Sofort ging der Kobold in die Luft. »Wer hat denn die Baba-Jaga k.o. geschlagen? Wer hat denn eure Hintern gerettet, hä? War es Magnolia? War es Jörna? War es einer dieser tollpatschigen Elfen? Nein, nein, nein! Dreimal nein! Es war Jeppe, der nichtsnutzige Kobold! He, warte …! Nicht!!! Was soll das?«

Alles Zappeln nützte nichts. Linette hatte sich den sträubenden Kobold geschnappt und drückte ihm zwei fette Schmatzer auf beide Wangen.

»Iiiiigitttt!« Der Kobold schüttelte sich, war dann aber still.

Da hörten sie Sir Archibalds Stimme. Sie kam direkt aus dem Schnee. »Fantastisch«, murmelte er. »Einfach fantastisch! Ich habe noch nie einen solchen Zauber gesehen.« Verträumt hielt der Professor einen Schneeball in der Hand.

»Archibald!« Der Professor sah sich um und erkannte Runa und Linette. »Gott sei Dank, ihr seid wieder aus Fleisch und Blut. Wir sind also noch rechtzeitig gekommen.«

»Das seid ihr!«, bestätigte Linette. »Aber um die Geschichte zu einem wirklich guten Ende zu bringen, müssen wir die Gorgonen stoppen.«

Diesmal wurden die Plätze anders verteilt. Die beiden Alt-Hexen wollten aus der Luft nach den Gorgonen suchen, während die anderen auf den Motorrädern zurück nach Salem fuhren. Es machte keinen Sinn, sechs weitere Personen in Gefahr zu bringen.

Also teilten sich Linette und Magnolia einen Besen, während Runa und Su-Li auf dem anderen unterwegs waren. Sollten sie die Gorgonen entdecken, wollten sie sie mit Blitzeis oder einem knackigen Schneesturm festsetzen. Möglichst, bevor sie den Häusern der Menschen zu nahe kamen.

Jörna gab ihren Besen nur widerwillig an Runa ab. Doch dann bot Elon an, sie auf seinem Motorrad mitzunehmen, und schon war sie mit der Welt versöhnt.

Magnolia wurde fast ein bisschen neidisch, als sie sah, wie Jörna ihr zuzwinkerte und die Arme wie zwei Schraubstöcke um den Elfen legte. Schließlich hatte er sie aufgefordert, sich gut festzuhalten. Magnolia holte tief Luft und stieg hinter ihrer Tante auf den Besen. Das Abenteuer war, wenigstens für sie, noch nicht zu Ende.

Ein zarter Silberstreifen über den runden Gipfeln der Berge kündigte den heranbrechenden Morgen an.

Die Hexen flogen im Zickzack suchend über das Land und all ihre

Sinne waren nur auf ein Ziel gerichtet: die Gorgonen aufzuspüren, bevor es richtig hell wurde.

Immer wieder gingen sie in den Sinkflug, um sich ein Fahrzeug näher anzusehen, doch jedes Mal wurden sie enttäuscht.

Da entdeckte Linette plötzlich den Pick-up. Die Gorgonen waren vorsichtig, immerhin hatten sie allen Grund, unsichtbar zu bleiben. Sie fuhren auf einer schmalen Straße, fernab von der normalen Route. Und beinah wäre ihr Plan aufgegangen, denn die Hexen hatten sie auf schnelleren Wegen vermutet.

Die gelben Lichter des Pick-up fraßen sich durch den dichten Wald, der die Straße rechts und links säumte. Linette gab Runa ein Zeichen. Wie zwei Habichte kreisten die Hexen über ihrer Beute. Es galt, die bestmögliche Gelegenheit für einen Schneesturm abzupassen. Von oben sahen sie, dass die Gorgonen in Kürze eine enge Schlucht erreichen würden. Einen besseren Ort für einen Angriff konnte es nicht geben. Sie trieben die Besen zur Eile, um die Schlangenhäuptigen gebührend zu empfangen.

»Setz mich da unten ab«, bat Su-Li.

Runa folgte ihrer Bitte und stieg anschließend mit dem Besen wieder auf.

Aus der Luft verfolgten die Hexen gespannt, wie Su-Li ihre Arme ausbreitete. Gleich einem exotischen Tanz malte sie wellenförmige Bewegungen in die Luft und sofort schien alles Leben um sie herum zu erstarren. Zwischen den Zweigen der Bäume hing ein weißer, frostiger Hauch und eine dünne Eisschicht überzog blitzartig die abschüssige Straße.

Auch der Pick-up hatte inzwischen die Schlucht erreicht und bremste abrupt. Auf der eisglatten Fahrbahn fanden die Reifen kaum noch Halt. Die Gorgonen schienen die Falle zu ahnen, denn trotz der Glätte gaben sie Gas.

Nun ließ Su-Li die Flocken tanzen. Dicht und immer dichter fielen sie zur Erde. Der Schneefall wurde so stark, dass auch die Hexen auf ihren Besen zur Landung gezwungen wurden. Die Yuki-Onna stand mitten auf der Straße und verschmolz in ihrem weißen Kleid beinah völlig mit den wirbelnden Flocken.

»Su-Li!«, rief Magnolia besorgt. »Komm da weg! Du darfst den Gorgonen nicht in die Augen sehen.«

Doch Su-Li winkte nur. Ein scharfer pfeifender Wind kam auf.

»Das Schneegestöber stört ihren Blick«, erklärte Tante Linette. Sie können bei diesem Wetter genauso wenig sehen wie wir.«

Magnolia war begeistert. »Dann sind sie nicht mehr gefährlich?«

»Solange es schneit jedenfalls nicht. Eine bessere Chance, die Brille zurückzuholen, werden wir nicht bekommen«, antwortete ihre Tante.

»Und ich weiß auch schon wie. Verlasst euch einfach auf die gute Runa!« Ohne sich näher zu erklären, schwang die Hexe sich auf den Besen. Und dann zeigte sich, was für ein Teufelskerl in der Watthexe steckte. Todesmutig schoss sie den Gorgonen vor die Kühlerhaube. Entsetzt schlossen Magnolia und sogar Linette die Augen. Der Pick-up bremste scharf ab und geriet ins Schleudern. Im nächsten Moment steckte er im tiefen Schnee fest. Da half kein Fluchen und auch kein Rückwärtsgang. Im Gegenteil, je mehr Gas die Gorgonen gaben, desto tiefer gruben sich die Räder in den Schnee.

Kampflos wollten sich die schlangenhäuptigen Frauen jedoch nicht geschlagen geben. Sie nahmen ihre Sonnenbrillen ab und stiegen aus. Gleich darauf rieben sie sich nervös die Augen. Es war genauso, wie Linette gesagt hatte. Das dichte Schneetreiben verhinderte einen klaren und damit tödlichen Blick. Die Gorgonen zögerten und drehten dann um, um in den schützenden Wagen zurückzukehren. Doch so weit ließen es die Hexen nicht kommen.

»Die Brille!«, verlangte Linette, die von den wirbelnden Flocken gut geschützt wurde.

Überrascht zuckten die Köpfe der Gorgonen in ihre Richtung. »Die wirst du dir schon holen müssen, du Hexenbastard«, zischten sie böse.

»Wie ihr wollt. Wir sind ganz in eurer Nähe, Natternköpfe!«, bluffte Linette.

»Und wir können es nicht abwarten, dich wiederzusehen!«, kam prompt die Antwort. Doch die Gorgonen blickten sich unruhig um. Schließlich beraubte der Schnee sie ihrer wichtigsten Waffe. Trotzdem glitten sie ein paar Schritte in die Richtung, in der sie Linette und Runa vermuteten.

Die beiden Hexen wollten gerade zu einem Zauber ansetzen, als Su-Li einmal tief Luft holte und den Gorgonen ihren eisigen Atem entgegenblies. Auf der Stelle färbten sich Hände und Gesichter der Frauen blau. Sie fingen an zu zittern und lagen Sekunden später ohnmächtig im Schnee. Es war ein sonderbarer Anblick, sie dort liegen zu sehen. Die schwarzen Schlangen umrahmten ihre Köpfe wie weichgekochte Makkaroni.

Schnell warfen Runa und Linette ihre Mäntel über die Gesichter der Frauen und untersuchten die Taschen ihrer Gewänder.

Magnolia sah sich währenddessen den Pick-up an. Da lag doch tatsächlich ein zerschlissener Samtbeutel direkt neben dem Fahrersitz. Schnell griff sie zu und sah hinein. Unglaublich, da war sie! Die wohl mächtigste Brille der Welt. Magnolia holte das unscheinbare Objekt aus dem Beutel. Die geschliffenen Gläser aus Kristall waren nicht einmal richtig klar. Dennoch setzte sie die Brille auf. Die Welt um sie herum fing an sich zu drehen. Es fühlte sich an, als würde Magnolia in einen mächtigen Strudel gesogen. Aus Weiß wurde Violett. Konturen verschwammen, Gesichter tauchten auf. Und dann stand er da. Ein Reiter in schimmernder Rüstung im Zentrum des Strudels. Er klappte das Visier hoch und Gevatter Tod grinste Magnolia höhnisch an. Um ihn herum versanken Hände und Gesichter. Keuchend riss sie sich die

Brille von den Augen. Puh, was für eine abgefahrene Show! Magnolia schüttelte sich und steckte die Brille zurück in das Säckchen.

»Sucht ihr das hier?«, rief sie. Und um sich selber Mut zu machen, ließ sie den Beutel lässig um ihren Finger kreisen. Der Blick, den ihr Tante Linette daraufhin zuwarf, war Gold wert. Es war die perfekte Mischung aus Freude und Entsetzen. Freude, weil sie den Beryll endlich gefunden hatten, und Entsetzen, weil Magnolia ihn so respektlos um ihren Finger kreisen ließ.

»Gib her!« Grimmig riss Tante Linette ihr den Beutel aus der Hand.

»3-D«, sagte Magnolia lässig.

Tante Linette verdrehte die Augen. »Sag nicht, du hast den Beryll aufgesetzt.«

»Doch. Ist das schlimm?«

»Es ist zumindest respektlos!«

Damit konnte Magnolia gut leben.

»Dann können wir uns ja auf den Heimweg machen«, sagte Runa, praktisch wie immer. »Die Frage ist nur, was machen wir mit denen da?«

Su-Li ließ noch ein paar letzte Schneeflocken tanzen, dann gesellte sie sich zu Magnolia. »Ich könnte sie tiefkühlen«, schlug sie mit Blick auf die Gorgonen vor.

»Das wird nicht lange vorhalten! Schließlich haben wir Hochsommer. Da sind sie schnell wieder aufgetaut.«

»Nicht wenn wir sie dort oben in einer der Höhlen verstecken«, antwortete Tante Linette und ließ ihre Augen über die Felswände wandern. Die anderen folgten ihrem Blick. Der graue Fels über ihnen sah aus wie ein Schweizer Käse. Magnolia stieg auf Huckebein, um sich die Sache aus der Nähe anzusehen. Und wirklich. Die Löcher waren Eingänge zu zahlreichen Höhlen.

»Du kannst mit dem Tiefkühlen anfangen!«, rief sie Su-Li zu. Das ließ sich die Schneehexe nicht zweimal sagen und blies ihren Eisatem über die am Boden liegenden Gorgonen. Sie blies so lange, bis die Frauen von einer Schicht Raureif überzogen waren. Dann bestiegen die Hexen die Besen und ließen die Tiefkühl-Gorgonen wie Gepäckstücke hinter sich her in die Höhle schweben. Su-Li blies zur Sicherheit auch hier ihren Atem hinein.

»Früher nannte man das Eishaus!«, grinste Linette. »Die Lebensmittel hielten darin den ganzen Sommer.«

Dann verschlossen sie den Eingang mit ein paar großen Findlingen und atmeten auf.

»Das dürfte uns den nötigen Vorsprung verschaffen«, grunzte Runa zufrieden und blickte über das weite Land zu ihren Füßen.

»Stimmt. Und ohne Su-Li hätten wir es nicht geschafft.« Anerkennend sah Linette die junge Schneehexe an.

Su-Lis Gesicht überzog ein rosiger Hauch. »Ach, was!«, sagte sie bescheiden. »Ich habe nur das getan, was ich immer tue.«

Dann bestiegen sie die Besen und flogen zurück ins Camp. Den Beutel mit dem Beryll hielt Linette fest in der Hand.

Dreiundzwanzigstes Kapitel
Auch das noch

Als die Hexen das Camp endlich erreichten, war es bereits heller Tag und Magnolia war seit mehr als vierundzwanzig Stunden auf den Beinen. Umso erstaunter war sie, dass die anderen tatsächlich vor dem Hotel auf sie warteten.

Die Elfen und Jörna hielten riesige Kaffeebecher in der Hand und Jeppe hatte sich in den Schatten eines Trompetenbaums zurückgezogen. Einzig Sir Archibald lief unruhig auf und ab.

Als er die Hexen kommen sah, hellten sich seine Gesichtszüge auf. Mit ausgestreckten Armen eilte er ihnen entgegen. »Na endlich, meine Lieben!«

Jetzt bemerkten sie auch die anderen und Magnolia registrierte erfreut, dass ein kurzes Lächeln über Leanders Gesicht huschte.

»Habt ihr die Gorgonen erwischt?«, wollte Jörna wissen, als sie ihren Besen entgegennahm.

»Nicht hier!«, zischelte Runa. »Wir treffen uns am Pavillon bei der Sonnenuhr, dort können wir ungestört reden.«

Magnolia kam diese Geheimniskrämerei zwar etwas kindisch vor, doch sie blockierte ihre Gedanken und behielt sie diesmal für sich.

Nachdem sich alle am Pavillon versammelt hatten, berichteten Runa und Linette abwechselnd, was sich seit ihrer Trennung ereignet hatte. Zum Schluss zog Linette den Beryll aus der Tasche und jeder durfte einmal einen kurzen Blick auf die Brille werfen. Anfassen war verboten und aus der Hand gab sie das gute Stück sowieso nicht.

Su-Li unterdrückte ein Gähnen und auch Magnolia konnte ihre Augen kaum noch offen halten.

»Wie ihr sicher versteht, wollen wir den Beryll möglichst schnell in Sicherheit bringen«, erklärte Linette. »Und deshalb werden wir noch heute Nacht aufbrechen.«

Sofort war Magnolia hellwach. Wie bitte??? Was meinte ihre Tante denn damit? Hieß das etwa, sie würde das Camp schon heute Nacht verlassen?

»Richtig, Schätzchen!« Runa nickte ihr freundlich zu.

Magnolia ärgerte sich. Sie hatte schon wieder vergessen, ihre Gedanken ....

»Doch bevor wir auf Wiedersehen sagen, möchten Runa und ich uns noch mit einem Abendessen bei euch bedanken«, erklärte Linette. »Ich werde in der Küche Bescheid sagen, dass man heute Abend auf der kleinen Terrasse für uns deckt. Also, wenn ihr mögt, sollt ihr unsere Gäste sein. Bis dahin wollen wir alle den Schlaf nachholen, der uns fehlt.«

Na, super! Hätte Magnolia gewusst, dass sie so überstürzt aufbrechen würden, hätte Tante Linette ruhig noch ein, zwei Tage in der Hütte der Baba-Jaga herumstehen können. Magnolia war bedient. Und auch Leander sah alles andere als begeistert aus.

»Rückt bitte ein Stück zur Seite!«, forderte Runa sie nun auf. »Linette und ich müssen noch unsere Besen holen, die treu und brav hinter einem Bootshaus in Salem auf uns warten.«

Per Zauberstab ließ sie den Steinquader zur Seite rutschen und stieg zusammen mit Linette in den Schmugglertunnel hinab. Sofort sprang Jeppe auf. »Wartet, ich komme mit. Muss mich noch anständig von meinen Verwandten verabschieden.«

Kaum waren die drei in dem Tunnel verschwunden, rutschte der Quader wieder an Ort und Stelle und ließ sechs verdutzte junge Hexen und Elfen zurück.

Sir Archibald ging das Forscherherz auf. Er konnte sein Glück kaum fassen. Knirschend ging er in die Knie und untersuchte jeden Millimeter des Steinquaders auf einen geheimen Mechanismus. »Fantastisch!«, murmelte er schon wieder. »Ich hatte es im großen Zeh, dass diese Reise etwas ganz Besonderes werden würde.«

»Also, ich gehe jetzt zurück ins Zelt und stelle mich für ein paar Stunden in den Kühlschrank«, sagte Su-Li. Die anderen nickten zustimmend. Eine Pause konnten sie jetzt alle gebrauchen.

»Was ist mit Ihnen, Professor?«, fragte Jörna.

»Wie, was?« Sir Archibald war mit der Besichtigung des Steinquaders noch nicht fertig. »Ach so! Geht nur. Ich sehe mich hier noch ein wenig um. Alte Leute brauchen nur noch wenig Schlaf. Wir sehen uns beim Abendessen.«

Müde und wortlos trotteten die Elfen und Hexen nebeneinander her. Magnolia hätte wer weiß was dafür gegeben, die letzten Stunden mit Leander zu verbringen. Doch sie traute sich nicht, ihn anzusprechen. Leander sah sie zwar hin und wieder von der Seite an, sagte jedoch ebenfalls nichts.

Am Kojotenhügel trennten sich ihre Wege. Die Elfen mussten Richtung See, während die drei Hexen ins Kuckucksnest zurückkehrten.

»Dann bis heute Abend«, sagte Leander.

»Ja, bis heute Abend!« Magnolia hätte heulen können. War das alles? Mehr gab es nicht zu sagen? Außer, mach's gut! War nett … bis heute Abend … und … bring ein paar Freundinnen mit?

»Na, los!«, Jörna gab ihr einen Stoß. Zu dritt kehrten sie ins Kuckucksnest zurück.

Die kalifornischen Hexen waren gerade aufgestanden. Missbilligend zog Brenda die Augenbrauen hoch.

»Nanu, wo kommt ihr denn her?«, wunderte sich Lucy.

»Habt ihr eine Nachtwanderung gemacht?«, Brenda musterte sie von oben bis unten. Sofort überlegte Magnolia, ob sie vielleicht noch immer ein paar Rußflecken im Gesicht hatte.

»Was ist denn mit deinen Haaren passiert?« Brenda verzog angeekelt das Gesicht. »Die sind ja am Hinterkopf richtig verkohlt!«

»Tatsächlich, Brenda hat recht!« Lucy und Shana kicherten hysterisch.

Erschrocken tastete Magnolia nach ihren Haaren und was sie da fühlte, verhieß nichts Gutes.

»Verdammter Ofen!« Sie rang um Fassung. Nie würde sie Brenda das Vergnügen bereiten und vor ihren Augen in Tränen ausbrechen.

Zum Glück kam Jörna ihr zu Hilfe. »Ist doch gar nicht so schlimm!«, meinte sie und schob Magnolia schnell hinter den Vorhang.

»Du musst deine Haare nur ein wenig kürzen. Ein Bob ist doch gerade in Mode«, tröstete auch Su-Li Magnolia, bevor sie wie angekündigt in ihrem Kühlschrank verschwand.

»Sag Bescheid, wenn du eine neue Frisur brauchst!«, bot Shana, die ihren Kopf um die Ecke des Vorhanges gesteckt hatte, da unerwartet freundlich an.

Doch das musste alles warten. Magnolia ließ sich rückwärts auf ihr Bett fallen und schaffte es gerade noch, sich die Schuhe abzustreifen, bevor sie tief und fest einschlief.

Als sie aufwachte, lackierte sich Jörna auf ihrem Bett die Zehennägel. Verwundert blinzelte Magnolia sie an. »Was tust du da?«, fragte sie schläfrig.

»Hi, auch schon wach?«, Jörna sah von ihrem Fuß auf. »Ich bringe mich für die Reise und das Abendessen in Form. Solltest du übrigens auch tun!«

»Wieso? Wie spät ist es?«

»Gleich fünf.«

Stöhnend ließ Magnolia sich zurück in die Kissen fallen. »Ich kann noch gar nicht glauben, dass das alles wirklich passiert ist.«

»Dann geht's dir wie mir.« Jörna versuchte den Nagellack auf ihren Zehen trocken zu pusten. »Wir haben im Flieger jede Menge Zeit, darüber nachzudenken. Jetzt müssen wir uns auf das Hier und Jetzt konzentrieren. Sonst könnte es passieren, dass wir wirklich wichtige Dinge vergessen.«

Magnolia stützte sich auf ihre Ellenbogen. »Und das wäre?«

»Ich für meinen Teil werde Elon nach seiner Handynummer fragen und ob er bei Facebook ist«, sagte Jörna. »Vielleicht können wir auch skypen.«

»Wir haben im Regenfass weder Handyempfang noch Internet«, maulte Magnolia.

»So ist das, wenn man hinter den sieben Bergen wohnt.« Jörna war zufrieden mit ihren Füßen. »An deiner Stelle würde ich mir das nicht gefallen lassen. Es wäre ein Leichtes für deine Tante, auf die Telekomleute einzuwirken. Etwas Hypnose und schon werden die Glasfaserkabel verlegt. Mit dem Handy ist es genau das Gleiche. Was meinst du, wie schnell auf dem Rabenstuhl ein Handymast steht?«

»Vermutlich hast du recht!« Magnolia schwang die Beine aus dem Bett. »Ich geh jetzt duschen.«

Beim Haare waschen merkte sie schnell, dass der Ofen es ernst gemeint hatte. Am Hinterkopf waren ihre Haare bis auf Kinnlänge versengt. Ihr wurde beinahe übel, als sie sich mit Hilfe zweier Spiegel von hinten betrachtete. Kaum zu fassen, dass sie so den ganzen Morgen herumgelaufen war! So konnte sie unmöglich zum Abendessen gehen.

Mit einer Laune dicht am Gefrierpunkt kehrte Magnolia ins Zelt zurück. Glücklicherweise war Brenda nicht da.

»Ähm, Shana!« Sie steckte den Kopf hinter den Vorhang der kalifornischen Hexen. »Würdest du mir wohl die Haare schneiden? Ich bezahl es dir auch!«

Shana sah von der »Vogue« auf und holte dramatisch tief Luft. »Klar, setz dich dort vor den Spiegel!« Sie griff zu einer Bürste und glättete Magnolias Haare, um einen Überblick über das Ausmaß der Katastrophe zu bekommen. Dann hob sie bedauernd die Schultern. »Deine

Haare sind bis in den Nacken verschmort. Ich frage dich lieber nicht, wie das passiert ist. Aber zu retten ist da nichts mehr. Sie müssen ab.«

Entsetzt sah Magnolia sie an. »Keine Kurzhaarfrisur!«, piepste sie.

Shana fummelte prüfend an ihren Haaren herum. »Für einen kurzen Bob würde es noch reichen.« Ohne noch einmal zu fragen, griff sie zur Schere. Magnolia schloss schicksalsergeben die Augen.

Schnipp schnapp, schnipp schnapp. Shana arbeitete schweigend. Dann stieß sie Magnolia an. »Du kannst die Augen wieder öffnen. Mehr war nicht drin.«

Magnolia hätte die Augen lieber noch ein paar Tage länger zugekniffen, doch dann gab sie sich einen Ruck und sah in den Spiegel.

Wer war das? Sie kannte das Mädchen nicht, das sie aus dem Spiegel heraus ansah. Durch das kurze Haar, das ihr frech ins Gesicht fiel, wirkten ihre dunklen Augen riesig. Und ihr Hals? Magnolia hatte bis dahin überhaupt nicht gewusst, dass sie auch mit einem Schwan verwandt war.

»Na, was sagst du?« Shana sah sie neugierig an.

»Ich weiß nicht«, stammelte Magnolia. »Wow …, oder nicht?«

Shana lächelte. »O.k., sag danke und verzieh dich.«

»Was bekommst du dafür?«

»Danke reicht! Ich bin um sieben zum Hexen-Move um den See verabredet. Das wird eine tolle Party.«

»Ach so, ja dann vielen Dank, Shana!« Magnolia stand auf. »Das war echt nett von dir.« Dann ging sie rüber und präsentierte sich Jörna. Die konnte sich überhaupt nicht mehr einkriegen.

»Ich fass es nicht!«, rief sie. »Du siehst aus wie Keira Knightley oder Emma Watson!«

Magnolia strahlte. »Das ist noch einmal gutgegangen.«

»Geht's noch? Das ist der Hammer!«

In diesem Moment ging die Kühlschranktür auf und Su-Li kam heraus. »Was sagst du zu Magnolias neuer Frisur?«, fragte Jörna sofort.

»Oh!« Su-Li umkreiste Magnolia zweimal. »Du siehst aus wie ein Junge.«

»Was?!!!«, schrien Jörna und Magnolia gleichzeitig.

»Na ja, sagen wir, wie eine Amazone«, versuchte Su-Li die Situation zu retten.

»Danke!«, würgte Magnolia heraus.

Um zehn vor acht traten die drei Hexen aus dem Zelt. Magnolia und Jörna wollten unter keinen Umständen zu spät kommen.

»Hoffentlich kommen die anderen auch«, sorgte sich Magnolia. »Um sieben fängt unten am See der Hexen-Move an. Ist vielleicht etwas lustiger als ein Abendessen mit Runa und Tante Linette.«

»Ach, Sir Archibald und Jeppe werden schon kommen!« Su-Li zwinkerte ihr lachend zu.

Magnolia gab ihr einen Knuff. »He, du weißt ganz genau, wen ich meine.«

Vor dem Schloss hielt Runa bereits nach ihnen Ausschau. Erstaunt riss sie die Augen auf, als sie Magnolias neue Frisur bemerkte. »Donnerwetter, was ist denn mit dir passiert?!«, fragte sie verblüfft.

Magnolia murmelte etwas von Veränderung, doch da marschierte Runa ihnen schon voran. »Hier entlang. Sie haben für uns auf der Terrasse hinter dem Haus gedeckt.«

Die Mädchen folgten der Watthexe und Magnolia staunte. All die Tage waren ihr die vielen großen und kleinen Terrassen rund ums Schloss überhaupt nicht aufgefallen.

In einer besonders lauschigen Ecke war ein runder Tisch für zehn Personen festlich gedeckt. Der Blick ging über die symmetrisch angelegten Beete bis hinunter zum See, wo sich bereits zahlreiche Feierwillige zum Hexen-Move versammelt hatten.

Tante Linette und Sir Archibald unterhielten sich angeregt. Als die Mädchen ankamen, leuchtete Linettes Gesicht vor Freude auf.

»Schön, dass ihr da seid! Setzt euch!« Dann sah sie ihre Nichte überrascht an. »Du hast eine neue Frisur?«

Magnolia wurde schon wieder verlegen. »Ja, der Ofen hatte einen feurigen Atem.«

»Tatsächlich? Du Ärmste! Mir ist vorhin gar nichts Besonderes an dir aufgefallen.«

Magnolia war sich sicher, dass ihre Tante es auch nicht bemerkt hätte, wenn sie mit einem Sack über dem Kopf herumgelaufen wäre. Mit solchen Kleinigkeiten hielt sie sich einfach nicht auf.

»Die Frisur steht dir jedenfalls ganz ausgezeichnet. Sie macht dich so jung.« Ihre Tante strahlte und Magnolia wusste, dass das ein Kompliment sein sollte.

Von den Elfen war weit und breit nichts zu sehen.

»Wie spät ist es?«, flüsterte Magnolia Jörna zu. Die sah auf die Uhr. »Gleich Viertel nach acht. Sie werden schon kommen. Hoffe ich wenigstens.«

Wie aufs Stichwort hörten sie da die vergnügten Stimmen der Elfen. Sie hatten scheinbar schon bei der Party am See vorbeigeschaut, denn sie krakeelten einen schrecklichen Partyschlager. Sobald sie jedoch um die Ecke kamen, verstummte ihr schräger Gesang.

»Ach, da sind ja unsere Retter. Schön, dass ihr gekommen seid, nehmt bitte Platz!« Linette wies ihnen Plätze zu, die den Mädchen gegenüberlagen.

Die Elfen sahen Magnolia verblüfft an. »Wow!« Elon stieß einen kurzen bewundernden Pfiff aus. Leander stieß ihn lachend in die Rippen und Magnolia wurde rot.

Tante Linette stand auf und ergriff ihr Glas. »Auf euch! Unsere wunderbaren Retter«, sagte sie und nickte jedem Einzelnen zu.

Auch Runa erhob sich. »Wir wollen keine unnötig langen Reden schwingen. Ihr wisst, was ihr für uns getan habt. Und wir werden euch auf ewig dankbar sein. Welchen Dienst ihr aber der gesamten Hexenwelt erwiesen habt, das können wir alle nur ahnen. Eins versprechen wir euch jedoch feierlich: Der Beryll wird nie wieder in die falschen Hände gelangen!« Die Runde applaudierte und stieß mit Runa und Linette auf ihre Rettung an.

Dann wurde das Essen aufgetragen. Leise wehten die Musik und das Gelächter vom See zu ihnen herüber. Es war nicht besonders schwer, sich vorzustellen, wie viel Spaß die anderen dort unten hatten. Tapfer versteckten die jungen Elfen und Hexen ihre Gedanken und ließen sich nicht anmerken, dass sie lieber um den See getanzt wären, als mit Runa und Linette zu Abend zu essen. Dann wurden am Wasser die Fackeln angezündet. Sehnsüchtig sahen die Mädchen immer wieder hin.

Plötzlich stand Tante Linette auf und sagte: »Ich an eurer Stelle wäre viel lieber unten am See und würde zu flotter Musik mit hundert anderen um die Wette hüpfen. Und ihr?«

Verlegen sahen die Hexen und Elfen sie an.

»Also, warum geht ihr nicht einfach hin? Bedankt haben wir uns, satt seid ihr auch und ich wüsste nicht, weshalb ihr hier mit uns alten Schachteln die Zeit vertrödeln solltet. Was meinst du?« Fragend sah Linette Runa an.

»Ganz meine Meinung. Zieht los und habt Spaß. Aber Punkt Mitternacht ist das Fest wie in jedem guten Märchen vorbei. Wir holen euch dann am See ab und brechen sofort auf.«

Magnolia und Jörna waren sprachlos. So viel Feingefühl hätten sie den beiden gar nicht zugetraut.

Dankbar sprangen sie auf und auch die Elfen hielt nichts mehr auf ihren Plätzen. »Danke für die Einladung.« »War echt lecker!« »Und kommen Sie gut nach Hause!«, redeten alle durcheinander. Dann liefen sie den Hang hinunter und waren schnell aus dem Blickfeld der Hexen verschwunden.

Vierundzwanzigstes Kapitel
Abschied nehmen

Am See war die Party bereits in vollem Gange. Und zweifellos wurde nicht nur mit Cola und Brause gefeiert, denn gerade rollte Magnolia ein sturzbetrunkener Satyr vor die Füße. Er entschuldigte sich, sprang auf und stürzte sich wieder in die Menge.

Die Stimmung war bestens. Ausgelassen hüpfte, grölte und tanzte das magische Volk zu den Liedern, die von sechs wunderschönen Sirenen geträllert wurden, die auf einem Wagen standen, der langsam um den See herum rollte.

»Ich verstehe absolut, warum ihr Gesang Odysseus in den Wahnsinn getrieben hat!«, versicherte Elon begeistert.

Auch Jörna und Su-Li waren nicht mehr zu bremsen. Ohne mit der Wimper zu zucken, griff Jörna nach Elon und zog ihn mit sich in die Polonaise der feiernden Campbewohner.

Leander blieb in Magnolias Nähe und sagte ganz plötzlich: »Diese Musik ist ziemlich anstrengend. Hast du nicht Lust auf einen Spaziergang?«

Magnolia konnte ihr Glück kaum fassen. Was für eine bescheuerte Frage. Genauso gut hätte er fragen können: »Hast du Lust auf Reichtum und ewige Gesundheit für dich und deine ganze Familie?«!

»Klar!«, sagte sie so cool wie möglich. Also ließen sie die anderen an sich vorbeiziehen, drehten um und gingen einfach in entgegengesetzter Richtung davon.

Magnolia konnte ein Lächeln nicht unterdrücken. Es war unglaublich! Jetzt lief sie tatsächlich mit dem coolsten Typen der Schule um einen romantischen See. Nur schade, dass Samantha sie nicht sehen konnte.

»Was gibt's zu lachen?« Fragend sah Leander sie an.

Magnolia errötete. Gut, dass er diesmal nicht ihre Gedanken gelesen hatte.

»Ach, nichts. Ich musste nur kurz an Rauschwald denken.«

Eine Weile gingen sie schweigend nebeneinander her und Magnolia überlegte fieberhaft, wie sich eine Unterhaltung ankurbeln ließ. In ihrem Kopf war nur gähnende Leere, dabei gab es tausend Dinge, die sie Leander fragen wollte.

Sie holte tief Luft. »Wie geht's deinem Knöchel?«

Was redete sie denn da? Sein Knöchel war beinah das Letzte, was sie jetzt interessierte.

»Ist schon wieder in Ordnung! Ehm, deine Haare ... Die neue Frisur steht dir!«

»Der Ofen ... ja, danke!« Bekamen sie wirklich nicht mehr als diese bescheuerten Halbsätze heraus? Leander schien denselben Gedanken zu haben, denn jetzt redeten sie gleichzeitig.

»Ich wollte mich ....«

»Was ich dir gestern Morgen ....«

Sie sahen sich an und lachten. Und in Magnolias Bauch machte sich wieder dieses beunruhigende Kribbeln breit.

Natürlich hatte er das süßeste Lachen, das Magnolia je gesehen hatte. Aber das Beste daran war, dass dieses Lachen nur ihr galt. Egal wie sich die Sache weiterentwickelte. Sie würde dieses berauschende Gefühl für alle Ewigkeit in ihrer Erinnerung konservieren.

Plötzlich war Leander verlegen. Er fuhr sich mit beiden Händen durch die Haare und sah Magnolia unsicher an.

»Bist du das?«, fragte er ganz unvermittelt. »Machst du diesen Zauber? Ich meine, ich laufe neben dir her, stammele ein paar bescheuerte

Worte und kann nicht wirklich klar denken.« Er machte einen Schritt auf sie zu.

Magnolias Beine fühlten sich an, als wären sie aus Gummi.

»Was soll das werden?«, fragte sie mit atemloser Stimme. »Vielleicht ...?« Sie brach mitten im Satz ab. Tausend Dinge schossen ihr durch den Kopf. Ihr erster gemeinsamer Tanz auf dem Schulball, die eifersüchtige Brenda, hätte sie heute Abend doch bloß nicht von den Zwiebeln gegessen! Und was, wenn sie jetzt alles falsch machte? Eine mittlere Panikattacke kündigte sich an. Inzwischen trennten sie nur noch wenige Zentimeter. Leander zog sie an sich heran und ließ seine Hände in ihren Haaren verschwinden.

»Wo... worüber hast du gestern Morgen nachgedacht?« Magnolia schnappte nach Luft.

»Keine Ahnung ...«, murmelte Leander. »Aber vermutlich ging es in diese Richtung.«

Und dann, endlich, küsste er sie, ganz vorsichtig und sanft.

Magnolia schmolz dahin. So hatte sie sich ihren ersten Kuss immer vorgestellt. Quatsch, so hatte sie sich ihren ersten Kuss nie und nimmer vorgestellt.

Ihre Angst, etwas falsch zu machen, war wie weggeblasen. Wenn es nach ihr gegangen wäre, hätten sie gern noch ein paar Stunden so weitermachen können. Doch da wurde der Gesang der Sirenen schon wieder lauter und lauter. Das Partyvolk hatte den See einmal umrundet und kam ihnen nun unbarmherzig entgegen.

Schnell trennten sich Magnolia und Leander. Da tauchte auch Jörna aus der Menge auf.

»Wo warst du?«, fragte sie misstrauisch. Dann fiel ihr Blick auf Leander. »Verstehe«, flüsterte sie.

Navario und Elon verstanden nicht. Johlend packten sie Leander und zerrten ihn mit. Doch der machte sich los und nahm Magnolia an die Hand. Ängstlich sah Magnolia auf Jörnas Uhr.

»Wie spät ist es?«, fragte Leander.

»Gleich zwölf. Dahinten kommt meine Tante.« Magnolia liebte Linette sehr, aber genau in diesem Moment hätte sie sie auf den Mond schießen können. Was fiel ihr ein, drei Minuten zu früh zu kommen?

»Gibst du mir noch einmal deine Handynummer?«, fragte Leander.

»Klar, ich schreib sie dir auf.« Magnolia fingerte nach einem Bleistiftstummel in ihrer Hosentasche und suchte den Boden nach einem Schnipsel Papier ab. Doch Leander kam ihr zuvor. Er zog einen dicken schwarzen Edding aus seiner Jacke und hielt ihr seinen linken Unterarm hin.

»Hier rauf!«, sagte er. Magnolia zögerte einen Moment. Dann hielt sie seinen Arm fest, schrieb ihre Nummer darauf und malte ein dickes kleines Herz daneben. »Im Regenfass haben wir keinen Empfang, aber in der Schule ...«

»O.k.«, unterbrach sie Leander. »Ich weiß auch nicht, ob ich in Neuseeland telefonieren kann. Die Elfen leben hoch in den Bergen.«

»Kinder!! Kommt ihr?« Tante Linette zeigte auf ihre nicht vorhandene Uhr.

»Wir müssen noch packen!«, versuchte es Jörna, die Magnolias verzweifelten Blick bemerkt hatte.

»Nicht nötig, wir haben euer Gepäck schon dabei. Liebe Grüße auch von den Kalifornierinnen.«

Oje, die Kalifornierinnen! Ein kalter Schauer lief Magnolia über den Rücken.

»Wie lange bleibst du noch hier?« Sie musste es unbedingt wissen.

Leander lachte sie an. »Vier Tage«, sagte er. Magnolia schluckte.

»Wir verlassen das Camp durch den Schmugglertunnel. Jeppe wartet dort mit unserem Gepäck«, sagte Tante Linette, die bereits zielstrebig losmarschierte.

Tja, was gab es da zu sagen? Enttäuscht und traurig trotteten Magnolia und Jörna hinter den beiden Hexen her.

Die Elfen und Su-Li folgten ihnen.

Am Pavillon wurden sie bereits von Jeppe und Sir Archibald erwartet. Tante Linette wedelte einmal mit ihrem Zauberstab und der Steinquader, der den Eingang zum Tunnel verschloss, glitt beinah geräuschlos zur Seite.

Dann hieß es endgültig Abschied nehmen. Magnolia hatte mit Su-Li bereits Adresse und Handynummer ausgetauscht. Trotzdem drückte sie die Yuki-Onna noch einmal ganz fest an sich.

»Danke für alles. Auch für das Kleid«, murmelte sie mit belegter Stimme. Su-Li lächelte.

»Ich muss danke sagen!«, versicherte sie. »Das Kirschblütenkleid ist das schönste Kleid, das ich besitze.«

Elon und Navario nahmen Magnolia kurz in den Arm, dann war Leander an der Reihe. Magnolia fühlte, wie ein dicker Kloß ihre Kehle verschloss.

»Bleibst du wirklich eineinhalb Jahre in Neuseeland?«

Leander nickte. »Das ist der Plan«, sagte er leise.

»O.k. Dann bis in eineinhalb Jahren.« Magnolia hob hilflos die Hand. Tränen traten in ihre Augen.

»Vergesst die Handynummern nicht!«, erinnerte Jörna.

»Schon geschehen«, antwortete Leander. »Obwohl wir vermutlich nicht telefonieren können. Ich bin dort ziemlich weitab vom Schuss.«

Bedauernd sah Jörna Magnolia an. Die zuckte mit den Schultern. »Nützt ja nichts. Das Regenfass hat auch keinen Empfang.«

»Können wir jetzt los?« Runa drängte sich ungeduldig an ihr vorbei und stieg die Stufen in den Tunnel hinab. Linette folgte ihr.

Leander nahm Magnolia noch einmal in die Arme. Und Magnolia legte ihren Kopf an seine Schulter. Sie konnte seinen Herzschlag hören. Vorsichtig sog sie seinen Geruch ein. Er duftete so unglaublich gut, genau wie sie es in Erinnerung hatte. Nein! Sie wollte nicht in diesen muffigen Tunnel. Sie wollte hierbleiben. Hier und nirgendwo anders.

»Mach's gut, Zauberin!«, murmelte Leander und gab ihr einen flüchtigen Kuss auf den Mund. Dann drehte er sich um und ging schnell davon. Elon und Navario folgten ihm.

»Abschied ist ein kurzes Wort für einen langen Schmerz!«, stellte Sir Archibald düster fest und sah Magnolia aus wässrigen Augen wissend an. »Aber auch der geht irgendwann vorbei.«

»Sie sehen sich ja wieder!«, sagte Jörna schnippisch. Sie konnte sich gut vorstellen, wie ihre Freundin sich fühlte. Und die Grabrede des alten Professors ging ihr mächtig auf die Nerven. Also griff sie nach Magnolias Hand und zog sie mit sich die Stufen hinunter.

Magnolia hätte heulen können, so durcheinander war sie. Aber sie riss sich zusammen und konzentrierte sich stattdessen darauf, einen Fuß vor den anderen zu setzen und zu atmen. Doch was nützte das alles, wenn man nichts anderes sah als grüne Augen und nichts anderes denken konnte als, Leander ... Leander ... Leander.

Nach einem kurzen Stück Weg, von dem Magnolia nicht wusste, wie sie es zurückgelegt hatte, pfiff ihr plötzlich ein salziger Wind um die Ohren und sie stand in einer großen Höhle, die sich zum Meer hin öffnete.

Als Erstes fiel ihr der seltsame kleine Mann in Gummistiefeln und Südwester auf, der am Strand neben Runa und Tante Linette stand. Er deutete auf ein seltsames Ungetüm, das träge in mitternächtlicher Brise schaukelte.

Wäre dieses Ungetüm ein Boot gewesen, hätte Magnolia sich sicherlich nichts dabei gedacht. Doch jetzt rieb sie sich verwundert die Augen.

Hätte sie nicht gewusst, dass sie es ungeheuer eilig hatten, sie hätte glatt geglaubt, Tante Linette wollte ihnen einen Flug in einem historischen Fesselballon spendieren. Was zweifellos unmöglich war.

»Nun, was sagt ihr?«, fragte Runa mit ungewöhnlich sanfter

Stimme. »Man nennt ihn auch den Wolkentänzer oder Spielball der Winde.«

Spielball der Winde?

Magnolia räusperte sich. »Ich dachte, wir hätten es ungeheuer eilig. Aber meinetwegen, wenn ihr Lust auf einen kleinen Rundflug habt, würde ich gern noch für ein paar Stunden zurück ins Camp gehen. Ihr könnt mich ja später wieder abholen.«

Sie wollte gerade umdrehen, als Tante Linette ihr in die Quere kam.

»Nicht so hastig, junge Kröte!«, sagte sie. »Das wird kein nächtlicher Rundflug. Dieser entzückende Wolkentänzer wird uns nach Hause bringen. Unverzüglich und auf kürzestem Weg.«

Magnolia glaubte nicht recht zu hören. »Dieses Teil?! Das kann unmöglich dein Ernst sein. Erst regst du dich über die engen Sitze im Flugzeug auf und jetzt sollen wir uns zu fünft in dieses Weidenkörbchen quetschen? Du hast deine Koffer dabei, schon vergessen?«

»Nun halt aber mal die Luft an, Fräulein Neunmalklug!«, fiel Runa ihr böse ins Wort. »Dass du noch nie vom legendären Wolkentänzer gehört hast, ist natürlich sehr bedauerlich, aber nicht unsere Schuld. Also halte einfach die Klappe und steige ein. Ich versichere dir, der Platz in diesem Weidenkörbchen ist völlig ausreichend.«

»Blöde Kuh«, flüsterte Magnolia Jörna zu.

»Das habe ich gehört!«

Magnolia verdrehte die Augen. Trotzdem kletterte sie über die Strickleiter an Bord des Ballons.

Tante Linette hatte inzwischen ihr Gepäck herangewinkt und reichte es nun hinein. Die Mädchen nahmen es an und sahen sich verblüfft um. Das hatten sie nicht erwartet.

»Unglaublich«, flüsterte Jörna.

Der Korb war innen um ein Vielfaches größer, als es von außen den Anschein hatte. Er verfügte sogar über eine Art Kajüte. Neugierig öffneten die Mädchen die niedrige Tür und traten ein.

Die Kajüte in diesem Ballon war zwar altmodisch, verfügte aber über jeden Komfort, den man sich auf einer Reise nur wünschen konnte. Es gab gemütliche Schlafkojen, eine blank geputzte Kombüse und bequeme Sessel. Sogar über eine Toilette und Waschgelegenheit verfügte dieses Wundergefährt.

»Das hätte ich nicht erwartet«, gestand Jörna verwundert.

»Ich auch nicht«, gab Magnolia zu. »Wenn das Ding jetzt noch so schnell wie ein Airbus ist, bin ich wirklich beeindruckt.«

»Tatsächlich?« Tante Linette zog spöttisch die Augenbrauen hoch. »Der Ballon ist mit Drudenhauch gefüllt, falls dir das etwas sagt. In ihm ist bereits der wundervolle Merlin von Avalon nach Marseille gereist. Da sollte er deinen Ansprüchen wohl genügen.«

Jetzt waren die Mädchen wirklich beeindruckt.

»Wow!«, sagte Magnolia. Natürlich kannte sie diesen sagenumwobenen Zauberer aus zahlreichen Geschichten. Und auch der Drudenhauch war ihr noch in guter Erinnerung.

»Lässt sich dieser Ballon denn steuern?«

Ihre Tante nickte. »Sei unbesorgt. Es ist ein magisches Gefährt. Übrigens fliegt ein Ballon nicht, sondern er fährt. Das Wort fliegen ist für Fluggeräte reserviert, die schwerer als Luft sind«, erklärte sie.

Runa beschäftigte sich inzwischen mit der Strickleiter. »Komm an Bord, Jeppe! Ich will die Leiter hochziehen«, rief sie. Mit einem Satz war der Kobold im Korb. Er stand diesem Ding mehr als skeptisch gegenüber. Da nützte es wenig, dass es aus feinstem Drachenleder gefertigt war und mit Drudenhauch angetrieben wurde.

»Vielen Dank, Oswald. Es ist ungeheuer liebenswürdig von den Klabautern, uns diesen geschichtsträchtigen Ballon zur Verfügung zu stellen. Mit der nächsten Gelegenheit schicken wir ihn an euch zurück. Großes Hexenehrenwort!«, rief Linette. Sie stand an der lederbezogenen Reling und sah lächelnd zu dem kleinen Mann am Strand herab.

»Wären Sie nun so freundlich, die Seile von den Pflöcken zu lösen? Ich möchte keine Zeit mehr verlieren.«

Diesen Gefallen tat ihr der Klabauter gern. Er löste flink die acht Seile und der Ballon schoss wie der Blitz in die Luft.

Magnolias Magen rutschte ihr bis in die Kniekehlen. Ängstlich klammerte sie sich am groben Geflecht des Korbes fest, während sie höher und höher stiegen.

Schließlich hatten sie ihre Reisehöhe erreicht. Hier oben war die Welt ganz still. Der abnehmende Mond stand leuchtend am Himmel und unter ihnen glitzerte das tiefe schwarze Meer. Beinah andächtig standen die vier Hexen an der Reling und sprachen kein Wort.

Magnolia konnte das erleuchtete Schloss sehen. Es war ein scheußliches Gefühl. Zu gern hätte sie gewusst, was Leander in diesem Moment tat.

Von einer unsichtbaren Kraft getrieben schwebten sie wie in einer Seifenblase nach Osten. Mit jedem Atemzug entfernten sie sich weiter von der amerikanischen Küste.

Fünfundzwanzigstes Kapitel

Glückliche Heimkehr

Wie ein Seemann stand Linette im Korb, während die anderen in den Kojen schliefen. Nervös tastete die Hexe immer wieder nach der Brille in ihrer Rocktasche. Wie froh würde sie erst sein, wenn das verflixte Ding in Sicherheit wäre.

Sie glitten mühelos und schnell durch die Nacht. Aber das konnte man schließlich erwarten, wenn man in einem Ballon fuhr, der mit Drudenhauch gefüllt war.

In der Morgendämmerung schlug das Wetter um. Dunkle Wolken türmten sich wie Gebirge vor ihnen auf und der Wind wurde mit jeder Minute stärker.

Voll Unbehagen hörte Linette das bedrohliche Donnergrollen. Es dauerte nicht lange, da trafen sie auch schon die ersten Tropfen. Die Hexe verließ ihren Ausguck; schweren Herzens überließ sie den Ballon den Gewalten der Natur. Schutzsuchend betrat sie die Kajüte, in der Runa und die Mädchen erwacht waren und besorgt durch die Fensterschlitze hinunter auf das tosende Meer blickten.

»Gleich wird es ungemütlich«, stellte Linette statt einer Begrüßung fest. »Schnallt euch in den Sesseln fest. Wir fliegen direkt in ein Gewitter.«

Im Nu schnallten sich die Mädchen an. Keinen Moment zu früh! Schon riss der Wind den Ballon mit sich. Er trug ihn hoch in die Luft, um ihn im nächsten Moment hinunterzudrücken bis auf die schäumenden Wellen. Regen peitschte aus wütenden Wolken und Blitze zuckten über den bleigrauen Himmel.

Magnolia wurde schlecht. Sie konnte für nichts garantieren – ihr Magen nahm ihr diese Fahrt wirklich krumm. Wie viel lieber würde sie jetzt in einem Flugzeug sitzen. Ihre Tante hatte bemerkt, wie grün Magnolia um die Nase geworden war, und reichte ihr wortlos eine Papiertüte.

Doch irgendwann war der Spuk vorbei und der Ballon wurde ein letztes Mal hoch in die Luft getragen, ohne dass Magnolia von der Spucktüte hatte Gebrauch machen müssen. Die Hexen warteten einen Moment, bevor sie sich aus ihren Gurten lösten.

»Das hätten wir überstanden«, brummte Linette. »Lasst uns nachsehen, ob der Sturm Schäden angerichtet hat.« Die Hexen hatten Glück. Der Ballon hatte den schweren Sturm heil überstanden. Leider waren sie ein gutes Stück vom Kurs abgekommen.

»Verflixt«, schimpfte Runa nach einem Blick auf den Kompass.

»Wenn mich nicht alles täuscht, ist das Grönland, was da direkt unter uns liegt.«

Fröstelnd zog Magnolia die Schultern hoch. War es tatsächlich noch kälter geworden oder bildete sie sich das nur ein? Auch Jörna schien zu frieren, denn sie hatte ebenfalls die Arme um sich gelegt. Dann warfen die beiden Junghexen einen Blick nach unten und wurden sofort für all die Aufregung entschädigt: Golden war die Sonne aufgegangen und unter ihnen glitzerte das ewige Eis. Magnolia konnte eine Eisbärenmutter mit ihrem Jungen sehen, die gemächlich nebeneinanderher trotteten.

»Ist das nicht wunderbar?«, flüsterte Jörna.

Wenig später trieb der Ballon wieder aufs offene Meer und die Mädchen gingen zurück in die Kajüte, um sich aufzuwärmen. Wunderbarerweise stand Tante Linette in der Kombüse und bereitete ihre Spezialität zu, süße Pfannkuchen.

»Nehmt Platz und bedient euch. In der Kanne ist heißer Kakao. Ich glaube, ein gutes Frühstück wird uns allen guttun.«

Da hatte Tante Linette absolut recht. Voller Appetit langten die Mädchen zu. Magnolia wollte sich gerade einen zweiten Becher Kakao eingießen, als es plötzlich einen kräftigen Ruck gab.

Linette wurde davon so überrascht, dass sie rückwärts stolperte und direkt auf Jörnas Schoß landete.

»Holla!«, rief sie empört. »Ich hoffe, ich habe dich nicht verletzt?«

»Kein Problem.« Jörna lächelte gequält. »Sie sind ja gut gepolstert.«

Linette sah sie säuerlich an. »Findest du?« Sie fand, dass dieses Mädchen ein ganz schön loses Mundwerk hatte.

Magnolia grinste. »Wenn du dich entschließen könntest aufzustehen, wäre dir Jörna sicher dankbar.«

»Ach, ja.« Ächzend erhob sich Linette von Jörnas Schoß.

In diesem Moment flog die Tür auf und ein kalter Windstoß fuhr herein.

»Wir sind wieder auf Kurs«, verkündete Runa zufrieden und rieb sich die kalten Hände.

»Habe aus dem Drudenhauch einen Orkan gemacht. Schließlich wollen wir ja irgendwann ankommen.«

»Es wäre nett, wenn du uns vorher gewarnt hättest. Dein Orkan hat Jörna beinah das Leben gekostet«, murrte Linette.

»Ich war selbst überrascht, wie viel Wucht hinter einer Vierteldrehung steckt«, gab Runa vergnügt zu.

Nach dem Frühstück ließen sich Magnolia und Jörna den Fahrtwind um die Nase wehen. Magnolias Gedanken wanderten immer wieder zurück ins Camp. Sie konnte einfach nichts dagegen tun. Und dabei waren es nicht einmal angenehme Gedanken.

»Blöde Nuss«, murmelte sie vor sich hin, während sie über den Korbrand auf eine Horde Orkas blickte, die im Wasser spielten.

»Meinst du mich?« Lachend sah Jörna ihre Freundin an.

»Natürlich nicht. Ich habe eben nur an …«

»Brenda gedacht«, vollendete Jörna ihren Satz.

Erstaunt sah Magnolia sie an. »Woher weißt du das?«

»So viele blöde Nüsse gibt es ja nicht.«

»Glaubst du, dass sie und Leander … Ich meine, dass Leander sie …?«

»Quatsch!«, sagte Jörna bestimmt. »Du bist bloß eifersüchtig, weil du nicht weißt, was im Camp passiert.«

»Du hast recht«, seufzte Magnolia. »Trotzdem wird mir schlecht, wenn ich nur daran denke, dass Miss California sich wieder an ihn ranschmeißt, während ich in einem beknackten Ballon immer weiter davonschwebe.« Magnolia schüttelte sich bei dem Gedanken.

Jörna lachte. »Hör auf! Selbst wenn es so wäre, könntest du es nicht ändern. Wie sagt meine Mutter so schön? Eifersucht ist eine Leidenschaft, die mit Eifer sucht, was Leiden schafft.«

Magnolia lächelte kläglich. »Toller Spruch. Wenn ich diese Gedanken so einfach abstellen könnte, würde ich es sicher tun.«

Da ging die Tür zur Kajüte auf und ein ziemlich blasser und kleinlauter Kobold trat an die frische Luft. Stöhnend ließ er sich auf die zusammengerollte Strickleiter plumpsen.

»Hallo, Jeppe! Hast du den Sturm endlich überstanden?« Magnolia sah ihn freundlich an. Auf dieser Reise tat ihr der Kobold wirklich leid. Nicht nur, dass er auf dem Hinflug beinah erstickt wäre. Er war auch, seitdem sie mit dem Ballon losgefahren waren, seekrank.

Jeppe hielt sich den schmerzenden Kopf. »Ein Kobold ist für weite Reisen nicht gemacht«, jammerte er. »Ich würde alle meine Goldtöpfe dafür geben, wenn ich endlich wieder zuhause wäre.«

»Bald ist es so weit«, tröstete ihn nun auch Jörna.

»Runa und Linette haben eine alte Schatzkarte gefunden. Wenn sich also jemand dafür interessiert …«, sagte Jeppe matt.

»Eine Schatzkarte?«, fielen ihm die beiden Hexen aufgeregt ins Wort und waren schon auf dem Weg in die Kajüte.

Wirklich, Runa und Linette saßen tief gebeugt am Tisch und studierten eine braune Karte, die aussah, als wollte sie jeden Moment zu Staub zerfallen.

»Habt ihr wirklich eine Schatzkarte gefunden?«, fragte Magnolia neugierig und trat dicht an ihre Tante heran.

Die beiden Hexen hoben nur kurz den Kopf. »So kann man es wohl nennen. Allerdings ist es keine Schatzkarte im eigentlichen Sinn. Eher eine Art Reiseführer.«

Staunend sahen sich die Mädchen die Karte an. Es war eine Landkarte, in die so interessante Orte wie Alibabas Räuberhöhle, Atlantis, oder das Labyrinth des Minotaurus eingezeichnet waren.

»Dann gibt es all diese Orte wirklich?«, fragte Magnolia begeistert.

»Sicher, Lämmchen«, schmunzelte ihre Tante. »Oder hast du geglaubt, jemand hätte sich die Geschichten darüber bloß ausgedacht?«

Ehrlich gesagt war es genau das, was Magnolia glaubte. Trotzdem schüttelte sie den Kopf.

»Was mich ein wenig beunruhigt«, sagte Runa, »auch der Kyffhäuser ist hier ganz deutlich eingezeichnet.«

»Das war zu erwarten. Schließlich schläft König Barbarossa dort seit vielen hundert Jahren.« Linette machte sich keine Sorgen. »Solange niemand von den Faltern des Lichts erfährt, ist alles gut.«

Durch das Lesen der magischen Landkarte verging die Zeit wie im Flug. Bald wurde es wieder dunkel und als Magnolia am nächsten Morgen erwachte, war am Horizont tatsächlich Land zu sehen.

»Was ist das für eine Küste?«, erkundigte sie sich.

»Das ist die Küste von Irland«, antwortete ihre Tante. »Bald haben wir es geschafft.«

Dann war es endlich so weit. Sie hatten die britischen Inseln und den Ärmelkanal hinter sich gelassen. Und fuhren in zügigem Tempo der Heimat entgegen.

Menschen, die ihren Ballon erblickten, staunten über das altertümliche Gefährt und manche holten sogar Ferngläser, um sich den historischen Ballon genauer anzusehen.

Runa und Linette standen an der Reling und strahlten wie zwei Glückskekse um die Wette.

»Ich komme mir vor wie der erste Ballonfahrer«, gestand Tante Linette freudestrahlend. »Schau nur, wie die Leute gucken.«

»Sie würden auch gucken, wenn du einen Blitz aus deinem gestreckten Zeigefinger schleudern würdest«, sagte Magnolia trocken.

»Das stimmt. Der Unterschied ist nur, dass sie jetzt gucken dürfen.«

Was Tante Linette genoss, fanden Magnolia und Jörna nur peinlich. Sie hassten es, durch Ferngläser betrachtet zu werden, und setzten sich deshalb auf den Boden des Korbes.

»Seht mal. Da ist Rauschwald!«, rief Tante Linette plötzlich und deutete auf eine Ansammlung von roten Dächern, die in der Sonne aufblitzten. Sofort sprangen die Mädchen auf.

»Da ist die Kirche!«, rief Magnolia. »Und dahinten ist unsere Schule und da drüben, das ist die Apotheke. Leider kann man das Regenfass von hier oben nicht sehen!«

Lautlos glitt der Ballon über die kleine Stadt und weiter über den ewig rauschenden Fichtenwald, dem sie ihren Namen zu verdanken hatte.

»Wollen wir nicht endlich landen?«, fragte Magnolia verwundert.

»Noch nicht!« Ihre Tante schüttelte den Kopf. »Zuerst wollen wir den Beryll loswerden. Pestilla erwartet uns.«

»Wir fliegen noch zu Pestilla?«

Runa und Linette nickten entschlossen. »Unsere Aufgabe ist erst dann beendet, wenn wir den Beryll abgegeben haben und die Flasche, in der die Falter des Lichts gefangen sind, gefunden wurde.«

»Prima!«, erklärte Jörna sofort. »Nachdem wir es so weit geschafft haben, möchte ich auch wissen, wie die Sache ausgeht.« Sie war sehr froh, noch nicht zuhause abgesetzt zu werden.

Magnolia stimmte ihr aus vollem Herzen zu. Das Abenteuer ging weiter! Und gegen ein bisschen Ablenkung hatte sie ganz gewiss nichts einzuwenden.

Sechsundzwanzigstes Kapitel

Der schlafende König

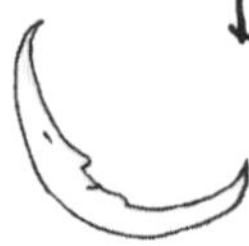

»Moment mal!«, meldete sich Jeppe zu Wort. Ihm war immer noch übel und er hatte die Nase von dieser grässlichen Reise gestrichen voll. »Unterbrecht mich, wenn ich etwas falsch verstanden habe! Es reicht nicht, dass wir diese blöde Brille zurückbringen. Unsere Reise ist noch immer nicht zu Ende?« Angriffslustig schaute der Kobold in die Runde.

»Du hast es erfasst, Goldputzer«, bestätigte Runa.

»Tatsächlich? Na, dann viel Spaß, aber ohne mich! Lasst die verdammte Leiter runter! Mir ist völlig egal, ob in diesem Brotkorb schon einmal Merlins Hintern gesessen hat, ob wir irgendein verstaubtes Kleinod an Bord haben oder ob die Welt untergeht. Ich will hier raus, und zwar jetzt! Verstanden?«

Mit einem Satz saß der Kobold auf der Reling. Im nächsten Moment schaute er erschrocken in die Tiefe und ruderte wild mit den Armen. Hätte Linette nicht blitzschnell zugepackt, Jeppe wäre geradewegs aus dem Korb gefallen.

»Wir landen unter keinen Umständen. Oder glaubst du, uns macht es Spaß, die Brille endlos spazieren zu fahren?«, bellte Runa.

Jeppe jaulte auf vor lauter Wut.

»Vielleicht könnte ich ihn unten absetzen?«, bot Magnolia unerwartet an. »Für Huckebein ist das ein Klacks und noch sind wir nicht weit von Rauschwald entfernt.«

»Das würdest du für mich tun?« Dankbar sah der Kobold Magnolia an.

Linette und Runa tauschten einen kurzen Blick.

»Dann aber schnell. Und keine unnötigen Schlenker«, sagte Linette.

Magnolia öffnete die Tasche, in der ihr Besen verstaut war. Im ersten Moment hatte sie Mühe, Huckebein zu bändigen. Doch schon bald flog er ganz zahm neben dem Korb her. Magnolia kletterte auf die Reling und saß mit Hilfe der anderen Hexen auf ihrem Besen auf.

»Jetzt du, Kobold!«, rief sie und streckte die Arme aus. Das ließ Jeppe sich nicht zweimal sagen. Er kniff die Augen zusammen, nahm Anlauf und landete direkt vor Magnolia auf dem Besenstiel.

»Das werde ich dir nicht vergessen«, schnaufte er.

Huckebein ging in den Sturzflug und sauste ohne Rücksicht auf seine Reiter durch die piksenden Äste der turmhohen Fichten. Erst kurz vor dem Waldboden bremste er scharf ab und blieb harmlos in der Luft stehen. Magnolia und Jeppe schnappten hörbar nach Luft.

»Danke für den Transfer. Du hast etwas bei mir gut, Jungfer Riesengroß!« Jeppe rutschte eilig vom Besen.

»Keine Ursache, komm gut nach Hause!« antwortete Magnolia lässig und stieg bereits wieder in die Luft.

Der Kobold sah ihr nach, bis sie zwischen den dunkelgrünen Zweigen verschwunden war. »Pass gut auf dich auf!«, murmelte er, bevor er sich glücklich zu Fuß auf den Heimweg machte.

Magnolia hatte alle Hände voll zu tun, den störrischen Besen zu bändigen, denn er wollte partout nicht zurück an Bord. Schließlich war auch die Geduld eines Hexenbesens einmal zu Ende.

Nicht nur Huckebein wurde die Reise lang, auch Magnolia und Jörna wünschten sich allmählich festen Boden unter den Füßen. Irgendwann, als sie schon nicht mehr daran glaubten, tauchte das Schloss der Oberhexe auf.

Mit einer Präzision, die ihresgleichen sucht, setzte Runa den Wolkentänzer unter den misstrauischen Blicken der steinernen Löwen im Schlosshof auf.

Schnell ließen sie die Strickleiter herab und stiegen samt Gepäck aus.

Pestilla, die ihre Ankunft von einem der vielen Balkone beobachtet hatte, winkte sie eilig zu sich ins Schloss.

Wie beim letzten Mal führte Stelzfuß sie in den großen Kaminsaal.

Magnolia grauste es beim Anblick des hässlichen Ghuls und auch Jörna war ganz blass um die Nase.

Kaum hatte Stelzfuß ihnen die Tür zum Saal geöffnet, kam ihnen Pestilla auch schon mit ausgestreckten Armen entgegen.

»Bin ich froh, euch lebendig wiederzusehen!«, rief die Oberhexe erleichtert. »Seit gestern Morgen haben wir auf eure Ankunft gewartet. Nun seid ihr endlich hier!«

Erst auf den zweiten Blick bemerkte Magnolia, dass Pestilla nicht allein war. An einer langen Tafel saßen elf weitere Hexen. Magnolia erkannte in ihnen die Mitglieder des Hexenrates, vor denen sie an Samhain ihre Prüfung abgelegt hatte.

Als die Ratshexen Linette und Runa erblickten, hielt sie nichts mehr auf ihren Plätzen.

Sie stürzten heran und begruben die beiden vor lauter Freude unter sich.

Magnolia und Jörna tauschten wissende Blicke. Ja, genauso kannte man die Hexen. Ungezügelt und hemmungslos, wie beim Tanz auf dem Blocksberg.

Es war purer Zufall, dass Magnolia den Beutel entdeckte, den ihre Tante geistesgegenwärtig aus dem Pulk herausstreckte. Hastig nahm sie ihn ihr aus der Hand. Nicht auszudenken, wenn die Brille in letzter Minute zerquetscht würde.

Das Knäuel löste sich erst auf, nachdem es jeder Hexe gelungen war, Runa und Linette die Wangen zu tätscheln und sie zu beglückwünschen.

Ein wenig ramponiert, aber bester Laune, rappelten sich die beiden Hexen auf und setzten sich zu den anderen an den Tisch.

»Nun erzählt uns eure Geschichte!«, forderte Pestilla sie auf.

Runa und Linette ließen sich nicht lange bitten und berichteten abwechselnd, wie sie den Beryll an sich gebracht und außer Landes geschafft hatten. Sie vergaßen auch nicht, den Augenblick ihrer unglaublichen Rettung durch die Junghexen und Elfen zu beschreiben. Magnolia und Jörna bekamen ganz heiße Ohren.

»Sind sie das?«, wollte eine Hexe mit spitzer Nase und langen gelben Zähnen wissen.

»Das sind sie. Zwei meiner besten Schülerinnen!«, bestätigte Runa stolz.

Die beiden jungen Hexen sahen sich verblüfft an. Beste Schülerinnen? Es war das erste Mal, dass Runa sie so nannte.

Faulpelze, Schlafmützen und hoffnungslose Fälle waren die Worte, die sie aus dem Unterricht gewohnt waren.

»Ich werde sie ganz sicher daran erinnern«, flüsterte Magnolia.

Da ergriff Pestilla das Wort. »Es ist fantastisch, was ihr geleistet habt«, versicherte sie. »Aber jetzt wollen wir das gute Stück sehen. Zeigt uns den Beryll, der sowohl Segen als auch Fluch ist.«

Magnolia reichte ihrer Tante den Beutel. Ein Raunen ging durch den Saal, als Linette die magische Brille herauszog und an die Oberhexe weiterreichte. Pestilla betrachtete das gute Stück von allen Seiten und hielt es dann für jedermann sichtbar in die Höhe. Anfassen war aber auch hier nicht erlaubt. Nachdem jeder einen Blick darauf geworfen hatte, ließ sie die Brille schnell wieder im Beutel verschwinden. Jetzt wo sie den Beryll in ihrer Obhut hatte, wurde selbst Pestilla nervös.

»Ich habe lange darüber nachgedacht, was mit der Flasche geschehen soll, nachdem wir sie gefunden haben, und bin zu folgendem Schluss gekommen: Die Falter des Lichts, die in ihr gefangen sind, müssen weg! Und zwar so weit, dass sie uns nicht mehr gefährlich werden können. Wir werden kein Risiko eingehen und warten, bis sich die Feinde der Hexen ihrer bemächtigen. Gleich morgen früh übergeben wir die Flasche dem Nöck. Er ist uns einen Gefallen schuldig und wird dafür sorgen, dass die Falter dort landen, wo sie meines Erachtens schon immer hingehörten. In einen der hungrigen Vulkane der Unterwelt.«

Die Ratshexen erhoben sich applaudierend von ihren Plätzen. »Lang lebe Pestilla, Hüterin der okkulten Schätze!«, jubelten sie. »Wir werden dich unterstützen, wann immer du unserer Hilfe bedarfst!«

Pestilla hatte nichts anderes erwartet. »Ich danke euch, meine treuen Schwestern! Gemeinsam werden wir uns von der schrecklichen Gefahr befreien. Deshalb lasst uns frisch zu Werke gehen! Die Wasserhexen sollen die Übergabe an den Nöck vorbereiten, während Runa und Linette mich in die Höhle des Königs begleiten. Dank der magischen Brille werden wir die Flasche finden und sie dem ewigen Feuer übergeben. Alle anderen sichern unseren Weg in den Berg, damit wir nicht noch mehr böse Überraschungen erleben. Irgendwelche Fragen?«

»Ja, was ist mit uns?« Magnolia wollte unbedingt dabei sein, wenn die Flasche der Falter gefunden wurde.

»Was soll mit euch sein?« Unwillig zog Pestilla die Augenbrauen hoch. Sie hatte keine Lust, sich auch noch mit Junghexen zu beschäftigen. »Ihr bleibt selbstverständlich hier. Geht schlafen, spielt Fangen oder übt euch im Gedankenlesen ....«

Natürlich, kaum war die Drecksarbeit getan, waren sie auch schon überflüssig. Enttäuscht sahen sich die Mädchen an. Jörna schüttelte kaum merklich den Kopf.

Pestilla hatte sich zwar recht schroff ausgedrückt, aber in der Sache stimmte Linette ihr zu. »Mir ist auch wohler, wenn ich euch in Sicherheit weiß«, sagte sie deshalb zu den Mädchen.

Die Ratshexen, die den Weg zur Höhle sichern sollten, machten sich umgehend auf den Weg. Auch die Oberhexe drängte zum Aufbruch. »Wir nehmen die Besen«, bestimmte sie. »Auf der Fensterbank steht ein Brettspiel, das euch vielleicht Spaß machen wird. Es heißt Hexenrennen und ist wirklich ulkig.« An der Tür drehte sich Pestilla noch einmal um. »Stelzfuß wird sich um euch kümmern, solange wir fort sind.« Dann verließen die drei Hexen endgültig den Saal.

»Stelzfuß wird sich um euch kümmern!«, äffte Magnolia die Stimme der Oberhexe nach. »Soll das eine Drohung sein?«

»Ich finde den Kerl auch widerlich. Mir wird ganz anders, wenn ich ihn sehe.« Jörna blickte angeekelt aus dem Fenster.

Im selben Moment wurde die Tür geöffnet und Stelzfuß betrat den Saal. Er sah die jungen Hexen aus tückischen gelben Augen an und entblößte eine Reihe kräftiger brauner Zähne. Dann setzte er sich in den Sessel der Oberhexe und ließ sie keinen Augenblick mehr aus den Augen. Ab und zu leckte er sich über die wulstigen trockenen Lippen.

»Lass uns von hier verschwinden«, flüsterte Magnolia leise.

»Guter Gedanke, fragt sich nur wie?« Jörna sah sich unschlüssig um.

»Ich habe eine Idee. Lass mich nur machen!«

Magnolia griff sich ganz plötzlich an den Kopf. »Was ist das?«, piepste sie. »Alles dreht sich, alles bewegt sich!«

Jörna konnte ein Grinsen nicht unterdrücken.

»Ich glaube, ich werde ohnmächtig! Wasser …!«, röchelte Magnolia und griff sich dramatisch an den Hals, bevor sie filmreif zu Boden sackte.

Sofort nahm Jörna ihren Ruf auf. »Wasser! Wir brauchen Wasser, schnell!«, schrie sie den Ghul an.

Alles andere als eilig kam Stelzfuß heran. Im Vorbeigehen griff er nach einer Vase mit gelben Engelstrompeten und schüttete Magnolia das Wasser hämisch grinsend ins Gesicht.

Prustend setzte sie sich auf. Verdammt, so hatte sie sich die Sache nicht vorgestellt. »Wasser!«, röchelte sie noch einmal tapfer und griff sich erneut an die Kehle.

»Hol gefälligst ein Glas Wasser, du Dummkopf! Pestilla wird dich in einen Troll verwandeln, wenn sie erfährt, dass du Linettes Nichte hast sterben lassen!«, fuhr Jörna den verdutzten Ghul an.

Diese Worte zeigten endlich Wirkung. Stelzfuß glotzte die Mädchen zwar wütend an, schlurfte aber los, um das Gewünschte zu holen.

Sowie die Tür hinter ihm ins Schloss fiel, sprang Magnolia auf. »Nichts wie weg!«, rief sie.

Die beiden Hexen flitzten zur Tür und spähten hinaus. Die Luft war rein. Seite an Seite liefen sie über den Flur bis zur Eingangshalle des Schlosses, wo ihr Gepäck auf sie wartete. Schnell schnappten sie ihre Besen und stürzten hinaus auf den Schlosshof.

»Nach oben hinaus und nirgends an!«, riefen sie, noch während sie auf die Besen sprangen, und schon ging es los.

»Jippiiii!!! Ja!!!«, schrien sie, während sie höher und höher stiegen.

»Wenn wir Gas geben, holen wir sie vielleicht noch ein«, rief Magnolia.

»Natürlich holen wir sie ein. Ich glaube nicht, dass Pestilla ein Schumi unter den Hexen ist«, vermutete Jörna.

Sie behielt recht. Kurze Zeit später entdeckten sie die drei Hexen, die zügig, aber nicht besonders schnell, vor ihnen herflogen.

»Geh tiefer, damit sie uns nicht entdecken«, sagte Magnolia leise.

Sie folgten den drei Hexen in Sichtweite, bis diese hinter einer Bergkuppe verschwanden.

Dann hieß es aufpassen! So vorsichtig wie möglich pirschten sich die Mädchen auf ihren Besen an den Berg heran und landeten schließlich hinter einem Felsbrocken. Suchend blickten sie hinunter ins Tal. Na, bitte!

Behände wie die Bergziegen liefen Pestilla, Runa und Linette den Hang hinab. Sie waren hochkonzentriert, sodass Magnolia und Jörna keine Angst haben mussten, entdeckt zu werden.

Plötzlich verschwanden die drei Hexen zwischen Bäumen und Gestrüpp. Die Mädchen beeilten sich. Wie dumm, wenn sie sie so kurz vor dem Ziel aus den Augen verlieren würden. Ihre Sorge war unbegründet, denn schon bald hatten sie die drei wieder entdeckt. Unschlüssig standen sie vor einer schmalen Felsspalte, die ins Innere des Berges führte. »Da muss Tante Linette ihren Bauch aber kräftig einziehen«, grinste Magnolia in ihrem Versteck.

Und genau das tat sie. Linette hielt einmal kurz die Luft an und schon flutschte sie wie geschmiert durch die schmale Öffnung.

Pestilla hatte weit größere Probleme, diese Hürde zu nehmen. Die Oberhexe steckte fest. Wie der Korken in einer Flasche klemmte sie zwischen den Felsen. Aus eigener Kraft kam sie weder vor noch zurück. Erst als Runa energisch nachschob und Linette von innen kräftig zog, verschwand Pestilla mit einem satten *Plopp* in der Höhle. Eilig kam Runa ihr nach.

Die Mädchen zählten langsam bis zehn, ehe sie aus der Deckung kamen und ebenfalls durch den Spalt schlüpften. Ab da ging alles ganz schnell. Ein paar Hände schoben sich direkt neben ihnen aus dem Fels und packten sie im Genick.

»Nicht so eilig, junges Gewürm!«, krächzte eine heisere Stimme. »Wenn mich nicht alles täuscht, solltet ihr im Schloss bleiben und etwas Nettes spielen.«

Unheimlich hallte der Klang der Stimme von den Höhlenwänden wider.

»Finger weg!«, zischte Magnolia und wand sich vergeblich unter dem schmerzhaften Griff.

Jörna versuchte nach der Stimme zu treten, die dem Geruch nach nur einer Moorhexe gehören konnte. Doch die beiden Junghexen hatten keine Chance gegen die klauenartigen Krallen. Je mehr sie sich wehrten, desto fester wurde der Griff.

»Lassen Sie sofort los, es tut weh!«, fauchte Magnolia. Die Hilflosigkeit und der Schmerz machten sie unerhört wütend. Noch während sie diese Worte herausbrüllte, schrie die Hexe, die sie festhielt, erstaunt auf.

Ohne es zu bemerken, hatte Magnolia Feuer gespuckt. Sie war selber verblüfft. Seit ihrem Kampf gegen Graf Raptus war ihr das nicht mehr passiert. Wie dumm, dass sie diese nützliche Fähigkeit ebenso wenig steuern konnte wie den Blick der Banshee.

Der erschrockene Aufschrei der Hexe hallte noch von den Höhlenwänden zurück, als auch schon Tante Linette aus der Dunkelheit auftauchte. Pestilla und Runa waren ihr dicht auf den Fersen.

»Was ist hier los?!«, donnerte die Oberhexe.

Magnolia und Jörna zogen automatisch die Köpfe ein.

»Ich habe die beiden Nattern dabei erwischt, wie sie euch nachgeschlichen sind«, erklärte die müffelnde Hexe. »Die da hat versucht mir das Gesicht mit dem Kapalabhati, dem Feueratem, zu versengen.« Sie deutete mit dem Kopf auf Magnolia. »Ich verlange, dass du sie dafür bestrafst!«

Oho, das wurde ja immer besser! Nicht genug, dass man sich von einer fremden Hexe fast das Genick brechen lassen musste. Jetzt stellte sie sich auch noch hin und verbreitete die absurdesten Lügen. Magnolia war wirklich empört.

»Dann hättest du deine Gichtkrallen besser bei dir behalten sollen«, giftete sie in Richtung der Sumpfhexe.

»Magnolia!« Das war Tante Linettes Stimme und sie klang eindeutig nicht amüsiert.

Linette trat aus dem Schatten heraus und sah ihre Nichte böse an. »Wo bleibt dein Respekt? Reptilia ist, genau wie ich, Angehörige des Hexenrates.«

»Respekt muss man sich verdienen«, murmelte Magnolia aufmüpfig.

»Wie bitte?«

Die junge Hexe senkte den Kopf und wiederholte besser nicht, was sie eben gemurmelt hatte. Sie kannte inzwischen die archaischen Gesetze der Hexenwelt.

»Was sollen wir mit ihnen machen?«, fragte Pestilla unschlüssig. »Ich kann niemanden entbehren, der ihren Heimflug überwacht.«

»Dann nehmen wir sie mit«, entgegnete ausgerechnet Runa. »Wir haben die Brille jetzt, da wird der Rest keine große Sache mehr sein.«

Es war nicht das erste Mal, dass Runa sich irrte.

Siebenundzwanzigstes Kapitel

Glück im Unglück

Der Boden war uneben und man musste höllisch aufpassen, nicht über heruntergefallene Steine oder anderes Geröll zu stolpern. Bis auf das Licht, das die Zauberstäbe verbreiteten, war es völlig dunkel in dem engen Gang, der sie immer tiefer in den Berg hineinführte.

Hier und dort durchquerten sie eine größere Höhle, um gleich darauf im nächsten der engen Tunnel zu verschwinden. Plötzlich blieben die drei älteren Hexen stehen.

»Hört ihr? Wir sind auf dem richtigen Weg«, sagte Pestilla.

Magnolia und Jörna lauschten. Tatsächlich, ein gleichmäßiges Schnarchen drang an ihr Ohr.

»Der alte König schläft«, erklärte Runa.

Magnolia bekam eine Gänsehaut. Sollte die Geschichte vom schlafenden König Barbarossa wirklich wahr sein?

Ihre Tante, die wieder einmal ihre Gedanken gelesen hatte, lächelte ihr freundlich zu.

»Komm mit und sieh selbst.« Obwohl Linette es sich nicht anmerken ließ, freute sie sich, ihrer Nichte den schlafenden König zeigen zu können.

Bereits nach der nächsten Biegung öffnete sich vor ihnen eine Höhle mit einem tiefen See. Gips hing in dicken Lappen, wie abgefallene Tapeten, von der Höhlendecke, und in der Mitte lagen prächtige Gesteinsbrocken, die einen Tisch und einen Stuhl darstellten. Vom König Barbarossa fehlte jedoch jede Spur.

»Er ist nicht da«, stellte Jörna bedauernd fest. »Dabei hört man ihn ganz deutlich atmen.«

»Diese Höhle nennt man den Tanzsaal. Hier schleusen sie die Touristen durch. Bei diesem Trubel könnte nicht einmal König Barbarossa schlafen.«

Schade. Magnolia hätte zu gerne einen Blick auf den Schnarcher geworfen.

»Dann gibt es also doch keinen König?«, fragte sie bedauernd.

Jetzt strahlte Tante Linette sie an und wieder einmal schob sich ihr Wackelzahn ins Bild.

»Doch den gibt es, aber er sitzt ein gutes Stück weiter. Und kein Tourist wird ihn jemals zu Gesicht bekommen.«

Diesmal ging Pestilla voran.

Und wahrhaftig, in der nächsten Höhle saß er. An einem steinernen Tisch, den Kopf in die Hände gestützt, träumte er von seiner Rückkehr als ruhmreicher König.

Das Problem bei der Geschichte: Der gute König saß bereits so lange hier, dass sein flauschiger Bart zweimal um den Tisch gewachsen und er selber zu Stein geworden war.

Einen Augenblick versammelten sich die Hexen um den alten Barbarossa und lauschten seinen gleichmäßigen Atemzügen.

»Wir wollen ihn nicht länger stören«, erklärte Pestilla schließlich und verließ die Höhle durch einen niedrigen Stollen. Runa und Linette folgten ihr.

Die Mädchen blieben noch eine Weile bei Barbarossa stehen. Magnolia sah sich sein Gesicht ganz genau an. Obwohl es aus Stein war, ließen sich seine Gesichtszüge deutlich erkennen. Sie wollten gerade gehen, als das Unglaubliche geschah. Der König hob das linke Augenlid! Er sah die beiden jungen Hexen für einen Moment verschlafen an, seufzte und schon fiel ihm das Auge wieder zu. Augenblicklich setzte das gleichmäßige Schnarchen ein.

»Kommt endlich, bevor wir uns in diesem Labyrinth verlieren!«, rief Tante Linette. Schnell liefen ihr die Mädchen hinterher.

»Allmählich kommen wir der Sache näher«, stellte Pestilla etliche Tunnel später fest.

»Woher willst du das wissen?« fragte Runa skeptisch.

»Ganz einfach. Ich habe eine Karte«, erklärte die Oberhexe.

»Es gibt eine Karte?«, entfuhr es Linette und Runa überrascht.

»Sicher«, erwiderte Pestilla und genoss einen Augenblick die fassungslosen Gesichter der beiden.

»Und du schickst uns ...«, brauste Runa auf.

»Reg dich ab. Natürlich zeigt dieser Plan nicht den Platz, an dem die Flasche der Falter steht. Er zeigt uns nur den Höhlenabschnitt, in dem ...«

Die Oberhexe wurde von einem zischelnden Geräusch unterbrochen.

Unbehaglich sahen sich die Hexen an. »Was war das?« Sie lauschten, doch alles blieb ruhig.

Pestilla holte die Karte der Höhle aus ihrer Tasche und breitete sie auf einem Stein aus. »Hier sind wir und dort, hinter der nächsten Biegung, fängt der Abschnitt an, in dem wir suchen müssen. Also folgt mir!«

Die Hexen brachten auch den letzten Tunnel hinter sich und blieben überrascht stehen. Vor ihnen öffnete sich eine fantastische Höhle. Millionen Bergkristalle schimmerten an den Wänden und verstärkten das bläuliche Licht ihrer Zauberstäbe. Pestilla holte tief Luft. »Hier muss es sein. Irgendwo hier sind die Falter des Lichts versteckt.«

Sie griff in den zerschlissenen Beutel, in dem die magische Brille seit Jahrhunderten aufbewahrt wurde, und nahm sie heraus.

Pestilla kam nicht mehr dazu, sie aufzusetzen.

Der Angriff erfolgte blitzschnell aus dem Hinterhalt und niemandem blieb Zeit, darüber nachzudenken. Die Hexen handelten automatisch.

Linette wirbelte herum und warf sich auf die Mädchen. »Seht nicht hin!«, schrie sie.

Eine Gorgone war plötzlich aufgetaucht, hatte Pestilla die Brille entrissen und wollte nun fliehen. Doch sie hatte nicht mit dem Wagemut der Hexen gerechnet.

Ohne zu zögern, setzte Runa ihr nach und griff ihr von hinten in die Haare. Oder besser in das Knäuel aus Klapperschlangen und schwarzen Vipern, das sich auf ihrem Kopf wand.

Die Gorgone schrie auf und warf den Beryll ihrer schlangenhäuptigen Schwester zu, die hinter einem Fels auf sie wartete. Wie in Zeitlupe segelte die magische Brille durch die Luft.

Niemand konnte ahnen, was gleich darauf geschah. In einem Reflex schoss Pestilla den Beryll mitten im Flug ab. Ein wirklich tragischer Fehler. Denn die magische Brille, die die unsichtbare Flasche der Falter sichtbar machte, war damit für immer zerstört.

Die Halle erbebte und die Höhlendecke bekam Risse. Mit zwei Sätzen flüchteten sich die Gorgonen in einen Tunnel, doch das nützte ihnen nichts. Sie wurden genau wie die Hexen von den herabfallenden Steinen verschüttet.

Es war furchtbar. Das Geräusch von rutschendem Gestein wollte und wollte nicht enden. Magnolia hatte den Eindruck, der ganze Berg würde in sich zusammenfallen. Dann wurde es endlich still.

»Fiat Lux«, murmelte Tante Linette und die Spitze ihres Zauberstabs leuchtete. »Fiat Lux«, murmelten auch Runa und Pestilla. Sie saßen in einem Hohlraum, der sich dank des Magnetismuszaubers um sie herum gebildet hatte.

»Ist jemand verletzt?«, wollte Pestilla wissen. Die Hexen schüttelten ihre Köpfe.

»Du blutest an der Hand«, sagte Linette und deutete auf ein dünnes Rinnsal, das über Runas Handgelenk lief.

»Halb so schlimm«, grinste die Hexe. »Muss eine Klapperschlange gewesen sein, die ich auf dem Gorgonenhaupt am Wickel hatte.«

»Klapperschlangen sind giftig«, sagte Magnolia besorgt.

»Willst dir wohl ein paar Sternchen verdienen?«, ätzte Runa. »Sei unbesorgt, ich bin immun gegen jegliche Art von Schlangenbissen. Nicht umsonst habe ich meine Hexenausbildung bei einem indischen Fakir und Schlangenbeschwörer gemacht. Schlafe noch heute gern auf Nagelbetten.« Die Watthexe strahlte in die Runde.

»Ach, daher …«, murrte Magnolia.

»Lasst uns zusehen, dass wir hier möglichst schnell wieder rauskommen«, verlangte Linette.

Doch das war leichter gesagt als getan. Unverzüglich machten sich die Hexen an die Arbeit. Mit bloßen Händen räumten sie einen Stein nach dem anderen aus dem Weg.

»Da habe ich wohl einen ziemlichen Bock geschossen«, stellte Pestilla selbstkritisch fest. Und niemand wollte ihr widersprechen.

Schweigend arbeiteten sie weiter.

»Weshalb wurde eigentlich niemand von uns versteinert?«, fragte Jörna nach einer Weile.

»Glück und Reflexe, würde ich sagen.« Linette richtete sich auf und rieb ihr schmerzendes Kreuz. »Vermutlich wollten es die Gorgonen nicht auf einen offenen Kampf ankommen lassen. Fünf Hexen sind einfach zu viel. Doch als Pestilla den Beryll in der Hand hielt, war die Gelegenheit günstig und sie haben es einfach versucht.«

Man sah der Oberhexe ihr Unbehagen deutlich an. »Ich könnte mir vor Wut in den eigenen Hintern beißen«, murrte sie. »Die Sache mit den Faltern hat sich dadurch erledigt. Ohne Brille können wir die Flasche nicht finden. Und wir werden für immer mit der Angst leben müssen, dass sie doch irgendwann entdeckt wird.«

Das waren keine erfreulichen Aussichten. Schweigend kratzten die Hexen den Sand aus den Fugen der Steine. Sie kamen kaum voran, denn die Brocken, die den Ausgang versperrten, wurden immer größer.

»Gibt es nicht einen brauchbaren Zauber?«, fragte Magnolia. Die Hexen sahen sie betrübt an.

»Hier könnte nur eine Explosion helfen, aber die würden wir selber kaum überleben«, erklärte Tante Linette.

Schmutzig und müde saßen die Hexen in ihrem staubigen Gefängnis. Auf einmal hörten sie ein helles ping ... ping ... ping, wie von einem Silberhämmerchen, das immer lauter wurde.

»Jacko?«, fragte Magnolia sogleich. Doch Tante Linette machte ihr keine Hoffnung. »Mit Sicherheit nicht. Hackpüffel ist viel zu weit entfernt.«

»Hört sich an, als würde tatsächlich jemand nach uns suchen«, sagte Pestilla.

Die Hexen richteten sich auf. Eine feine Staubfahne rieselte auf sie herab und oberhalb ihrer Köpfe entstand eine Öffnung im Fels.

Gespannt blickten die Hexen auf das Loch, das mit jedem Schlag größer wurde. Ein letzter großer Stein wurde herausgenommen und das greise Gesicht eines Zwerges erschien in der Öffnung.

»Hab ich's doch gewusst, Unkraut vergeht nicht«, murmelte der Zwerg und blickte mit uralten Augen auf die Handvoll Hexen herab, die verblüfft zu ihm aufschauten.

Pestilla fasste sich als Erste. »Gute Arbeit!«, grunzte sie. »Du hast etwas gut bei uns.«

»Das will ich meinen!«, gab der Zwerg zurück. »Nicht genug, dass ihr ungebeten in meinen Berg eindringt. Ihr legt ihn auch gleich in Schutt und Asche. Glaubt mir, ich habe lange überlegt, ob ihr es verdient, gerettet zu werden.«

»Wie gut, dass du die richtige Entscheidung getroffen hast«, brummte Runa bissig.

Der Zwerg hörte ihr nicht zu, sondern schob eine lange Leiter hinunter in das Gefängnis. Rasch kletterte eine Hexe nach der anderen in die Freiheit.

Magnolia sah ihren Retter neugierig an. Er war uralt und machte einen zerbrechlichen Eindruck. Die braune Mönchskutte hatte er mit einem einfachen Strick in der Mitte zusammengebunden und seine großen Füße steckten in staubigen Sandalen.

»Wie ist dein Name?«, wollte Pestilla wissen.

»Man nennt mich Alberich«, erwiderte der Zwerg.

»Alberich?« Die Hexen sahen sich an.

»Der Alberich?«, hakte Pestilla noch einmal nach. Der Zwerg nickte.

»Donnerwetter!«, entfuhr es nun auch Linette. »Dann bewachst du seit vielen hundert Jahren den alten König?«

»Ihr habt es erfasst, Madame.« Ein stolzes Lächeln verzog Alberichs faltigen Mund.

»Und vermutlich kennst du dich in diesem Berg aus wie kein Zweiter«, stellte Pestilla fest.

»Worauf willst du hinaus?« Misstrauisch sah der Zwerg die Oberhexe an.

»Wir suchen etwas, das uns gehört. Etwas, das wir verlegt haben und nicht mehr wiederfinden.«

»Und? Was könnte dieses ›Etwas‹ sein?«

»Nichts Wertvolles«, beeilte sich Pestilla zu erklären. »Eine alte Flasche. Nichts von Bedeutung.«

»So, nichts von Bedeutung?«, murmelte der Zwerg. »Dann kann ich euch leider nicht weiterhelfen.«

Jetzt wurden die Hexen hellhörig. »Wie meinst du das?«, fragte Linette.

»Ganz einfach. Bedeutungslose Flaschen interessieren mich nicht. Davon gibt es tausende in diesem Berg.«

»Was, wenn es keine bedeutungslose Flasche wäre? Könntest du uns dann weiterhelfen?« Linette ließ nicht locker.

Alberich warf ihr einen wissenden Blick zu. »Ich könnte euch in die Halle der tausend Flaschen führen. Es wäre möglich, dass das der richtige Ort für eure Suche ist.«

»Es gibt eine Halle der tausend Flaschen?« Die Hexen waren erstaunt. Magnolia fragte sich, ob die Idee, eine so gefährliche Flasche einfach zwischen tausend anderen Flaschen zu verstecken, wirklich besser sei, als eine Brille unter den Augen der Öffentlichkeit in einem Heimatmuseum auszustellen. Denn wer immer nach den Faltern des Lichts suchen würde, würde sicher in der Halle der tausend Flaschen damit anfangen. »Dann führe uns dorthin. Es ist sinnlos, hier herumzustehen und Maulaffen feilzuhalten!«, bestimmte Pestilla ungeduldig.

»Nur wenn ihr mir sagt, nach welcher Flasche ihr sucht.«

»Das geht dich nichts an!«, entfuhr es Runa. Die anderen sahen sie warnend an. »Die Flasche hat keinen Wert. Wenigstens nicht für dich. Sie ist weder mit Rubinen noch mit Smaragden besetzt.«

Der Zwerg lächelte schlau. »Ihr sucht nicht etwa nach der Flasche der Falter, oder?«

Linette wusste nicht, ob sie lachen oder weinen sollte. Wie konnte es sein, dass jedermann, egal wohin sie kam, das Geheimnis der Falter kannte?

Alberich bemerkte die überraschten Blicke der Hexen. »Ich war schon hier, als man die Flasche versteckt hat.«

Unversehens keimte neue Hoffnung in den Hexen auf. »Du kennst ihr Versteck?«

»Ich kann euch in die entsprechende Höhle führen. Die Flasche selbst kann ich euch nicht zeigen. Denn die ist, wie ihr vielleicht wisst, unsichtbar.«

Ihre Hoffnung verflüchtigte sich so schnell wie der Rauch einer verlöschenden Kerze.

»Führe uns trotzdem in die Höhle«, bat Linette.

Der Zwerg nickte und verschwand in einem der vielen niedrigen Gänge. Die Hexen folgten ihm eilig.

Achtundzwanzigstes Kapitel

Auf Nimmerwiedersehen!

»Was mich wirklich wundert ist, dass die Gorgonen uns hier im Berg aufgelauert haben«, stellte Magnolia fest, während sie Alberich folgten. Ihre Stimme hallte laut von den Wänden der Höhle wider.

»Ich meine, sie waren tiefgekühlt und eingeschlossen. Wie sind sie so schnell hierhergekommen?«

Jetzt fing Runa, die vor ihr her ging, schallend an zu lachen. »Hohoho! Herrlich, hihihi!«

Magnolia platzte der Kragen. »Man belauscht nicht anderer Leute Gespräche! Und überhaupt, was gibt es da so dumm zu kichern?«

Runa ließ sich nicht beirren. Sie schnaubte noch immer vor Lachen. »Du glaubst wirklich, dass es die Gorgonen aus der Höhle in Connecticut waren? Hihihi, sie hätten schneller als das Licht sein müssen.«

Magnolia hätte ihr am liebsten von hinten gegen den Kopf geklopft.

»Es waren andere Gorgonen. In Europa leben Dutzende von ihnen«, erklärte Tante Linette freundlich. »Die Gorgonen, die auf dem Schiff zurückgeblieben sind, haben ihnen sicher eine Nachricht geschickt, nachdem ihre Schwestern nicht zurückgekehrt sind. Man hat uns hier erwartet. Schließlich war es die letzte Möglichkeit, in den Besitz des Berylls zu gelangen.«

»Glaubst du, sie lauern uns noch immer irgendwo auf?«

Tante Linette zuckte mit den Schultern. »Ich hoffe nicht!«

»Ich kann euch beruhigen!«, meldete sich Alberich zu Wort. »Die Gorgonen sind tot.«

»Bist du sicher?«, fragte Pestilla.

Der Zwerg nickte. »Sie hatten weit weniger Glück als ihr. Die herabfallenden Steine waren nicht gut für ihre Makkaronischädel.«

Ihr Weg durch die Tunnel endete an einer hohen feuchten Felswand. Erst bei näherem Hinsehen entdeckte Magnolia ein rostiges Schloss, das in den Fels eingelassen war. Umständlich zog Alberich einen großen Schlüsselbund unter seiner Kutte hervor und schloss auf. Knirschend glitt der Fels zurück.

Magnolia wusste nicht, was sie erwartet hatte. Aber sicher keinen Raum, der hoch wie eine Kathedrale und voll klebriger verstaubter Flaschen war.

»Das Flaschenpfand wird uns reich machen«, flüsterte Jörna und Magnolia musste gegen ihren Willen kichern. Streng sah Pestilla die Mädchen an.

Alberich entzündete eine Fackel, die in einer Halterung an der Wand steckte. »Mehr kann ich nicht für euch tun. Finden müsst ihr die Flasche allein.«

»Weshalb sind an den Wänden Fackeln angebracht?«, fragte Linette verwundert. »Betritt häufiger jemand diesen Raum?«

»Unsinn, wie kommt Ihr darauf? Ohne die magische Brille kann niemand die Flasche finden.« Alberich war deutlich anzusehen, wie unwohl er sich fühlte. »Ich lasse euch jetzt allein. Wenn ihr etwas gefunden habt, ruft einfach nach mir.« Mit diesen Worten schlüpfte er aus dem Raum.

»Ich könnte meine Hühneraugen darauf verwetten, dass er schon selbst nach dieser Flasche gesucht hat. Immerhin müssten ihm die Falter ganze hundert Jahre lang dienen«, giftete Runa.

»Ich bin auch nicht sicher, ob der Zwerg die Wahrheit sagt«, brummte Pestilla. »Aber der Raum, in den er uns geführt hat, ist auch in meinem Plan eingezeichnet. Ich habe nur nicht erkannt, dass die kleinen Fliegenschisse darauf Flaschen sein sollen.«

Pestilla breitete die Karte noch einmal vor aller Augen aus und die Hexen konnten sich davon überzeugen, dass Alberich, zumindest was den Raum anging, nicht gelogen hatte.

»Dann schärft eure Hexensinne und lasst uns unser Glück versuchen!« Runa zwang sich zum Optimismus. »Ah, was haben wir denn hier für einen edlen Tropfen?«

Linette sah sie entnervt an. »Wir suchen hier keinen edlen Tropfen, sondern eine unsichtbare Flasche, falls ich dich daran erinnern darf.«

»Schon klar«, erwiderte Runa bissig.

»Wie sieht die Flasche denn aus?«, wollte Jörna wissen.

Verständnislos schauten die Hexen sie an.

»Sorry, ich dachte, vielleicht hat sie jemand schon mal gesehen. Vorher, meine ich ....«

Missmutig sahen sie sich um. Die Dinger standen und lagen wirklich überall. In Regalen, auf dem Boden, in Felsnischen. Es waren tausende. Und natürlich war es aussichtslos, ein unsichtbares Exemplar zwischen ihnen zu entdecken. Hexensinne hin oder her. Es war der Griff nach dem Strohhalm, der sie hatte herkommen lassen. Denn ohne sich von der Aussichtslosigkeit ihrer Suche mit eigenen Augen zu überzeugen, hätte keine der Hexen die Höhle verlassen können.

»Man sollte das ganze Gerümpel hier ausmisten«, schimpfte Linette. »Wir vergeuden bloß unsere Zeit!«

»Ich fürchte, du hast recht.« Pestilla richtete sich auf. »Einen Versuch war's wert. Aber jetzt lasst uns von hier verschwinden!«

Enttäuscht verließen die fünf Hexen den Raum. Sofort war Alberich bei ihnen. »Und?«

»Es ist aussichtslos«, sagte Linette.

Der Zwerg nickte. »Ich habe es euch gesagt, ohne Brille lassen sich die Falter nicht finden. Ich werde euch zurück ans Tageslicht führen.«

»Tu das, Zwerg. Und zwar auf schnellstem Wege.« Pestilla wollte dieses Höhlenlabyrinth endlich hinter sich lassen.

Nur wenig später betraten sie die Höhle des schlafenden Königs.

»Mach's gut, König«, murmelte Magnolia im Hinausgehen und warf einen letzten Blick zurück. Wie angewurzelt blieb sie stehen. Täuschten sie ihre Augen oder glänzte da wirklich etwas unter dem Tisch, an dem Barbarossa saß?

»Ich glaube, da ist etwas!«, rief sie. Sofort blieben die Hexen stehen. Mit zwei Schritten war Magnolia bei dem Tisch und schaute darunter. Tatsächlich, versteckt zwischen den langen Barthaaren des Königs, glänzte es metallisch wie Quecksilber. Vorsichtig hob sie den flauschigen Bart an und eine bauchige Flasche kam darunter zum Vorschein.

»Was machst du da?«, fragte Pestilla ungeduldig.

»Ich glaube, ich habe die Flasche gefunden!«, stammelte Magnolia.

Sofort waren die Hexen an ihrer Seite.

»Was?«

»Wo?«

»Also, ich sehe nichts!«, blaffte Runa.

Behutsam hob Magnolia das kostbare Stück auf. Ein grünes, rauchloses Feuer lief einmal um die Flasche herum, leckte über ihre Hände und erlosch. Plötzlich war der magische Gegenstand für alle sichtbar.

»Potz Blitz!« entfuhr es Runa.

»Das ist …« Pestilla war sprachlos.

»Hier steht etwas!« Magnolia versuchte, die alte schnörkelige Schrift auf der Flasche zu entziffern, ohne Erfolg. Pestilla kam ihr zu Hilfe.

»Zeig mal her!« Damit nahm sie Magnolia die Flasche aus der Hand. »Diese Flasche soll bannen die Falter der Flammen. Bis Zauber sie bricht, die Falter des Lichts. Und das Böse verderbe in glutroter Erde«, las sie.

Ungläubig sah Magnolia ihre Tante an. Hatte sie wirklich die Flasche der Falter gefunden?

Linette strahlte. Für sie gab es keinen Zweifel. Ihre Nichte hatte das Unmögliche vollbracht.

Einen Moment war die Oberhexe sprachlos. Dann räusperte sie sich. »Verflixt gute Arbeit, Mädchen!«, lobte sie.

Magnolia bekam rote Ohren. Eigentlich hatte sie überhaupt nichts Ungewöhnliches getan. »Es war Zufall, dass ich sie gesehen habe«, erklärte sie.

»Du hast sie gesehen? Erzähl keine Märchen! Du wolltest dem König bloß schnell noch ein paar Barthaare ausrupfen, oder?« Runa konnte es einfach nicht glauben. »Die Flasche war unsichtbar, bevor du sie in die Hand genommen hast.«

War sie das? Magnolia konnte sich die ganze Sache auch nicht erklären.

Linette sah ihre Nichte eine Weile nachdenklich an, dann schnippte sie mit den Fingern. »Natürlich! Erinnert ihr euch noch? Magnolia hat den Beryll aufgesetzt, bevor sie ihn uns gebracht hat.«

Die Watthexe nickte. Nun erinnerte sich auch Magnolia wieder an das unangenehme Gefühl, das sie beim Aufsetzen der Brille gespürt hatte.

»Ich habe durch die Brille gesehen und deshalb war die Flasche der Falter für mich sichtbar«, stellte Magnolia erstaunt fest.

»Wow!«, staunte Jörna. »Vielleicht findest du ab jetzt auch Goldtöpfe und andere Schätze.« Magnolia grinste.

»Unwahrscheinlich. Die Flasche ist gefunden, damit hat die Brille ihre Schuldigkeit getan.« Tante Linette war sich da sehr sicher.

»Gute Arbeit!«, lobte Pestilla noch einmal und tätschelte Magnolia unsanft den Rücken. Dann ließ sie die Flasche unter ihrem Umhang verschwinden.

Alberich hatte das Geschehen stumm beobachtet. Sein Gesicht verriet nichts von seinen Gedanken, als sich die Hexen verabschiedeten und eilig die Höhle verließen.

Erleichtert traten die fünf aus dem dunklen Berg. Es tat gut, das Tageslicht wiederzusehen und die Lungen mit frischer Luft zu füllen.

Zumal diese Höhlenwanderung auch ein ganz anderes Ende hätte nehmen können.

Ihre Augen hatten sich noch nicht an das morgendliche Zwielicht gewöhnt, da wurden sie auch schon von den wartenden Hexen umringt.

»Habt ihr sie?«, fragten die Ratshexen fast andächtig.

Pestilla machte ein trauriges Gesicht. Bloß um im nächsten Moment die Flasche unter ihrem Umhang herauszuziehen. »Tatatata!«, rief sie.

»Juhuuuu! Jep! Zeig her!« Die Hexen waren außer sich vor Freude. Pestilla hielt ihnen die Flasche hin und jede durfte einmal einen Blick darauf werfen.

»Entsetzlich«, murmelten sie, nachdem sie die Inschrift gelesen hatten.

»Dann hat die magische Brille euch also den Weg gewiesen!« Es war mehr eine Feststellung als eine Frage.

Nun wurde die Sache unangenehm. Pestilla sah man deutlich an, dass sie lieber nicht mehr daran erinnert werden wollte.

»So ungefähr«, murrte sie deshalb nur kurz. »Sagen wir, die magische Brille und ein wirklich fähiger Nachwuchs haben uns zum Erfolg geführt.« Nach diesen Worten stieg die Oberhexe auf ihren Besen und flog schnell davon.

In einem Geschwader, das in seiner Formation einer Speerspitze glich, rauschten die Hexen über den morgendlichen Himmel.

»Ist der Nöck informiert?«, fragte Pestilla, die den Tross anführte.

»Er erwartet uns. Alles ist so, wie du es angeordnet hast«, antwortete eine der Wasserhexen.

»Was geschieht jetzt mit der Flasche?«, wollte Magnolia von ihrer Tante wissen.

»Nicht weit entfernt von Pestillas Schloss gibt es einen See, in dem ein Nöck lebt. Er wird uns helfen, die Flasche der Falter zu vernichten.«

»Ein Nöck?« Magnolia war skeptisch. Konnte man einem Nöck denn trauen? Im Unterricht hatte sie gelernt, dass Wassermänner, und zu dieser Sorte gehörte ein Nöck ja wohl, unangenehme Burschen waren. Sie zogen spielende Kinder ins Wasser und bewahrten ihre Seelen unter alten Töpfen auf.

»Glaubst du wirklich, dass man so einem Kerl trauen kann?«, fragte sie vorsichtshalber.

Ihre Tante lächelte. »Ich denke schon. Ein paar Hexen werden den Nöck mit der Flasche der Falter begleiten. Er wird sie also gar nicht in die Finger bekommen. Vorsicht ist die Mutter der Porzellankiste.«

»Und was geschieht weiter?«

»Auf dem Grunde des Sees befindet sich ein Portal, das in die Unterwelt führt. Der Nöck wird es für uns öffnen und dann heißt es: Auf Nimmerwiedersehen, Falter des Lichts!« Linette lächelte grimmig. »Von dort führt kein Weg zurück.«

Der Morgendunst hing noch in zarten Schleiern über dem großen See, als die Hexen an seinem Ufer landeten.

Eine Hexe in einem knöchellangen Kleid stieg in den See und steckte ihren Kopf unter Wasser. Blubbernd stiegen die Luftblasen auf, als sie den Nöck heranrief.

»Pumput, Pumput!«

Die Hexen am Ufer nahmen diesen Ruf nur als dumpfes Gurgeln wahr. Dann tauchte der Kopf der Wasserhexe wieder auf und sie stapfte zurück an Land. Eine Welle bewegte sich schäumend auf das Ufer zu. Es planschte und der Nöck steckte vor ihnen seinen breiten, schuppigen Kopf aus dem Wasser.

Magnolia trat einen Schritt zurück. Trotz Hexenkongress, Kugelblitzen und fliegenden Besen hatte sie sich immer noch nicht daran gewöhnt, magischen Wesen in der freien Natur zu begegnen.

Der Wassermann, der vor ihr seinen Kopf aus dem Wasser streckte, erinnerte sie an die riesige Kröte, die sie einmal in Tante Linettes Garten gefunden hatte. Er hatte goldene Augen mit senkrecht stehenden Pupillen, dicke Schwimmhäute zwischen den Fingern und eine graue, schuppige Haut.

»Ihr habt mich gerufen und ich bin gekommen«, schnarrte er.

»Ich danke dir.« Die Oberhexe war gerade so dicht an den See herangetreten, dass ihre Schuhspitzen das Wasser berührten. »Bei unserem letzten Treffen habe ich dir von den Faltern des Lichts erzählt. Du hast versprochen, uns zu helfen, sie zu vernichten, und jetzt sind wir hier.«

Pestilla zog die Flasche unter ihrem Umhang heraus, in der die Falter des Lichts wie die Derwische kreisten. Dann richtete sie das Wort an Runa und Linette.

»Linette Kater und Runa Rickmoor«, sagte die Oberhexe feierlich. »Ohne euch stünden wir heute nicht hier!«

»Ohne uns übrigens auch nicht«, flüsterte Magnolia Jörna zu.

»Allein eurem Mut und eurer Besonnenheit ist es zu verdanken, dass wir uns heute von einer Gefahr befreien können, die seit vielen hundert Jahren wie das Damoklesschwert über uns Hexen und Magiern schwebt. Deshalb gönnen wir euch diesen Ruhm von ganzem Herzen und rufen euch zu: Nun bringt die Sache, die ihr einmal angefangen habt, zu einem guten Ende! Versenkt diese abscheuliche Flasche im Abfluss zur Unterwelt«, Pestilla strahlte die beiden Hexen an, als hätten sie gerade den Jackpot geknackt.

»Ich habe bereits alles mit Pumput besprochen. Wenn ihr also bereit seid, dann übergebe ich euch hiermit feierlich die Geißel der gesamten Hexenwelt, die Falter des Lichts!«

Überrascht sahen sich Runa und Linette an. Sie waren nicht sicher, ob sie sich über diese Ehre wirklich freuen sollten.

Auch Magnolia stöhnte hörbar auf. »Jetzt ist es aber langsam genug. Zur Abwechslung könnte sich auch einmal jemand anderer in Gefahr bringen. Pestilla zum Beispiel«, murrte sie leise.

Runa wollte gerade etwas erwidern, da legte Linette ihr die Hand auf den Arm. »Wie großzügig, uns diese Auszeichnung zuteilwerden zu lassen. Da bleibt uns wohl nichts anderes übrig, als dein nobles Angebot anzunehmen.« Sie sah die Oberhexe spöttisch an.

»Meinst du?« Erstaunt zog Runa die Augenbrauen hoch. »Ich würde vorher gern noch ein paar Fragen klären. Die Sache mit der Luft, zum Beispiel. Ich kann sie maximal eine Minute anhalten, dann ist Schluss. Und tauchen kann ich übrigens auch nicht.«

Linette winkte ungeduldig ab. »Wie sagst du immer? Stell dich nicht an wie ein Mädchen! Die Sache mit der Luft lässt sich ganz einfach lösen.«

Erleichtert wendete sich Pestilla an Runa. »Sei unbesorgt, meine Liebe. Die Sumpfhexen haben aus Wasserwurzeln einen Kaugummi hergestellt, damit könnt ihr ganz bequem eine Stunde unter Wasser atmen. Außerdem werden euch zwei Kelpies bis zum Grund des Sees tragen.«

Erwartungsvoll blickte Pestilla die zwei Hexen an. »Nun, wie lautet eure Antwort?«

Linette und Runa wechselten noch einen letzten schnellen Blick. »Wir nehmen dein Angebot an!«, sagte Runa dann knirschend.

»Ich habe nichts anderes erwartet«, antwortete Pestilla zufrieden und übergab die Flasche der Falter schnell an Linette.

»Dann brauchen wir jetzt bloß noch diesen, ähh, diesen Kaugummi und es kann losgehen.« Suchend sah Pestilla sich danach um.

Die Sumpfhexe neben ihr spuckte einen walnussgroßen schwarzen Klumpen aus und zerriss ihn in zwei gleich große Teile.

»Iiiiih!« Angeekelt sahen Magnolia und Jörna sich an. Die Oberhexe bedachte sie mit einem strengen Blick.

»Ich habe ihn schon mal eingekaut, damit er auch funktioniert«, erklärte die Sumpfhexe und drückte Runa und Linette jeweils ein Teil davon in die Hand.

Die beiden Hexen blickten angewidert auf den schleimigen, klebrigen Klumpen und schoben ihn sich dann tapfer in den Mund.

»Bevor es losgeht, noch ein kleiner Tipp«, sagte Pestilla. »Ihr dürft unter Wasser nicht sprechen. Versteht sich beinah von selbst, oder? Der Kaugummi könnte euch sonst leicht aus dem Mund gespült werden.«

Es wurde noch einmal unruhig, als zwei riesige braune Kelpies aus dem See auftauchten und die beiden Hexen aufsitzen ließen. Kaum hatten Runa und Linette auf ihren Rücken Platz genommen, gab die Oberhexe ihnen auch schon einen Klaps und sie galoppierten durch das aufspritzende Wasser zurück in den See.

Linette holte vorsichtig Luft. Es funktionierte einwandfrei. Schwerelos glitt sie auf dem Kelpie durch das Wasser. Nur am Rande nahm sie Schnecken und Molche wahr, die sich in dichten Teppichen aus Teichgras versteckten. Sie tauchten ein in einen Wald aus Nixenkraut und mussten höllisch aufpassen, um sich nicht mit den Füßen darin zu verfangen. Runa lächelte ihr aufmunternd zu. Dann hatten sie den Grund des Sees erreicht. Braune Schlammwolken stiegen vom Boden auf und trübten ihren Blick.

Unweit der Stelle, an der sie angekommen waren, rollte der Nöck einen Felsbrocken aus Lavagestein zur Seite und nickte ihnen kurz zu.

»Ihr seid am Ziel!« Seine Stimme blubberte wie köchelnder Sirup.

Fragend sahen Runa und Linette den Wassermann an. Der grinste und fegte den Schlamm, in dem der Felsbrocken bis eben gelegen hatte, zur Seite. Ein Stöpsel, so groß wie ein Wagenrad, kam darunter zum Vorschein.

Der Wassermann griff nach einem Haken und zog mit aller Kraft an dem Pfropf, der den Grund des Sees verschloss. Langsam, wie in Zeitlupe löste er sich aus seiner Verankerung. Sofort bildete sich ein gurgelnder Strudel, der sich schneller und schneller drehte.

»Wirf die Flasche hinein!«, rief der Nöck Linette zu, die noch immer auf dem Rücken des Kelpies saß. Mit fahrigen Händen zog sie die Flasche aus ihrer Tasche. Jetzt kam es darauf an. Sie zielte ... zielte ... zielte und warf!

Entsetzt sah Runa sie an. »Knapp vorbei ist auch daneben!«, dachte die Watthexe laut.

Es war ein schlechter Wurf. Die Flasche der Falter trieb ab und segelte lautlos in den braunen Schlick.

Linette standen die Haare zu Berge. Blitzschnell löste sie sich vom Rücken des Kelpies und holte die Flasche zurück. Der Sog am Grunde des Sees war so groß, dass sie sich kaum aufrecht halten konnte. Weiter und weiter zog er die Hexe in den gefährlichen Strudel. Linette stemmte die Hacken in den Boden. Sie konnte die Flasche noch nicht loslassen. Nicht bevor sie nicht sicher war, dass die Falter des Lichts auch wirklich, auf Nimmerwiedersehen, in dem Abfluss verschwanden. Da kam Runa ihr zu Hilfe. Sie packte Linette um die Taille und hielt sich mit der anderen Hand an ihrem Kelpie fest.

»Lass endlich los! Ich kann das Tor nicht länger offen halten«, keuchte der Nöck.

Da öffnete Linette ihre Hand. Und diesmal klappte es. Der Strudel erfasste die Flasche und riss sie mit sich fort in die Unterwelt. Im selben Moment ließ der Nöck den Stöpsel los und das Tor war wieder verschlossen. Freudig schwammen sich die beiden Hexen in die Arme.

Auch am Ufer war die Anspannung gewaltig. Magnolia wurde mit jeder Minute, die verstrich, nervöser. Unruhig knetete sie ihre Hände und ließ den See keine Sekunde aus den Augen.

Da wölbte sich plötzlich das Wasser. Es gab ein gewaltiges »Plopp« und der See spuckte Linette und Runa aus. Wie zwei Korken trieben sie an der Oberfläche.

Das Geschrei, das jetzt am Ufer ausbrach, suchte seinesgleichen. Jubelnd und lachend lagen sich die Hexen auch hier in den Armen.

Magnolia fiel eine ganze Steinlawine vom Herzen. Sie war unheimlich stolz auf ihre Tante und auf Runa. Wie Amazonen stiegen die beiden aus dem Wasser und grienten von einem Ohr bis zum anderen.

»Es ist vollbracht!«, rief Linette triumphierend. Und wie zum Beweis grollte es tief unter ihren Füßen.

»Das klingt, als wären die Falter dort angekommen, wo sie hingehören«, stellte Runa mehr als zufrieden fest.

Epilog

Eine Woche später lagen Magnolia und Jörna faul auf der Wiese im Freibad von Rauschwald. Sie ließen sich die Sonne auf die Bäuche scheinen und genossen die Tage, die von den Ferien noch übrig waren.

»Hast du schon etwas von Leander gehört?«, fragte Jörna mitten in die entspannte Stimmung hinein.

Magnolia schüttelte den Kopf. »Nee, sicher hat er dort, wo er jetzt ist, keinen Empfang.«

Jörna grinste. »Kann schon sein. Dafür hat sich Su-Li bei mir gemeldet.«

»Wirklich? Was erzählt sie?«

»Och, nichts Besonderes. Nur wie gut ihr das Camp und der Kongress gefallen haben. Und dass wir sie unbedingt einmal in China besuchen müssen.« Magnolia lächelte.

»Ach ja – und dass Leander schon einen Tag später nach Neuseeland aufgebrochen ist. Brenda war die letzten Tage unausstehlich.«

Magnolia drehte sich auf den Bauch und sah Jörna strahlend an. »Tatsächlich?«

Jörna nickte und drehte sich ebenfalls auf den Bauch. »Muss Liebe schön sein«, murmelte sie und legte den Kopf auf ihre verschränkten Arme.

Sabine Städing, geboren und aufgewachsen im Norden Deutschlands, hat sich schon als Kind gerne Geschichten ausgedacht. Mit ihren Büchern rund um die Hexe Magnolia hat sie endlich angefangen, die Abenteuer aufzuschreiben, die ihr schon so lange im Kopf herumspuken. *Magnolia Steel* ist eine dreibändige Serie, bestehend aus den Einzelbänden *Hexendämmerung, Hexenflüstern* und *Hexennebel.*

Im Bann des verzauberten Parfums

MAGNOLIA STEEL
- HEXENNEBEL
320 Seiten
ISBN 978-3-414-82466-0

Zurück in Rauschwald vermisst Magnolia ihren Freund Leander und ist froh über jede Ablenkung. Da kommt der neue Laden gerade recht. Ganz Rauschwald reißt sich um die Parfüms, die Meister Schnuck selber mischt und denen eine geradezu zauberhafte Wirkung nachgesagt wird. Auch Magnolia ist hin und weg und so sagt sie freudig zu, als Schnuck ihr einen Job als Aushilfe anbietet. Schon bald bemerkt sie jedoch merkwürdige Veränderungen an sich: Sie ist ständig gereizt, belügt ihre Freunde – und bringt sie sogar in Lebensgefahr! Was ist nur los mit ihr? Als Magnolia erkennt, welch böses Spiel mit ihr getrieben wird, ist es fast schon zu spät. Nur geballte Hexenpower und die Unterstützung von Tante Linette können jetzt noch helfen …

»Das ist eure Aufgabe: Findet heraus, ob es das Ungeheuer wirklich gibt!«

Richard Dübell
LAST SECRETS - DAS RÄTSEL VON LOCH NESS
Band 1
208 Seiten
mit zahlreichen Abbildungen
ISBN 978-3-8339-3925-9

Eigentlich sind Franziska und Fynn ganz normale 12-jährige Zwillinge. Doch sie haben ein Geheimnis, das sie nur mit ihren Freunden Lena und Cornelius teilen: Sie sind Nachfahren von Eugène Vidocq, dem ersten Detektiv der Welt! Nachts schleicht sein ruheloser Geist sich in ihre Träume und bittet sie um Hilfe: Die Kinder sollen die letzten großen Rätsel der Welt lösen! Ihre erste Aufgabe führt sie nach Schottland zum sagenumwobenen Loch Ness ...

Baumhaus

Auserwählt, um über den Dschungel zu herrschen

Robin Dix
TIGERHERZ
Der Prinz des Dschungels
Band 1
224 Seiten
mit zahlreichen
Abbildungen
ISBN 978-3-8339-0391-5

Tief verborgen im Regenwald wächst der junge Tiger Raja heran. Eines Tages soll er König werden, doch Eisenkralle, der finstere Bruder seines Vaters, will den Thron für sich selbst.
Und so beginnt eine gnadenlose Jagd auf Raja. Einzig der kluge Gecko Biru steht ihm zur Seite. Ihr Ziel ist die Insel der Schatten. Dort soll Raja seine Ausbildung zum Jäger beenden, um Eisenkralle die Stirn zu bieten. Doch der Weg dorthin ist weit und voller Gefahren ...

Der spannende Auftakt der großen Dschungel-Saga

Baumhaus

Abenteuer und Spaß auf 13 Stockwerken

Andy Griffiths
DAS VERRÜCKTE BAUMHAUS - MIT 13 STOCKWERKEN
Band 1
Aus dem australischen Englisch von Christina Neiske
248 Seiten
mit zahlreichen Abbildungen
ISBN 978-3-8339-0390-8

Willkommen in Andys und Terrys Baumhaus, dem coolsten Baumhaus der Welt! Hier gibt es alles, was ihr euch nur vorstellen könnt: ein unterirdisches Geheimlabor, einen Limonadenbrunnen, ein Spielezimmer, überdimensionale Riesenbananen, gruselige Seemonster, eine vollautomatische Marshmallow-Wurfmaschine und einen Gemüseverdunster, mit dem man sogar Rosenkohl schrumpfen lassen kann.

Also los, worauf wartet ihr noch? Kommt hoch und stürzt euch mit Andy und Terry ins Abenteuer!